내령이네 세계여행

5살 아이와 함께 떠난
722일 가족 세계여행

내령이네
세계여행

정대영 지음

봄스윗봄

CONTENTS

Chapter 1

오세아니아
클래스가 다른
대자연을 마주하다

Chapter 2

유럽
사랑에 빠질
수밖에 없는 이곳

Chapter 3

아시아
다채로운 매력에
퐁당 빠지다

Chapter 4

아메리카
정열과
아름다움이 숨쉬는

Chapter 5

아메리카
세계여행의
마침표를 찍다

유럽

아프리카

WORLD MAP
세계지도

북아메리카

아시아

남아메리카

오세아니아

내령이네 세계여행
구글 맵 바로가기

프롤로그

1

늦은 저녁, 얼큰하게 술 한 잔 걸치고 집에 들어온 내가 아내에게 폭탄 발언을 던졌다.

"이제 내령이도 내년이면 5살인데, 슬슬 떠날 준비 해야 안 되겠나?"
"어디서 술 잘 마시고 들어와 행패고. 뭐? 어디를 떠나?"
"내가 예전부터 말했다 아이가, 세계여행."
"쓸데없는 소리 할 시간 있으면 잠이나 자라."

황당하고 어이없다는 아내의 눈빛에 살짝 자신감이 떨어졌지만, 이번에도 어영부영 넘어가면 안 되겠다 싶어서 냉장고를 열어 맥주 두 캔을 꺼내 들고 와 아내와 마주 앉았다. 나는 꽤 긴 시간 동안 내가 가진 세계여행의 꿈과 왜 우리 가족이 세계여행을 가야 하는지 일장 연설을 늘어놓았다. 하지만 아내는 여전히 단호했다.

"야, 남편이 이렇게 목에 핏대 세워가며 말하는데도 진짜 이럴 거냐?"
"정 가고 싶으면 혼자 갔다 와라."
"혼자는 공짜로 보내 줘도 가기 싫다고!"
"그럼 나 보고 어쩌라고! 나 역시 공짜로 보내 줘도 가기 싫은데."
"그러면 내령이랑 둘이 갔다 올게."
"……."

그제야 상황의 심각성을 인지한 아내가 자세를 고쳐 앉고 진지하게 대화에 임하기 시작했다. 아내는 이 시점부터 내가 가족과 함께하는 세계여행을 얼마나 고대하는지 느끼기 시작했다고 한다. 우리 부부의 첫 회담은 빈 맥주 캔이 서너 개를 넘어갈 때 까지 계속 되었다. 간신히 입을 뗀 설득이 몇 날 며칠간 이어졌지만 아무리 공을 들여도 아내는 원하는 답을 해줄 맘이 없어 보였다. 우리가 세계 여행을 시작하기약 1년 전의 일이었다.

2

자영업 종사자인 나는 아침 7시에 출근해 밤 10시가 넘어서야 집에 들어오는 게 일상이었다. 세계여행 회담이 있던 시기는 주말, 공휴일 없이 하루 15시간 이상 일을 하는 내가 안쓰러운 단계를 지나 삶에 회의마저 들던 무렵이었다. 반면 주부인 아내는 결혼 후 알뜰살뜰 살림살이를 꾸린 덕에 집도 장만하고, 살림살이도 늘어가고, 아이도 잘 크는, 나름 만족스러운 삶을 살아가던 시기였다. 힘든 시절을 지나왔으니 이제는 보상이 필요하다고 생각했던 나와 달리 아내는 힘든 시절을 지나와서 이만큼을 이뤄냈으니 충분한 보상이 된다고 믿었다. 나는 삶의 목표가 경험에 있다고 생각했지만, 아내는 안정감에 있다고 믿었다. 가치관이 이토록 다른 우리 부부가 함께 세계 여행을 가기 위해 넘어야 할 산은 너무 많았다.

아내는 여행에 관심이 전혀 없는 존재이다. 어쩜 이렇게 관심이 1도 없는지 '여행'하면 자다가도 벌떡 일어나는 나를 보며 종종 '왜 생고생을 사서 하는지 이해 못 하겠다'고 말하곤 했다. 장기 여행을 떠나는 데 있어 주머니 사정 보다 중요한 게 있겠냐지만 내경우엔 아내의 마음을 설득하는 게 급선무였다.

우리는 대화가 많지 않은 부부였다. 대부분 부부가 그렇겠지만 우리 역시 퇴근하고 집에 들어오면 곯아떨어지기 바쁜 남편, 집안일과 육아에 지쳐 삶을 소진하는 아내로 살았다. 자연스레 우리는 대화가 단절된 채 수년을 함께했다. 일주일에 한두 시간 마주 앉아 이야기를 나누는 게 고작인 우리가 세계 여행이라는 중대한 계획의 이견을 조율한다는 건 분명 어려운 일이었을 테다. 그래서 아내를 설득하기 위해 내가 맨 먼저 꺼내 든 카드는 '하고 있는 일을 줄이는 것'이었다.

3

일을 줄인다는 것은 물리적인 시간을 단축했다는 뿐만 아니라 움켜쥐고 있던 욕심을 내려놓았다는 의미였다. 그때부터 비로소 우리는 진솔한 대화를 나눌 기회가 많아졌고 점차 아내의 마음도 긍정적으로 변하기 시작했다. 나 역시 아내가 걱정하는 부분들을 이해하게 되면서 윈윈 할 수 있는 구체적인 해결책을 고심했다. 아내의 가장 큰 고민은 예상대로 경제적인 부분이었다. 열심히 돈 벌어 안정적인 삶을 준비해야 하는 시기에 팔자 좋게 여행이라니, 아내의 상식으로는 도무지 이해하기 힘들어하는 눈치였다. 우선 아내 이야기에 충분히 귀를 기울였다. 아내가 원하는 전부를 충족하지 못해도 하나둘 걱정거리를 덜어주려 노력했다. 그 결과, 어느 날 불쑥 아내가 먼저 세계여행 이야기를 꺼냈다.

"그럼 딱 1년만 갔다 오자."

"뭐? 이왕 쓰는 거 좀 더 써주라."

"이것도 인심 왕창 쓴 거거든!"

고작 1년. 해외여행이라곤 신혼여행이 전부인 아내에게는 이마저 아득하게만 느껴졌을 것이다. 아쉽지만 이야기의 물꼬가 트인 것만으로 감사해야 한다. 지금부터는 왜 1년이라는 시간이 넓은 세계를 둘러보기에 터무니없이 부족한지 브리핑할 필요가 있었다. 뉴질랜드에는 볼 게 얼마나 많은지, 호주의 땅은 얼마나 넓은지, 유럽과 아시아 대륙에는 몇 개국이 붙어있는지, 아메리카 대륙은 한국에서 얼마나 떨어져 있는지…. 침이 마르도록 설명에 설명을 더한 끝에 아내는 결국, 1년의 기간을 2년으로 연장해주었다. 간절함이 전달된 건지 아내의 자포자기였는지 알 수는 없지만 어쨌든 절대적인 권력인 마눌님의 최종 허락이 떨어졌다. 석 달에 걸친 설득 작전은 그렇게 2년의 세계 여행 확정이라는 큰 쾌거를 거두며 극적으로 마무리되었다.

4

아내에게 폭탄 발언을 던졌던 그 날은 집에 들어가기에 앞서 친한 친구와의 술자리가 있었다. 친구는 이른 나이에 결혼했고, 꽤 이름이 알려진 기업에서 남들보다 승진도 빨랐던 촉망받는 직장인이었다. 그랬던 그가 갑작스레 직장을 그만뒀다는 연락을 해왔고 그길로 부랴부랴 술자리가 만들어졌다.

"야! 왜 갑자기 잘 다니는 회사를 그만두고 난리고?"
"갑자기 생각의 변화가 좀 있어서."
"뭔데? 혹시 죽을병이라도 걸렸나?"
"그런 건 아니고. 가만히 생각해 보니 돈 버는 일 보다 더 중요한 일이 있는 것 같아서."

"당연히 돈 버는 것보다 더 중요한 일이 있겠지. 그래서 그게 뭔데, 사업 준비 하나?"

녀석의 대답은 뜻밖에도 '아이의 소중한 시간에 함께 해주기 위해서'였다.

"돈은 언제든 벌 수 있는데 아이의 어린 시절은 두 번 다시는 오지 않는다 아이가."

그러면서 녀석은 더 중요한 일을 위해 덜 중요한 일을 내려놓겠다고 했다. 그 친구의 말은 내 안에 어떤 균열을 일으켰다. 집에 돌아오는 택시 안에서 나는 잠들어 있던 꿈, 가족 세계 여행의 꿈을 아내에게 알려야겠다고 다짐했다. 1년 전의 첫 폭탄 발언은 친구의 다짐으로부터 나에게 이어져 지금에 이른 것이다.

2년간 세계여행을 떠나기로 한 뒤 주변에 이 사실을 알리기 시작했다. 역시나 이 런저런 우려의 말들이 흘러나오기 시작했다. '아이가 기억을 하나도 하지 못할 텐데' 라던가, '아이가 좀 더 크면 떠나지' 같은 적절한 시기가 아니라는 이야기가 대부분 이었다. 그러고 보니 어린아이를 데리고 세계여행을 계획하거나 실천에 옮기는 사람 은 못 본 것 같다.

세계 여행의 목적이 우리 부부에게야 비워내는 데 있다지만 아들에겐 채움의 시간 이 될 거라 믿었기에 '어차피 기억하지 못할 텐데' 같은 여론은 굉장히 신경 쓰였다.

'지금 떠나는 건 무리인 건가…' 하며 갈등하는 나를 붙잡아 준 사람은 뜻밖에도, 여행을 그토록 반대했던 아내였다.

"남편, 어차피 어른도 다 기억 못 해."
"그런가?"
"당연하지. 2년간 세계여행을 갔다 와도 시간이 흐르면 특별한 추억을 뺀 대 부분의 기억은 사라질걸? 한 번 하기로 마음먹었으니 뚝심 있게 가자."

아내의 말처럼 시간이 지나면 우리 가족의 세계 여행은 기억에서 잊힌 채 듬성듬성 남아 있게 될 것이다. 하지만 세월이 흘러도 여행이 남긴 어떤 흔적이 우리 안에서 그 시절을 추억하게 해주리라 믿는다. 그 흔적이 어떤 모양일지, 얼마만큼 깊고 생생할지 미리 알 수는 없다. 그러므로 여행은 무작정 가보는 것이 맞다. 그 여행이 우리에게 무엇을 허락할지는…, 두고 볼 일이다.

출발 전 준비

세계여행 출발에 앞서 살고 있는 아파트를 정리해야 했다. 아내는 여행을 마치고 돌아오면 살 집은 있어야 않겠냐며 전세를 놓자고 주장했다. 나 역시 그 말에 동의했고, 부동산 이곳저곳에 전세를 내놓았다.

얼마 후 집을 보러 온 어떤 아주머니가 집이 무척 마음에 든다며 집을 팔지 않겠냐고 제안 했다. 심지어 시세보다 1천만 원이나 더 얹어 주겠다면서 말이다. 고민이 깊어졌다. 한 푼이 아쉬운 마당에 1천만 원은 정말 거금이었다.

이왕 떠나는 여행, 모든 걸 정리하고 가는 것도 나쁘지 않겠다고 마음을 고쳐먹은 우리는, 돌아와 새로운 것을 채우기 위해 정든 집을 정리했다. 아내가 정성 들여 가꾼 살림살이를 처분하는 데는 4개월 정도가 소요되었다.

주변 정리가 마무리될 무렵부터, 정확한 세계 여행 출발 날짜를 고심했다. 5살 꼬마가 있으니 따뜻한 계절에 다니는 게 좋을 것 같아서 되도록 나라별로 겨울 시즌을 피해 루트를 잡기로 했다. 일단 첫 번째 여행대륙으로 오세아니아를 선택했고, 출발하는 달은 11월로 결정했다. 12월이나 1월은 성수기라 항공권 가격이 인당 20만 원 정도 비쌌고 오세아니아 다음 일정인 유럽에 들어갈 때 다시금 성수기가 겹치던 상황이라 11월이 최적기라고 판단했기 때문이다.

집이 새로운 주인을 찾아 떠난 바람에 우린 세계 여행 출발 전까지 10평 남짓 원룸에 5개월을 지냈다. 이 기간은 주변 사람을 돌아보는 좋은 기회였다. 자주 만나지 못

했던 친구들, 선후배와 자리를 한 번씩 만들었다. 그들 중엔 우리 가족의 선택을 도무지 이해할 수 없다는 사람도 있었다. 하지만 모두 한 마음으로 우리 가족이 여행을 무사히 마치고 돌아올 수 있길 기도했다.

시간은 흘러 흘러 약속의 날짜, 2014년 11월 12일이 되었다. 우선 1년의 계획만 세우고 나머지 1년은 여행하면서 준비해나가기로 했다.

모두 신발 끈 단단히 조였지? 자, 떠날 시간이다.

💰 여행전 준비물 구입 내역 요약	
합 계	4,153,500
의류 및 잡화	918,000
가전제품	2,413,000
캠핑용품	236,000
미용용품	120,000
주방 및 생활용품	60,000
의약품	31,500
레저용품	185,000
기타비용	190,000
	(단위 : 원)

CHINA
AUSTRALIA
NEW ZEALAND

🏳 중국 + 오세아니아 | 총 3개국

2014년 11월 12일 ~ 2015년 5월 6일 | 총 174일

합 계	31,959,650
식 비	5,008,500
숙박비	8,342,500
교통비	14,068,000
투어비	1,140,500
잡 비	1,300,000
기 타	2,100,150

＊화폐 단위는 원(KRW)이며, 당시 각국의 환율로 환산한 금액입니다
＊교통비: 항공권, 장모님 항공권, 렌터카 비용 포함

오세아니아
클래스가 다른
대자연을 마주하다

Chapter 1

SHANGHAI

자 이제 떠나요 공항으로!

Day 1

새벽 5시, 알람 소리가 울리기도 전에 번쩍 눈이 떠졌다.

"아들, 일어나라."
"우웅… 아빠, 정말로 2년 동안 세계여행 가는 거야?"
"응. 드디어 간다."

힘겹게 눈을 뜬 아들이 세계여행 시작이라는 말에 눈빛을 반짝인다. 마지막 짐 점검을 마치고, 김해 공항으로 가는 길. 여행이 뭔지도 모를 아들의 입에서 '세계여행'이라는 단어가 나올 때마다 내 입가에 미소가 번진다. 상해로 가는 항공 절차를 마치고, 잠시 의자에 앉아 깊은숨을 내쉬어 본다. 하-아, 이제 정말 시작이구나. 설렘과 걱정이 내 머릿속을 가득 채운다.

"할머니 오고 계시니까 뵙고 들어가자."
"왜? 할머니도 세계여행 같이 가는 거야?"

마침 저 멀리서 어머니가 터벅터벅 걸어오신다. 어쩐지 오늘따라 발걸음이 무거워 보인다. 애써 웃음을 보이는 어머니 얼굴 뒤편으로 엷은 슬픔이 비친다. 젊은 시절 해외를 밥 먹듯 여행했던 아들에겐 신경조차 안 쓰시더니, 손자 준다고 꼬마 소고기 김밥까지 만들어 오셨다.

"아(아이) 데리고 잘 다닐 수 있겠나?"
"걱정 마이소. 내가 원래 책임감 하나는 끝내준다 아이가(아닙니까)."
"됐다 마. 다른 거 다 필요 없고, 건강하게만 돌아와라."

어머니와의 짧은 작별인사를 뒤로하고 상해로 가는 비행기에 올랐다. 내령이는 제주도 가는 비행기 한번 타 봤을 뿐, 해외는 난생처음이다. 처음엔 약간 쫄아 있던 녀석은 기내식도 주고 간식도 주고 퍼즐까지 주는 승무원 누나의 호의에 금세 긴장을 풀었다. 긴장을 너무 푼 걸까, 아들이 '급똥' 신호를 보낸다. 이런, 갑자기 분주해진 우리 부부. 설상가상 화장실은 전부 만석이다. 마음이 다급해진다. 아들의 항문이 얼마나 버틸지가 관건이다. 기다리는 5분이 마치, 50분처럼 길게 느껴졌다. 언젠가 이 생리 현상이 큰 사고를 칠 것 같은 불길한 예감이 든다. 아슬아슬하게 거사를 치른 아들이 이번엔 비행기 멀미 때문인지 착륙 5분 전부터 복통을 호소한다. 이거, 시작부터 쉽지 않다.

상해 공항에 도착한 뒤, 미눌님께서 아들을 업고 있는 동안 나는 수화물을 찾아 카트에 실었다. 아내가 카트에 가득 실린 짐들을 보며 긴 한숨을 내쉰다.

"택시 탈까 아니면 지하철?"
"택시 타야지. 이렇게 짐이 많고 내령이 상태도 오락가락하는데."
"어차피 이런 일 비일비재할 텐데, 지하철로 워밍업 한번 해보자."
"후유…, 그럼 그러든지."

시큰둥한 아내의 대답에 눈치는 보이지만, 당당하게 지하철역으로 향했다. 역 입구까지 카트를 몰고 간 후 종이 상자에 든 짐을 꺼내 배낭에 나눠 담는다. 한 사람당 짐이 무려 세 개씩이다. 여전히 불만이 가득 차 있는 아내를 이끌고 난징동루 가는 지하철을 타는 데까지는 성공했으나, 이동 간에 아들이 꿈나라로 떠나버리셨다. 가장 무거운 짐은 아들놈이었음을 깨닫는 순간이었다.

세계 여행 출발 전, 사람들로부터 유모차를 준비하라는 조언을 받았으나 나는 그 의견에 반대했다. 아이가 유모차에 한 번 의지하게 되면 조금만 지쳐도 유모차 타령을 할 게 뻔하기 때문이다. 어른도 기댈 곳이 있으면 마음 가기 마련인데 아이는 오죽할까. 물론 현지에서 유모차가 꼭 필요하다는 생각이 들면 반드시 구매하기로 아내와 합의를 끝냈다. 그런데 첫날부터 이런 일이 생겨 버리니 아주 잠깐, 유모차 생각이 머릿속을 스쳐 갔다.

아내는 숙소에 들어서자마자 침대 위로 벌렁 누워버렸다. 첫날부터 진을 빼도 너무 뺀 걸까. 아들은 쌩쌩했지만, 덕분에 아내 컨디션은 엉망이 되었다. 아내 역시 이번이 첫 해외여행인데, 내가 너무 무심했다. 아, 그냥 택시 탈걸!

SHANGHAI

시작부터 별일이 다 있네

Day 2

　　세계여행을 계획할 당시 우리는 첫 행선지를 뉴질랜드로 잡았다. 하지만 뉴질랜드 직항 항공권 가격은 상당히 고가였고, 우린 상대적으로 저렴한 중국 경유 항공기를 이용할 수밖에 없었다. 무엇보다 중국은 스톱오버(Stopover, 여정 상 두 지점에 잠시 머무는 단기 체류)가 무료였다. 이런 이유로 우린 중국에 8일간 체류하고, 시드니에 잠시 들러 친구를 만난 뒤, 뉴질랜드에서 본격적인 장기 여행을 할 계획이다.

　　푹 자고 일어난 덕에, 가족들 컨디션은 매우 양호하다. 모든 것이 완벽했다. 세계여행 이틀째 만에 밥통이 부서진 것만 빼면. 이동 중에 밥통이 든 가방을 몇 번 떨어뜨린 게 문제였나 보다. 다행히 작동은 하니 지금부터라도 애지중지해야겠다.

　　간단한 아침 식사를 마치고 밖으로 나오니 아들이 그토록 타고 싶어 했던 꼬마 기차가 운행 중이다. 탑승료는 한 사람당 5위안. 우리나라 돈으로 900원 정도다. 기차는 난징동루 역에서 인민 광장까지 운행하는데, 살방살방 걸어도 15분이면 충분한 거리를, 아들을 위해 기차에 올랐다.

　　인민광장 안에는 사람들이 쉴 수 있는 공원이 잘 조성되어 있다. 공원 곳곳에 아들이 좋아하는 놀이기구가 눈에 띄었다.

"아빠, 저 로켓처럼 생긴 놀이기구 탈래."

아들의 성화에 못 이겨 로켓 탑승권을 구매한 뒤 한자리를 차지하고 앉았다. 안전띠는 당연히(?) 고장 나 있었다. 회전 속도가 그리 빠르지 않은 어린이 놀이기구라 별 대수롭지 않게 생각했는데, 운행이 시작되자 나도 모르게 몸에 힘이 들어갔다. 속도가 붙을수록 팔과 다리는 아들의 안전띠 역할을 해야만 했다.

정신없이 오르내리는 미친 로켓이 의아했지만 원래 그러려니 생각하고 있을 무렵, 아들놈이 기구의 올라가기 버튼을 계속 누르고 있는 모습이 포착되었다. 자동으로 오르내리는 게 아니었다. 어쩐지 쉬지 않고 움직이더라니. 아들이 올라가는 버튼을 누르면 내가 내려가는 버튼을 누르고, 아들이 누르면 내가 다시 누르는 싸움이 계속되었다. 부자가 아옹다옹하는 동안 로켓도 신이 났는지 지칠 줄 모르고 몸뚱이를 움직였다.

"야, 누르지 마!"

'꾸-욱'

"누르지 말라니까!!"

'꾸우우-욱'

놀이기구와의, 아니 아들놈과 끔찍한 싸움을 마치고 로켓에서 내려와 기진맥진 공원을 걷고 있는데, 미키마우스 한 마리가 우리에게 살살 다가왔다. 이 깜찍한 녀석이 갑자기 아들을 번쩍 들어 올리더니 사진을 찍으라며 검지 손가락을 까딱인다. 오, 좋은 서비스. 기분 좋은 사진 촬영을 마치고 돌아서자, 미키가 내 어깨를 탁탁 치며 귀여운 손바닥을 펼쳐 모델료를 요구한다. 이런… 씨.

"얼마면 돼, 얼마면 되겠니?"
"10위안만 줘."

뜻밖의 지출은 중딩 시절, 고등학교 형들에게 삥 뜯기던 흑역사를 떠올리게 했다. 좌절하는 나를 보던 아내가 고작 2천 원에 쪼잔하게 그런다며 악랄한 쥐를 감싸고돈다. 이어 슈퍼에서 츄파춥스를 하나 사온 아들이, '아빠, 조금 전 사진 한 장이 츄파춥스 10개짜리였네'라며 재차 염장을 지른다. 우리 가족이 놀이공원을 나설 때 까지도 미키마우스의 귀여운 사기 행각은 멈출 줄 모른채 계속해서 피해자를 만들었다.

해가 지고 나서야 와이탄 야경을 보러 숙소를 나선다. 불 들어온 동방명주를 볼 수 있다는 기대감에 발걸음이 가볍다. 저 멀리 파란 옷을 입은 동방명주가 보인다. 동방명주는 이내 빨간색, 오렌지색 옷을 갈아입으며 눈부신 매력을 뽐냈다. 와이탄 야경의 주인공은 동방명주지만 그 주변의 건물들 역시 개성 있는 조연답게 멋진 작품을 만드는 중요한 역할을 했다. 춥다고 자꾸 들어가자는 아들 탓에 우리 가족은 작품 감상 10분 만에 엉덩이를 털고 일어나야 했다.

숙소를 향해 걷던 아들이 갑자기 걸음을 멈춘다. 도착하려면 아직 한참이 남았는데 녀석은 망부석처럼 선 채 굳은 얼굴로 나를 바라보았다.

"왜. 무슨 일 있나. 다리 아파?"
"쉬 마려워."

이 수많은 인파 속에서 바지를 내릴 수도 없고, 어떻게 해야 할지 머릿속이 깜깜했다. 다급해진 나는 아들의 손을 잡고 무작정 달렸다. 아무리 둘러봐도 공중 화장실이 보이질 않아 근처 가게들에 뛰어들어 "토일렛"을 외쳐봤지만, 주인장들은 선뜻 화장실을 내어주질 않았다. 조금만 더 지체했다간 아들은 거침 없이 바지를 적실 것이다. 안되겠다, 나는 아들을 어깨에 둘러업고 외진 골목을 찾아 내달리기 시작했다.

"조금만 참아. 알았지? 바지에 싸면 안 돼!"
"아~ 참. 오줌 누고 싶은 것도 잘못이가?"

이걸 진짜 확 팰 수도 없고, 말이라도 못하면 밉지나 않지. 다행히 배뇨 일보 직전, 어두운 골목에서 문제를 해결할 수 있었다. 시원해하는 아들의 표정을 보고 있자니 안도와 분노 등 복잡한 감정에 마음이 착잡해진다.

HANGZHOU

하루 빨리 중국을 뜨고 싶다

Day 4

잠시 항주를 다녀오기로 했다. 열차를 타러 홍차오 기차역에 도착하긴 했는데 열차표나 제대로 끊을 수 있을지 걱정이다. 나는 중국어를, 매표소 직원은 영어를 전혀 할 줄 몰랐기 때문이다. 항주라는 글을 영어로 써서 보여 줬지만 읽지조차 못하는 눈치다. 그 순간, 어찌할 줄 몰라 허둥대는 내 뒤에서 누군가의 목소리가 어깨를 넘어 들려왔다.

"저기, 어디 가세요?"
"아, 항주요."
"몇 명이신데요?"
"어른 둘, 아이 하나요."

내 뒤에 서 있던 신사분이 어쩔 줄 몰라 하는 내가 안쓰러웠는지 호의를 베푸신다. 연거푸 감사를 표하고 승차권을 손에 꼭 쥔 채 안도의 한숨을 내 쉬었다. 그런데 표가 두 장뿐이다. '아들은 무료인가'하며 플랫폼을 향했다.

열차에 올라 좌석을 찾아 두리번두리번한다. 우리 자리는 두 자리. 어쩐지, 표가 한

장 모자란다 싶었다. 천상 아들은 내 무릎을 좌석 삼아 가야 할 것 같다. 혹시 빈자리가 있을까 미어캣 마냥 목을 빼고 둘러 봤지만 그런 행운은 허락되지 않았다. 자리라도 붙여서 줬더라면 마눌님과 나 사이에 아들을 앉혀 갔을 텐데, 통로를 두고 갈라진 좌석 탓에 우리 가족은 이산가족이 되고 말았다.

1시간 30분을 달려 항주 기차역에 도착했다. 상해 숙소에 짐을 맡기고 나온 덕에 몸은 한결 가벼웠지만, 항주의 숙소를 찾아가는 일은 여간 어려운 게 아니었다. 전날 급하게 예약하느라 정보라곤 덜렁 주소 하나가 전부였다.

"여행 좀 다녀봤다고 하더니, 어떻게 준비된 게 아무것도 없노?"
"마지막 해외여행이 언제였는지 기억도 안 난다."
"주소만 달랑 들고, 인터넷도 안 되는데 찾아갈 수 있겠나?"

아내의 핀잔에 슬슬 짜증이 나기 시작한다. 아들마저 의심스러운 눈빛으로 나를 쳐다본다. 이 난관을 해결해야 할 책임은 오직 내게 있다.

"아들! 아빠만 믿어."

"……."

인포메이션 센터로 들어가 주소를 내밀자, 내부가 술렁이기 시작한다. 아, 또 왜 그래…. 느낌이 좋지 않았다. 알고 보니 내가 예약한 숙소는 기차역에서 버스를 타고 한시간은 더 가야 나오는 지역에 있었다. 이미 1시간 30분을 왔는데, 한 시간을 더 가야한다니. 버스 정류장에 정차한 버스에 올라 기사님께 우리 목적지를 보여드리자 눈을 희미하게 뜬 채 고개를 갸웃하신다. 이건 둘 중 하나다. 기사님의 눈이 어둡던지, 우리가 버스를 잘 못 탔던지.

"내령 아빠, 일단 타고 가자."
"잘못 가면?"
"정 안되면 그땐 택시 타지 뭐."

아내는 나보다 담력 강한 사람이다. 늘 아내는 이런 상황에 과감한 선택을 하곤 했다. 그런 아내의 의견을 따르기로 했다. 죽기야 하겠나 하는 심정으로.
버스를 타고도 마음속에 불안한 파도가 일렁인다. 마음 편히 물어볼 사람 한 명 없다는 사실이 불안에 더욱 부채질을 했다. 때마침 우리 옆 좌석 학생이 구글 지도를 열어 뭔가를 열심히 찾고 있는 모습이 포착되었다.

"혹시 영어 할 줄 아세요(제발, 그렇다고 해줄래요)?"
"네, 조금요."

그에게 우리 숙소 검색을 부탁했다. 더불어 이 버스가 목적지까지 제대로 가고 있다는 사실도 확인받았다. 모든 게 순조롭게 흘러가고 있었다.

한참을 달린 끝에 우린 숙소에 도착할 수 있었다. 오늘만 특별히 하루가 30시간 정도였던 건 아니었겠지 싶을 만큼 긴 하루. 아내는 앞으로 이런 일들을 700일이나 더 겪어야 하냐며 관자놀이를 꾹꾹 누른다.

숙소에 짐을 풀고 저녁을 먹으러 식당에 들어갔다가 중국어 메뉴판에 지레 겁을 먹고 뛰쳐나왔다. 사실 메뉴판 문제는 둘째 치고 식당이 풍기는 냄새에 음식을 먹을 용기가 나지 않았다. 할 수 없이 숙소로 돌아와 마트에서 산 빵 한 봉지와 비상용으로 챙겨온 라면으로 저녁을 때웠다.

"아빠, 빵은 먹을 만해?"

그럴 리가. 하루빨리 중국을 떠나고 싶은 마음뿐이다.

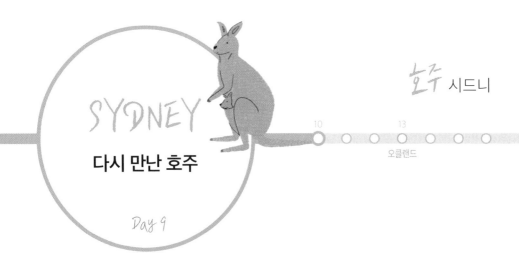

SYDNEY

다시 만난 호주

Day 9

호주 시드니

10   13
오클랜드

우리는 지금 호주로 날아간다. 호주의 저가 항공은 미리 예매할수록 훨씬 저렴해져서 잘만 이용하면 버스나 열차를 타는 것 보다 효율적이다. 우리는 5개월 전쯤 저렴한 가격에 예매를 마쳤다.

호주에는 나의 오랜 친구가 살고 있는데, 결혼도 호주에서 했고 영주권도 취득해 어느덧 현지 사람이 다 되었다. 우리 가족은 그와 그의 가족을 만나러 가는 길이다. 10년 만에 만나는 친구, 빨리 보고 싶다.

아내는 누군가에게 신세를 지는 것을 극도로 싫어하는 성격이다. 심지어 부모·형제의 베풂조차 부담스럽다는 아내가 친구 집에 머무는 나흘을 어떻게 받아들일지 벌써 걱정이다. 이런저런 마음을 안고 오른 시드니행 비행기의 10시간은 빠르게 사라졌다. 내령이도 첫 비행과는 다르게 기내식도 잘 먹고, 잠도 잘 자고, 잘 싸는 평안한 시간을 보냈다. 아이의 적응력은 어른의 걱정보다 훨씬 빠르고 긍정적으로 진행된다는 사실을 새삼 느낀다.

SYDNEY

호주에 살아보니 어때?

Day 9

"선배님, 이게 얼마 만입니까?"
"이기야 잘살고 있었나?"

짧지만 뜨거운 안부가 오가는 사이, 내령이가 불쑥 끼어든다.

"안녕하세요."

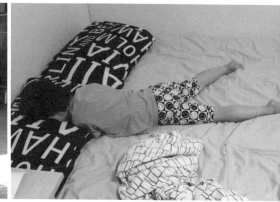

"어 그래. 네가 내령이구나. 반갑다."

이기는 나와 동갑이자 해병대에서 선후배로 만난 사이이다. 친구 관계이지만, 그는 나를 늘 선배님이라고 부른다. 명절이나 특별한 일이 있을 때만 안부를 묻는 사이지만 마치 어제 만난 친구처럼 편안한 느낌이다. 아! 그러고 보니 몇 년 전 한국으로 여자 친구를 데려와 잠깐 만났던 기억이 떠올랐다. 그녀는 훗날 이기의 아내가 되었고, 둘 사이에는 어느덧 2살 난 아들도 한 명 생겼다.

"우리 때문에 일부러 방을 비워서 어떡해요?"
"괜찮아요, 형수님. 선배님 가족들 오시는데 이 정도는 해 드려야죠."

나는 누군가 베푸는 친절을 거절하지 않고 감사히 받는 스타일이다. 또한, 받은 것

이상으로 시원하게 베푸는 성격이기도 하다. 앞으로 여행을 이어가면서 수많은 사람으로부터 도움을 받게 될 것이다. 우리 역시 이름 모를 타인을 도와주며 여행을 하게 될테다. 먼저 신세 질 줄 알아야 신세도 갚을 수 있는 법이라고, 난 생각한다.

"그렇게 살고 싶어 했던 호주에 사니까 좋나?"

"뭐 사는 게 다 똑같지요."

오래전 잠시나마 호주나 뉴질랜드에 이민을 생각한 적이 있었다. 현지인들의 여유
로운 일상은 낭만을 사랑하는 젊은 여행자의 마음을 뒤흔들기에 충분했지만, 이민자
들의 실상을 마주하고는 이내 포기했던 기억이 있다. 어디에 사느냐 보다 어떤 생각
으로 사는지가 중요함을 깨우친 시절이었다.

시드니는 다시 올 예정이라 나흘 동안 친구 가족들과 함께 오붓한 시간을 보내는
데에 초점을 맞췄다. 시드니에서의 달콤한 100시간이 빠르게 흘러 사라졌다. 아내는
친구의 부담 스럽지 않은 대접에 기분 좋게 호주를 떠날 수 있다며 고마워했다. 덕분
에 잘 쉬다 간다. 친구야, 조만간 다시 보자.

AUCKLAND

당신 정말 강심장이다

Day 13

뉴질랜드 오클랜드

18

파이히아

시드니를 떠나 뉴질랜드 오클랜드로 향하는 날. 공항 출국장으로 들어선 우리 앞에 예기치 못한 문제가 발생했다. 출국 심사를 받는 줄이 길어도 너무 긴 것이다. 시간은 속절없이 흐르는데 줄은 미동조차 없었다. 등 위로 주르륵 식은땀이 흐른다. 늘 그렇 듯 당황한 사람은 나 혼자뿐이다. 아내와 아들은 매우 위급한 상황에도 그저 느긋하 기만 하다. 아들은 심지어 게임을 하듯 즐거운 모습이다.

"뭘 그리 안절부절못하노? 이 비행기 놓치면 다음 비행기 타면 되지."
"아 놔. 비행기가 무슨 시내버스인 줄 아나?"
"그렇게 호들갑 떤다고 뭐 달라질 게 있나? 좀 가만히 있어라."

아내의 느긋한 성격은 진즉부터 알고 있었지만, 이 정도일 줄이야. 듣고 보면 틀린 말이 아닌 탓에 반박할 수 없었다. 그렇게 우리는 출발 5분 전 아슬아슬 마지막 승객 으로 탑승 할 수 있었다. 너무 긴장해서 다리가 풀릴 지경이었다.

우여곡절 끝에 우리 가족은 세계여행의 '실질적인' 첫 나라 뉴질랜드에 도착했다. 뉴질랜드를 가족 세계여행의 첫 번째 장기 여행 국가로 선택한 이유는 이곳이 나의

첫 해외 여행지였고, 현지인에 대한 기억이 너무 좋았었기 때문이다. 좀 더 정확하게는 15년 전 영어 공부를 위해 왔다가 영어뿐만 아니라 인생까지 배운 곳이기 때문이었다. 어쩌면 그때의 추억이 나를 가족 세계여행의 길로 이끌었는지도 모르겠다.

오클랜드 공항에 발을 디딘 후 먼저 우리 가족의 발이 되어줄 차를 만나러 갔다. 몇 달 전에 렌터카를 예약해 놓은 상황이라 별 어려움 없이 차 열쇠를 건네받았다. 내비게이션 앱 '시직Sygic'역시 문제없이 작동한다. 50일의 뉴질랜드 여행의 첫 단추는 잘 끼워진 듯 보인다.

뉴질랜드 첫 번째 숙소는 A 사이트를 통해서 구했는데 내가 항상 꿈에 그리던 집이

었다. 보라색 라벤더가 아름답게 피어있는 정원 울타리 문을 열면, 넓게 펼쳐진 공원
이 마치 TV 광고 속 한 장면이 되는 그림 같은 집. 아들은 숙소 앞마당을 까르륵거리
며 뛰어놀고, 아내는 그런 아들의 모습을 흐뭇하게 바라보며 핸드드립 커피를 홀짝이
는, 영화 같은 삶이 우리의 일상이 되었다. 숙소에서의 첫날 밤. 처음으로 아내 입에
서 '세계여행 오길 잘한 것 같다'라는 말이 나왔다.

AUCKLAND

장모님, 백년손님과
여행하시다_1

Day 16

여행 동안 준비된 가족 이벤트가 두 가지 있는데 하나는 장모님과의 뉴질랜드 2주 여행, 다른 하나는 어머님과 함께하는 3주간의 유럽여행이 그것 이다. 첫 이벤트의 주인공인 장모님은 연세가 일흔이 넘은 고령이신데 과연 이곳까지 잘 오실 수 있을지 심히 걱정이다. D 항공사의 한 가족 서비스(보호자가 필요한 승객을 공항 게이트까지 안내해주는 서비스)를 신청했다지만 걱정은 사라지지 않았다.

장모님 도착 며칠 전부터 아내는 '엄마가 잘 찾아오실까', '여행이 재미없진 않으실까', '밥은 잘 드시려나', '아프시면 어쩌지' 온갖 걱정이 가득했다. 심지어 도착 전날 아침에는 멍하니 잔디만 바라보다 갑자기 나를 째려보며 이렇게 얘기했다.

"우리 결혼만 서두르지 않았이도 엄마랑 일본 여행 갔을 텐데."

문득 결혼 전 장모님과 일본 여행을 못 간 게 나 때문이라고 타박했던 아내의 말이 생각났다. 세계여행 이야기가 나왔을 때 아내가 제일 마음 쓰던 부분 역시 장모님이 었다. 연세가 있는 엄마를 두고 떠나려니 2년이라는 시간이 너무 길게 느껴진다며 아내는 눈시울을 붉혔었다. 5남매의 막내로 태어나 유독 부모님의 사랑을 많이 받고 자란 아내. 장인어른이 일찍 돌아가시고, 오빠와 언니들 모두 결혼을 한 뒤 나를 만나 결혼하기 전까지 장모님과 단둘이 지낸 기간이 길어서 누구보다 정이 돈독한 모녀다.

오클랜드 공항에 도착하실 장모님을 맞으러 아침 7시 즈음 서둘러 숙소를 나섰다. 출근 시간이라 그런지 공항 가는 길이 많이 막혔다. 결국, 20분 늦게 도착을 했지만, 다행히 비행기도 연착된 상황이었고 도착 예정시각 30분을 넘겨서야 장모님은 모습을 드러내셨다. 세계 여행 시작한 지 불과 3주도 채 되지 않았는데, 아내와 장모님은 마치 30년 만의 상봉 분위기를 연출했다. 뉴질랜드에 오신 걸 환영합니다. 앞으로 즐겁게 모시겠습니다, 장모님!

장모님, 백년손님과
여행하시다_2

Day 17

숙소에 도착하신 장모님은 비행기 이동 내내 잠을 설쳤다며 피곤해하셨다. 우선 밀린 잠부터 채워드리는 게 순서다. 장모님은 방에 드신지 얼마 지나지 않아 곯아 떨어지셨다.

한참을 주무시던 장모님께서 기지개를 죽 켜시며 일어나셨다.

"아이구야! 이제 좀 살 것 같네."
"편안하게 주무셨어요?"
"너무 잘 잤다. 근데 집이 어째 이래 이쁘노. 여기 사람들은 다 이래 놓고 사나?"

장모님 역시 이 집이 무척이나 마음에 드신 모양이다. 늦은 점심을 먹고 숙소 앞 공원을 산책하러 나가본다. 거리위로 '포후투카와Pohutukawa'로 불리는 나무를 쉽게 볼 수 있었는데, 장모님은 이 나무에 핀 꽃에서 눈길을 떼지 못하셨다. 크리스마스 무렵에 피는 꽃이라 뉴질랜드인들에겐 '크리스마스트리'로 통하는 식물이다. 한국에서는 볼 수 없는 꽃이기에 장모님은 한참을 포후투카와 나무 밑을 떠나지 않으셨다. 꽃구경을 마친 모녀는 공원 벤치에 앉아 그동안 밀린 이야기를 나누었다. 그사이 내령이와 나는 동네 꼬마들과 함께 공놀이를 즐겼다.

"야야~ 근데 저 아들이(아이들이) 잔디밭에 들어가도 되나?"
"할머니, 잔디밭은 애들이 뛰어놀라고 있는 거야."

PAIHIA

장모님, 백년손님과
여행하시다_3

Day 18~21

장모님이 오신지 사흘째다. 오늘은 북쪽으로 250km가량을 달려야 해서 출발 전부터 어쩐지 긴장하고 있었다. 하지만 예상외로 한적한 도로에, 주변으로 펼쳐지는 대자연의 풍경이 초보 운전자를 안심시켜 주었다. 느릿느릿 펼쳐지는 차 창밖 풍경을 물끄러미 바라보시던 장모님이 느닷없이 쯧쯧 혀를 차며 말문을 여셨다.

"이 넓고 좋은 땅들을 와 이리 내버려 뒀을꼬?"

"네?"

"아무 농작물이나 심어도 풍년이겠구만. 아니면 아파트를 좀 짓던지."

"하하. 여긴 농작물 심어도 일할 사람이 없고, 아파트에 살 사람도 많지 않아요."

"그래? 그래서 그런지 너무 깨끗하고 아름다운 나라인 것 같네."

격동의 세월을 살아오신 장모님의 반응에 마음이 짠하다. 장모님의 귀여운 반응에 깔깔대던 아내도 어느덧 웃음을 그치고 창밖을 보며 눈시울을 붉힌다. 죄송함, 그리움 등의 복잡한 심경이 교차하는 표정이다. 만감이 오가는 긴 시간이 흘러, 우리의 차가 목적지인 파이히아에 도착했다.

레잉가곶에서 사진 찍느라 하루를 다 보낸 것 같다. 일생 가장 아름다운 바다를 보았다며 기뻐하시는 장모님의 입가에 수줍은 미소가 엷게 스민다. 오랫동안 기다려온 딸과의 여행, 어느덧 '엄마'라는 같은 이름을 갖게 된 모녀는 잊지 못할 둘만의 추억을 공유하며 기뻐했다. 산책로를 따라 등대로 걸어가던 장모님과 아내의 뒷모습은 내 기억 속에 영원히 간직될 한 폭의 그림으로 남아 있다.

장모님의 입맛을 고려해서 매끼 밥을 차려 먹었지만 한 번쯤은, 뉴질랜드 사람들이 즐겨 먹는 음식을 맛보여 드리고 싶었다. 우리가 선택한 메뉴는 피시 앤 칩스. 망고 누이에 있는 유명한 음식점에서 장모님께 근사한 현지 음식을 대접해드릴 예정이다. 어느덧 우리 앞에 놓인 메뉴를 조금씩 모두 맛보신 장모님이 당황한 표정으로 한 마디 하신다.

"이게 진짜 이 나라 사람들 밥이가(장난하나 정서방)?"
"네, 하하하…. 맛이 별로세요?"
"맛을 떠나서… 이게 밥이 되나?"

현지 음식으로 장모님 입맛 사로잡기 프로젝트, 실패. 당신 말씀처럼 밥이 안 되셨는지 장모님은 숙소에 돌아오자마자 얼큰한 라면 하나를 끓여 드시고 나서야 밥 된다는 표정을 하신다. 짧은 일정 탓에 보여 드리지 못한 곳이 많아 송구해 하자 도리어 가족과 시간 보내는 것만으로도 너무 좋으시다는 장모님. 우리 역시 장모님과 함께한 것만으로도 충분히 만족스러운 시간이었다.

WHAKATANE

생애 첫 캠핑의 추억

Day 28

　헤어짐의 순간을 목전에 둔, 공항으로 가는 차 안에는 깊은 침묵이 흐른다. 눈물을 가득 머금은 듯 무겁게 느껴지는 공기. 분위기 전환을 위해 아들이 울랄라 까불어 보지만 이마저도 쉽사리 통하지 않는 상황이다. 출국 절차 후 공항에서 아침 식사를 마친 뒤 장모님과 아내 둘만의 시간을 주기 위해 아들과 나는 자리를 피했다. 금방이라도 눈물이 터질 것 같은 두 사람. 그 모습을 지켜보는 내 마음도 덩달아 무거워진다.

"장모님, 조심히 가셔요. 저희도 여행 무사히 마치고 뒤따라갈게요."

"정서방, 어쨌든가 건강하고 안전하게 여행하시게."

출국장에서 작별인사를 전하던 장모님은 끝내 눈물을 터뜨리셨다. 아내는 장모님
이 떠나는 모습을 차마 보지 못하고 먼발치에 서있었다. 차로 돌아온 아내가 참았던
눈물을 오랫동안 쏟아낸다. 오늘은 종일 아내 마음을 달래는데 에너지를 쏟아야 할
것만 같다. 꿀꿀한 먹구름은 이내 추적추적 비를 뿌려 대며 함께 슬퍼하기 시작했다.

오전 내내 한마디도 하지 않던 아내가 몇 시간이 흐른 후에야 겨우 입을 뗐다.

"오늘부터 캠핑해야 하는데…."

그리곤 이내 '후-유' 긴 한숨을 내쉰다. 우리 가족은 뉴질랜드, 호주 그리고 유럽까

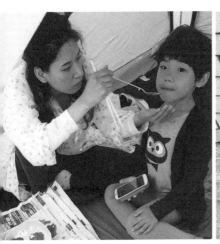

지 1년의 캠핑 생활을 계획하고 있다. 오늘이 그 대망의 첫날이고 첫 캠핑지는 '와카타네'이다.

"당신하고 내령이는 생애 첫 캠핑이네."
"엄마도 캠핑 처음이야? 태어나서 처음 하는 캠핑이 뉴질랜드라니 우린 정말 복 받았네. 그치?"
"나는(우울)…, 그런 복 안 받고 싶거든."

캠핑을 위한 만반의 준비를 마치고 오클랜드를 떠나 2시간을 달린 끝에 '와카타네 마타타 캠핑장'에 도착을 했다. 매일 텐트를 치고 접어야 하므로 사용이 간단한 원터치 텐트를 한국에서부터 공수해왔다. 그런데 편하자고 산 이놈의 텐트가 불편해도 너무 불편했다. 원터치 텐트는 수백 번의 터치를 거친 끝에야 비로소 모습을 드러냈다.
이곳 캠핑장은 정부에서 관리하는 곳이라 비용이 저렴한 대신, 주방이 따로 없다. 비가 계속 오는 탓에 우선 아내와 아들을 텐트로 피신시키고, 나는 텐트 밖에서 저녁 식사를 준비한다. 매번 느끼지만, 준비가 부족하면 손발이 고생이다. 하지만 이런 고

생조차 즐거운 건 나만의 망상이겠지.

콧노래를 흥얼거리면서 밥을 짓고, 지글지글 고기를 굽는다.

"뭐가 그래 즐겁노?"

"왜? 분위기 있고 좋지 않나."

"그래… 그렇다 치자. 그나저나 오늘 밤에 비 많이 내리면 어떻게 하나….'

"엄마, 일단 밥부터 먹고 걱정하자."

요리된 음식들을 새 모이 주듯 하나씩 텐트 안으로 넣어준다. 투덜거리던 부인 새
도 어느덧 기분이 좋아졌는지 함박웃음을 짓는다. 그제야 남편 새는 무거운 마음을
내려놓은 듯 기분이 홀가분해졌다.

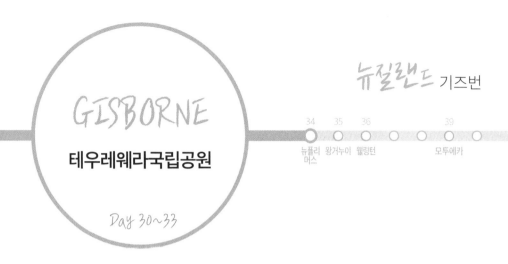

GISBORNE

테우레웨라국립공원

Day 30~33

　기즈번은 세계에서 해가 가장 먼저 뜨는 곳으로 유명하다. 일출 하나 보자고 여기까
지 달려왔는데, 기대했던 일출 감상은 비 때문에 결국 포기한 채 다음 장소로 떠날 수
밖에 없었다. 가래떡 굵기로 내리는 비는 매일 캠핑을 해야 하는 우리의 일정에 제동
을 걸었다. 다행히 대부분의 캠핑장은 케빈Cabin이라 불리는 간이 숙소가 마련되어 있
어서 악천후의 대안이 되어줬다. 테우레웨라국립공원에서 이용했던 케빈에서의 하
룻밤은 우리 가족에게 색다른 경험을 안겨줬다. 아내는 며칠을 텐트에서 묵다가 방에
서 자보니 마치 천국처럼 느껴진다며 행복해했다.

　2주 후에는 빅 이벤트 하나가 우리를 기다리고 있다. 바로 뉴질랜드 3대 트레킹 중
에 하나인 '케플러 트레킹'이다. 무려 3박 4일을 꼬박 걸어야 하므로 어린 내령이의
체력이 성공의 가장 큰 관건이 되겠다. 이제 만 4세의 아이가 하루 평균 8시간을 걸어
야 하는 강행군을 버틸 수 있을지 걱정된다. 그래서 오늘은 그날의 워밍업으로 '타라
나키 폭포 트레킹'을 해보기로 결정했다. 소요 시간은 약 세 시간. 다행히 내리던 비
가 소강상태를 보인다. 약간 쌀쌀하지만 트레킹하기에는 더할 수 없이 좋은 날씨다.

타라나키 폭포로 가는 길에 오르자마자 왜 뉴질랜드가 트레킹의 천국으로 불리는지 깨달을 수 있었다.

"지금까지 본 뉴질랜드는 진짜 뉴질랜드가 아니었네."

짧은 트레킹 내내 우리의 감탄사는 끊일 줄 몰랐다. 케플러 트레킹이라는 메인 디시 전에 맛본 '애피타이저' 타라나키 폭포 트레킹은, 대만족이었다.

PICTON

뉴질랜드 픽턴

39   42 43   45

모투에카   웨스트 그레이   오타고
            포트   마우스

첫 '카숙'

Day 38

우리가 있는 북섬에서 목적지인 남섬까지는 페리를 타고 이동할 계획이다. 선착장에 죽 늘어선 차들이 차례로 페리 위에 오른다. 체크인을 마친 우리 가족은 갑판 위에서의 무료한 세 시간을 보낸 뒤, 예상 도착 시각이었던 오후 6시를 훌쩍 넘겨서야 남섬 픽턴에 도착할 수 있었다.

"큰일 났다."

"왜. 또 무슨 일인데?"

"오늘 캠핑장 예약 안 해 놨는데, 어떻게 하지?"

"어쩔 수 있나? 여기서 제일 가까운 캠핑장부터 하나씩 들어가 봐야지."

불안한 마음을 안고 내비게이션이 제공하는 정보를 따라 캠핑장을 찾아 나선다.

벌써 세 군데나 돌아다녔는데 이번에도 아내가 퇴짜를 놓는다. 허름한 시설이 너무나 싫다는 이 사람. 깐깐한 이 사람이 싫어지는 또 한 사람.

"어차피 하룻밤인데 아무 데서나 자자."

"난 도저히 저런 곳에서는 못 자겠다."

"그럼, 어떻게 할 건데?"

"차라리 무료 캠핑장 들어가서 텐트 치지 말고 차에서 하룻밤 보내자."

시계가 9시를 가리키며 우리에게 더는 선택의 여지가 없음을 알렸다. 더 늦기 전에 어디에든 보금자리를 만들지 않으면 노숙자 신세를 면하지 못 할 상황이다. 그나마 위안이 된 것은 뉴질랜드의 여름은 저녁 10시가 되어서야 어둠이 내리기 시작한다는 것이다. 우여곡절을 넘어 30분이 더 흘러서야, 우리가 하룻밤 신세 질 무료캠핑장을 찾아낼 수 있었다. 우리는 여기서 세계여행 이래 처음으로 '카숙Car宿'을 할 예정이다. 이름은 거창하지만 그냥 차에서 잔다는 의미다. 주차를 마친 우리는 얼른 냄비 밥을 안치고 라면도 끓여서 성난 허기를 달랠 준비를 했다. 식사는 만족스러웠지만, 아내는 화장실을 다녀올 때마다 불만이 늘어가는 눈치다.

"어렸을 때 푸세식 화장실 안 써 봤나?"
"몰라. 내 기억 속에는 없다."

요즘 우리 부부는 서로에게 "참~ 이상한 사람이네"라는 말을 자주 한다. 아내는 한국에서의 내 모습과 여행하는 나 사이의 괴리에 종종 혼란스러워 한다. 나 역시 마찬가지이다. 요즘 들어 부쩍 이 사람이 나랑 살던 그 여자가 맞나 하는 생각이 불쑥 들곤 한다. 우리가 서로를 이해하며 이 여행을 잘 마무리 할 수 있을까, 걱정이 앞서는 밤이다.

내령이는 차에서의 하룻밤이 거뜬했나 보다. 젊은 시절 카숙 여행을 많이 다녀본 나 역시 어려움 없이 밤을 보냈다. 단순한 우리와 달리 아내는 아침에 일어나자마자 나를 빤히 보며 절레절레 고개를 흔든다.

OTAGO

우리 부부의
화끈거리는 화해 법

Day 45

마눌님이 오늘따라 왜 이리 느그적 거리실까. 체크아웃 시간을 꽤 넘겼는데도 아내는 여전히 방을 벗어날 생각을 하지 않는다. 이게 화근이 되어 아침부터 우리 부부 사이에 사소한 말다툼이 있었다.

"체크아웃 시간 그거 하나 못 맞추나?"
"조금 늦을 수도 있지. 지금 내 몸 상태가 별로잖아."

차에 올라서도 첨예한 말싸움이 오갔고, 급기야 격앙된 감정을 참지 못한 내가, 차 문을 박차고 밖으로 나왔다. 후회에는 그리 오랜 시간이 필요하지 않았다. 와나카 호수에서 불어오는 아침 바람은 거세도 너무 거셌다.

'아… 너무(덜덜덜) 추…웁다'

곁눈질로 힐끗 보니 차 안에 앉아 있는 아내의 표정에는 안락함이 묻어났다. 이대로 들어가자니 자존심이 허락하질 않는다. 큰 나무 뒤에 잠시 몸을 숨겨보지만 그것

도 잠시뿐, 추위를 이겨낼 재간이 없다. 결국 아무 일 없었다는 듯 뻔뻔하게 차로 돌아가 운전석에 털썩 앉자 아내가 피식하고 웃음을 짓는다.

"참나, 영영 안 돌아올 것처럼 나가더니만⋯."

여행하다 보면 어쩔 수 없이 다투게 된다. 하지만 그게 오래 가지 않는 이유는 뭔가를 계속해서 의논해야 하고 또 결정을 내려야 하기 때문이다. 토라져 있을 여유가 없다는 것이다. 처음에는 아들을 생각해 가능한 작은 말다툼도 피하려 했지만, 지금은 마음이 바뀌었다. 엄마, 아빠가 다투고 화해하는 과정을 보는 게 더 자연스러울 테니까. 그러다 보니 어느 순간부터 아들은 부모의 사소한 말다툼에 눈 하나 깜빡하지 않게 되었다. 오히려 훈수를 두며, 때때로 분위기를 전환하는 역할을 했다.

자존심을 건 부부의 싸움은 깔깔대는 웃음소리로 종결되었다. 싸우더라도 절대 집 밖으로 나가지 말라는 어른들의 교훈을 뼛속 깊이 새긴 하루다.

시작부터 갈등 작렬

Day 49

우선 아내 컨디션부터 챙기는 게 먼저다. 날씨는 기상청이 틀리기만을 바랄 뿐이다. 나의 마음은 종일 뒤숭숭한데, 아내는 은근히 이 상황을 즐기는 것 같다. 한국에서도 걷는 것을 무지하게 싫어하는 사람이었으니, 트레킹을 하고 싶은 마음 역시 전혀 없어 보인다. 케플러 트레킹이 계획된 날로부터 이틀 전 우리 부부는 세계여행 시작 이래 가장 격렬한 다툼에 내몰렸다.

"케플러 트레킹이 뭐가 중요한데, 내령이 안전이 더 중요한 거 아닌가?"

"물론 내령이 안전도 중요하지. 그런데 니는 아의 잠재력을 너무 가두는 거 아니가(아니냐고)."

"무슨 잠재력을 가두는데, 난 당신이 처음부터 이런 계획을 세운 것 자체가 이해가 안 된다."

"뭐? 이 계획이 뭐 어때서?"

"생각을 해봐라. 이제 다섯 살 꼬맹이한테 어른도 힘들다는 3박 4일 트레킹이 말이 된다고 생각하나? 게다가 그 날은 비도 오고 바람도 많이 분다는데."

"말이 안 될 건 또 뭐가 있노. 내령이가 걸을 수 있는지 없는지 해보지도 않고 안

된다는 건 니 생각이잖아."

　　"하여튼 나는 모르겠다. 안고 가든 업고 가든 니가 알아서 케어해라."

　　한국에서의 내령이는 온실에서 자란 화초 그 자체였다. 아내를 보며 아이 보호가 너무 지나치다는 생각이 들면 한마디 할까 싶다가도, 분명 핀잔만 날아올 게 뻔했기에 입을 꾹 다물고 지나기 일쑤였다.

　　내령이는 아파서 병원에 간 횟수보다 아플 것 같은 느낌적인 느낌 때문에 갔던 횟수가 더 많다. 내가 볼 때는 멀쩡한데 아내는 곧 아파질 타이밍이라는 거다. 아파질 타이밍. 그런 게 있나? 근데 황당한 건 병원에 가면 의사가 약 처방을 해 준다는 것이다. 그럴 때면 내 감각이 무뎌서 그러려니 결론 내리는 경우가 다반사였다.

　　겨울에는 감기에 걸릴까 봐 아예 외출 자체를 하지 않았다. 쌀쌀한 날씨에 아이와 놀이터에라도 나갔다간 난리난리 그런 난리가 없었다. 집에서 책이나 읽고 거실에서

혼자 뒹굴뒹굴하며 노는 게 전부이다 보니 아이는 자연스레 내성적이고 조용한 성격이 되었다. 이런 아내의 행동은 여행 중에도 은연중에 계속되었고 내 안에 숨겨둔 불만 폭탄이 결국 터져버린 것이다. 처음 보는 남편의 불 같은 모습에 당황한 아내는 급기야 '내가 알고 있는 남편이 아닌 것 같다'라며 울먹거리기 시작했다.

우린 8년 차 부부로 살고 있지만, 말만 부부지 철저히 분업화되어 살아와서 생각을 공유할 시간이 많지 않았다. 우리는 이제부터 2년간 세계여행을 통해 서로의 진짜 모습을 수차례 마주하게 될 것이다.

밤새 격정의 논의를 했고, 케플러 트레킹은 당일 아침 폭우가 온다면 전면 취소하기로 결론을 내렸다. 나 역시 우리 가족의 위험을 담보삼아 트레킹을 강요할 마음은 없다. 그저 안전하게 트레킹 할 수 있도록 하늘이 도와주시길 바랄 뿐이다.

만에 하나 트레킹 일정이 취소될 것을 대비해 숙소도 급하게 알아본다. 제길, 숙소 잡기가 만만치 않다. 특히 12월 31일은 숙소 찾기가 하늘의 별 따기일 뿐만 아니라 간신히 찾은 숙소마저도 하룻밤 30만 원이 훌쩍 넘는 요금을 요구했다. 만약 케플러 트레킹을 취소한다면 케플러 트레킹 산장 비용, 사흘 치 새 숙소 비용까지 더해 약 150만 원의 금전적 손해를 감수해야 한다.

트레킹 하루 전날, 나는 혼란한 날씨만큼이나 심란한 하루를 보내고 있다. 이런 내 마음을 아는지 모르는지 아내와 아들은 유스호스텔에서 종일 맛난 거 해 먹고, TV도 보고, 게임도 하면서 달콤한 시간을 보내고 있다. 아, 얄미운 그대들이여.

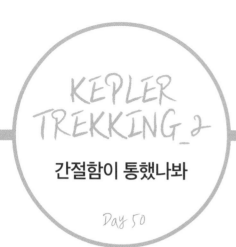

KEPLER
TREKKING_2

간절함이 통했나봐

Day 50

뉴질랜드 케플러 트레킹_2

55   56

인버카길 더니든

밤새 날씨 걱정에 잠을 설쳤더니 몸 상태가 엉망이다. 새벽에 비가 쫙 하고 내리면 가슴이 철렁하다가도, 빗줄기가 수그러들면 안심하곤 했다. 차라리 내일 내릴 비까지 다 내려버리라고 하는 간절한 심정으로 새벽을 보냈다.

우려는 결국 현실이 되었다. 아침 7시, 하늘은 구멍이라도 뚫린 듯 비를 쏟아냈다. 우울해하는 내 옆으로 아들이 다가와 창밖을 보며 중얼거린다.

"오늘 트레킹 못가겠네."

그래, 하늘의 뜻이구나 생각하며 케플러 트레킹 일정은 전면 취소하기로 결정했다. 그나저나 당장 오늘 밤 숙소 어째야 할지…. 걱정이 태산이다.

아침을 먹고 10시에 체크아웃을 마친 뒤, 차 트렁크로 짐을 옮기고 있는데 거짓말처럼 하늘이 개기 시작했다. 이게 뭔 일이래. 하늘이 트레킹 보내주시려나? 자, 이 순간 하느님의 뜻보다 더 중요한 건 마눌님의 뜻이다. 내가(불쌍한 표정으로) 하늘을 바라보고 있자 아내가 옆에서 한마디 툭 던진다.

"케플러 트레킹 한번 해보자."

"진짜(히죽)? 괜찮겠어?"

"그래, 죽기야 하겠나. 가보자."

    궁휼을 베푸신 아내님 덕에 우리는 3박 4일 케플러 트레킹을 시작할 수 있었다. 중요한 짐들은 유스호스텔에 보관하고 잡다한 짐들만 차 트렁크에 싣는다. 마트에 들러 부랴부랴 나흘 치 식량도 준비해 본다. 모든 준비가 끝나자, 하늘이 믿음을 시험하듯 폭우를 쏟아내기 시작했다. 얼굴은 정면을 향한 채 눈동자만 굴려 아내의 반응을 살펴보니 모든 걸 체념한 듯 맘 변하기 전에 빨리 가자며 손짓을 한다. 물을 유독 좋아하는 아들, 비라고 마다할까. 이제껏 비 맞으며 걸어 본 적이 없으니 엄마의 암묵적인 허락이 떨어진 이 상황에 비 맞는 트레킹을 향한 기대를 숨기지 않았다.

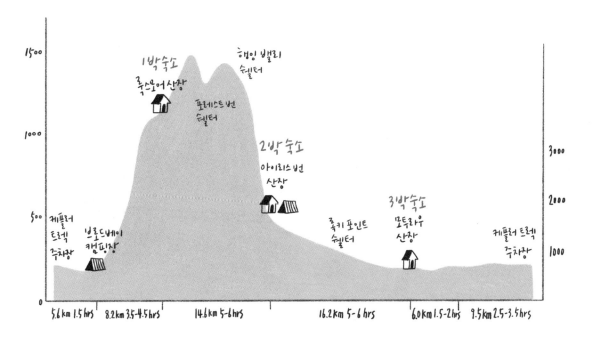

감기 기운이 여전한 아내가 걱정이다. 어제 약국에 들러 목감기약을 사서 먹었지만, 상태는 호전되지 않았다. 20kg이 넘는 배낭의 무게도 무시하지 못하지만 지금 내 마음의 무게에 비교할 수 없을 것이다.

케플러 트레킹의 첫날 목적지인 룩스모어 산장까지는 6시간이 걸린다고 한다. 우리는 아이가 있으니 목표를 8시간으로 잡았다. 예정보다 시간이 많이 지체되어서 12시 30분이나 출발할 수 있었다. 늦어도 밤 9시까지는 첫 번째 숙소인 룩스모어 산장에 도착해야만 한다. 브로드 베이까지 가는 코스는 평지라 아들의 도보 능력을 시험하기에 안성맞춤이다. 표지판에 따르면 1시간 30분이 소요되는 짧은 구간이다. 자, 케플러 트레킹의 첫 발걸음을 떼볼까.

앞서갔다 뒤로 갔다 하면서 아내와 아들을 체크한다. 아내 역시 40년 가까이 사는

동안 트레킹 경험이 전혀 없어서 걱정되기는 마찬가지였다. 속도보다 더 중요한 건 아이의 끼니를 거르지 않는 것이다.

휴식을 취하면서 늦은 점심을 챙겨 먹고, 짐도 다시 정리한다. 현재 시각 오후 3시. 표지판은 최종 목적지인 룩스모어 산장까지 앞으로 4시간 30분이 걸린다고 말해준다. 문제는 앞으로 세 시간 동안 계속해서 오르막이 펼쳐진다는 사실이었다. 이제부터가 진짜 고비다. 혹시 시간이 지체되어서 산속에서 해가 지면 어쩌지 하는 생각에 마음이 급해진다. 아내가 선두에 서고, 그 뒤를 아들이 따른다. 나는 후방에 서서 아내와 아들의 페이스를 조절한다. 걷는 내내 영화 〈아바타〉에서나 볼 법한 풍경들이 펼쳐지는데도 감탄할 여유가 없었다. 미지근한 비와 끈적거리는 땀이 뒤섞여 몸을 천근만근으로 만들었다. 숨을 헐떡이는 내게 아들이 묻는다.

"아빠 힘들어?"
"아니(헉헉). 괜찮은데."
"에이 좀 힘든 것 같은데. 내가 좀 천천히 갈까?"
"아니. 원래 걷던 대로 걸어. 근데 넌 안 힘들어?"
"난 재밌기만 한데. 근데 얼마나 남았어?"

힘든 기색을 들키지 않으려는 내 모습이 우스웠다. 심지어는 아들에게 묘한 라이벌 의식까지 생긴다. 재밌어하며 남은 거리를 물어보는 모습이 참으로 귀엽고, 대견하나. 브로드 베이에서 시작된 오르막을 걸은 지 2시간이 지났는데도 아들은 전혀 지친 기색이 없었다. 정말 눈이 의심스러울 정도로 쌩쌩했다. 아들은 처음 출발할 때 잠시 안아달라며 칭얼대긴 했지만, 엄마와 아빠의 짐 상태와 우리 가족의 상황을 자세히 얘기를 해 준 이후로 한 번을 보채지 않고 잘 걸어주고 있다. 사실 DOC 센터 직원이 얘기한 '바람이 엄청나게 부는 정상'이 나오면 안고 갈 생각이었다. 하지만 인제 보니 그럴 필요가 전혀 없을 것 같다.

KEPLER
TREKKING_3

칭찬은 나의 힘

Day 50

하산하는 사람들의 말과 행동은 아들에겐 힘의 원천이다. 우리 가족은 트레킹 하는 동안 정 방향 코스의 반대편에서 건너오는 사람들을 여럿 만났는데, 내령이를 본 그들은 하나같이 엄지손가락을 치켜들며 '어썸Awesom', '원더풀Wonderful', '뷰리푸울Beau-ful', '그뤠잇Great', '엑설런트Excellent' 같은 감탄사를 날려 주었다. 칭찬은 분명 불가능을 가능케 하는 묘약이다.

어느덧 비는 입고 있던 우비를 무용지물로 만들 정도의 폭우로 변해 있었다. 혹시 아들이 춥진 않을까, 최대한 땀이 식지 않도록 끌어주고 밀어준다.

"아빠는 에너지 좀 채워."

나를 바라보며 웃는 아들을 보자니, 느닷없이 눈물이 흐른다. 내리는 비에 가려 눈물을 들키지는 않았지만, 갑작스러운 눈물에 조금 당황스러웠다.
몸은 지쳐가지만, 기분은 날아갈 듯 가벼웠다. 살아 있는 기분, 살아있다고 확신하는 이 느낌, 대체 얼마 만인지….

다행히 산 정상에 이를수록 비는 점점 줄어들었고 우리의 발걸음도 조금씩 늦춰졌다. 어느새 룩스모어 산장에 도착했다. 시계를 보니, 7시 28분. 와우, 아들은 성인의 평균 속도로 이 길을 걸어냈다. 산장에 들어서자 수많은 트레커의 시선이 아들에게로 꽂혔다. 그들 중 한 분이 아들에게 말을 건넨다.

"몇 살이야?"
"다섯 살요."
"혼자서 걸어온 거야? 아님 업혀 온 거야?"
"당연히 혼자서 걸어왔죠."

산장의 사람들은 윙크를 하거나, 머리를 쓰다듬어 주는 등 내령이를 향한 저마다의 찬사를 보내주었다. 아들은 그런 어른들의 환대가 의아한 모양이다.

"아빠, 난 그냥 걷기만 했는데 왜 사람들이 대단하다고 하는 거야?"
"음, 그건 내령이가 최선을 다하는 모습이 너무 멋있고 예뻐서 그러는 거야."

아들 녀석이 쑥스러운 듯 배시시 미소를 지어 보인다. 우리 가족은 2014년 12월 31일 오늘을 영원히 잊지 못할 것이다. 이날은 내령이의 가슴 속에 자신감이라는 커다란 씨앗이 뿌려진 날이기 때문이다. 이제 우리 부부는 그 씨앗이 자만의 열매를 맺지 않도록 잘 돌봐줘야 할 것이다.

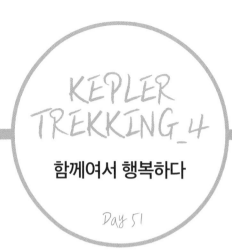

KEPLER TREKKING_4

함께여서 행복하다

Day 51

2015년의 새해가 밝았다. 산장은 생각했던 것보다 훨씬 추웠고, 그 바람에 밤새 잠을 설쳤다. 사실 새벽에 자꾸 눈이 떠진 이유는 추위 보다 내령이가 숨을 잘 쉬고 있는지 조마조마했기 때문이다. 아들이 너무 곤히 자고 있어서 더 걱정되던 밤이었다. 아침에 멀쩡한(?) 아들의 모습을 보고서야 지난밤의 걱정들이 부질없음을 깨달았다.

아침 8시쯤 눈을 떠보니 이미 많은 사람이 산장을 떠난 상태였다. 아침을 먹고 우리의 트레킹 둘째 날을 이어간다. 오늘 최대의 적은 바람이다. 하지만 내게는 가족이라는 무기가 있다. 아들이 계속해서 추위를 호소한다. 그럴 때마다 멈추지 말고 걸어야 한다고 재촉을 한다. 녀석은 '아빠 말 들으니 정말로 하나도 안 추워졌다'라면서 이런 걸 어떻게 알았냐고 신기해한다. 아빠 노릇을 한 것 같아 왠지 뿌듯한 기분이다. 에헴, 살다 보면 다 배우는 지혜란다. 껄껄껄.

산 위로 올라갈수록 바람은 더욱 거세졌고, 나는 행여 아들이 바람에 날아갈까 봐 손을 꼭 붙잡고 걸었다. 2시간 만에 도착한 첫 번째 쉼터를 지나 아슬아슬한 낭떠러지의 길을 걷는데도 마음은 고요하고, 평화로웠다. 맞잡은 아들의 손이 따뜻해서였을까. 벅차오르는 감정에 (또또 주책맞게) 눈가가 촉촉하다.

무사히 두 번째 쉼터에 도착을 하니, 이제야 아내는 마음이 좀 놓이나 보다. 산장까지 남은 시간은 앞으로 2시간. 우리 앞으로 내리막이 이어진다.

"아빠랑 함께 걸으니 너무 좋다."

내령아, 아빠도. 조금 불편하고 힘들어도 너랑 함께여서 참 행복하다.

KEPLER
TREKKING_5

왜 나만 공격해,
샌드플라이

Day 52

푹 자고 일어났더니 몸이 한결 가볍다. 이틀 동안 너무 힘든 코스를 지나와서 그런
지 앞으로 남은 이틀은 편안하게 즐길 수 있을 것만 같다. 배낭에 들어 있던 음식들도
하나씩 줄어드니 비로소 어깨도 가볍고, 발걸음은 더욱 가벼워 졌다. 아내도 트레킹
처음 출발할 때보다 컨디션이 더 좋아 보인다. 샌드플라이(Sandfly, 습지 및 삼림에 서식
하는 흡혈성곤충) 때문에 조금 고전하는 것만 빼고.

"이상하게 샌드플라이가 왜 엄마만 공격하지?"
"왜 그런 줄 아나?"

"샌드플라이가 엄마를 싫어하는 거 아니가?"

"반대지. 엄마가 샌드플라이를 싫어하고 무서워 하는 거지."

"무슨 말도 안 되는 얘기를 애한테 하노?"

　원래 무서운 일은 그 일을 두려워하는 사람한테 일어나는 경우가 많다. 최소한 내 경우엔 그렇다. 우리 가족은 이 작고 잔인한 곤충에게 무차별적으로 공격당했지만, 유독 피부가 약한 아내만 완치의 기미가 안 보였다. 효과 좋다는 피부약은 다 발라봤지만 아무 소용이 없었다. 어쩔 수 없이 아내는 샌드플라이가 남긴 상처를 안고 그냥 지내야 할 것 같다.

　오늘 트레킹 코스는 처음부터 끝까지 평지라고 봐도 무방하다. 거리는 첫날이나 둘째 날보다 먼데, 걸리는 시간은 비슷할 것으로 예상된다. 어제까지만 해도 추위와 싸웠는데, 오늘은 더위와 싸움박질 이다. 날씨 한번 참 변덕스럽다. 그래도 강가를 끼고 하는 트레킹이라 더우면 물에서 잠깐 시간을 보낼 수 있었다. 내친 김에 이틀 동안 들고 다닌 맥주 한 캔을 꺼내어 본다. 술을 좋아하지 않는 아내도 이번만큼은 음주 욕심을 냈다.

"남편, 너무 좋다. 그치?"

"케플러 트레킹 안 간다고 그렇게 목에 핏대 세울 땐 언제고."

"그때는 상황이 그랬잖아, 히히."

　엄마 아빠가 맥주 한 캔의 여유를 누리는 동안 아들은 물수제비에 열을 올린다. 납작한 돌을 구해서 강 위로 던지는 아들의 모습을 보고 있자니, 앞으로 이어질 여행에 대한 두려움이 눈 녹듯 사라진다. 가진 거라곤 달랑 배낭 하나지만 우리는 분명 잘 할 수 있을 것이다.

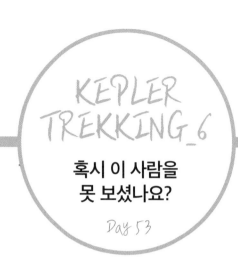

KEPLER TREKKING_6

혹시 이 사람을
못 보셨나요?

Day 53

아침부터 산장 안이 북적북적한다. 트레커 중 한 분인 독일 아주머니께서 우리 가족에게 아침 수프를 챙겨준다. 3일 동안 함께한 우리 트레커 사이엔 어느덧 동지애 비슷한 것이 생겨났는데 전우의 살뜰한 배려에 감사하고 또 감사했다. 우리가 다시 길을 나서려 할 때 어느 노부부는 가족사진을 손수 찍어주시고는 길을 벗어날 때까지 손을 흔들어 주셨다.

도착지는 첫날 출발했던 장소다. 예상 소요 시간은 약 5시간. 우리 가족에게 이 정도 거리는 가뿐했다. 테아나우 호수와 마나포우리 호수를 잇는 와이아우강을 따라 계속해서 발걸음을 내디딘다. 중간에 레인보우 리치에서 점심을 먹고, 여유 있게 트레킹을 즐겨 본다. 놀랍게도 아내 컨디션이 좋아도 너무 좋다. 트레킹 내내 달고 다니던 감기기를 훌훌 털어버려서 그런지 몸놀림이 매우 가벼워 보였다. 아니나 다를까 깡충깡충 뛰던 아내가 갑자기 우리를 앞질러 내달리기 시작했다. 저 사람 왜 저러나 하면서 대수롭지 않게 뒤를 밟는데 한번 앞서간 이 양반을 도무지 따라잡을 수가 없었다. 갑자기 사라진 엄마가 한참이 지나도 보이질 않자 아들의 낯빛이 어두워진다.

"아들 걱정하지 마라. 엄마는 먼저 주차장에 도착해 있을 거야."

"엄마는 길도 잘 모르잖아."

"여긴 길이 하나라 길 잃어버릴 일은…, 아마 없을 거야."

일단 아들을 안심시켜보지만, 애간장이 바싹바싹 탄다. 아니나 다를까 최종 목적지에 도착했을 때도 아내의 모습은 온데간데 없었다. 분명 먼저 내려갔는데… 게다가 길은 하나밖에 없는데, 대체 어디로 사라진 거야. 이대로 마냥 기다릴 수만은 없겠다 싶어 직접 찾아 나서기로 한다.

오고 가는 사람들에게 아내의 사진을 보여주며 "혹시 이 사람 본 적이 있으세요?" 라고 탐문 수사를 벌인다. 다행히 목격자 한 분이 계셨고, 아내가 브로드베이 쪽으로 가고 있는 걸 보셨다며 수사에 협조 하셨다. 브로드베이는 우리가 첫날 트레킹을 시작하던 곳이다(아놔). 아들과 함께 큰 걸음과 잰 걸음을 반복하자 얼마 후 저만치 아내의 뒷모습을 볼 수 있었다. 만나면 욕 한 바가지 해줄 심산이었는데, 막상 다시 만나니 안도의 웃음이 빵 터져버렸다.

3일 동안 제대로 씻지도 못하고 고생한 가족들을 위해 오늘의 숙소는 좋은 호텔로 잡았다. 방을 보자마자 아들은 너무 좋다며 펄쩍펄쩍 뛰고 난리가 났다. 아들이 잠든 사이 맥주 한잔을 하며 아내와 케플러 트레킹 이야기를 나눈다. 아내는 왜 내가 그렇게 어린 아들을 데리고 가족 세계여행을 하자고 했는지 그리고 무모해 보이는 케플러 트레킹 도전을 강행했는지 조금 이해했다고 한다. 유모차를 걱정했던 우리는 내령이의 잠재력을 발견할 수 있었던 귀한 시간 이었다. 호주에는 어떤 선물이 우릴 기다리고 있을까.

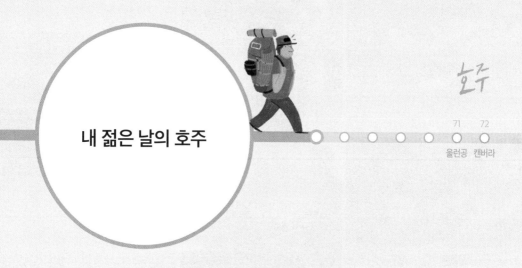

내 젊은 날의 호주

호주. 내 인생에서 빼놓을 수 없는 여행지이다. 젊은 시절, 뉴질랜드가 여행의 '첫' 맛을 알게 해줬다면, 여행의 '참' 맛을 가르쳐 준 곳은 이곳 호주이다. 나는 결혼 전 세 차례 호주 여행을 경험했는데, 미치도록 좋았던 시절도 있었고 두 번 다시는 여행을 못 할 것 같은 힘든 시간도 있었다. 사실 인제 와서 고백하건대, 그토록 좋아하던 여행을 10년 전, 여기 호주에서 끝낸 데에는 남모를 비밀이 있다.

여행밖에 모르던 내게 여행을 '끝낸다'라는 의미는 단순히 '이제 지겨우니까 그만할래'가 아니었다. 그야말로 존재 의미가 사라지는 것과 진배없었다.

나는 호주 여행을 하던 중 '여행 우울증'에 걸리게 되었다. 돌이켜보면 하루아침에 생긴 병은 아니었다. 혼자 움직이는 장기여행을 좋아했던 내게 여행 중 새로운 사람과 만나고 헤어지는 일은 비일비재한 일상이었다. 얼마나 매력적인가. 세계 각국의 사람들과의 인연을 만들어가는 즐거움. 낯선 여행지에서, 낯선 사람과의 만남 그리고 쿨한 헤어짐. 그런데 어느 순간 즐거움은 비수가 되어 내게 상처를 남기기 시작했다. 그 상처를 견딜 수 없는 순간에 이르자 나는 여행을 멈출 수밖에 없었다. 이 병은 여행지에서 누군가 내 옆을 스쳐 지나가는 것조차 부담스럽게 만들었다. 그 후 나는 누군가와의 관계진전을 극도로 경계했다. 심지어는 호스텔에서 나누는 흔한 "헬로"조차 싫었다. 누군가를 만나면 언젠가 헤어져야 한다는 사실은 즐거움이 아닌 그저 고통에 불과했다.

그 시절 호주 서부 여행을 함께 했던 친구들(현지에서 만난)이 있었다. 여느 날과 똑같이 우리는 낮에는 길거리 여행을 즐기고 저녁에는 식당이나 펍에서 시간을 보냈다. 그리고 밤이 되면 호스텔로 돌아와 각자의 침대 한 자리씩을 차지하고 누워 못 다한 수다를 밤새 이어나가곤 했다. 무슨 얘기가 그리도 재미났는지 함께 있으면 시간 가는 줄 몰랐다. 그러다 한 명, 두 명 곯아떨어지기 시작하고 어느덧 홀로 깨어 있는 나를 발견하는 순간, 알 수 없는 무언가가 훅 밀려들어 왔다. 외로움, 공포 등 설명할 수 없는 두려운 감정을 떨치고자 급히 잠을 청 해봐도 잠은 쉽사리 나를 받아들이지 않았다. 그런 낮과 밤을 반복적으로 지속하던 어느 날, 이별의 시간에 이르렀다. 나는 퍼스에서 남쪽 해안선을 따라 시드니까지 한 달간 이동할 계획이었지만, 두려웠다. 마치 부모를 잃은 아이처럼 불안해했다. 옆에 누가 없으면 꼭 죽을 것만 같았다. 그래서 급히 시드니에 있는 후배 이기에게 전화를 걸었다.

"후유…, 요즘 왜 이런지 모르겠다. 밤만 되면 무슨 마음이 그리도 횡한지."
"선배님, 실연당했습니까?"
"뭐라하노? 여자가 있어야 실연도 당하지…. 하긴 꼭 실연의 느낌이긴 하네."
"그래서 남은 여행 제대로 할 수 있겠습니까?"
"그러게…, 아무리 생각해도 이제 끝내야 할 것 같다."

지난날의 여행이 다 부질없다는 생각마저 들었다. 어떻게든 마지막다운 마무리를 지어보려 발버둥 쳐봤지만 나의 여행은 끝내 미완성인 채로 막을 내렸다. 여행은 그렇게 내 인생에서 자연스레 사라져 버린 듯했다.

한국으로 돌아온 후 여행이라는 단어만 들어도 몸서리를 치는 긴 시간을 보냈다. 그로부터 몇 년 후 지금의 아내를 만났고, 차츰차츰 우울함은 잊혀갔다. 그러던 어느

날 문득 헤어짐을 두려워하지 않아도 될 여행 방법을 발견하게 되었다. 가족, 바로 가족 여행이었다. 내가 다시금 여행을 시작할 수 있었던 데는 평생 헤어지지 않아도 되는 가족이 있었기에 가능했다. 그리고 지금 나는 사랑하는 가족과 함께, 여행을 그만둬야 했던 호주에 서 있다.

호주는 내게 가장 행복한 기억을 남긴 곳이기도 하다. 10년 전에 6박 7일짜리 현지 탐방을 한 적이 있었다. 울룰루에서 다윈까지 올라가는 길에 오지를 탐험하는 투어였던 걸로 기억한다. 투어가 진행되면서 함께 한 이름 모를 일행과 비박(Bivouac, 텐트를 치지 않고 야영 하는 짓)을 한 날들도 더러 있었다. 밤이 오면 10여 명의 투어 멤버들과 모닥불 앞에 둘러앉아 여러 가지 주제로 이야기꽃을 피우곤 했는데, 특별한 기억으로 남은 그 날의 주제는 '꿈'이었다.

"대영, 넌 꿈이 뭐야?"
"내 꿈? 어… 난 35살 때까지 10억 모으는 게 꿈이야."
"10억 모아서 뭐 할 건데?"
"건물도 사고…, 또 그때 가서 하고 싶은 게 있으면 하고."

질문은 다른 사람에게로 이어졌다.

"A, 넌? 어떤 꿈이 있어?"
"내 꿈은 많이 보고 많이 듣고 많이 느끼는 거야."
"멋진데."
"내가 여행을 좋아하는 이유도 거기에 있어. 여행은 자연스레 많이 보고, 많이 듣고, 많이 느끼게 하거든."

한동안 다른 말은 귀에 들어오지 않았다. 10억 버는 게 꿈이라고 당당히 말했던 내가 한없이 초라하게 느껴졌다. '많이 보고, 많이 듣고, 많이 느끼는 여행', 10년 뒤 우리 가족 명함에는 이 문구가 새겨지게 된다. 젊은 시절 만났던 누군가의 꿈이 어느 순간 내 안에서 '나의 꿈'으로 자라나고 있었던 것이다.

CANBERRA
경이로운 대자연의 위엄

Day 73

호주에서 자동차 여행을 시작한지 사흘 째, 여기 캔버라의 날씨가 심상치 않다. 우리 머리 위로 펼쳐진 맑은 하늘과 달리 저 멀리 시커먼 구름이 우리를 기다리고 있었다.

"왜 그렇게 긴장을 해?"

"저기 저 멀리 하늘 보여?"

"응. 검은 구름 말이야?"

"그래. 심상치가 않은데."

"비 올까 봐서?"

"그냥 비가 아닌 것 같아서. 오늘 제대로 쏟아질 것 같은데."

"에이, 비가 와 봤자…."

호주에서 제대로 된 비를 경험해 보지 못한 가족들은 그 느낌이 어떤지 짐작조차 못 했다. 시커먼 구름 속으로 들어가면 삽시간에 완벽하게 갇힌 답답한 기분이 든다. 그리고 이내 운전을 지속할 수가 없을 만큼 비가 내리고 시야가 막혀버린다. 난생 처음 경험한 호주 식 폭우에 아들이 놀라 귀를 막고 고개를 숙여 버린다. 아내 역시 당황하기 시작했다.

"야! 이거 대체 뭐야?"
"뭐긴 뭐야, 비지! 으…, 큰일 났다."
"이런 비는 태어나서 처음 본다. 폭포 아니야?"
"엄마 아빠! 아무것도 안보여!"

하늘 크기의 커다란 구멍에서 대지를 향해 물을 부어대는 느낌이랄까. 무차별적으로 쏟아지는 빗줄기에 도로를 달리던 차들이 하나둘 운행을 멈추고 갓길에 정차를 한다. 상황이 수 분가량 지속하자, 긴장감은 이내 공포심으로 변하기 시작했다. 공포에 얼어붙은 사람이 할 수 있는 건, 이 상황이 빨리 지나가길 기도하는 것뿐이다.

얼마나 지났을까. 어느덧 하늘의 분노가 조금 사그라든 분위기이다. 창밖을 보니 쫄아있던 자동차들이 하나둘 움직이기 시작했다. 우리도 슬슬 가볼까. 조심스레 차를 움직이는 사이 성난 먹구름은 어느새 사라지고 새파란 하늘이 우리에게 미소를 지었다.

대자연은 아름답고 경이롭다가도 어느 순간 두렵고 무서워진다. 그 속에서 인간은 스스로 얼마나 보잘것없는 존재인지를 깨닫게 된다. 사람들이 호주 여행을 좋아하는 이유는 넓은 땅 만큼이나 산도, 들도, 바다도, 강도, 호수도, 하늘도, 구름도, 다 크기 내문이나. 광활한 풍경과 인간의 생각을 아득히 뛰어넘는 초월적 자연은 경외심과 더불어 가슴이 뻥 뚫리는 상쾌함을 선사한다.

호주 헤드 오브 바이트

107 108 109
멍글리넙 하이든 올버니

112 113 114 117
만지멉 번버리 퍼스 주리엔
베이

HEAD OF BIGHT

**남 호주
최고의 바다를 만나다**

Day 105

"노스맨까지는 여기 시두나에서 얼마나 걸려?"

"음… 1,200km이니까, 꼬박 이틀은 걸리겠네."

"남편 근데 진짜 궁금해서 물어보는데 대체 우린 왜 이런 개고생을 하는 거야?"

"하하하! 새롭고, 또 재밌잖아."

아내는 장거리 운전을 즐기는 내가 의아한 모양이다. 한국에서는 부산에서 천안 거리만 운전해도 있는 짜증, 심지어 없는 짜증까지 만들어서 내던 인간이 내내 히죽거리니 이해되지 않는 게 당연했다.

아들과 아내에게 꼭 보여주고 싶었던 이곳 '헤드 오브 바이트Head of bight'에 도착했다. 예상대로 사람은 한 명도 보이질 않는다. 바다를 즐기기에 조금 이른 시기이긴 하다. 덕분에 이 넓은 바다를 통으로 빌린 느낌이다. 15달러의 입장료를 내고 모래알 반짝이는 해변으로 발걸음을 옮겨본다.

"우아~ 바다 색깔 봐."

"예쁘지, 그치? 거 봐. 오길 잘했지."

시큰둥한 표정으로 '바다가 뭐 별거 있겠어'하며 차에서 내리던 아내는 아름다운 남호주 바다를 마주한 순간 완전히 매료된 표정이 되었다. 감탄사를 아낄 수 없는 아름다운 자태에 우리 부부의 마음은 완전히 무장해제 되었다. 아들은 산책로를 내달리느라 정신이 없다. 평소엔 당연했을 엄마의 제지도 없겠다, 목적지 없이 무작정 내달리며 기뻐한다. 잠깐 시야에서 벗어나 사라졌던 아들이 저 멀리서 누군가와 하이파이브 하는 모습이 포착되었다. 어라, 숨어 있던 관광객이 있었네.

　"아들 뭐했어?"
　"아, 저 할아버지가 '하우 올드 알 유(몇 살이니)' 하고 물어봤어."
　"그래서?"

"당연히 씌익스 이얼즈 올드(올해로 여섯 살 되었어요)했지."

"오~~ 아들 좀 하는데."

"그런데 저 할아버지가 웃으면서 뭐라 뭐라 하시면서 '씌스틔 원(나도 예순 한 살밖에 안 되었단다)' 이라던데 무슨 뜻이야?"

"크하하하하."

남 호주 최고의 바다와 작별한 우리 가족은 노스맨을 향해 계속해서 달려나갔다. 그 끝에서 만난 호주 가장 긴 직선 도로. 우리 차는 무려 90마일(약 140km)의 도로를 아무런 방해 없이 달려나갔다. 운전대를 잡을 필요도 없었다. 그저 엑셀에 발만 올려놓으면 시원하게 내달릴 수 있는 곳이었다. 물론 정말 운전대를 놓지는 않았지만 마음만큼은 어떤 제약도 없이 원 없이 달릴 수 있었다.

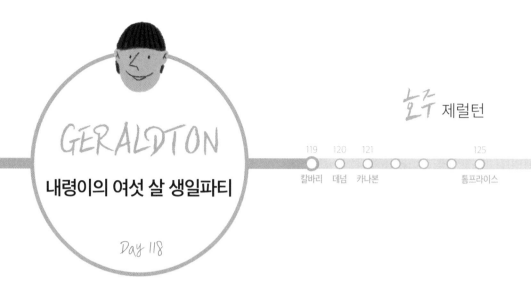

GERALDTON

내령이의 여섯 살 생일파티

Day 118

호주 제럴턴

119 120 121 125
칼바리 데넘 카나본 톰프라이스

2015년 3월 10일. 내령이가 우리에게 온 지 정확히 5년이 되는 날이다. 아들은 엄마 뱃속에서 10개월을 채우지 못하고 한 달 일찍 태어났다. 첫 아이를 이른둥이로 낳아서 그랬을까, 아내는 아들을 마치 신줏단지 모시듯 애지중지하며 키웠다. 그렇게 보호만 받으며 자랐던 아들이 어느덧 훌쩍 커서 부모를 따라 세계여행을 하고 있다니 새삼 감개가 무량하다. 사실 세계 여행을 떠나기 전 내령이의 어린 나이는 여행의 가장 큰 걱정거리였다.

"이제 고작 다섯 살짜리를 데리고 세계여행 할 수 있을까?"
"뭐가 걱정이라고."
"혹시라도 아프면 어쩔 건데?"
"아프면 병원 가면 되지. 거기도 다 사람 사는 곳일 텐데."

우리의 이런저런 우려가 머쓱해 질만큼 내령이는 이제껏 한 번도 아프지 않고, 즐겁게 자기 여행을 즐겼다. 오늘 생일을 맞은 내령이에게 수고했다고, 앞으로 더 즐겁게 여행하자고 축하해주려 한다. 캠핑장에 딸린 주방을 이용하는 사람이 한 명도 없다 보니 마치 작은 레스토랑을 하나 빌려놓은 듯했다. 고작 자그만 케이크 하나에 미역국이 전부였지만 마음은 더없이 풍성한 시간이었다. 간단한 식사를 마치고, 케이크에 숫자 '6' 모양의 초를 꽂아 아들을 위한 우리만의 파티를 시작했다.

"아빠, 그런데 나 다섯 살이야 여섯 살이야?"
"호주 나이로 하면 다섯 살이고, 우리나라 나이로 하면 여섯 살이지."
"우리 생일 축하 노래 부르자."
"생일 축하합니다~ 생일 축하합니다~ 사랑하는 내령이, 생일 축하합니다!"

생일 축하 노래가 울려 퍼지는 동안 아내가 눈시울을 붉힌다. 나도 덩달아 가슴이 뭉클해진다. 한없이 여리기만 했던 아들 녀석이 이리도 씩씩하게 자라주다니. 아들이 초에 붙은 불을 후-욱 끄는 순간 두 손을 모으고 소원을 빌어본다.

"내령아. 엄마, 아빠는 네가 그저 건강하고, 행복했으면 좋겠다."

KALBARRI

핑크빛 호수를 만나다

Day 119

호주 여행을 하면서 가장 기대했던 풍경 중 하나가 핑크 호수였다. 처음 인터넷에서 분홍빛 호수 사진을 발견하고는 들뜬 마음으로 아내에게 보여줬던 기억이 난다.

"이 사진 봐봐. 호수가 완전 분홍색이야. 완전 대박이다."
"에이. 설마 이런 호수가 있겠어? 합성이거나 포토샵 수정했겠지."
"그런가?"

서호주 여행이 시작되면서 우리는 핑크 호수를 한 번만이라도 만나길 기대했으나, 번번이 실패 또 실패했다. 약간 붉은 빛을 내는 호수들은 많은데 완벽한 '핑크색'의 호수는 도저히 찾을 수가 없었다. 심지어 에스퍼런스 지역에 있는, 대놓고 '핑크 레이크'라는 이름의 호수조차 우리의 눈을 만족시키지 못했다. 소금기 가득한 호수가 말라 레몬 빛을 내는 호수, 파란 호수, 뉴질랜드에서는 빙하가 녹은 에메랄드 호수, 심지어 태즈메이니아에서 검은 호수까지 보았다. 이제 핑크, 핑크만 보면 되는데!

우리 가족은 제럴턴에서 칼바리 국립공원을 향해 가고 있다. 저 멀리 호수 헛 라군

Hutt Lagoon이 보이기 시작한다. 엇…, 왠지 색깔이 예사롭지 않다. 자고 있는 아내와 아들을 다급히 깨웠다.

"야, 야. 저기 봐봐. 호수 색이 벌겋다."
"또 호들갑. 가까이 가면 매번 보던 그런 호수일 거야."
"아닌 것 같다. 이번에는 진짜 같은데."
"어? 아빠. 내가 보기에도 완전 분홍색 같다."

우리 가족 중 시력이 가장 좋은 아들의 말을 믿고 헛 라군 쪽으로 차를 몰고 갔다. 호수와 최대한 가까운 곳에 주차한 뒤 호숫가로 뛰어 가 본다. 가슴이 뛰기 시작한다.

눈앞으로 딸기 우유를 풀어 놓은 듯 분홍의 풍경이 펼쳐졌다. 그토록 기다려온 핑크의 향연. 아무 때나 쉽게 만날 수 없는 자연의 신비이다. 우리 가족의 마음이 핑크빛에 물든 지 1시간이 지났건만, 우리의 발길은 쉬 떨어질 생각을 않았다.

NITMILUK NATIONAL PARK

악어 떼가 나온다, 악어 떼

Day 135

노던 준주(Northern Territory, 호주 북부에 위치한 연방 직할 행정 구역. 주도는 다윈이다)의 건기는 4월부터라던데, 올해는 좀 늦어지나 보다. 어느덧 4월도 중순을 향해 가는데 하늘은 마르긴 커녕 매일같이 젖은 비를 쏟아내느라 정신이 없다.

"날씨 참 적응 안 되네."

"장기여행자의 비애라고 할 수 있지. 긴 시간 동안 나라별 여행 적기를 다 맞출 수 없는 노릇이니."

"아빠, 그래도 비 덕분에 케빈에서 자고 좋은데?"

아들이 좋다면 나도 그저 좋다. 오늘은 잠시 하늘이 갠 시간을 이용해 닛미루크 국립공원을 둘러보기로 한다. 그런데 국립공원 들어가는 도로가 물에 잠겨있다. 얼마나 찼을까 싶어 물속에 발을 담가 깊이 들어가려는 찰나 누군가 다급하게 나를 부르는 소리가 들렸다.

"헤이! 헤이! 이봐요!"

"저요? 왜 그러시죠?"

"어이구! 저 사람이 죽으려고 환장을 했나."

"네?"

"갑자기 악어 나타나면 어쩌려고 물에 함부로 들어가요."

"악어요?"

그렇다. 호주 우기에는 악어들이 물 찬 도로를 헤엄치며 사람들을 해치는 경우가 왕왕 있어서 함부로 물에 발을 담갔다간 정말 큰일이 난단다. 이제껏 꽤 많은 사람이 악어의 이빨에 상처를 입거나 심지어 목숨까지 잃었다고 한다. 설명을 다 듣고 나니 그제야 소름이 쫙 돋는다. 어휴 십년감수 했네.

"그나저나 여기 지나갈 수 있나요?"

"어디 가시는데요?"

"닛미루크 국립공원 구경 하러요."

"들어가는 건 괜찮은데, 점점 물이 불어나고 있으니 얼른 구경하고 나오시는 게 좋을 거예요."

다행히 아직은 물이 많지 않고, 다른 차들도 쌩쌩 지나기에 우리 가족 역시 대수롭지 않게 생각했다. 그렇게 닛미루크 국립공원을 잘 구경하고 나오는 길에 문제가 발생했다. 공원을 돌아보는 불과 1시간 만에 물이 엄청나게 불어나 버린 것이다. 도로에 고인 물 높이는 30cm가 마지노선이고 40cm부터는 위험한 수준이라고 한다. 위험 수위의 도로를 패기 넘치게 달렸다가는 엔진에 물이 들어가 폐차를 면하지 못할 수도 있다.

"진짜 황당하네…. 고새 물이 이렇게 불어나나?"
"아빠, 저기 큰 차들은 슝 하고 지나가는데."

"대형 트럭이 부럽다. 우리 차는 정말 아슬아슬하네."

"그렇다고 이렇게 고민하는 사이 물이 더 불어나면 그야말로 오도 가도 못 하는 신세 아이가?"

"요 앞에 짧은 거리만 지나가면 되는데…."

갈 길은 구만리 인데 시작부터 발이 묶였으니, 어찌할 바를 모르겠다. 일생일대의 깊은 고민에 빠진다. 그때 건너편에서 내 모습을 지켜보던 점잖은 할아버지 한 분이 다가와 내게 차분히 말을 건네셨다.

"젊은 양반, 내 말 한번 들어 보겠수?"

"네. 말씀하세요."

"보아하니 물 때문에 어떻게 해야 할지 걱정인가 본데, 내 트럭 뒤에 바짝 붙어서 따라 오슈. 내가 물살을 헤치면서 물 수위를 좀 낮춰줄 테니."

고민의 여지도 없이 내 고개는 이미 끄덕끄덕을 반복하고 있었다. 할아버지의 트럭이 굉음을 내며 출발하자 우리 차가 종이 한 장 차이로 꽁무니를 쫓았다. 느린 속도로 물살을 가르며 천천히 움직이는데 이거 뒤에서 받으면 어쩌지, 가슴이 쿵쾅거린다. 그 와중에 아들은 창문 밖으로 고개를 내밀고 우리 차가 무사히 지나갈 수 있도록 응원을 해댄다. 물에 잠긴 도로를 지나는 잠깐이 아득하게 느껴졌다. 영겁을 지나 무사히 물을 빠져나왔을 때의 희열은 말로 설명할 수 없는 기분이었다. 트럭 할아버지께 감사하다는 말을 남기기 위해 차에서 내리려는데 할아버지는 트럭 창밖으로 손을 살짝 흔들며 유유히 사라지셨다. 위기의 순간마다 우리 가족을 한 번씩 찾아와 도와주시는 수호천사들께 감사하고, 또 감사하다.

DARWIN

카지노 주차장에서의 하룻밤

Day 136

요즘 우리 가족의 아침 인사는 '밤새 안녕하셨습니까?'이다. 보통 케빈에서 자는 날과 달리 가끔 객기로 텐트에서 숙박한 다음날은 특히 서로의 '밤새 안녕'을 꼭 물어야 한다. 텐트에서 숙박할 시 비라도 왕창 쏟아지는 날엔 주위의 트레일러 여행객들까지 와서 아침 인사를 건네기도 한다. 밤새 안녕하셨냐고.

우리의 아침과 달리 도로 사정은 여전히 안녕하지 못하다. 톨머 폭포와 왕기 폭포의 장관을 눈에 담은 뒤 리치필드 국립공원에서 다윈으로 향하는 길, 도로위로 물이 조금 차있다. 내비게이션은 이 길을 벗어날 두 가지 방법을 제시했는데 200km의 포장도로 하나와 140km의 비 포장도로 하나였다. 시계가 저녁 6시를 향해 내달리고 있는 상황인지라 나는 관성적으로 짧은 거리의 비 포장도로를 선택했고, 이는 얼마 뒤 굉장한 패착이 되어 우리 가족에게 돌아온다. 40km 정도 달렸을까, 우리 앞으로 물 고인 도로가 또 등장한다.

"아, 또야?"

"남편, 별로 안 깊은 것 같은데. 그냥 가자."

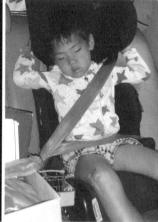

　차에서 내려 나무 막대기를 들고 물의 높이를 측정해 본다. 중심부로는 물이 깊어서 불가능해 보였고, 도로 바깥쪽으로는 그나마 지나갈 수 있을 듯 보였다. 어렵사리 물 찬 도로를 뚫고 또 한참을 달리는데 이번에는 한 눈에도 엄청 깊어 보이는, 저길 지나려면 수륙양용차가 아닌 이상 웬만한 차는 그대로 잠길 수밖에 없는, 거대한 웅덩이가 나타났다. 정면 돌파는 불가능했다. 앞으로 90km가 넘게 남았는데, 해는 이미 사라졌고 더군다나 여긴 산속이다. 설상가상 비까지 내린다. 안 되겠다, 돌아가자.

　리치필드 국립공원을 향해 다시 90km를 달려 내비게이션이 제안했던 첫 번째 고속도로를 다시 만났을 때는 이미 밤 10시가 넘은 시각이었다.

　우리는 11시 10분이 되어서야 목적지인 다윈에 도착 할 수 있었다. 안타깝게도 숙소 예약을 깜빡해서 오늘 밤은 천상(다시 안 할 줄 알았던) 카숙을 해야 한다. 하룻밤 보낼 안전한 곳을 찾아 헤매는 사이 초저녁에 잠이 든 아들 녀석이 눈을 떴다.

　"아빠, 여기 어디야?"
　"다윈. 아직 자정이니까 더 자."

"오늘은 차에서 자는 거야?"

"미안 그렇게 됐네."

"아니야. 차에서 자는 건 괜찮은데, 배가 고파."

그러고 보니 우리 가족 모두 저녁을 걸렀다. 늦은 밤 먹거리라고는 패스트푸드 전문점 햄버거가 전부이다. 자랑스러운 대한민국의 사랑스러운 야식 문화가 너무나도 그리운 순간이다. 햄버거로 허기를 달래고 잘 곳을 찾아 주변을 샅샅이 헤맸지만 가는 곳마다 만취한 애버리지니(Aborigine, 호주 원주민)들이 진을 치고 있어 마땅한 곳을 찾기가 어려웠다.

'아~ 어디 안전한 곳 없을까?'

10년도 넘은 기억을 되살리다 번쩍하고 떠오른 장소가 있었으니…, 치안이 완벽하고, 돈만 있으면 무엇이든 할 수 있는 곳, 바로 다윈 카지노였다. 철없던 시절 한창 방황하던 시기에 여기서 거액을 날리고 나서야 정신을 차렸던 씁쓸한 기억이 있다. 오늘은 그때 잃었던 돈으로 카지노 주차장에 하룻밤을 신세지는 날이다.

"아들, 여기 주차장이 얼마짜리 자리인지 알아?"

"공짜 아니야?"

"아니. 우리 차보다 비싼 자리야."

ALICE
SPRINGS

병원 찾아 삼만 리_1

Day 146

호주 앨리스 스프링스

148　149　　151　152　153
○　　○　　○　　○　　○　　○
테넌트　마운트　　　휴엔덴　애서턴　뉴웰
크리크　아이자

　　아들이 아프다. 며칠 전에 앨리스 스프링스에서 울루루Uluru 로 떠나오기 전에 먹은 무언가가 잘못된 건지 갑자기 배가 아프다고 했다. 가끔 있었던 일이라 별 대수롭지 않게 생각을 했다. 그 후로 배탈은 괜찮아졌지만, 어제부터는 온몸이 아프기 시작을 한 것이다. 열이 40도 가까이 올라가고, 목도 많이 붓고 몸살기까지. 날도 더운데 열까지 나니 아이가 잠시 잠시 정신을 잃는다. 그 말 많던 녀석이 입에 자물쇠를 매달았다. 밤새 아들 병간호를 하느라 지친 아내도 안쓰럽고, 아픈 아들은 더 안쓰럽고. 총체적 난국이란 표현이 딱 맞는 것 같다. 날이 밝자 직원들이 출근하는 시간에 맞춰 리셉션을 찾았다.

　　"혹시 이 동네 병원이 있나요?"
　　"누가 다쳤어요?"
　　"아뇨. 아들이 열이 많이 나네요."
　　"아, 그런데 오늘은 일요일이라 화요일은 되어야 병원 문을 열 텐데."
　　"내일은요?"
　　"모르셨구나. 지금 부활절 기간이라."

"아, 맞다. 야단났네. 죄송한데 앨리스 스프링스에 있는 병원 좀 체크해 주실 수 있나요?"

"네, 여기에 주소 적어 드릴 테니까 한번 찾아가 보세요."

울루루에서 앨리스 스프링스까지 500km를 달려 병원에 도착했지만, 아…. 문이 닫혔다. 진짜 미칠 것만 같다. 그나마 내일 아침에는 문을 연다는 안내문이 위안이었다. 어쨌든 오늘 밤만 잘 넘기면 되겠다. 문 닫힌 병원을 뒤로하고 예전에 머물렀던 '앨리스 스프링스 캠핑장'을 찾았다.

"안녕하세요. 저희 또 왔어요."

"네, 울루루 구경은 잘하고 오셨나요. 멋진 곳이죠?"

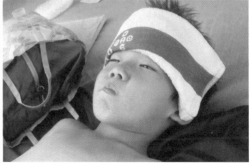

"구경 잘하긴 했는데…, 그나저나 케빈 남은 거 있나요?"

"왜요? 오늘은 텐트 치기 좋은 날인데."

"그렇긴 한데. 오늘은 아들이 좀 아파서 케빈에서 자야 할 것 같아요."

"어디가 많이 안 좋은가요?"

"열도 많이 나고 목도 많이 붓고 몸 상태가 영…."

그 말을 듣던 캠핑장 주인이 아들 상태를 보고는 버럭 화를 낸다.

"아니 애가 이렇게 아픈데 왜 병원을 안 데려가는 거예요?"

"아, 저… 그게 아니고, 병원 문이 다 닫혀서."

"무슨 소리예요. 지금 바로 주소 적어 줄 테니까 응급실이라도 가세요."

그렇다. 난 지금까지 메디컬 센터 즉 일반 병원만 찾아다녔다. 우리나라로 치면 종합병원 응급실이 있는데, 외국에서 병원을 이용하는 건 처음이라 생각이 거기까지 미치지 못했다. 오늘은 일요일인 데다 부활절까지 겹쳐서 응급실 가격이 좀 비쌀 거라 했다. 지금 상황에 금액은 고려 대상이 아니다.

ALICE
SPRINGS

병원 찾아 삼만 리_2

Day 146

호주 앨리스 스프링스

153 154 155

뉴웰 케언스 잉햄

앨리스 스프링스 종합병원 응급실에 들어가 몇 가지 검사를 마친 후 30분 뒤에야 의사를 만날 수 있었다. 의사는 아들을 앉혀 놓고는 입안 이곳저곳을 검사 하더니 이런 목 상태는 처음 본다며 무슨 바이러스 검사를 해봐야겠단다. 왠지 느낌이 좋지 않다. 문제는 이 검사를 하면 3일 후에나 결과를 알 수 있었다. 꼼짝없이 사흘을 이 지역에서 보내야 한다는 얘긴데 그렇게 되면 울루루에 있는 짐을 찾는 일부터 여러 일정상에 애로 사항이 꽃필 테다.

답답한 마음에 그 검사를 꼭 해야 하는지 재차 물었다. 의사도 지금 상황이 난감한지 잠시만 기다리라고 하고는 자리를 비운다. 5분 정도 흘렀을까. 이번에는 한눈에 봐도 산전수전 다 겪은 베테랑 의사 선생님이 들어오셨다. 그는 아들 입안을 한번 쓱 보더니 긴장하고 있는 우리 부부를 향해 빙그레 미소를 날리며 '걱정하지 마세요, 아무 문제 없습니다'라고 말했다. 우리 부부는 연신 '땡큐' 하며 고개 숙여 감사의 인사를 전했다.

어느덧 다가온 병원비 계산 시간. 외국 나가면 비싼 병원비에 놀랄 거라던데, 과연 얼마나 나왔을지 궁금하다. 명세서에 선명하게 찍힌 '469달러'. 거의 45만 원 돈이 나왔다. 이마저도 담당 의사가 신입이라 저렴하게 나온 거라고. 처음부터 베테랑 의사가 붙었으면 최소 100달러는 추가되었을 거라고 했다.

시간을 보니 캠핑장 리셉션 문 닫을 시간이 지나버렸다. 병원 오기 전에 케빈을 잡아놓고 왔었어야 했는데 그때는 상황이 너무 다급했다. 조마조마한 마음으로 캠핑장에 들어서자 주인아저씨가 우리를 기다리고 계셨다. 그는 100달러가 넘는 케빈의 숙박비를 90달러에 해주며 '디스카운트 받은 돈은 애기 맛있는 거 사줘요'말했다.

다행히 아들은 병원을 다녀 온 밤부터 조금씩 낫기 시작하더니, 이틀 뒤 완전히 회복해 본래의 수다쟁이 까불이로 돌아왔다.

TOWNSVILLE

윌러먼 폭포

Day 156

퀸즐랜드 폭포의 끝판왕 윌러먼 폭포를 만나러 가는 날이다. 무려 5백 만 년에 걸쳐 형성된 이곳은 절대 마르지 않는 폭포로도 유명하다. 268m라는 어마어마한 높이의 윌러먼 폭포와 마주하려는 데, 날씨가 영 좋지 않았다. 이곳은 산속 깊은 곳에 자리한 폭포여서 요즘 같이 안개 많은 시기에는 폭포를 보는 것이 여간 어려운 게 아니다.

"이거 느낌이 별론데."
"그러게. 날을 잘 못 잡은 것 같아."

아니나 다를까 월러면 폭포는 우렁찬 포효만 들려줄 뿐 자신의 모습은 좀처럼 보여주지 않았다. 케언스에서도 좋지 않은 날씨 때문에 그레이트 배리어 리프(Great Barrier Reef, 호주 북동쪽 해안의 산호초 지역) 구경을 포기했었는데 월러면 마저 우리를 외면하는 듯 보였다.

모든 게 하늘의 뜻이겠거니 하며 포기하고 있을 무렵 어디선가 세찬 바람이 불어와 안개를 몰아내고 있었다. 바람아, 조금만 더 힘을 내! 얼마나 흘렀을까. 바람의 끈질긴 파상공세에도 불구하고 안개는 폭포로부터 떨어질 생각을 안 했다.

"안 되겠다. 난 폭포 아래까지 트레킹이라도 하고 와야겠다."
"남편, 아서라! 지금 비까지 오잖아."
"내령이랑 차에 있어. 혼자 갔다 올게."
"아빠, 나도 따라갈래."

무조건 같이 간다는 아들을 안전 핑계로 눌러 앉힌 뒤 나 홀로 월러면 폭포 아래까지 내려갔다. 입구의 안내판은 폭포 아래까지 왕복 3.2킬로의 거리에 2~3시간이 소요된다고 친절하게 설명해줬다. 빠른 걸음으로 가면 시간을 좀 더 단축할 수 있을 듯 보인다. 아들을 데려오지 않은 건 신의 한 수였다. 가파른 내리막 위로 빗줄기마저 점점 굵어져서 어른인 나조차도 움직이기 버거웠기 때문이다. 온몸을 땀과 비로 흠뻑 적셨다. 아래로 더 내려갈수록 안개에 막혀 혼탁했던 시야가 맑아졌다. 어느덧 도착한 그곳에는, 형용할 수 없는 장엄함이 자리하고 있었다.

아름다운 자태와 안녕하고 다시금 정상에 올라서자 어느덧 안개는 싹 사라진 상태였다. 차에서 아내와 아들을 데려와 하늘이 준 선물을 함께 만끽했다. 쏟아지는 폭포 물줄기가 불어내는 바람이 홀딱 젖은 옷가지를 말려준다. 몸은 조금 축축하지만, 마음만은 보송보송한 경험이었다.

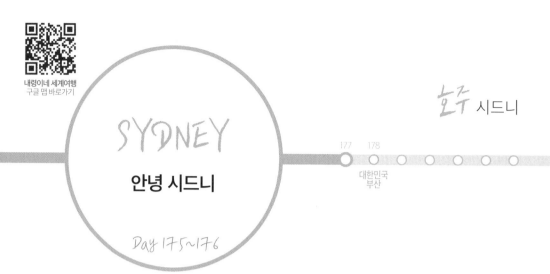

SYDNEY

안녕 시드니

Day 175~176

호주 시드니

177 178

대한민국
부산

내령이네 세계여행
구글 맵 바로가기

호주 시드니에 온 지도 어느덧 일주일이 되었다. 세계 여행 초기에 만났던 후배 이
기가 좋은 잠자리와 훌륭한 음식을 매끼 제공해줘서, 우리 가족의 길었던 호주 여정
이 호화롭게 갈무리되고 있는 중이다. 가장 걱정했던 자동차 중고 판매는 생각보다
쉽게 해결이 되었다. 후배 친구분과 식사하는 자리에서 우연히 중고차 얘기가 나왔
고, 마침 중고차를 찾던 그가 흔쾌히 내 차를 인수하기로 한 것이다.

"차 상태는 한번 보셔야죠?"
"아뇨. 저는 차보고 차 안 삽니다. 사람보고 사는 거죠. 하하하."

이런 언어의 마술사 같으니. 웃돈이라도 드리고 싶을 만큼 기분이 좋았다. 4천 달
러에 구매해서, 넉 달 동안 사용한 뒤 2,300달러에 되팔았으니 이 얼마나 남는 장사
인가. 차량 보험도 해지하고, 잔액을 돌려받는 것으로 자동차에 관한 모든 일을 매
듭지었다. 후련하면서도 왠지 모를 섭섭함이 몰려든다. 시드니를 떠날 만반의 준비
를 끝내고 나서야 오페라 하우스, 왕립 식물원, 하이드 파크를 구경할 여유가 생겼다.

"시드니는 사람들이 많은데도 뭔가 여유로워 보여."

"공원이나 쉼터가 많아서 그렇지 않을까. 게다가 일하는 시간도 짧잖아."

"이기 씨만 봐도 그러네. 하루 6~7시간밖에 일을 안 하니."

"아빠도 한국 들어가서 그 정도만 일하면 되잖아."

"그러게. 아빠도 그러고 싶다."

세계여행을 계획할 당시에는 스스로 '너 진짜 할 수 있겠냐?'라고 질문하는 시간이 많았다. 여러 우려에도 불구하고 차근차근 준비하다 보니 어느덧 '해 볼 만 하겠는 걸'하는 용기가 생겼고, 지금은 '정말 오길 잘했다'라는 마음으로 이 길을 걷고 있다.

막연한 꿈이 현실로 만들어진다는 건 새롭고 즐거운 경험이다. 가족과 함께 하는 시간이 많아지면서, 자연스레 이전에는 미처 몰랐던 아내와 아들을 알아 갈 수 있었고, 가족의 참 의미를 곱씹는 기회가 되었다. 내가 생각하는 가족을 위한 삶과, 아내와 아들이 원하는 가족을 위한 삶엔 엄청난 차이가 있었다. 아들은 값비싼 장난감으로 혼자 노는 것보다 값싼 축구공일지라도 아빠와 함께 노는 것을, 아내는 아들과 단둘이 먹는 근사한 저녁 식사보다 캠핑장에서 끓여 먹는 라면이라도 남편이 함께하는 저녁을 원했다. 끝내주는 이벤트가 아니라 식사 후 설거지 한 번을 기대했고, 럭셔리한 호텔보다 내가 직접 편 소박한 이부자리에 눕고 싶어 했다.

지난 6개월의 여정은 가족들이 같은 곳을 바라보는 삶의 초석이 되었다. 물론 여전히 아내와는 의견이 맞지 않아 트러블이 생기고, 말썽꾸러기 아들의 강해지는 자아와 충돌하기도 하지만 그마저도 기분 좋게 즐기려 한다. 우리는 잠시 부산에 들러 일주일의 휴식을 갖고 유럽으로 향할 계획이다. 앞으로 남은 500일의 여정 동안 우리는 각자의 영역을 조금씩 포기하고 그 자리를 서로에게 양보하면서 진짜 가족이 되는 방법을 배워갈 것이다.

FRANCE LITHUANIA
ENGLAND POLAND
WALES SLOVAKIA
IRELAND HUNGARY
NORTHERN IRELAND ROMANIA
SCOTLAND BULGARIA
BELGIUM GREECE
NETHERLANDS MACEDONIA
GERMANY SERBIA
SWITZERLAND CROATIA
AUSTRIA BOSNIA AND HERZEGOVINA
ITALY MONTENEGRO
CZECH SPAIN
DENMARK TURKEY
SWEDEN
NORWAY
FINLAND
ESTONIA
LATVIA

🌍 유럽 | 총 33개국

2015년 5월 14일 ~ 11월 12일 | 총 182일

합 계	29,727,700
식 비	4,554,000
숙박비	8,128,000
교통비	12,764,000
투어비	709,000
잡 비	1,232,500
기 타	2,340,200

＊화폐 단위는 원(KRW)이며, 당시 각국의 환율로 환산한 금액입니다.
＊교통비 : 항공권, 페리, 렌터카, 차량 유지 비용 포함

유럽
사랑에 빠질
수밖에 없는 이곳

Chapter 2

PARIS

파리를 향한
환상이 와장창_1

Day 185

아침 7시 59분. 마룻바닥에 돌들이 굴러가듯 흥겨운 발걸음 소리가 들려오기 시작
한다.

"아침 식사하세요!"

한인 민박 주인장의 쩌렁쩌렁한 목소리에 숙소의 침묵이 깨진다. 뒤늦게 일어난 아
내도 부스스한 머리를 손으로 한번 쓱쓱 넘기더니, 슬리퍼를 질질 끌며 주방으로 발
걸음을 옮긴다. 그리고는 도도한 자세로 식탁에 앉아 아침 식사를 시작한다. 아침 식
사 시간은 유럽 한인 민박만의 묘한 분위기를 느낄 수 있는 시간이다. 여행자들 모두
한국 사람이지만 어색한 공기가 가득하기 때문이다. 내령이는 여행 후 처음 보는 이
런 풍경이 어색하다.

"아빠, 다들 한국인 아니야? 일본 사람 아니면 중국 사람인가?"

내령이의 이 말 한마디에 순간 주방을 가득 채웠던 어색한 공기가 사라졌다. 그제야 우리는 서로서로 웃으며 인사를 나눴다(고마워, 아들). 유럽 여행을 하다 보면 한국인만의 여행 특징을 발견하곤 한다. 한국인들은(특히 청년들은) 보통 후다닥 아침식사를 해치우고는 도망치듯 숙소를 벗어난다. 나 역시 그렇게 여행하던 시기가 있었다. 시간은 부족한데 볼거리는 많고, 어쩌면 평생 마지막일지 모를 유럽에서의 일정을 시간 단위로 쪼개서 여행을 다녔다. 그 시절, 바쁘게 여행했던 경험이 여유로운 유럽 여행을 꿈꾸게 했는지도 모르겠다. 숙소에 남아있던 마지막 청년 여행자가 문을 나서자, 아내가 입을 연다.

"젊음이 좋긴 좋네. 나도 20대 때 여행을 왔으면 저렇게 다이나믹하게 여행했을까?"
"아니. 당신은 20대 때 여행 왔어도 지금처럼 했을 거야."
"쿡쿡, 맞아. 난 그때도 이랬을 거야."

프랑스 파리의 매력을 느낄새도 없이 아내는 시차 적응으로 힘들어했다. 가만히 있어도 몸이 축축 처진다고 했다. 아내를 생각해서 '쉴까?' 잠시 고민했지만, 몸은 어느새 나갈 채비를 하고 있었다. 이미 충분히 여유를 부렸다. 더 이상 숙소에서 시간을 죽일 수는 없지. 그 아내조차 그토록 기대했던 프랑스 파리가 아니던가. 파리의 5월은 쌀쌀했다. 추위를 피할 수 있는 지하철을 이용해 파리 구경에 나선다. 숙소 앞 지하철역에 들어선 아내가 갑자기 미간을 찌푸리기 시작했다.

"아, 이거 무슨 냄새야?"
"엄마, 누가 오줌 싼 거 같은데."
"파리가 이런 데였어?"

지하철역 가득한 지린내가 코를 찌른다. 파리를 향한 아내의 환상이 깨지는 순간이다. 나는 이미 오래전에 경험했던지라 도리어 냄새가 옛 기억을 되살려 주었다. 처음 파리에 들어서면 예상치 못한 지저분함에 실망하지만, 사람들의 자유로운 몸놀림과 몽마르트르 언덕에서의 여유를 경험한다면 파리만의 매력에 매료 될 것이다. 파리는 호불호가 확실히 갈리는 여행지이다. 분명한 것은 우리에게 주어진 나흘이 파리의 진정한 매력을 느끼기에 매우 부족하다는 사실이었다.

지하철을 내려 몽마르트르 언덕까지 올라가는 길은, 힘든 만큼 눈을 즐겁게 했다. 길거리 화가들의 작품에서 파리의 생생한 자유로움을 느낄 수 있었고 정상에 올라 바라본 사크레쾨르 성당은 10년 전 모습에 멈춰서있었다.

샹젤리제 거리를 걸어본다. 10년 전 이 거리를 걸었을 때는 벅차오르는 가슴을 진정시킬 수 없었는데, 지금은 그저 평범한 동네 번화가처럼 느껴진다. 여긴 하나도 변한 게 없는데 나만 늙어서 여기 서있다. 설렘을 집어삼키는 나이라는 괴물이 새삼 원망스럽다.

PARIS

파리를 향한
환상이 와장창_2

Day 186

　아내의 건강은 여전히 안 좋은 상태이다. 어제 일찍 잠자리에 들었음에도 불구하고 아침이 되자 몸을 일으키기 어려워했다. 그런데 안타깝게도 여기 한인 민박은 11시에서 4시까지는 반드시 방을 비워줘야 한다. 물론 몸이 심각하게 안 좋은 경우는 예외가 있겠지만, 웬만하면 나가주는 게 여기 숙소의 규칙이다. 아내와 아들을 위해 한인 민박을 선택한 게 오히려 독이 된 상황이다. 우리는 어제보다 옷을 몇 장 더 껴입고 쫓기듯 밖으로 나왔다.

　사랑의 자물쇠 무게가 걱정된다던 아내를 토닥이며(니 걱정 먼저 해) 퐁네프의 다리를 건너 루브르 박물관으로 향한다. 가는 길에 어디선가 스코틀랜드 풍 음악 소리가 들려온다. 열정 넘치는 길거리 연주자들의 합주였다. 그 앞을 지나던 아들이 갑자기 멜로디에 맞춰 춤을 추기 시작했다. 흥겨워하는 아들을 보고 있자니 거리의 예술가들을 그냥 지나칠 수가 없었다.

　“자, 받아. 1유로.”
　“뭐야, 이거?”

"이 돈이면 네가 음료수를 하나 사서 마실 수 있거든."

"근데?"

"네가 음료수 하나 사서 마시는 것보다 즐거웠으면 그 돈을 저기 모자에 넣어 주고 와."

아들이 쪼르르 달려가 모자에 1유로를 쏙 넣고 온다. 세상을 다 가진 듯 행복해 보이는 아들이 참 예쁘다. 앞으로도 종종 아들에게 돈 잘 쓰는 방법을 가르쳐 줄 생각이다.

튀일리 정원의 재미난 동상들이 아들의 눈길을 끈다. 아들은 신나게 뛰어 놀고 우리 부부는 한가로이 공원 벤치에 앉아 아들을 보며 시간을 보낸다.

이곳저곳 돌아다니며 즐겁게 놀던 아들 녀석이 먼발치에서 '쉬 마려워!' 하며 우사인 볼트 영혼이 빙의한 듯 내달리기 시작했다. 아내는 '이 넓은 공원에 어떻게 화장실 하나 제대로 안 만들어 놓았냐'며 구시렁대며 뒤를 쫓았다. 곡절 끝에 찾은 화장실 문 밖으로 길게 늘어선 줄이 당황스럽다. 예상했던 대로 화장실이라곤 고작 하나 있었다. 사용료는 한 사람당 0.7유로, 우리나라 돈으로 천 원이다.

"이야~ 심하네. 어떻게 여기 화장실 하나 개업할 수 없나?"

"그러게. 완전 떼돈 벌겠네."

아내는 그제야 지하철에 진동하던 냄새의 원인을 알았다는 표정을 짓는다.

PARIS

샤넬 그리고 에펠탑

Day 187

오늘은 일요일이라 숙소 앞 광장에 벼룩시장이 열렸다. 아내가 도심 투어 할 때 메고 다닐 가방 하나가 필요하다고 했는데, 여기서 사면 될 것 같다. 베이지색을 띄는 사각형 모양의 25유로짜리 가방을 5유로 깎아서 20유로에 구매 했다. 가방을 메고는 신나 하던 아내가 뭔가 생각났다는 듯, 나를 보며 씩 웃는다.

"프랑스 파리 가면 샤넬 사준다면서?"

"내… 내가 그랬어?"

"이 봐라. 세계여행 가자고 꼬실 때 프랑스 가서 샤넬 백 사준다더니 내 이럴 줄 알았다."

"……"

아무것도 들리지 않는 척 천천히 발걸음을 옮겼다. 샤요 궁에 도착하니 그토록 보고 싶었던 에펠탑이 눈에 들어왔다. 아내는 생각했던 것보다 훨씬 웅장한 에펠탑의 모습에 놀란 눈치다. 이제야 진짜 프랑스 파리에 온 실감이 난다며 내령이 보다 더 어린애가 된 것 같이 들떠 있다. 에펠탑 앞에 펼쳐진 잔디에는 연인, 친구, 가족들이 행복한 시간을 보내고 있다. 우리도 잠시 잔디에 누워 먹거리를 펼쳐 놓고 현지인 놀이를 즐겨본다.

"에펠탑 야경 한번 볼래?"

"진짜 보고 싶긴 한데 밤바람 맞으면 몸이 더 아플 것 같다."

"그래, 다음에 또 올 날이 있겠지."

에펠탑 야경은 혼자 즐기기로 했다. 아내의 우려대로 밤공기가 무척 차다. 바토 무슈 선착장으로 가서 유람선도 한번 타본다. 밤 10시가 다 되어가는데도 하늘엔 아직 밝음이 남아 있었다. 완전한 어둠이 내리면 제대로 야경을 볼 수 있을 것이다.

해는 빠른 속도로 제 쉴 곳을 찾아갔다. 나흘의 파리 여행의 마침표다운 강렬한 인상이었다. 센 강에서의 일몰을 보고 있자니 숙소에 남겨진 가족들 생각에 함께 왔으면 좋았을 텐데 싶다. 유람선 투어가 끝날 때쯤 에펠탑의 조명이 번쩍거린다. '우와~ 와아!'하는 감탄사가 찬 공기를 뚫고 쏟아져 나왔다. 오랜만에 아드레날린이 마구 샘솟는 기분이다. 아아, 이 순간이 영원했으면….

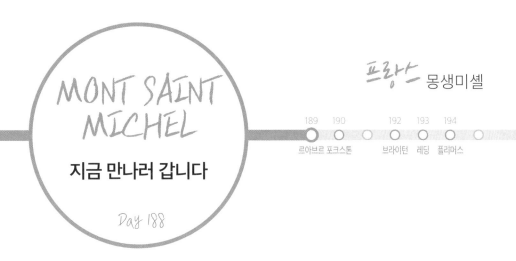

MONT SAINT MICHEL

프랑스 몽생미셸

지금 만나러 갑니다

Day 188

189 190   192 193 194
르아브르 포크스톤   브라이턴 레딩 플리머스

유럽에서의 첫 운전에 긴장한 탓일까 아니면 파리의 복잡한 도심의 문제일까. 나 홀로 도로 위에서 고군분투한다. 빨리 여기를 벗어나는 게 신상에 좋을 것 같다. 도 망치듯 달려 건물들의 높이가 점점 낮아지는 것을 보고 나서야 조금 긴장이 풀렸다.

20대 시절 유럽여행 중 파리에서 몽 생 미셸을 볼 기회가 있었지만, 놀이공원 아스 테릭스에 놀러 간다고 날려 먹었었다. 그땐 그랬었다. 역동적이고 활동적인 여행을 추구했던 내가 어느 순간부터 조용하고 아늑한 곳으로의 여행을 선호하게 될 줄, 나 조차도 몰랐다. 그 시절, 내 손을 빠져나갔던 몽 생 미셸을 만나러 가는 길. 골목 사이 로 프랑스의 옛 정취가 물씬 풍기는 풍경이 펼쳐진다. 끝없는 녹색 물결 위에 덩그러 니 남겨진 풍차 하나가 마치 푸른 바다에 난파된 배처럼 안쓰럽고 쓸쓸하다. 풍경을 눈에 담아가며 달려가는 길옆으로 간간히 조그만 마을이라도 나타날 때면, 우리는 마 치 타임머신을 타고 중세시대에 도착한 착각에 빠지곤 했다.

몽 생 미셸로 가는 길의 바람이 상당히 차다. 아들은 빨간 망토로 온몸을 감싸고 마 스크까지 착용해 쌀쌀한 바람으로부터 몸을 지킨다. 한때는 감옥 이었고, 다른 한 때 는 군의 요새로 사용된 몽 생 미셸, 지금은 수도원으로 알려졌지만 언뜻 보기에는 물 위에 떠 있는 성처럼 보였다. 조수간만의 차로 물이 들어오면 몽 생 미셸은 오롯이 하나의 섬이 되는 신비로운 풍경을 선사했다.

 몽 생 미셸 골목길로 접어들자 작은 마을이 펼쳐진다. 미로 같은 골목을 걷다가 만나는 조그만 교회는 종교가 없는 우리에게도 마음의 안식처가 되어주었다. 몽 생 미셸 구석구석을 한참 탐닉하던 우리는 어둠이 내리고서야 밖으로 나왔다. 매서운 바람은 우리 가족의 발을 동동 구르게 만들었지만, 마음까지 식혀버리진 못했다.

FOLKESTONE

프랑스를 벗어나 영국으로

Day 191

잉글랜드 포크스턴

193   194   196   198
레딩 플리머스   웨일즈   스노우
                 뉴포트   도니아

어느덧 프랑스 북부 여행을 끝마치고 잉글랜드로 넘어간다. 영국에 들어와서 가장 먼저 찾아간 곳은 잉글랜드의 한 병원이었다. 아무리 약을 먹어도 아내의 상태가 호전되지 않아 결국 병원을 가기로 한 것이다. 그나마 위안은 뉴질랜드에서 시작해 여행 내내 아내를 괴롭혔던 샌드플라이가 남긴 상처는 한국에서 피부과 진료 한 번 받은 걸로 깨끗이 나았다는 것이다. 만약 이렇게 몸이 안 좋은 상태에 피부 질환까지 달고 있었으면 아내는 정말 힘들어 했을 것이다.

영국의 병원 시스템이 우리나라와 전혀 달라서 여간 불편한 게 아니다. 의사의 진료를 받고 싶으면 우선 111로 전화해서 가능 여부를 문의해야 한다. 그 후 'GP(General Practitioner, 일반의사가 있는 1차 의료기관)'에 등록하고, 예약 후 진단을 받은 다음, 심각하다고 판단되면 그제야 전문의의 진료를 받을 수 있다. 한마디로 가벼운 감기 정도는 병원 올 생각 하지 말라는 얘기이다. 우린 결국 진료를 받지 못 하고 병원을 빠져나올 수밖에 없었다.

"이놈의 나라는 무슨 의사 만나기가 하늘의 별 따기야?"
"그러게. 그냥 약국 가서 감기약 먹자."

"이런 거 보면 우리나라가 참 살기 좋은 나라네."

여행하면 애국자 된다던데 진짜네. 조금 전까지만 해도 생사를 오가듯 아파하던 아내는 병원 냄새만 잠시 맡았을 뿐인데 왠지 모르게 몸이 좀 나아진 것 같다고 한다. 아내의 몸 상태가 조금 걱정이 되긴 했지만, 어쨌든 오늘부터 캠핑 시작이다. 우리에게는 전기장판과 전기 히터가 있기에, 도전!

도심으로 들어서자 교통표지판에 적힌 속도가 '30'이다. 속도를 준수하며 가는 내 차 뒤로 차들이 이어진다. 백미러를 쳐다보니 꼬리가 족히 100m는 되어 보인다. 골목대장이 된 기분이었다. 우쭐해 있는 사이 뒤 차 중 한 대가 중앙선을 넘어 나를 쌩 추월해 지나가면서 알 수 없는 소리를 지른다.

"아빠, 뒤에 차들이 엄청 밀렸다. 빨리 가자."
"야! 속도가 30인데 나보고 어떻게 하라고."
"그래. 차라리 눈치 보는 게 낫지, 속도위반으로 벌금이라도 맞아봐라. 속도 지켜서 가."

아내의 응원에 힘입어 다른 차들의 눈치를 받으며 꾸역꾸역 한인 마트까지 왔다. 장을 보면서도 '30'의 찜찜함은 쉽사리 사라지지 않았다. 장을 마치고 다시 캠핑장으로 돌아오는 길은 더 큰 고역이었다. 대체 영국은 어떻게 속도 지키는 놈이 하나도 없지 생각하며 숙소로 돌아온 그 날 밤, 영국의 속도 단위가 킬로미터가 아닌 '마일'임을 알게 되었다. 아…, 이런 바보.

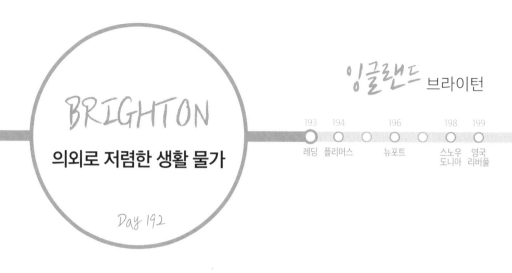

BRIGHTON
의외로 저렴한 생활 물가

Day 192

유럽에서의 첫 캠핑은 대성공이다. 새벽에 좀 춥지 않을까 걱정했지만 말 그대로 걱정으로 끝났다. 전기장판에 히터까지 켜고 잤더니 더워서 침낭조차 필요치 않았다.

"아들, 잘 잤어?"
"아빠, 이제 텐트가 정말 방 같이 느껴진다."
"맞지. 완전 호텔 같지?"
"TV만 한 대 있으면 호텔 같겠네."

아내도 어설픈 호텔보다 오히려 쾌적하고 좋다며 캠핑 생활의 전망을 밝혔다. 아침을 먹은 후 런던을 떠나기로 했다. 아일랜드 들어가는 페리 날짜 때문에 런던 구경은 영국 여행의 마지막 날로 미루는 게 낫다고 판단했다. 리버풀에서 아일랜드로 넘어가기 전에 천천히 영국 유명 관광지를 구경하며 올라갈 예정이다.

첫 번째 여행지인 세븐 시스터즈로 향한다. 영국의 주차비는 상당히 짜증스럽다. 호주 외곽 관광지에서는 주차비를 내 본 적이 없었는데 여기는 가는 곳마다 주차비가 상당하다. 그나마 생활 물가가 저렴하다는 건 큰 위안이 되었다.

"남편, 생각보다 물가가 엄청 착하네."

"그러게. 호주보다도 저렴한 것 같은데?"

"생각해보면 우리나라 물가가 엄청 비싼 거였네."

"정말?"

"우리나라 마트에서 장 보는 게 돈 훨씬 많이 든다. 이건 확실하다."

아내는 각국의 물가 비교 재미가 쏠쏠하다고 했다. 특히 영국 마트의 저렴한 물가에 완전히 반한 상태다. 앞으로 숙박비만 줄이면 예상했던 비용보다 절약할 수 있을 것 같다.

브라이턴에서 휴대전화 유심칩도 사고 1달 무제한 데이터 탑업도 시킨 뒤 포츠머스로 향했다. 포츠머스 바닷가에서 한가로운 시간을 보내는데 난데없이 벌거벗은 남자들이 자전거를 타고 우르르 몰려온다.

"엄마, 엄마! 저기, 저기."

"뭐가…, 엄마야!! 뭐야? 아구 놀래라."

아내는 외간 남자들의 누드 행렬에 어디다 눈을 둬야 할지 모른다면서 눈으로 힐끔힐끔 그들을 좇고 있었다. 못 볼 꼴 봤다며 투덜거리면서, 입가에는 잔잔한 미소가 흐르는, 완벽한 언행불일치였다.

누드 남자들이 남긴 행복을 품은 아내의 하루가 그렇게 저물어갔다.

PLYMOUTH

40년 지기의 우정 여행

Day 194

아들과 단둘이 캠핑장을 한 바퀴 빙 둘러본다. 잔디밭 군데군데 피어 있는 토끼풀을 보니 이곳이 지상 낙원처럼 느껴진다. 캠핑하는 사람들의 표정도 한결같이 여유롭게 느껴지는 곳이다. 저 멀리 할아버지 두 분이 캠핑 의자에 나란히 앉아 맥주 한병씩 손에 쥐고는 허허허 웃으며 대화를 나누신다. 족히 일흔은 넘어 보이는 두 남자의 사연이 궁금해졌다.

"저기, 할아버지. 여행 중이신가 보네요?"

"아, 네. 그쪽은… 가족여행 중인가 보네요. 참 보기 좋네요. 어느 나라에서 왔어요?"

"한국에서요. 근데… 두 분은 관계가 어떻게 되시나요?"

"우리요? 친구죠. 허허허."

"아, 그러시군요. 두 분 보기 너무 좋아서 여쭤봤어요."

"사실 우리는 40년 지기인데 얼마 전에 둘 다 사별을 했지요."

"아…. 그러셨군요."

"그래서 외로운 둘이 짝이 되어 이렇게 여행을 즐기고 있는 거지요."

아내를 여읜 두 노인의 여행이라니…. 짠하면서도 멋진, 묘한 감동이 밀려온다. 나도 나중에 나이 들어 함께 여행을 즐길 수 있는 오랜 친구가 있었으면 좋겠다.

아내의 감기가 옮았는지 아들이 드문드문 기침을 해댄다. 낮에 장을 봐 온 배와 오렌지 그리고 생강을 물에 넣고 팔팔 끓인다. 설탕도 듬뿍 넣었더니 달짝지근한 게, 먹기 참 좋다. '수제 영양탕' 덕에 아내와 아들을 괴롭히던 기침 소리가 밤사이 어디론가 사라져 버렸다.

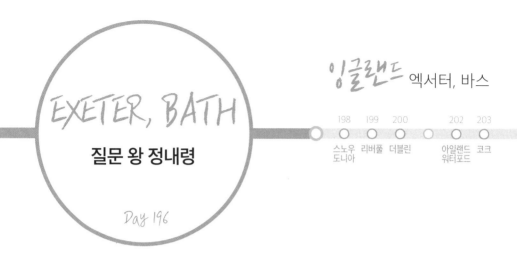

EXETER, BATH
질문 왕 정내령

잉글랜드 엑서터, 바스

Day 196

　

오늘은 엑서터 대성당을 보고 바스로 이동할 예정이다. 엑서터 성당(Exeter cathe-dral, 세인트 피터 교회)은 고딕 양식의 진수를 보여주는 성당으로 내부의 곡선 처리가 화려하기로 유명한 곳이다. 성당 규모가 상당해서 구경하는데 꽤 오랜 시간이 걸린다. 이곳에서도 아들의 질문은 끝없이 이어졌다.

　

"아빠, 이 사람 누구야?"

"예수님."

"훌륭한 사람이야?"

"그럼. 가난하고 힘없는 사람들을 위해 한평생 살았지."

"근데 왜 저렇게 십자가에 매달려 있는 거야?"

"음…."

　

아들이 대답하기 난감한 질문들을 쏟아낼 때마다 어찌할 바를 모르겠다. 아들 덕에 엑서터 성당을 구경 한 건지 고문당하다 나온 건지 헷갈린다.

바스에 오기 전까지만 해도 영국의 소설가 제인 오스틴Jane Austen이 작품의 상당수를 이곳 바스에서 썼다는 사실을 알지 못했다. 그 탓에 갑자기 나타난 제인 오스틴 센터를 보고 나도 모르게 '우왓' 환호성을 질렀다.

"아빠, 아는 사람이야?"
"아빠가 엄청 좋아하는 영국 소설가야."
"에이 나는 또 아빠 친군 줄 알았네."

호주 유학 시절, 예쁜 외간에 끌려 들어간 서점에서 처음으로 원어로 된 책을 샀었는데 그 책이 제인 오스틴의 《오만과 편견》이었다. 이국땅에서 몇 날 며칠을 사전을 뒤져가며 맛나게 읽었던 기억을 잊지 못한다. 좋아하는 작가를 이렇게 우연히 만나다니, 기대하지 않았던 큰 선물을 받은 기분이다.

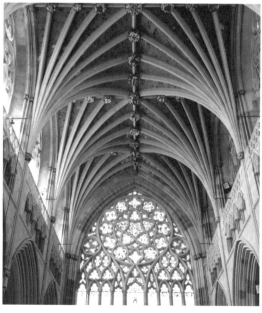
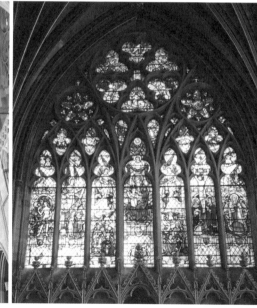

202 203 204 206 207 208
워터포드 코크 킬라니 리머릭 두린 골웨이

아일랜드 더블린

DUBLIN

남자의 흑맥주, 기네스 공장

Day 201

10년 전, 스코틀랜드 에든버러의 이름 모를 선술집에서 처음으로 기네스Guinness 맥주를 마셨었다. 천천히 한 모금을 넘긴 뒤 감탄사를 내뱉는 나를 보며 직원이 신기한 듯 물었다.

"기네스 처음 마셔봐?"
"태어나서 처음이야. 맛 끝내주는데. 이거 영국 맥주야?"
"아니, 아일랜드 맥주지."
"아일랜드? 영국 옆에 있는?"
"그렇지. 너 먹는 거 보니까 아일랜드 가서 제대로 된 기네스 한잔 마시고 싶어진다."

그때, 나는 결심했다. 언젠가는 정통 기네스 한잔 마시러 아일랜드에 가겠노라고. 드디어 10년 만에 꿈을 이루러 아일랜드에 왔다. 그것도 가족들을 데리고. 이 신성한 음료를 만드는 위대한 공장으로 가보기로 했다. 오늘은 일요일이라 2시간마다 한 대씩 셔틀버스가 있어서 돌아올 때 시간을 잘 확인 하지 않으면 난감한 상황이 생길 수 있다.

리키강을 따라 걸으면서 오코넬 기념비도 보고, 120m 높이의 더블린 스파이어도 구경해 본다. 하페니 다리를 지나 템플 바 안으로 들어가니 건물에서부터 아일랜드 분위기가 물씬 풍긴다. 마치 어디선가 영화 〈원스〉의 주인공이 'I don't know you, but I want you' 노래하며 나타날 것만 같은 풍경이었다. 비가 오락가락하는 것 말고는 모든 것이 만족스럽다. 도시 구경에 더 시간을 지체하면 기네스가 슬퍼할 것 같아 기네스 공장을 향해 발걸음을 재촉해 본다. 인터넷으로 예매한 표를 낸 후 공장에 들어서자 내부는 사람들로 발 디딜 틈이 없었다.

기네스 만드는 재료를 자세히 살펴보면, 우선 보리가 필요하다. 기네스를 만드는데 매년 10만 톤의 보리가 필요하다고 한다. 두 번째 재료는 홉이라는 열매이다. 홉은 기네스의 신선한 향을 이루는 중요한 요소이다. 세 번째 재료인 이스트, 즉 효모와 물이 준비되면 모든 재료는 갖춰진 셈이다. 기네스 공장은 특별히 위클로우 산의 물을 사용한다. 제조 과정은 더 흥미롭다. 가장 먼저 보리를 볶는다. 까맣게 볶은 보리는 기네스 맥주 특유의 불투명한 검은색을 만드는 핵심이다. 이후 맥아즙에 구운 보리를 넣고 90분 정도 끓인 뒤 기네스 특유의 이스트를 넣어 냉각시키면서 발효 과정을 거치게 된다. 발효가 다 된 맥주는 숙성기간을 거쳐 완벽한 기네스로 탄생한다.

전시관 구경이 끝나자 본격적인 맥주 시음이 우리를 기다리고 있었다. 기네스 마시는 방법을 제대로 배울 절호의 기회다. 조그만 컵에 든 맥주를 꿀꺽 삼킨다. 말 그대로 맛만 보는 시음이 기네스를 향한 갈증에 부채질한다. 한시바삐 시원한 파인트 한잔을 마시고 싶었다. 기네스는 먹는 방법만큼이나 따르는 방법도 중요하다. 기네스는 119.5초에 걸쳐 천천히 따라야만 특유의 부드러운 거품이 만들어 지는 데, 이를 '119.5초의 미학'이라 부른다. 꼴꼴꼴… 맥주잔이 채워지는 2분여의 시간이 2시간처럼 길다. 긴 기다림 끝에 드디어 기네스 파인트 한잔을 손에 쥘 수 있었다. 아내와 함께 전망대로 올라왔다. 더 지체할 수 없다. 꿀꺽-꿀꺽-꿀꺽-꿀꺽, 생명'주'가 목구멍을 타고 식도로 흘러든다. 크으으, 좋다. 어떤 말로 이 기분을 표현할 수 있을까. 전망대에 올라 더블린의 황홀한 풍경을 안주 삼으니 문득 세상을 다 가진 기분이 든다.

"아빠. 그렇게 기분이 좋나?"
"당연하지. 아빠가 이거 한잔 마시려고 10년을 넘게 기다렸잖아."
"무슨 맥주 한잔 마시려고 10년을 기다렸노. 한국에는 이 맥주 없나?"
"있지. 그런데 맥주 맛도 맛이지만 분위기라는 게 있잖아."
"그럼 나도 어른 돼서 아일랜드에 기네스 맥주 마시러 와야겠다."

먼 훗날 언젠가 성인이 된 아들이 이곳에 다시 온다면, 그때 아빠의 대화를 기억해주기를…. 이런저런 행복한 상상에 빠졌던 나도 맥주잔의 바닥이 드러나면서 어느덧 현실 세계로 돌아왔다. 아쉽지만, 이곳을 벗어나 또 다른 여행을 떠날 시간이다. 2시

간에 한 번씩 오는 버스를 놓치면 애로사항이 꽃 필 테니 속히 버스정류장으로 발걸음을 옮긴다. 후유, 다행히 버스 도착 5분 전, 정류장에 이르렀다.

버스에 올라 지갑을 열자, 어라 차비가 없다. 정확히는 잔돈이 없었다. 이 버스는 지폐 사용이 불가해서 잔돈을 미리 준비해야만 했다. 당황한 표정으로 서 있는 내게 버스 기사가 다음 버스를 타라고 말한다. '안 돼. 2시간을 어떻게 기다려…' 버텨야 하나, 내려야 하나 고민하던 찰나 번뜩 생각이 떠올라서 버스에 타고 있는 승객들을 향해 큰소리로 외쳤다.

"저기, 제가 5달러짜리 지폐를 들고 있는데, 혹시 동전으로 바꿔주실 분 있으세요?"

그 순간 만원 버스의 승객 대부분이 주머니를 뒤지거나, 지갑을 꺼내기 시작했다. 감동적인 풍경에 슬그머니 웃음이 새어 나왔다. 먼저 동전을 내미신 친절한 승객께 5달러짜리 지폐를 건넨 뒤 감사를 표현한다. 아내는 이런 내가 부끄러운지 아들과 함께 재빨리 버스 2층으로 올라가 버렸다. 미션이 종료되고 좌석에 가만히 앉아 있으니 조금 전 상황에 웃음이 난다. 아일랜드 사람들, 너무 사랑스럽다. 시간을 달려, 캠핑장 숙소 입구에 이르자 하늘 위로 진한 무지개가 우리를 반갑게 맞아주었다.

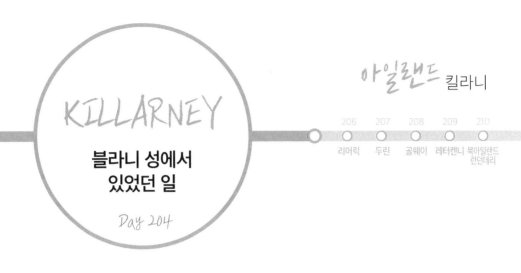

KILLARNEY

**블라니 성에서
있었던 일**

Day 204

블라니 성 근처 캠핑장에 들어섰다. 아일랜드 캠핑장의 잔디 상태는 대부분 최상급
이다. 그 탓에 아들은 잔디만 보면 벌러덩 눕는 버릇이 생겼다.

　"내령아. 아무 데나 드러눕지 마라."
　"엄마, 여기가 아무 데나가? 잔디밭이잖아."
　"그러니까. 잔디가 방은 아니잖아."
　"나는 방에 눕는 것보다 잔디에 눕는 게 훨씬 기분이 좋단 말이야."

　더 이야기해봤자 입만 아프니 그만하는 게 좋을 것 같다는 아내. 현명한 생각이다.
블라니 성에는 키스하면 언변이 좋아진다고 알려진 '돌'이 있다. 바로 '블라니스톤'인
데, 이 돌에 한번 입 맞추기 위해 수십 명의 사람이 긴 기다림을 견디고 있었다. 우리
가족은 우선 지하 감옥을 구경한 뒤 블라니스톤이 있는 꼭대기 층으로 올라갔다. 이
미 많은 사람이 우리에 앞서 차례를 기다리고 있었다.

　"당신, 키스할 거야?"

"노노."

"왜?"

"봐라, 더러워서 못하겠다."

아내는 여러 사람이 같은 돌에 입을 맞추는 게 마뜩잖은 모양이다. 그럼 할 수 없지 뭐, 혼자 하자. 블라니 '스톤'이라고 해서 특별한 돌이 따로 있나 했는데 그게 아니라 '성벽'에 입을 맞추는 것이었다.

누워서 목을 뒤로 젖혀 성벽에 입을 맞추는 건 상상 이상의 고난도 기술을 필요로 했다. 자세를 잡고 속으로 주문을 외워본다. '능변가가 되게 해주세요', 쪽. 소위의 목적을 달성하고, 블라니 정원과 식물원을 구경 해 본다. 아내는 꽃들이 너무 예쁘다며 신이 났다. 그러고 보니 살면서 아내한테 한 번도 꽃을 선물한 적이 없네. 아내를 향한 미안함에 씁쓸해하는데 난데없이 아내가 걸음을 멈춘다.

"큰일 났다. 휴대전화가 없어."

"야! 대체 어디에다 둔 거고?"

"주머니에 분명 넣어 뒀는데… 한 번도 안 꺼냈단 말이야."

"그럼 돌아다니다 흘린 거 아니가. 빨리 왔던 길 다시 돌아가 보자."

"누가 주워 가지는 않았겠지?"

"설마!"

1시간을 넘게 지나왔던 길을 되돌아가 휴대전화를 탐색했지만 아무리 샅샅이 뒤져도 휴대전화의 '휴' 자도 볼 수 없었다. 아내는 자연스레 포기하려는 눈치다. 답답한 내 마음과는 달리 무덤덤한 아내를 보고 있으니 문득 화가 치밀어 오른다. 휴대전화에 저장된 사진들과 동영상들이 눈앞에 아른거려 쉽사리 마음을 진정시킬 수 없었다. 지나가는 사람 붙잡고 물어도 보고, 카페 상점 직원들에게 일일이 도움을 청해봤지만 다 부질없는 짓이었다. 모든 걸 체념한 채 남은 구경이나 마치자는 심정으로 발걸음을 옮기던 중 '소원 계단'을 발견하고는 마지막으로 미신의 힘에 기대보기로 했다. 우스꽝스럽지만, 진심으로 빌었다. 아들도 어찌나 열심이던지 이제껏 저 녀석이 저렇게 진지한 적이 있었나 싶었다. 모든 구경을 마치고 나가는 길, 매표소에 들러 습득물이 없는지 물어본다.

"아내가 휴대전화를 잃어버렸는데, 혹시 분실물 중에 휴대전화 없나요?"
"잠시만요…. 하나 있긴 한데 혹시 색깔이?"
"분홍색이요."
"오, 여기 있네요. 이거 맞나요?"
"네! 땡큐, 땡큐, 땡큐!"

아들의 간절한 기도 덕분이었을까? 휴대전화는 아내 품을 떠난 지 3시간 만에 핑크빛 재회를 나눌 수 있었다. 누군가가 길에서 주워서 맡겨놓았다고 한다. 아일랜드, 너 진짜 여러모로 감동이다.

LONDONDERRY

피의 일요일 사건

Day 210

북아일랜드 런던데리

211 212 213 214 215 216 217
○ ○ ○ ○ ○ ○ ○
아일랜드 영국 맨체스터 윈드미어 스코틀랜드 애로차 샤이얼
부쉬밀스 리버풀 크로켓포드 브릿지

영국령 북아일랜드는 아일랜드와의 물가 차이를 크게 느낄 수 있다. 국경을 사이에 두고 숙박비며 유류비까지 아일랜드보다 30%는 더 비싼 것 같다. 북아일랜드로 넘어가기 전 아일랜드에 있는 동안 우선 기름부터 꽉꽉 채웠다.

시내로 들어서자 가장 먼저 포일강이 눈에 들어온다. 북아일랜드는 서유럽 지역에서는 드물게 이념 및 종교 분쟁이 끊이지 않는 곳이다. 포일 강줄기를 두고 한쪽은 신교도 지역, 다른 한쪽은 구교도 지역으로 나뉘어 대립하는 게 그 예다. 아일랜드가 영국으로부터 독립할 당시 독립에 반대하던 세력이 북쪽에 근거지를 두고 만들어진 곳이 바로 북아일랜드인데 독립 후에도 신교도와 구교도 사이에는 많은 다툼이 있었다.

구교도 세력이 처절한 투쟁을 한 지역으로 유명한 프리 데리에 들어섰다. 이곳은 구교도가 신교도와의 동등한 권리를 주장하며 억압으로부터 벗어나려는 30년 이상의 무장 투쟁이 벌어진 곳이다. 투쟁 당시의 상황이 남겨진 벽화를 보고 있자니 왠지 모르게 가슴이 저리는 기분이다. 지금까지도 영국의 크나큰 과오로 남아 있는 피의 일요일 사건에 대한 설명이 눈에 띈다.

"아빠, 피의 일요일 사건이 뭐야?"

1972년 1월 30일 일요일, 신교도와의 동등한 시민권을 요구하며 시위를 벌이던 비무장 구교도들을 향해 영국 공수부대원의 발포가 행해진 사건이다. 이 사고로 무고한 시민 14명이 죽고 13명이 다쳤다고 한다. 심지어 사망자 중 절반 이상이 10대였다는 사실이 더욱 안타깝다. 그런데 황당한 건 사건 발생 10주 후 발포 관련자들이 법정에서 무죄를 선고받았고, 영국 여왕 엘리자베스 2세는 공수부대 책임자들에게 훈장까지 내렸다는 사실이다. 결국, 세월이 흐른 2010년이 되어서야 영국 총리에 의한 공식적인 사과가 있었다. 하지만 여전히 사건 관련 책임자들에 대한 처벌은 이뤄지지 않고 있다.

　　아빠의 설명에 귀 기울던 아들이 갑자기 궁금한 게 있나 보다.

　　"아빠, 그런데 왜 군인이 자기 나라 사람을 죽여? 같은 편이잖아."
　　"이해가 안 되지?"
　　"당연하지. 아빠가 나를 죽인 거랑 똑같잖아. 그게 말이 돼?"
　　"말이 안 되지. 그런데 이런 말이 안 되는 일이 우리나라에서도 있었어."
　　"정말? 언제? 누가? 왜 그랬대?"

　　피의 일요일 사건은 희생자의 규모는 비교조차 어렵지만, 사건의 엄중함만큼은 우리의 5·18 광주민주화운동과 매우 닮았다. 아들에게 5·18 광주민주화운동에 대해 자세히 설명 해 줬다. 분명 어린아이가 이해하기에는 어려움이 있는 사건일 테지만 최소한 잘잘못은 구별할 줄 아는 법. 아이들조차 이해할 수 없는 행동을 어른들이 자행했다니, 그 죗값을 어떻게 다 갚으려는지 모르겠다. 이 거리를 걷는 동안 아들에게 광주와 북아일랜드의 아픈 역사를 가르쳐 주고 되새길 수 있는 계기가 된 것에 감사하다.

INVERNESS
괴물 네시의 전설
Day 219

 인버네스

이곳은 이끼류와 낮은 나무만 존재한다는 툰드라 지역의 색다른 멋이 느껴진다. 가끔 햇빛이 구름을 뚫고 나오려고 발버둥 치는 듯한 모습이 펼쳐지기도 하는데 빛은 끝내 구름의 두께를 이기지 못한다. 자연의 힘겨루기 덕분에 도로는 몽환적인 분위기가 펼쳐지는데 그 모습이 몹시 기묘하다.

어린 시절 네스호의 괴물 네시에 관한 다큐멘터리를 본 적이 있다. 처음에는 누가 지어낸 이야기겠거니 했지만, 상상을 뛰어넘는 규모의 호수와 맞닥뜨린 어느 순간, 호수 깊은 어딘가에 정말 괴물이 살 수도 있겠다고 생각했다.

"아빠, 여기 호수에 정말 괴물이 사는 거야?"
"살 수도 있고, 없을 수도 있지."
"오늘 내가 한번 찾아볼게."

네스호를 달리는 내내 아들은 호수에 눈을 떼지 않는다. 사실 다큐멘터리 영상만큼 신비로운 풍경은 아니었지만, 아들의 호기심을 자극하기에는 충분했다. 네스호 근처 마을과 전망대에는 네시의 사진과 설명들이 가득했다. 내내 긴장한 표정의 아들은 막

상 포스터를 통해 네시의 모습을 확인하더니 내심 안도하는 눈치였다.

"아빠가 말하는 '네시'가 이거야?"

"어."

"에이 엄청 귀엽구만. 나는 또 무시무시한 괴물인 줄 알았네."

아들이 귀여운(?) 네시의 모습을 보고는 이내 흥미 스위치를 꺼버린다. 아마 아들은 네시를 향한 궁금증보다, 그저 무서운 마음에 호수를 응시했던 것 같다. 결국, 우리 가족의 네시 찾기는 실패로 끝났다. 나의 어린 기억 속 네시 역시 이제는 머나먼 추억의 이야기가 되어 가는 듯했다.

네스호 구경을 마치고 인버네스 캠핑장으로 들어왔다. 날이 쾌청하지는 않지만, 텐트를 치고 자기에는 무리가 없어 보인다. 캠핑장 가격도 좋고, 시설도 좋고, 무엇보다 주인장이 아주 좋다. 백발에 서글서글한 웃음 그리고 주름진 얼굴에서 온화함이 묻어나는 그는 젊었을 때 경기도 파주에서 군인으로 근무한 적이 있다며 한국과의 인연을 자랑했다. 우리 가족을 어찌나 반겨주시던지, 우리는 기쁜 마음으로 하루 더 묵어가야겠다고 결정했다.

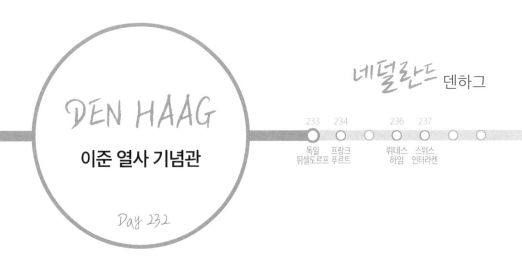

DEN HAAG

이준 열사 기념관

Day 232

네덜란드로 넘어오자마자 갑자기 더워진 날씨에 당황했다. 불과 이틀 전만 해도 전기장판과 히터가 필수였는데 이제는 선풍기가 필요할 지경이다. '네덜란드 여행'하면 당연히 수도 암스테르담 관광을 떠올리지만, 나는 덴하그Den Haag에 더 큰 기대를 걸고 있다. 이곳엔 아들에게 꼭 보여주고 싶은 곳이 있기 때문이다.

"아빠, 여기가 어디야?"
"응, 이준 열사 기념관."

우리에게는 '헤이그'라는 지명으로 익숙한 덴하그에는 실제로 이준 열사가 특사로 와서 묵었던 호텔을 기념관으로 사용 중이다. 초인종을 누르자 머리가 희끗희끗한 노신사가 반갑게 우리를 맞아준다. 기념관의 관장님이신 노신사를 따라 입구로 들어서자, 벽에 걸린 이준 열사의 유훈을 만날 수 있었다.

땅이 크고 사람이 많은 나라가
큰 나라가 아니고

땅이 작고 사람이 적어도
위대한 인물이 많은 나라가
위대한 나라가 되는 것이다
사람이 산다 함은
무엇을 말함이며
죽는다 함은
무엇을 의미하는가
살아도 살지 아니함이 있고
죽어도 죽지 아니함이 있으니
살아도 그릇 살면
죽음만 같지 않고
잘 죽으면
오히려 영생한다
살고 죽는 것이
다 나에게 있나니
모름지기 죽고 삶을
힘써 알지어라

이준 열사는 1907년 헤이그에서 개최된 제2차 만국평화회의에 이상설, 이위종과 함께 고종황제의 특명을 받고 파견되었다. 당시 세 특사는 현재 기념관으로 사용 중인 이 호텔에 머물면서 만국평화회의에 참석하여 을사늑약의 부당성을 국제사회에 알리고 한국의 국권을 회복하기 위한 노력을 했다. 하지만 일본의 방해로 그 뜻은 물거품이 되었고, 얼마 후 이준 열사는 순국하게 된다. 3층으로 올라가니 이준 열사가 죽음을 맞이했던 방이 그대로 전시되어 있었다. 자살설이 유력하지만, 공식적인 사인은 의문사라고 한다.

모든 구경을 마치고 관장님이 헤이그 특사 사진을 배경으로 가족사진을 손수 찍어
주시며 방명록에 글도 남길 수 있도록 도와주셨다. 방명록에 '제가 당신과 같은 한국
인이라는 것이 자랑스럽습니다'라고 쓰자 옆에서 지켜 보던 아들이 귓속말로 이렇
게 이야기한다.

"고맙습니다, 하고 적어야지 아빠."

FRANKFURT

꽃보다 할매의
유럽 여행기_1

Day 234

독일 프랑크푸르트

236 237   240
리데스 인터라켄   오스트리아
하임   펠트키르히

살면서 단 한 번도 부모님과 해외여행을 해 본 적이 없다. 사실 부모님과 여행은 한 번도 생각해 보지 않았다. 혼자 여행 다니는데 열을 올리던 20대, 그 당시 난 부모님이 여행 따위는 좋아하지 않으실 거라 생각했었다. 아마 부모님 역시 철없는 아들의 여행에 동참하고 싶지 않으셨을지 모르겠다. 그런데 지금은 상황이 조금 바뀌었다. 결혼도 하고 손주까지 안겨 준 다 큰 아들 녀석이 유럽 구경을 시켜 드린다고 하자 어머님은 무척이나 기뻐하셨다.

"아빠. 오늘 할머니 오시는 날 맞지?"
"그래. 할머니 오시니까 좋아?"
"당연히 좋지."

어머님과의 여행을 대비해 리스한 푸조 308W를 몰고 프랑크푸르트 공항으로 향한다. 어머님은 오후 5시, 프랑크푸르트 공항에 도착하실 예정이다. 흐음, 아직 시간이 많이 남았으니 쾰른에 잠시 들러 볼까.

세계에서 세 번째로 큰 성당이라는 퀼른 성당은 규모 하나로 주변을 압도한다. 퀼른에서 프랑크푸르트 공항까지는 180km 정도 떨어져 있으니 2시간이면 충분할 거란 생각으로 여유 있게 관광을 마쳤다. 고속도로에 오르자 예상과 달리 정체가 꽤 심했다.

"아우, 무슨 아우토반이 이러냐?"
"그러게. 우리나라 고속도로만 못하네."

제한 속도가 없는 아우토반은 항상 뻥 뚫려 있을 거라는 생각은 꽉꽉 막힌 도로 앞에서 먼지가 되어 흩어졌다. 어머님이 도착할 시간이 임박할수록 갈 생각 없는 앞차들 때문에 속이 바짝바짝 탄다. 설마 공항에서 국제 미아(?)가 되시는 건 아니겠지?
막히는 구간을 지나자 도로 상황이 좋아지더니 5시 30분쯤 공항에 도착할 수 있었다. 조금 늦어졌지만, 다행히 약속 장소에서 어머니를 무사히 만날 수 있었다. 밤새 비행기에서 잠을 설치셨는지 얼굴이 부석부석했지만, 표정만큼은 너무나 밝으셨다.

"우리 내령이 여행 잘하고 있었어?"
"당연하지. 벌써 230일이나 지났는데."
"할머니가 우리 내령이 얼마나 보고 싶었는데."
"나도 할머니 엄청나게 보고 싶었어."

아들과 며느리는 보이지도 않으신지 내령이와 이야기 나누시느라 정신이 없으시다. 우리 어머니, 진짜 할머니 다 되셨네. 아들은 할머니를 만나자마자 자신의 여행 무용담을 쏟아낸다고 정신이 없다. 공항에서 시작해 프랑크푸르트 숙소로 가는 차에서까지 어찌나 조잘조잘하던지, 왠지 할머니 귀에서 피가 나지는 않을까 걱정되었다.
프랑크푸르트 외곽에 있는 독채를 2박 예약해 두었다. 어머니가 대만족하시는 숙소라 더 의미 있었다. 우리 가족은 우선 이틀 동안 컨디션 조절을 한 후 본격적인 여행을 할 예정이다.

"오늘 할머니 오신 기념으로 파티 한번 해야지?"
"무슨 파티 할 건데, 삼겹살 파티?"
"여기가 어디지?"
"독일."
"독일에 왔으니, 당연히 맥주 파티!"

독일 맥주 맛이 궁금하신 어머니를 위해 마트에서 종류별로 산 맥주를 죽 꺼내 놓고, 어머니가 가지고 온 소주도 등판시킨다. 안주는 한국에서 날아온 밑반찬. 그리웠던 반찬에 즐거운 비명을 지르고 있자니, 어머니가 반가운 것인지 어머니께서 들고 온 먹거리가 반가운 것인지 헷갈린다.

독일 프랑크푸르트

FRANKFURT

꽃보다 할매의
유럽 여행기_2

Day 235

"덜거덕~ 덜거덕~"
"탁! 탁! 탁! 탁!"

　아침부터 정겨운 소리가 들려온다. 어제 너무 일찍 주무신 어머님이 새벽 5시부터 일어나 아침 식사를 준비하고 계셨다. 눈을 비비며 거실로 나오니 식탁 위에 웬 나물 반찬이 차려져 있었다. 어디서 나타난 걸까. 지금까지 여행하면서 나물 반찬은 코빼기도 못 봤었는데.

　"한국에서 나물 반찬도 만들어 왔어요?"
　"뭐라하노? 나물 여기까지 들고 오면 다 상하지."
　"그럼 이건 뭔데?"
　"신내이."
　"네? 신내이요? 신내이가 뭔데요?"
　"먹어보면 안다."

신내이는 경상도 사투리인데 표준어로는 씀바귀이다. 어머니께서 아침에 집 앞으로 산책을 나가셨는데 씀바귀가 지천으로 널린걸 보고는 조금 뜯어 오셨다고 한다. 약간 쌉싸래한 맛이 나는 '신내이'는 죽었던 가족의 입맛을 확 살렸다.

"그나저나 엄마, 아침 준비는 뭐 할라고 합니까? 좀 더 쉬시지."
"원래 늙으면 아침잠이 없다. 그래서 말인데, 여행하는 동안 아침 식사 담당은 내가 할게."
"그러면 나야 좋긴 한데. 내령 엄마가 좀 불편해하지 않을까요?"
"불편할 게 뭐 있노? 아침은 내가 하고 저녁은 내령 엄마가 하면 되지."

그렇게 자연스레 여행의 식사 당번이 정해졌다. 뒤늦게 일어난 아내가 푸짐하게 차려진 아침 밥상을 보더니 몸 둘 바를 몰라한다.

"내령 엄마야. 미안해 할 거 하나도 없다."
"그래도 어머니, 편하게 여행하시라고 모셔 놓고 이건 좀 아닌 것 같아요….
"무슨 소리하노? 나 같은 늙은이를 초대해 준 것만 해도 고맙다."
"고맙긴요… 당연한 일인데."
"군소리하지 말고 여행하는 동안 아침은 내가 할 테니까 그리 알아라."

좋은 게 좋은 거라고, 마음 가는 대로 하는 거지 뭐. 어머니의 단호한 태도에 그제야 아내도 알겠다며 자려신 밥상을 맛있게 해치운다. 아내는 아침 밥상을 뚝딱 차려내는 어머님이 신기한가 보다. 주부 10년 차와 40년 차의 내공 차이라고나 할까. 어쨌든, 당분간 아침밥 걱정은 안 해도 되겠다(앗싸).

FRANKFURT

꽃보다 할매의
유럽 여행기_3

Day 235

프랑크푸르트 시내 구경을 나선 우리는 뢰머 광장부터 프랑크푸르트 대성당을 거쳐 마인강 언저리를 거닌다. 어머니는 독일 건물들을 한참 신기한 듯 둘러보시더니 어느새 표정이 시들해지셨다. 이제 한 시간 걸었는데, 왜 이리도 지치나 모르겠다. 날씨가 너무 더워서 그런가.

저 멀리 유로 타워가 보인다. 이곳을 보고 가면 부자가 된다는 속설 때문에 유명해진, 여행객의 필수 코스이다. 상징물인 유로 간판 아래에서 가족사진을 한 장 찍었다.

"아들, 돈 많이 벌어라."

"왜? 뜬금없이 그런 말을….'

"여기 소원 비는 곳 아니가?"

하하하, 번지수를 잘 못 찾으신 어머니 덕에 한바탕 시원하게 웃었다. 더운 날씨에 엄청난 갈증이 몰려온다. 어머니께서도 시원한 맥주 한 잔이 간절하시단다. 얼른 맥주 마시러 가야겠다. 길거리 레스토랑에 자리를 잡고, 점심 겸 맥주 타임을 가진다. 독일 맥주 한잔 들이켜고 나서야 화색이 돌아오는 어머니. 앞으로의 여행 콘셉트를 어떻게 잡아야 할지 대충 감이 오는 대목이다. 독일 구운 소시지는 꼭 먹어보겠다는 어머니를 위해 주문한 소시지는 애석하게도 물에 빠져서 나왔다. 누구의 입맛에도 맞지 않던 이 소시지는 모두 아들 차지가 되었다. 이럴 때 아들은 늘 깔끔한 뒤처리를 해내는 하이에나이다.

"내령이는 입맛이 참 특이하네. 저게 맛있을까?"
"저놈은 '입맛'이라는 게 없어요. 아무거나 다 잘 먹는다니까요."
"그래도 미각이란 게 있을 텐데…."
"난 할머니가 해준 음식이 제일 맛있어."

뜬금없는 아들 녀석의 립 서비스에 심쿵 하신 할머니가 '그래! 오늘 저녁은 이 할머니가 쏜다. 메뉴는 삼겹살이다! 거기에 내가 직접 담근 김치를 더해주마'하며 기분을 내신다. 한인 마트에 들러 쌀, 배추, 삼겹살 등 앞으로의 여행에 필요한 물품을 구매해 숙소로 돌아왔다.

먼저 김치부터 담근다. 외국에서 직접 김치를 담근다니 생각조차 해보지 않은 일이다. 어머니는 겉절이도 아니고 김치를, 그것도 2시간 만에 완성해내셨다. 그게 가능하냐고? 나도 처음엔 반신반의했다. 그런데 정말 2시간 만에 배추 2포기가 김치로 둔갑을 했다.

이건 무조건 배워야 한다. 이거 하나면 여행 기간 김치 걱정은 안 해도 될 테니. 분명 언젠가는 써먹겠지 하는 마음에 배워 놓은 이 방법은 훗날 우리 가족의 먹거리 걱정을 크게 덜어준 효자 레시피가 된다.

김치의 마법이 끝나자 시작된 삼겹살 파티! 으음 이 쫄깃한 육질, 입안을 가득 채우는 은혜로운 육즙, 거기에 매콤 시큼한 김치 한 점. 이 순간 무슨 말이 더 필요하랴.

LAUTERBRUNNEN TREKKING

꽃보다 할매의
유럽 여행기_4

Day 238

스위스 물가 비싸다는 건 삼척동자도 아는 사실이다. 숙박시설부터 슈퍼마켓까지 어디 하나 저렴하게 느껴지는 곳이 없었다. 10년 전 160프랑 하던 융프라우 정상 행 열차는 현재 두 배 가까이 올랐다. 어머니를 포함한 우리 네 가족이 융프라우에 오르 려면 적어도 1백만 원이 필요하다. 금액 얘기에 놀란 어머니가 가지 말자며 손사래 를 치신다.

　　"융프라 무시긴가는 안 갈란다. 마 됐다."

　나 역시 그런 거액을 들여 굳이 융프라우에 올라갈 생각은 없었다. 물론 고민이 없 었던 것은 아니었지만 오래전 융프라우 정상에 올라서서 눈 위에 꽂인 깃발 옆에서 사진 한 장 찍은 게 전부였던 옛 기억이 결정에 도움을 줬다.

　　"엄마, 대신 오늘 트레킹 한번 어떻습니까?"
　　"그건 돈 안 드나?"
　　"걷는데 무슨 돈이 들겠노."

"그라믄 함 가보자."

　우리 가족이 선택한 트레킹 코스는 베르너 오버란트 알프스의 라우터브루넨부터 벵겐 인근 마을까지의 4시간짜리 코스였다. 어머니는 스위스에 도착하신 뒤로 틈만 나면 숨을 크게 들이마시곤 하신다. 어쩜 이렇게 공기가 깨끗한지 호흡 몇 번에 만병이 사라지는 느낌이 드신단다. 라우터브루넨에 주차를 마친 우리 가족의 트레킹이 시작되었다. 무려 300m 높이에서 떨어지는 라우터브루넨의 명물 폭포 슈타우바흐 폭

포를 등지고 벤겐 마을을 향해 걸어간다. 이곳 벤겐 마을은 10년 전과 비교해 어쩜 이리 변한 게 없는지 모르겠다. 조금 달라진 건 집들이 더 들어선 정도랄까.

　출발하자마자 어머니는 혼자서 저만치 앞서가시고 그 뒤로 아들과 아내가 옥신각신하며 따라간다. 흡사 트레킹 대회를 방불케 하는 풍경이었다. 미리 접한 정보에 의하면 벤겐 마을까지 약 1시간 정도는 오르막길이 펼쳐질 거란다. 트레킹 초반 어머니의 컨디션을 걱정했던 나를 비웃듯 어머니는 산악회 에이스 회원 포스를 뿜뿜 풍기며 힘차게 걸어가셨다. 선두 자리를 단 한 번 놓치지 않고 걸어가는 할머니가 못마땅한지 아들이 버럭 고함을 지른다.

"할머니, 천천히 가야 된다! 그렇게 가면 나중에 힘들어서 못 간다!"

"아이구, 당신 걱정이나 하세요."

"할머니는 아직 내 실력을 몰라서 그런다. 내가 한번 보여줄까?"

"그래. 정상까지 누가 빨리 가나 한번 해 보자."

할머니와 아들을 먼저 보내고 아내와 난 느긋하게 트레킹 데이트를 즐긴다. 걷다가 지겨워져 가끔 뒤를 돌아볼 때면 확 트인 스위스 풍경이 우리를 반겼다. 트레킹의 보상은 늘 공평하다. 트레킹은 반드시 다리가 고생한 사람에게만 절경을 허락하기 때문이다. 정상에 가까워지자 맨리헨Maennlichen 산자락이 우리 눈을 정화해준다. 벤겐 마을 이곳저곳에 들어서는 예쁜 숙박시설들을 보니 이 마을에 하루만 묵어가고 싶다는 욕심이 생겼다.

금강산도 식후경이라고 했지. 스위스 풍경을 구경하며 먹는 점심으로 김밥만 한 건 없다. 아침부터 어머니와 마눌님이 열심히 준비한 김밥의 속 재료는 단무지, 어묵, 달걀, 당근이 고작이지만 그 맛은 아들 말대로 지구 최강이었다. 멋진 풍경을 벗 삼아 먹는 점심이라니, 맛은 두말하면 입 아프다.

올라올 때 비하면 내려가는 길은 한결 수월하다. 인생도 등산도 항상 내리막을 조심해야 한다고 했다. 아니나 다를까 내려오는 길에 어머니와 아들이 사이좋게 한 번씩 엉덩방아를 찧었다. 아들은 별 탈이 없는데 어머니는 발목을 약간 삐끗하신 모양새다. 당신은 괜찮다고 하시지만, 숙소에 들어가서 파스를 좀 발라드려야 할 것 같다.

수소에 들어온 이머니와 아내가 휴식을 갈망하며 텐트로 들어간 사이 아들은 '더 놀래'를 외치며 수영장으로 직행했다. 그렇게 한 시간 남짓 물놀이를 하고서도 성에 안 찼는지 앞집 아이와 함께 한참 동안 축구를 한다. 잠깐 눈을 붙이고 나오신 어머니가 그때까지 놀고 있는 내령이를 보며 어쩜 에너지가 저렇게 넘칠 수 있냐며, 혀를 내두르신다. 세계여행이 내령이를 에너자이저로 만들었다며 다함께 즐거워했다.

Switzerland

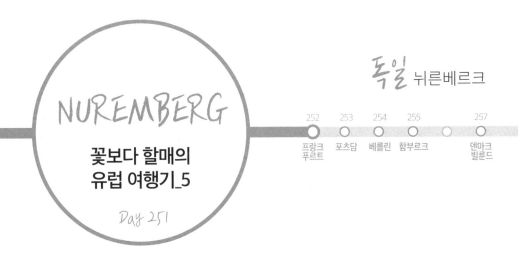

독일 뉘른베르크

252 253 254 255 257

프랑크 포츠담 베를린 함부르크 덴마크
푸르트 빌룬드

NUREMBERG

꽃보다 할매의
유럽 여행기_5

Day 251

프라하에서 사흘을 보내고 다시 독일 뉘른베르크로 넘어가는 길이다. 이제 어머니
와의 시간도 오늘 하루밖에 남지 않았다. 어머니는 마음이 싱숭생숭하신지 하염없이
자동차 창밖만 쳐다보신다.

"아~ 분위기 왜 이래?"
"무슨 분위기? 좋기만 하구만. 그렇죠, 어머니?"
"그러게. 날씨도 좋고, 바람도 시원하고, 풍경도 좋고, 기분 좋구만."
"그러지 말고, 호텔 도착하면 저랑 데이트 한번 해요."
"니랑 데이트를 하자고? 아이구야. 해가 서쪽에서 뜨겠네."

뉘른베르크 호텔 주변에 예쁜 호수를 끼고 있는 공원이 하나 있다. 말이 데이트지
아무 말 없이 그저 호숫가를 거닐 뿐이다. 어머니랑 단둘만의 시간을 가진 게 얼마 만
일까. 처음 어색했던 데이트는 어느새 다정한 연인처럼 팔짱도 끼고, 서로 사진도 찍
어 주는 친밀한 시간으로 변해갔다.

"저기 공원에서 맥주 한잔 하시죠?"

"그러지 말고, 마트에서 맥주 사 들고 호텔 들어가서 다 같이 먹자."

어머니는 못내 며느리랑 손주 신경이 쓰이시는가 보다. 아쉽지만 어머니 의견을 적극적으로 수용하여, 마트에서 무려 5리터짜리 생맥주 한 통과 켄터키 할배 치킨도 두 마리나 튀겼다. 오늘 메뉴는 진리의 치맥이다.

그렇게 시작된 우리의 맥주파티는 끝 모른 채 세 시간째를 넘어가고 있다. 5ℓ의 맥

주 통이 텅텅 비고 나서야 파티는 막을 내렸다. 술 마시는 내내 '고맙다'는 말을 수도 없이 하시는 어머니를 보며, 울컥거리는 마음을 숨기느라 혼났다.

"할머니, 아빠가 할머니한테 고마워해야 하는 거 아닌가?"

아무튼 아들놈은 여러모로 쓸모가 많다. 아들은 말 한마디 잘한 덕에 할머니에게 용돈도 두둑이 받아 챙겼다. 숙연해질 때마다 재밌는 이야기로 분위기 전환을 해주는 아들 덕에 파티는 마지막까지 화기애애했다.

씻고 침대에 눕자 괜히 마음이 울적하다. 이대로 영원히 헤어지는 것도 아닌데, 이상한 허탈함이 생긴다. 어머니가 함께한 18일의 유럽여행이 무사히 마무리되었다. 기회가 또 온다면 다시 한번 어머니를 모시고 좋은 곳으로 여행을 떠나야지. 엄마, 사랑합니다.

POTSDAM

슬럼프의 늪에 빠지다

Day 253

독일 포츠담

254 255 257 258
베를린 함부르크 빌룬드 덴마크
코펜하겐

    어째서인지 어머니가 독일을 떠나신 이후로 여행이 즐겁지 않다. 어머니의 빈자리 때문일 수도 있겠지만, 마침 여행 슬럼프가 왔을 확률이 더 높다. 언젠가 한 번쯤은 겪어야 할 일이라고 생각했는데, 세계여행 출발한 지 253일 만에, 강력한 펀치를 정통으로 맞았다.

    포츠담으로 향하는 아침부터 일진이 좋지 않다. 유료 화장실을 사용하려고 주머니를 뒤져보니 1유로 지폐뿐이었다. 이용료가 0.3유로였고, 잔돈 나오는 구멍도 있으니, 지폐를 넣으면 당연히 거스름돈이 나오리라 생각했다. 유럽은 때때로 순리를 거스르는 시스템을 유지하는 이상한 대륙이다. 1유로를 먹은 녀석이 조금의 거스름돈도 내놓지 않는 순간부터 이미 평상심을 유지하기 힘들었다. 불행은 여기에 그치지 않았다. 노상 주차를 마치고, 상수시공원과 궁전을 구경하고 돌아왔더니 웬 종이 한 장이 와이퍼 사이에 꽂혀 있는 게 아닌. 종이 쪼가리는 언젠가 한 번은 만날 거라 생각했던 '주차위반 벌금 고지서'였다. 중앙 차선이 따로 없는 골목길이라 주행 반대 방향으로 주차 시켜 놓은 것이 화근이었다. 피 같은 15유로. 은행과 관공서를 정신없이 돌아다니는 동안 돈보다 더 귀한 2시간이 날아가 버린 것에 더 화딱지 났다.

"포츠담 구경은 이만하고 베를린으로 넘어가자."

"여기까지 왔는데 볼 건 봐야지."

"지금 당신 상황을 보니까 구경할 정신이 아니다."

"신경 건드리지 마라."

　분명 아내가 옳은 말을 하고 있는데도 신경과민 상태의 내겐 모든 말이 시비조로 들릴 뿐이었다.

　포츠담 하면 가장 먼저 생각나는 게 포츠담 회담이다. 2차 세계대전 종결 직전에 연합국인 미국·영국·중국의 수뇌부가 독일 포츠담에 모여 개최한 회담이다. 특히 이 회의에서 일본의 무조건적 항복과 한국의 독립을 담은 포츠담 선언이 발표되기도 했다. 하지만 일본이 이를 거부하면서 히로시마에 원자폭탄이 투하되었다. 나는 포츠담 회담이 열렸던 체칠리엔호프 궁Cecilienhof Palace을 가보고 싶었다. 그런데 체칠리엔호프

궁을 찾아간다는 게 그만 샤를로텐호프 궁Charlottenhof Palace으로 간 것이다. 이때 우리 부부의 대립은 최악으로 치달았다.

"그러게 내가 베를린으로 바로 가자고 했잖아."
"자꾸 옆에서 시비를 거니까 내가 뭘 제대로 할 수가 있나?"
"포츠담 회담 장소 보면 뭐하노? 안 보면 또 어때? 뭘 그리 악착같은데."
"예전부터 꼭 가보고 싶었던 곳이라고."
"꼭 가보고 싶었던 곳은 다 가봐야 되나? 살다 보면 이럴 수도 있고, 저럴 수도 있지."

사소한 말다툼은 여행의 전반적인 시시비비로까지 번져 버렸다. 베를린 오는 내내, 그리고 호텔에 들어와서까지도 우리의 입씨름은 끝날 기미가 보이질 않았다. 너무 답답하고 화난 마음에 마트에서 보드카를 한 병 사서 들어왔다. 끊었던 담배 생각이 간절했지만 그놈의 담배, 내가 어떻게 끊었는데…. 차마 그럴 수 없었다. 술을 진탕 마신 뒤, 본격적인 난장 토론이 시작되었다.

"당신 하고 싶은 대로 하는 여행 좋지. 그럼 우리는?"
"너희들도 너희 원하는 대로 해라. 누가 하지 말라고 말리나?"
"야, 이 사람 말 심하게 하네. 그렇게 맘대로 여행할 거면 혼자 많이 해라."
"뭣…."
"내일 내령이 데리고 한국 들어갈 테니까 마음껏 여행 즐기다 오세요."
"……."

아… 이건 아닌데. 어쩌면 아내는 오랫동안 꾹꾹 참았던 이야기를 꺼낸 걸지도 모르겠다. 정말로 내가 가족을 희생시키는 여행을 하고 있었던 걸까? 초심을 잃은 걸까?

이런저런 후회가 물밀 듯 밀려온다. 함께 하는 여행의 의미…. 즐겁든, 고생스럽든, 재미나든 가족과 함께여야만 행복한 기억이 되는 것을 잊고 있었다.

우리 부부 사이의 무거운 침묵을 깬 건 내령이였다.

"엄마, 나는 한국 안 갈란다."

"그래. 그럼 니는 아빠랑 계속 여행해라. 엄마는 갈 거니까."

"아니, 그 말이 아니고. 한국을 가든 여행하든 난 계속 엄마 아빠랑 같이 있을 거다."

"……."

7시간에 걸친 우리 부부의 언쟁은 아들의 한마디에 종결되었다. 아내는 계속해서 여행을 함께하기로 했고, 나는 이 여행의 의미가 무엇인지 매일 끊임없이 내게 묻기로 마음먹었다. 답은 아주 가까이에 있으나 늘 빙빙 도는 과정이 있어야만 인정하고 마는 내 고집이 원망스럽다. 이 사건 덕분에, 앞으로의 명확한 그림을 스케치한 기분이다.

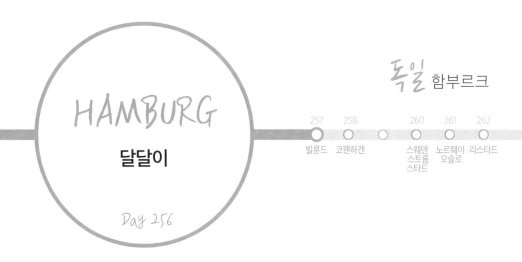

257 258 260 261 262
빌룬드 코펜하겐 스웨덴 노르웨이 리스타드
스트룀 오슬로
스타드

HAMBURG

달달이

Day 256

독일 함부르크

요즘 아들이 푹 빠진 게 있으니, 바로 달팽이 키우기이다. 캠핑장에서 발견한 달팽이를 꼭 한번 키워보고 싶다고 한 것. 하루 가겠나 싶었는데, 며칠간 꽤 정성으로 돌보고 있다. 매일 아침 싱싱한 먹을거리를 주고, 이동 시에는 대화도 나누더니, 어느덧 좋은 친구 사이가 되었다. 아들은 친구에게 '달달이'라는 귀여운 이름까지 지어 주며 예뻐했다. 사건은 함부르크 '미니어처 원더랜드'를 구경하러 가는 차 안에서 일어났다. 달달이가 사라져 버린 것이다.

"아빠, 달달이 찾고 구경 가면 안 돼?"
"여기는 입장 시간이 정해져 있어서 지금 안가면 못 보는데…, 어떡할까?"
"아… 달달아….'

어차피 차 내부 어딘가에 안전하게 있을 거라고 아들을 안심시킨 뒤, 우선 미니어처 원더랜드 구경부터 한다. 달달이가 신경 쓰인 아들은 발걸음이 쉬 떨어지지 않는 모양이다. 그런데 미니어처 원더랜드에 들어서는 순간, 아들은 완벽히 달달이를 잊은 듯 보였다. 지천으로 널려 있는 장난감과 수많은 미니어처는 아들의 시선을 빼앗기에 부족함이 없었다. 처음 보는 광경에 넋이 나간 아들은 어느새 장난감의 노예가 되어 있었다. 신난 건 어른들도 마찬가지였다. 우리 부부는 마치 소인국을 거니는 걸리버가 된 기분으로 이곳저곳을 누볐다. 미니어처를 자세히 보니 사람의 표정, 행동까지 정교하게 재현해 놓았다. 나는 특별히 축구경기장 미니어처에 푹 빠졌다. 사람이 빚어낸 조형미에는 좀처럼 감정이 무딘 나인데도 시간 가는 줄 모르고 즐길 수 있었다. 구경한 지 1시간이 넘어가니 슬슬 지쳐간다. 아들도 그제야 달달이가 생각났는지 출구를 향해 엄마 아빠 팔을 잡아끈다.

차로 돌아온 아들은 달달이 찾기에 모든 역량을 쏟아붓는다. 그런데 어디에서도 달달이의 행방은 찾을 수가 없었다. 아들의 표정이 점점 어두워지더니 급격히 굳어 갔다.

"내령아, 비도 오니까 캠핑장 가면 달팽이가 많을 거야."
"아, 정말. 그 달팽이가 달달이가(달달이는 아니잖아)!"

짧은 시간이었지만 아들은 달달이에게 정이 많이 들었나 보다. 만남이 있으면 헤어짐이 있는 법. 안타깝지만 달달이와의 인연은 여기까지인가 보다. 달달아, 어디에 있든 부디 건강하게 지내렴.

COPENHAGEN
낭만의 도시 니하븐

Day 259

덴마크 코펜하겐으로 가는 다리 위. 내비게이션은 우리가 바다 위를 달리고 있다고 알려준다. 다리의 끄트머리에 다다르자 가까운 거리에 요금소가 보인다.

"오늘 간만에 비에 젖은 도시 구경 한번 할까?"
"이제 엄마도 비 오는 날 좋아하나 보네."

아내의 취향이 조금 변했나 보다. 비 오는 날을 극도로 싫어하는 사람이었는데 여행 후 일어나는 모든 일을 자연스레 받아들이기 시작했다.

코펜하겐 시티 투어의 하이라이트는 니하븐이다. 동화에서 본 알록달록한 집 사이로 운하가 흐르는 멋진 도시. 비가 잠시 멈춘 틈을 타 거리 위로 사람들이 우르르 몰려나왔디. 길거리 카페나 음식섬에는 사람들로 발 디딜 틈조차 없었다. 복잡한 거리와 대조 되는 사람들의 여유로운 표정이 꼭 영화의 한 장면 같다. 들뜬 표정의 수많은 관광객 사이에서 현지인들 역시 그들의 삶을 즐기고 있음이 분명했다. 변덕스러운 하늘이 갑자기 비를 쏟아붓기 시작했고, 삽시간에 거리는 아수라장이 되었다. 부랴부랴 펼쳐지는 색색의 차양들, 테라스에 앉아있던 사람들은 접시나 컵을 들고 이리저리 분주하게 움직인다. 우리 역시 어느 식당 소속인지 모를 연녹색 차양 밑으로 재빨리 몸을 숨겼다. 잠시 비를 피한 우리는 각자 우비를 꺼내 입거나 우산을 펼쳤다. 나는 오랜만에 비를 한번 흠뻑 맞아보고 싶은 마음에 꺼냈던 우비를 도로 가방에 집어넣었다. 아빠를 따라 하겠다는 아들이 괜한 객기를 부리다 엄마한테 혼이 난다.

"왜 아빠는 해도 되고, 나는 하면 안 되노?"
"너는 지금 비를 맞으면 밤에 아플 수도 있다고."
"그런 게 어딨노? 아빠는 그럼 안 아프나?"

물귀신 작전을 펴는 아들 때문에 불똥이 왠지 나에게로 튈 것 같은 불길한 예감이 든다.

"그러기에 애 앞에서 왜 쓸데없이 비를 맞고 다니고 그러노?"
"……."

이것 봐, 이렇게 될 줄 알았어. 침묵이 최고의 대처법이다.

코펜하겐에서 스웨덴으로 가는 방법은 두 가지다. 긴 바다 위 다리를 지나 말뫼를 통해 스웨덴으로 들어가거나 페리를 타고 헬싱보리로 바로 들어가거나. 인터넷 정보도 많지 않다. 덴마크의 도로비가 비쌀지 페리 비가 비쌀지의 짧은 눈치 싸움 끝에, 덴마크 도로비의 무서움을 경험했으니, 페리를 이용해 보자는 결론에 이르렀다.

"헬싱괴르에서 헬싱보리로 가는 페리가 얼마죠?"
"네, 성인 2명 아이 1명, 400크로네입니다."
"헉. 7만원이라고요? 그럼 얼마나 걸리나요?"

"10분 정도 소요됩니다."

순간 아주 당황스러웠지만, 여기까지 와서 돌아갈 수는 없으니 별수 있나. 울며 겨자 먹어야지. 나중에 안 사실이지만, 말뫼로 가는 통행요금은 375크로네로 페리와 큰 차이가 없었다.

스웨덴에 이르자 먹구름 사이로 삐져나온 한 줄기의 빛이 들녘을 레몬 빛으로 덧칠하며 비현실적인 풍경을 펼쳐낸다. 기대하지 않았기에 더 멋졌던 스웨덴의 풍경. 어째 기분이 마구마구 좋아지는구먼.

KJERAGBOLTEN
TREKKING

**다리가 후들거려서
못 움직이겠어**

Day 263

노르웨이 쉐락볼튼 트레킹

264   265   266   267   268   269
헬메란드   오다   가우프네   게리랑   올레순   크리스티
                        게르   안순

쉐락볼튼Kjeragbolten, 프레이케스톨렌Preikestolen, 트롤퉁가Trolltunga는 노르웨이가 자랑

하는 3대 트레킹 코스이다. 우리 가족은 소요 시간이 긴 트롤퉁가를 제외한 '쉐락볼

튼'과 '프레이케스톨렌'을 경험하기로 했다.

쉐락볼튼 트레킹 입구에 다다른 우리는 입간판에 쓰인 정보를 꼼꼼히 체크했다. 코스가 만만치 않아 보이지만, 거리가 짧은 게 그나마 위안이다. 손가락을 이용해 대충 소요 시간을 헤아려 보니 왕복 6시간 정도면 충분해 보인다. 초반부터 가파른 길이 나왔지만 가벼운 마음으로 첫발을 뗀다. 아들 녀석은 간만의 트레킹이 신났는지 내리는 비에도 아랑곳하지 않고 힘껏 지면을 박차며 걸어갔다. 가파른 바윗길 옆으로는 목숨을 부지해줄 쇠줄이 안전장치로 설치되어 있었다.

"아들! 할 만해?"
"아빠! 오늘은 평소보다 뭔가 재밌는데."
"바위 미끄럽고 길도 가파르니까 쇠줄 꼭 잡고 천천히 가야 한다!"

불안한 내 마음과는 다르게 아들은 문제없이 제 몫을 걸어냈다. 혹시 이러다가 세계여행 끝나면 아들의 꿈이 암벽 등반가가 되는 건 아닐까.

가파른 봉우리 세 개를 넘고 산 정상 길을 한 시간 정도 걸어가면 목적지인 쉐락볼튼에 도착할 수 있다. 어렵사리 세 봉우리를 정복하고 정상 길을 마주했는데 눈 앞에 펼쳐진 하얀 눈밭에 당황했다. 당혹감을 감출 수 없었던 이유는 눈 덮인 땅을 예상하지 못했기 때문이기도 했지만, 아들 발에 샌들이 신겨져 있었기 때문이었다. 아빠의 미안한 마음을 이해한 건지 정말 즐거워서 그런지 알 수 없지만, 아들은 발 시린 내색 한번 없이 즐겁게 눈밭을 지나갔다. 아들의 밝은 모습에 신발을 챙겨오지 않은 죄책감을 조금이나마 덜 수 있었다.

세 시간 동안 쉬지 않고 움직였던 두 발은 쉐락볼튼 정상에 이르러서야 비로소 멈출 수 있었다.

사람들이 두 부류로 나뉘어 부지런히 움직이고 있었다. 한쪽은 쉐락볼튼에 올라가려는 무리이고, 다른 쪽은 그들을 촬영하기 위한 무리이다. 쉐락볼튼은 세상에서 가장 아찔한 포토존으로 불린다. 절벽과 절벽 사이에 아슬아슬하게 끼어 있는 달걀 모양의 돌 위에서 사진 찍는 것으로 유명하기 때문이다. 스릴을 즐기는 여행객이 인증 사진을 찍으며 즐거워하는 곳이지만 사실 달걀 바위 아래로는 안전장치 하나 없는 1천 미터 낭떠러지가 아가리를 벌리고 있다.

대수롭지 않게 아들과 포토 존 라인에 합류했으나 금세 마음을 바꿔 아들을 돌려보낸다. 돌 위에 두 명이 올라선다는 건 보통 강심장이 아니면 할 수 없는, 아니 그야말로 미친 짓이나 다름없었다. 지름 50cm 정도의 원 안에 들어가 사진을 찍는데, 원을 조금이라도 이탈하면 천 길 낭떠러지로 떨어진다. 바위에 오르는 사람도, 맞은편에서 촬영하는 사람도 식은땀을 연신 닦아야 하는 끔찍한 관광 코스. 하나둘 목적을 달성한 사람이 늘어갔고, 어느덧 내 앞으로 단 한 사람도 남아있지 않았다. 바들바들 떨리는 다리를 부여잡고 걸음을 옮기려는데 설상가상 빗줄기가 굵어지기 시작했다. 비에 젖은 돌 위로 올라갈 생각을 하니 머릿속이 하얘진다.

'삐끗하지 말자, 삐끗하는 날에는 정말 모든 게 끝이다.'

그렇다. 세계 여행이고 나발이고 인생 끝나는 거다. 과부가 될 아내는 노르웨이 달걀 바위에서 무모하게 사진을 찍다 추락사한 남자의 아내가 될 테고, 아들은 아빠의 꿈을 이뤄주려 따라나선 세계여행에서 아빠 장례를 치르고 온 비운의 인간으로 살아야 할 것이다. 우리는 분명 뉴스에 나오겠지…. 끝 모를 과한 상상이 이어졌다.

'상상하지 말자…. 상상하지 마…!'

내 차례가 왔다. 나는 아주 조심스럽게 돌을 향해 발걸음을 옮겼다. 바위 위로 두 발이 안착한 것을 확인하고 고개를 들었는데, 사진 찍는 아내가 옆 사람과 딴짓을 하고 있다. '김미임(아내 이름)'을 불러야 하는데 긴장감에 혀가 굳어져 목소리가 나오질 않았다.

"그미으어어! 그아아아악!!!"

짐승의 절규에 가까운 소리에 그제야 나를 발견한 아내가 주섬주섬(주섬주섬할 때가
아니라고) 카메라를 꺼낸다. 시간이 멈춘 것 같은 기분이 이런 걸까. 꿈이면 바위에 내
려간 뒤에 깨게 해주세요라고 기도하는 사이, 어느새 촬영이 끝났다는 오케이 사인을
받았다. 바위에 붙은 다리를 힘겹게 떼어내 옆으로 몸을 옮긴다. 해냈다. 아니 다행이
다. 의기양양하게 걸어가는 내 뒤통수로 다음 차례로 올라간 아가씨의 절규가 울려퍼
진다(후웃, 아가씨 금방 끝나니 조금만 참으라구).

NORDKAPP

노르웨이 최북단에 다다르다

Day 277

우리 차는 10번 국도를 따라 로포텐 제도를 벗어나고 있다. 황홀한 풍경에 감탄하던 아내는 이렇게 멋진 풍경을 만났으니 두 번 다시 풍경에 감탄할 일은 없을 거라고 속상해한다. 과연 그럴까?

"아빠, 근데 우리 노르웨이에서 트레킹은 끝났나?"

"어. 트레킹은 앞으로도 계속 있을 예정이니 너무 섭섭하게 생각하지 마라."

"이렇게 멋진 곳에서 해야지. 아무 데나 걸어 다니면 그게 트레킹이가?"

"그냥 동네 뒷산 걷는 것도 트레킹이다."

"그러려면 뭐 하려고 세계여행 다니노?"

어린 나이에 트레킹 맛을 알아버린 아들을 위해 우리 가족은 몇 차례의 트레킹을 더 만날 계획이다.

노드캅을 향해 달리고 또 달린다. 트롬쇠를 지나 알타 까지 꼬박 이틀을 달려왔는데도, 최종 목적지는 아직도 구만리다. 남북으로 길게 뻗은 노르웨이 지형 특성상 북쪽에 가까워질수록 추위를 점점 실감할 수 있었다. 노르웨이의 끔찍한 물가에 비하면 캠핑장의 히떼(케빈)는 그다지 부담스럽지 않은 가격이었다. 우리나라 돈 5~7만 원이면 이렇게 추운 날씨에도 안락한 하룻밤을 보내기 충분했다.

그저 차를 타고 달리는 것뿐인데 몸과 마음이 힐링 된다. 노르웨이 일정 초반에는 흐린 구름에 숨어있던 햇빛이 쨍하게 얼굴을 드러낸다. 아무 데나 대고 찍어도 작품이 된다는 말이 현실이 되는 풍경을 그냥 지나칠 수는 없지. 도착 시각 따위는 까맣게 잊은 채 사진 삼매경에 빠진 우리였다.

"엄마, 저기 산타 할아버지 썰매 끄는 루돌프 사슴이다."
"어디?"
"저기 앞에 안 보이나?"

아들이 손가락으로 가리킨 나무들 틈 사이에 화려한 뿔로 위장한 순록들이 모습을 드러낸다. 아들이 차를 세우라고 고함을 치는 바람에 나도 모르게 비상등을 켠 뒤 갓길에 차를 정차했다. 신기한 표정으로 순록을 바라보는 우리와 달리 현지인의 차들은 아무 관심 없다는 듯 쌩쌩 지나버린다. 그들에게 순록은 동네 개만큼이나 자주 보는 동물일 테니까. 아들의 유별난 관심에 그 뒤로도 순록을 볼 때마다 몇 번이고 차를 세워야 했다.

우선 오늘 밤 묵을 히떼 부터 예약하고 노드캅 전망대로 발길을 향한다. 현재시간 밤 8시. 밤이라는 단어가 무색할 만큼 밖이 훤하다. 노드캅 전망대에 오르자 노르웨이의 대표 요정인 트롤이 우리 가족을 반긴다. 유럽 최북단에 발을 딛고 있다는 감동보다 아들은 트롤과의 도토리 키 재기에 에너지를 쏟느라 바쁘다.

"남편, 여기는 어떻게 해가 지지 않지?"
"엄마, 해가 안 져? 정말로?"

그렇다. 이 시기의 노드캅에선 태양이 해수면에 닿았다가 다시 떠오르는 기이한 현상이 벌어진다. 그토록 경험해 보고 싶었던 백야이다. '해는 동쪽에서 떠서 서쪽으로 진다'는 통념에는 예외가 있었다.

노르웨이에서 딱 하나 아쉬운 게 있다면, 오로라를 보지 못한 것이다. 보통 9월 중순부터 오로라를 볼 수 있다는데 아쉽게도 지금은 8월 중순이다. 언젠가 가족들과 함께 오로라를 볼 기회가 오길 바라본다.

ROVANIEMI

산타를 만나다

Day 279

"아빠, 산타 할아버지가 나를 착한 아이라고 생각할까?"

"내령이 생각은 어떤데?"

"음~ 내 생각에도 좀 말을 안 듣기는 하는데, 그래도 씩씩하게 세계여행 잘하고 있으니까…."

뭔가 찔리는 구석이 있는지 아들놈이 말꼬리를 흐린다.

수십 아니, 수백 개의 호수를 지나 로바니에미 산타 마을에 도착했다. 북적거릴 거라는 예상과 달리 실내는 조용해도 너무 조용했다.

"아빠, 혹시 산타 할아버지 쉬는 날 아니가?"

"그러게 너무 조용한데. 일단 들어가 보자."

다행히 센터의 문은 열려 있었다. 조심스레 산타가 있는 곳으로 발걸음을 옮겨본다. 산타의 방 앞에서 쭈뼛대는 아들을 보니 나도 모르게 웃음보가 터졌다. 세상이 전부 자기 것인 마냥 날뛰던 야생 늑대 녀석이 갑자기 어린 양이 되었다. 방문을 열고 들어서자, 책에서만 보던 산타 할아버지가 환하게 웃으며 아들을 반겼다.

"어디에서 왔니?"
"한국이요."
"몇 살이지?"
"다섯 살이요."
"착한 일을 많이 했니?"
"……."

아들이 영어를 못 알아들었는지 꿀 먹은 벙어리다. 산타가 허허 웃으며 아들에게 사진을 찍자고 하자 아들은 힐끔힐끔 산타를 쳐다보며 긴장한 표정을 짓는다. 센터 밖으로 나온 아들이 '후-유' 긴 한숨 내 쉬더니 눈을 가늘게 뜨며 묻는다.

"아빠, 근데 안에 있는 할아버지 진짜 산타 맞아?"
"그럼. 서울에도 벌써 세 번이나 다녀가셨다던데."
"부산은?"
"다음번에 오시겠지. 산타 만나보니까 어땠어?"
"잘 모르겠다."

날카로운 의심에 뜨끔했지만, 어쨌든 핀란드에는 산타가 있었다!

HELSINKI

유레아? 유레카!

Day 283

핀란드 헬싱키

284 285 286 288 289

에스토니아 합살루 라트비아 리투아니아 빌니우스
탈린 시굴다 니다

핀란드 하면 제일 먼저 생각나는 것은? 산타클로스? 자일리톨? 아니면 사우나? 개개인의 우선순위가 다르겠지만, 내게는 뭐니 뭐니 해도 호수이다. 매일 수백 개가 넘는 호수를 보고 있으면 어느 순간 핀란드에 호수가 있는 건지 호수에 핀란드가 있는 건지 헷갈리곤 한다.

어떤 청년에 대한 기억도 빼놓을 수 없다. 한 번은 고속도로를 한창 달리고 있는데 헬싱키를 50km 남기고 차에 경고음이 울리기 시작했다. 가만히 보니 계기판의 '유레아UREA'라는 위치에 표시등이 켜져 있었다. 15년 경력의 운전자를 당황케 한 유레아 사인. 도대체 어디에 문제가 생긴 거지.

일단 가까운 고속도로 휴게소로 들어갔다. 누구를 잡고 물어봐도 도통 '유레아'를 아는 사람이 없었다. 인터넷 사용조차 못 하는 상황과 주기적으로 울리는 경고음까지. 환장할 노릇이다. 내비게이션을 따라 인근 카센터를 찾아갔지만 카센터에는 아무도 없었다. 이 넓은 카센터에 직원 한 명이 없다니, 뭐야 도대체.

시간은 속절없이 흘러가는 데 도움을 청할 기회가 좀처럼 생기지 않는다. 낙담한 채 모든 걸 포기하고 있던 중 마치 할리우드 배우처럼 잘 생기고 몸 좋은 청년이 우리를 향해 걸어오는 게 보였다. '아, 이곳 직원이구나' 생각 하며 그에게 인사를 건넸다.

"안녕하세요? 혹시 여기 직원이세요?"
"아니요. 저도 30분째 기다리는 중인데 여기 카센터는 사람 구경하기가 힘드네
요. 아… 차 반납하고 가야 되는데, 어쩐다."
"아, 나도 빨리 정비받고 가야 하는데, 어쩌지."
"차 어디 고장 났어요?"
"아 네. 혹시 '유레아'라고 아세요?"

청년은 별거 아니라며 유레아만 사서 넣기만 하면 된단다. 그러면 유레아를 어디
서 사지 하는 고민의 틈도 주지 않고 청년은 유레아를 사러 가자며 본인 차 문을 열
어줬다. 그러곤 나를 어디론가 휙 데려갔고, 그길로 난 유레아로 추정되는 물건을 잔
뜩 사서 카센터로 돌아왔다.

"차량 설명서 있어요?"
"네. 그런데 이게 온통 프랑스어라."
"오, 문제없어요."

이번엔 청년의 여자 친구의 도움을 받게 되었다. 불어에 매우 능통한 그녀로부터
유레아 넣는 설명을 배운 뒤 순식간에 무려 4통을 주입했다. 손에 닿으면 위험하다고
쓰인 유레아는 알고 보니 '요소'였다. 오, 유레카!
정말 고마워서 어떻게라도 감사의 표시를 하고 싶다했지만, 한사코 됐다며 손사래
를 치던 수호천사 커플은, 어느새 바람과 함께 휙 사라졌다. 곳곳에 이토록 친절한 분
들이 계셨기에 우리 가족이 이제껏 세계여행을 할 수 있는 건 아닐까.

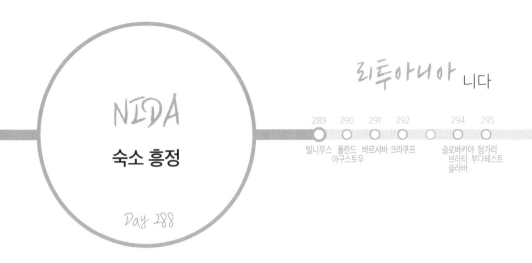

NIDA

숙소 흥정

Day 288

발트 3국(Baltic state, 발트해 남동 해안에 위치한 에스토니아·라트비아·리투아니아의 총칭)으로 내려온 뒤부터는 굳이 캠핑장을 이용하지 않는다. 숙소비가 저렴하기 때문이다. 이 정도 상태의 숙소를 서유럽에서 잡으려면 적어도 10만 원은 줘야 했을 테다. 업그레이드된 잠자리 덕에 여행의 질이 한층 올라갔다.

에스토니아 탈린, 합살루에 이어 라트비아 시굴다와 리가에서 각각 하루씩을 지낸 뒤 리투아니아로 내려왔다. 어느덧 발트 3국 중 마지막 여행국이다.

이곳 리투아니아의 샤울레이에는 수백만 개의 십자가가 심긴 언덕이 있다던데 그 모습이 쉽게 상상이 안 간다. '십자가의 언덕' 주차장에 차를 세워두고 안쪽으로 들어가 보니, 정말로 무수한 십자가가 눈에 들어왔다.

"아빠, 누가 이렇게 많은 십자가를 갖다 놓았어?"
"그건 아빠도 모르지."

몇 가지 설이 있지만, 신빙성이 있는 두 가지는 러시아 종교탄압으로 인해 사망한 사람들을 추모하기 위해 신도들이 십자가를 하나씩 갖다 놓다 보니 어느새 이만큼의 숫자를 이뤘다는 것. 또 하나는 누군가 십자가를 심어 놓고 난 뒤부터 병이 낫고, 소원도 이루어지는 신기한 일을 경험했고 입소문이 퍼져 너도나도 십자가를 가져다 놓기 시작했다는 것이다. 무엇이 진실인지 알 수는 없지만, 누군가의 간절한 바람이 가득한 곳이라는 건 틀림없었다.

클라이페다에서 니다로 가는 페리에 차를 싣고 지도를 펼쳐본다. 섬이 온통 모래밭이라 호주의 프레이저 아일랜드가 잠시 스쳤다. 바다 구경을 실컷 하고 난 뒤 니다로 가는 차 안에서 해가 저물어 간다. 계획은 당일치기로 니다 구경을 마치고 클라이페다로 다시 빠져나가는 것이었는데, 어쩔 수 없이 이곳에 하루 묵어야겠다.

"혹시 숙소 구해?"
"그렇긴 한데 누구시죠?"
"나? 숙소 주인. 잔말 말고 따라와."

한눈에도 숙소를 못 구한 듯 보였던 우리는 후덕한 몸집의 아주머니에게 홀려 어디론가 끌려갔다. 리투아니아에도 호객행위가 있네, 하하. 아주머니가 먼저 꼬드겼으니 흥정 거부하시면 안 됩니다.

숙소에 이르러 방을 둘러보니 아주 마음에 든다. 숙박비는 깎고 깎아서 40유로에 안착했다. 관광지에서 이 정도면 상당히 괜찮다.

좋은 휴양지에서 맞는 아침은 늘 청쾌하다. 아침 산책도 할 겸 아들과 해변으로 나가자 어제저녁과는 다른 모습의 멋진 바다가 눈 앞에 펼쳐진다. 눈 호강의 시간을 뒤로하고 숙소로 돌아오자 주인아주머니와의 재밌는 상황이 펼쳐진다.

"애기 아빠, 어제 잘 잤어?"

"네. 덕분에요."

"혹시 과일이나 채소 필요하지 않아?"

"왜요?"

"여기서 사. 무지 싸고 아주 싱싱해."

육성으로 웃음이 터져 버렸다. 어제의 호객행위부터 아침에 과일 트럭 소개해주는 것 까지 묘하게 우리나라 시골 풍경이 겹친다. 이것 참, 추억 돋게 만드는 마을이다.

니다와 빌니우스 관광을 마친 오늘 밤은 오랜만에 텐트에서 보내기로 한다. 캠핑장에 들어서자 떨어진 낙엽이 발에 차인다. 어느덧 가을이 성큼 다가왔음을 느낀다. 우리의 여행도 어느덧 300일을 향해 성큼 다가가고 있었다.

WARSAW,
KRAKOW
즉흥 환상곡과
즉흥 육상 대회

Day 291~292

폴란드 바르샤바, 크라쿠프

294   295   296   297   298
브라티   부다페스트 루마니아   레시차   시기쇼아라
슬라바   아라드

"남편, 여기 봐봐. 과일들이 킬로그램에 1천 원도 안 해."

"우와 진짜네. 키위는 킬로에 300원!"

"오늘은 엄마가 좋아하는 과일로 파티하면 되겠네."

마트에서 만난 뜻밖의 횡재에 싱글벙글한 아내를 보니, 동유럽 여행이 매우 순탄할
것 같다. 바르샤바 잠코비 광장에 도착하니 어디선가 피아노 소리가 들려온다. 귀에
익은 음이 우리를 유혹하듯 발걸음을 잡아끈다.

"어디서 많이 들어본 멜로디인데."

"아빠, 나도 들어본 적 있는 것 같다."

"이거 쇼팽의 즉흥 환상곡 아냐?"

클래식에 무지몽매한 내 귀에도 익숙한 이 곡. 그러고 보니 쇼팽이 폴란드 사람이
라고 어디선가 들었던 것 같다. 광장 스피커로 흐르던 음악이 잔잔하게 마무리되자
마자 아들은 어디론가 즉흥적으로 달려가기 시작했다. 아들녀석이 달려간 곳엔 누군

가 불어놓은 비눗방울이 가득했다. 녀석에겐 클래식보다 비눗방울 터뜨리기가 더 흥미로운 모양이다.

문화 과학 궁전은 스탈린이 통치하던 당시 소련이 폴란드에 선물한 건물로 유명하다. 폴란드의 랜드마크인 이 건물은 정작 폴란드인에겐 무척 미움 받는 곳이란다.

구경을 마치고 주차장 요금을 정산하려고 보니 동전이 필요했다. 50즈워티 지폐를 들고, 가게 이곳저곳을 뛰어다녀 봤지만 누구도 선뜻 동전으로 바꿔주지 않았다. 야박함에 속상해하고 있는 나에게 누군가 다가와 말을 건넨다.

"혹시 한국분이세요?"
"아, 한국분이 시군요."
"네, 무슨 일 있으세요?"
"50즈워티를 잔돈으로 바꿔야 하는데 쉽지 않네요."
"저도 잔돈이 그만큼 안 되는데⋯. 혹시 얼마 필요하세요?"
"5즈워티요."

그는 선뜻 5즈워티 동전을 내게 건넸다. 그 친절함에 감사한 나머지 나도 모르게 손을 덥석 잡아버렸다. 외국 나가면 한국인을 제일 조심하라고 하던데. 누구야, 누가 그런 소리 했니.

바르샤바가 폴란드의 수도가 되기 전까지 크라쿠프는 무려 500년 넘게 그 자리를 차지하고 있었다. 비록 바르샤바에 왕관을 넘겨줬지만, 크라쿠프는 오늘날까지도 여전히 폴란드의 문화중심시로 자리 잡고 있다.

크라쿠프에는 공원이 참 많다. 공원이 있으면 아들은 늘 달리기 시합을 요구한다. 매번 엄마 아빠가 져주니 아들은 본인이 달리기를 엄청나게 잘한다고 생각하는 모양이다. 그래서 이번에는 봐주지 않기로 작전을 짰다. 자, 준비 땅(다다다다).

"이게 아닌데. 한 번 더 해 보자."

한번은 두 번이 되고 두 번은 여러 번이 되었지만, 결과는 마찬가지. 결국, 아들은 현실을 받아들이지 못하고 잔디밭에 누워 울음을 터뜨렸다.

"언젠가 엄마 아빠를 이기는 순간이 오면, 그때는 더 슬플 수 있어!"

알아들을 리가 있나. 그 후로 한참 동안 계속되던 아들의 눈물은 결국 달콤한 아이스크림 하나에 뚝 그치고 말았다.

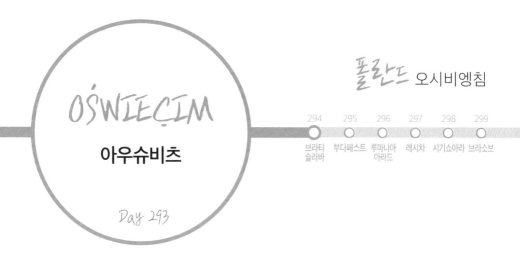

OŚWIĘCIM
아우슈비츠

Day 293

오시비엥침에 도착을 하니 바람이 스산하다. 오시비엥침은 독일어로 '아우슈비츠 Auschwitz'를 의미한다. 많은 사람이 알고 있는 대로 이곳은 수많은 유대인의 생명이 사라진 곳이다. 뿐만 아니라 로마인, 소련포로, 동성애자, 정치범, 집시 등 셀 수 없는 사람들이 무고하게 죽임을 당했다.

아우슈비츠는 세 개의 수용소가 있는데 일반인에게는 제 1, 2수용소만 공개되어 있다. 제 1수용소는 박물관 형태로 구성되어 있다. 입구부터 엄숙한 분위기가 온몸을 감싼다.

"아들, 여기선 절대 장난치면 안 된다."
"왜? 엄청 무서운 곳이야?"
"무서운 곳이라기보다는…, 아주 슬픈 곳이야."

입구앞에서 아들의 다짐을 확실히 받고 안으로 들어가 본다. 제 1수용소는 원래 폴란드 군대였는데 독일군이 이 지역을 점령하면서 수용소로 사용되기 시작을 했다. 지금은 모든 막사가 박물관으로 변경, 이반인에게 개방되었다. 입구에 들어서니 익히 알려진 문구가 눈에 들어왔다.

'ARBEIT MACHT FREI(아르바이트 마하트 프라이)'

우리말로 바꾸면 '노동만이 살길이다' 정도로 해석된다. 좀 더 정확한 표현은 '노동이 너희를 자유케 하리라'이다. 자유로워진다니…. 얼마나 많은 사람이 저 문구 앞에서 헛된 희망을 품고 살아갔을까.

1941년 10월 7일 수용소가 설립되었고, 처음에 수용된 인원은 폴란드 정치범 1만 명이었다. 그런데 5개월 사이 9천명이 굶어 죽고, 일하다 죽고, 총살당했다고 한다. 비통한 일이 아닐 수 없다. 막사 안으로 들어가 보니, 실제 크기로 만든 수용자 조형물을 볼 수 있었다. 보기에도 곧 쓰러질 듯한, 앙상한 몸을 지탱하는 것조차 힘들어 보이는 조형물에 가슴이 아파왔다.

본격적으로 박물관을 둘러보는데 눈에 띄는 것이 있었다. 바로 살상에 사용된 빈 가스통들이다. 총살로 죽이기에는 사람의 수가 너무 많아져 총알이 아까워서 가스로 대량 살상을 했다는 말은 솟구치는 분노를 찾을 수 없게 만들었다. 그 옆으로 유대인들이 사용했던 유품들이 널브러져 있다. 수많은 안경과 구둣솔, 저 물건들의 주인들은 아마 죽는 순간까지도 자기 죽음의 이유를 몰랐겠지. 그저 동유럽으로 이주된다는 말에 끌려와야 했던 그들, 죽어야 한다는 사실을 알아차린 순간, 얼마나 억울하고 비통했을까.

"아빠, 화장실에 칸막이가 없다."

수치심을 말살하기 위해 이런 구조로 화장실을 만들어 놓았단다. 제 1수용소 마지막 코스인 독가스실로 가는 길에는 아우슈비츠 학살 당시 아우슈비츠 수용소장을 지냈던 루돌프 회스Rudolf Höss가 교수형 당한 곳이 보존되어 있었다. 제2차 세계대전 패전 후 독일 북부 덴마크 인근 지역 플렌스부르크로 도망쳐 농민으로 변장해 살던 그는 1946년에 체포되어, 1년 뒤 교수대에서 처형을 당했다. 자업자득이라는 말로는 한참 부족해 보이는 죽음이다. 독가스실에 들어가니 벽면에 하얀 자국들이 선명하게 남아있었다. 가스로 인한 고통을 이기지 못해 손톱으로 긁은 자국이라고 하던데 얼마나 처참한 상황이었을지 생생하게 그려진다.

제 2수용소인 비르케나우는 나치가 설치한 6개의 수용소 중 가장 악명 높은 곳이다. 이곳에선 유럽 지역의 유대인들을 모두 학살하고자 했던 히틀러의 '파이널 솔루션'이 계획된 곳이었던 만큼 규모도 엄청나다. 철도선로가 수용소 안까지 이어진 이곳은 그 당시 사진이 새겨진 안내판이 있는데, 열차에서 내리고 있는 이름 모를 얼굴을 여럿 마주하게 된다. 아무것도 모른 채 카메라를 응시한 눈빛에 가슴이 먹먹해진다.

노을에 비친 수용소 건물들을 멍하니 바라본다. 야속하게도 일몰은 무척 아름다웠다. 당시 이곳에 갇혀있던 사람들은 어떤 마음으로 지는 해를 마주했을까. 희망을 품었을까, 아니면 체념했을까. 그때도 태양은 아름다운 빛을 비췄겠지, 야속하게.

NATIONAL
BORDER
셍겐국을 벗어나다

Day 296

루마니아 국경

297 298 299 300 301
레시차 시기쇼아라 브라소브 부스테니 부쿠레슈티

　　장기 유럽 여행을 떠나는 사람들은 셍겐 조약 때문에 여행 일정 짜는 데 애를 먹는
다. 셍겐 조약의 사전적 의미는 '유럽 각국이 공통의 출입국 관리 정책을 사용하여 국
경 시스템을 최소화해 국가 간의 통행에 제한이 없게 한다'는 어쩌고저쩌고 내용을
담은 조약이다. 셍겐 조약국들은 특별한 규제 없이 서로의 국경을 오갈 수 있는데 우
리가 흔히 알고 있는 유럽 26개국이 여기에 포함이 된다. 좋은 취지이긴 하지만 우
리 같은 긴 여행자들에게는 큰 걸림돌이 된다. 왜냐하면, 셍겐 지역은 귀국 날짜 기준
180일 중 90일 이상을 체류할 수 없기 때문이다.

　　폴란드를 벗어나 슬로바키아와 헝가리를 빠르게 패스한 이유도 셍겐 국에서의 날
짜를 맞추기 위해서였다. 각각 수도만 보고 지나온 것이 내심 아쉽지만, 남겨진 여정
을 위한 어쩔 수 없는 선택이었다.

　　루마니아 국경에서는 지금껏 셍겐국에서 보지 못했던 국경 검문이 기다리고 있었
다. 긴장되는 순간이다. 검문소 직원은 이런저런 질문에 차 트렁크 검사도 하더니 잠
시 대기 명령을 내린다.

"왜요? 무슨 문제라도 있나요?"

"그건 아니고, 남한이야 북조선이야?"

뭐야 그런 거였어? 웃음이 피식 난다. 당연히 자랑스러운 대한민국이지 이 양반아. 국적을 확인한 후 그는 여권에 도장을 쾅쾅 찍으며 "노 프라블럼(문제 없구만)!"하며 우리를 보내줬다.

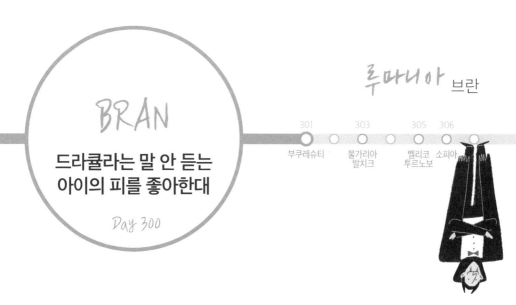

BRAN

드라큘라는 말 안 듣는
아이의 피를 좋아한대

Day 300

숙소를 빠져나온 뒤 맨 먼저 유로를 루마니아 화폐인 론Ron으로 환전했다. 중요한 미션을 무사히 마친 우리 가족은 아침을 먹기 위해 이곳저곳을 서성였다. 그러다 어디선가 풍기는 고소한 빵 굽는 냄새를 쫓아갔다.

"저기 봐. 저 빵집 앞에 사람들이 엄청 줄을 서 있네."
"아빠, 오늘 아침은 빵 먹자."

아직 빵 나올 시간이 안 되었는지 줄은 계속해서 늘어났다. 나 역시 얼른 맨 뒤에 서서 차례가 오길 기다렸다. 현지인들은 모두 가게 밖에서 손가락으로 원하는 빵을 가리킨 뒤 계산 후 빵을 들고 떠났다. 드디어 내 차례다. 영어를 사용하자 빵집 직원들이 술렁이기 시작했다. 이곳은 관광객이라고는 도통 눈을 씻고 찾아봐도 없는, 조그만 시골 마을이다. 영어로 의사소통이 가능할 리 없는 건 당연지사. 말이 안 통하면, 몸으로 말해야 한다. 손짓, 발짓으로 빵을 사고 싶다고 전하자 직원이 빵 가게 안으로 들어오란다.

"당신이 직접 골라 봐."

손가락으로 빵을 가리킬 때마다 직원들이 웃음꽃을 피운다. 이 자리에는 내가 아닌 내령이가 있었어야 했다. 먹음직스러운 빵 몇 개를 바구니에 담았다. 가격은 충격적으로 저렴했다. 내 손바닥 크기만 한 크루아상이 200원이라니, 믿을 수가 없었다. 우리 가족은 갓 나온 따끈따끈한 빵을 호호 불며 맛있는 아침 식사를 했다.

루마니아는 드라큘라로 유명한 나라이다. 우리가 흔히 흡혈귀로 오해하는 드라큘라의 정체는 사실 공국 영주의 아들인 블라드 체페슈라는 남자이다.

"아빠, 그런데 왜 블라드 체페슈가 드라큘라가 됐어?"

"체페슈의 아버지가 헝가리 왕에게 '드라쿨dracul'이라는 벼슬을 받았는데, 루마니아어로 아들이라는 뜻의 'a'가 붙어 '드라쿨라dracula'가 된 거야. 본명이 블라드 3세 드라쿨라이고, 블라드 체페슈는 별명이지."

체페슈는 루마니아어로 '꼬챙이'를 뜻하는데 이것은 전쟁 포로나 범법자를 긴 꼬챙이를 이용해 잔인한 방법으로 처형한 데서 비롯되었다고 한다. 사실 블라드 체페슈가 흡혈귀의 모티브가 된 이유도 사람들을 잔혹하게 처형하는 것으로 유명했기 때문이다. 심지어 희생자의 피를 즐겨 마셨다고까지 알려진 드라큘라는, 이후 아일랜드 소설가 브램 스토커에 의해 '흡혈귀'의 모티브가 되었다.

브란 지역으로 이동해 드라큘라 성이라 불리는 브란성을 구경한다. 성에 들어서는 순간 어마어마하게 늘어선 줄에 한숨이 나온다. 드라큘라의 인기를 실감하는 순간이다. 한참을 구경하던 중 블라드 체페슈 즉 드라큘라가 이 성에 머문 적이 없다는 황당한 사실을 알게 되었다. 이 허무맹랑한 이야기에는, 드라큘라를 관광 상품으로 만들기 위해 적당해 보이는 브란성을 낙점한 루마니아 정부의 숨은 노력(?)이 있었다.

"아들, 드라큘라는 엄청나게 말 안 듣는 아이들만 골라다가 피를 빨아 먹으니까 너도 조심해라."

"근데 엄마. 드라큘라는 양 많은 어른 피를 먹지 왜 양도 적은 아이 피를 좋아해?"

"양이 문제가 아니라, 말 안 듣는 아이를 혼내주는 거지."

"나… 나는 어차피 며칠 후면 루마니아를 떠나니까 상관없겠네."

"어떡하노? 드라큘라는 전 세계를 다 돌아다닐 수 있는 초능력이 있는데. 이제 너 큰일 났다."

"아… 아니, 오늘부터 말 잘 들으면 되잖아."

아들의 나이를 잊고 있었는데, 덜덜 떠는 모습을 보니 아직 애긴 애구나. 한동안 아내는 이 레퍼토리를 곰국처럼 우려먹지 싶다.

BLAGOEVGRAD

뜻밖의 선물

Day 308

불가리아 블라고예브그라드

요구르트의 나라에서 요구르트 한번 맛보지 못하고, 장미의 나라에서 장미 한 송이 구경을 못 했다. 닷새 동안 뭘 하고 다녔는지 모르겠다. 자괴감에 낙담하던 중 호스텔 주인으로부터 뜻밖의 볼거리를 하나 소개받았다.

"저기 벽에 걸려 있는 사진은 어디예요?"

"저걸 모르세요?"

"혹시… 음, 전혀 모르겠네요."

"불가리아의 상징과도 같은 릴라 수도원이잖아요."

'다른 데는 몰라도 릴라 수도원은 꼭 가보라'는 주인장의 말을 믿고 그리스로 떠나기 전 일정을 조금 손본다. 덕분에 오늘 이동 거리가 400km로 늘어났지만, 기대를 숨길 수 없었다. 릴라 수도원이 있는 블라고예브그라드 지방을 향해 한참을 달린 끝에 어느덧 저 멀리 릴라 산이 눈에 들어왔다.

릴라 수도원에 도착한 우리를 보고 주차 요원이 달려온다. 주차비 4레바를 요구하는데, 그리스로 넘어갈 생각이었던 우리에겐 레바가 한 푼도 남아 있지 않았다. 결국, 유로로 주차비를 지급하고 내부로 들어서자 정말 믿기지 않을 정도로 화려한 내부가 펼쳐졌다. 수도원을 무슨 이유로 이리 호화롭게 지었는지 알 길은 없지만, 보는 사람들 눈은 무척 즐겁다.

오랜 옛날, 치유 능력을 가졌다는 이반 릴스키가 이 근처 동굴에서 은둔 생활을 했었는데, 그를 따르는 추종자들이 모여 만든 공동체가 릴라 수도원의 모태가 되었다고 전해진다. 처음부터 이렇게 화려한 수도원은 아니었고, 훗날 대부호이자 지방 봉건 왕인 스테판 흐렐류의 기부로 오늘의 릴라 수도원이 만들어졌다. 이곳이 본격적으로 발칸 지역의 순례지가 된 시기는 릴스키의 유해가 옮겨진 1469년부터다.

화려한 성당 옆으로는 한 눈에도 유서 깊은 모습의 흐렐류 탑이 자리했다. 1833년에 지역을 강타한 큰 화재 속에서 유일하게 소실되지 않은 건물이란다. 12시가 되면 종이 울리는데 그 웅장한 소리가 산속에 가득 울려 퍼진다. 무료하던 지난날의 보상이라도 하듯 즐겁고 행복한 순간이다. 모르고 지나쳐 버렸을 숨은 보석을 발견하고 떠날 수 있어서 다행이다.

THESSSALIA

메테오라 수도원을 만나다

Day 309

    그리스 에게해에서 맞이하는 새벽 공기가 상쾌하다. 아들 손 잡고 숙소 앞 해변을 거닐며 떠오르는 해를 바라본다. 그리스가 우리에게 허락한 시간은 고작 이틀. 하루를 여기 에게해에서 보냈고, 잠시 후 메테오라 수도원이 있는 테살리아로 출발할 계획이다.

    메테오라는 그리스어로 '공중에 떠있다'라는 뜻인데 거대한 사암(砂巖, 모래 바위) 기둥 위에 세워진 수도원을 두고 붙여진 이름이다. 바위들의 평균 높이는 300m며, 가장 높은 것은 550m에 이른다고 한다. 어느덧 달리는 차 창 밖으로 숭숭 구멍 뚫린 높은 바위들이 모습을 드러낸다.

    "아빠, 저기 바위 위에 집이 있어."

    "집이 아니고, 저기가 메테오라 수도원이야."

    먼 발치에서까지 느껴지는 위풍당당함에 입이 쩍 벌어진다. 몇 개의 유명 수도원을 거쳐 발람 수도원으로 발길을 옮긴다. 경이로운 수도원으로 안내해 줄 계단 위에 발을 디딘다. 수도원 올라갈 생각에 들떠있는 아들과 달리 아내는 벌써 다리가 저린가

보다. 예전에는 이 계단조차 없었다던데, 어떻게 오르내렸을지 짐작조차 힘들다. 순간 짐수레가 달린 도르래가 내 시야로 들어온다. 설마…. 증명하지 못할 스토리를 상상하며 즐거워하는 내게 아들 녀석이 말은 걸어 온다.

"아빠, 근데 왜 땅에다가 수도원을 안 짓고, 바위 위에다 지어났어?"

아무도 오지 않는 곳에 조용히 숨어 신을 만나고 싶었을까. 궁금하지만 정확한 이유는 알 길이 없다. 발람 수도원을 빠져나와 메타 몰포시스 수도원으로 자리를 옮긴다. 여섯 개의 유명 수도원 중 가장 규모가 크고 관광객이 많이 찾는 수도원이다. 명성에 걸맞게 그랜드 메테오라 수도원이라고도 불리는 이곳을 방문할 때는 민소매 옷이나

짧은 바지, 느슨한 옷, 판탈롱 바지를 입은 채로는 입장이 불가하다. 옷을 대여해 주는 서비스가 있으나 비용이 만만치 않다는 정보를 사전에 입수, 우리 가족은 미리 완벽한 복장을 갖추었다. 계단을 올라 수도원 내부로 들어서자 멋진 예배당이 자리 잡고 있다. 그 뒤로 아찔한 절벽과 함께 칼람바카의 시내가 한눈에 들어온다.

우리에게 허락된 그리스에서의 시간이 오늘 밤으로 끝이 난다. 셍겐 조약의 제약만 아니었더라면 시간을 좀 더 보내도 좋았을 매력 만점의 나라이다. 캠핑장으로 돌아온 아들이 배를 바닥에 깔고 뭔가를 열심히 그리고 있다.

"뭐 그리는데?"
"조금 전에 본 바위 위의 수도원."
"갑자기 왜?"
"나중에 친구들한테 자랑하려고."
"너 한국에 친구 없잖아."
"돌아가면 생기겠지 뭐."

마케도니아 오흐리드

312 313 315 316 318
블라디친 베오 노비사드 크로아티아 풀라
한 그라드 자그레브

OHRID

김 셰프의 모둠 튀김

Day 311

그리스를 떠나 비 셍겐 국가인 마케도니아로 왔다. 우리는 오흐리드 호수 근처 아파트에서 이틀을 묵고 가기로 했다. 어느덧 9월인데 여전히 볕이 뜨거워 낮에는 돌아다닐 수가 없었다. 덕분에 우리는 숙소에 콕 박혀 매끼 만찬을 벌이곤 했다.

아침부터 닭볶음탕을 폭풍 흡입하고, 그것도 모자라 밥까지 쓱쓱 비벼 먹은 뒤 각자만의 시간을 보내기로 했다. 아들은 현지 만화를 보며 침대 위를 뒹굴뒹굴하고, 나는 여행기 정리를, 아내는 한국 드라마 삼매경에 빠져본다.

어느새 점심시간, 오늘따라 튀김이 너무 먹고 싶다.

"김 셰프님, 점심에 튀김 가능할까요?"
"이 사람아, 여기 한국 아니거든."
"내가 재료 사 올게. 한 번만 해주라."

남편의 간절함이 전달 되었는지, 점심은 놀랍게도 모둠 튀김이었다. 솜씨 좋은 김 셰프님의 요리에 몹시 감격스럽다. 황송한 음식에 맥주까지 한잔 걸치고 나니, 이대로 시간이 멈췄으면 좋겠다 싶다.

"아빠는 먹는 거 하나에 그렇게도 행복하나?"

"아들아 살다 보면 행복이 별거 없다."

"나중에 크면 아빠 엄마 세계여행도 시켜주고 맛있는 것도 많이 사 줄게."

"아이고, 됐거든. 제발 커서 엄마 아빠 돈이나 뜯어가지 마라."

　요즘 아내의 최대 고민은 체중이다. 세계여행 출발 전보다 확실히 몸이 불었다. 반면 아들과 나는 살이 빠져서 고민이다. 먹는 양에 비해 워낙 활동량이 많다보니 살이 찔 틈이 없었다. 아내는 이대로 한국에 돌아가면 혼자 독박을 쓴다며 본인은 살을 뺄 테니 우리는 살찌우라며 닦달한다. 덕분에 맛있는 모둠 튀김은 전부 아들과 내 차지가 되었다.

VLADIČIN HAN

몸으로 말해요

Day 314

세르비아 블라디친 한

315 316 318 320 321

노비사드 자그레브 풀라 센 풀리트비체

마케도니아 스코페에서 세르비아 베오그라드로 가는 도중 세르비아 국경 지역인 블라디친 한이라는 마을에서 하루 묵기로 했다. 숙소에 짐을 풀고 저녁거리를 사러 밖으로 나갔더니 시골스러운 운치가 물씬 풍긴다. 현금자동인출기에서 돈을 뽑아 숙소 앞 동네 슈퍼에 들어간다. 우리나라에서 흔히 보는 시골 동네의 구멍가게 분위기다. 예상대로 영어가 되지 않아 갖가지 애로사항이 꽃핀다.

"물, 어딨어요?"

물 마시는 시늉을 해본다.

"아~ 저기저기."
"고맙습니다. 맥주는요?"

주인이 고개를 갸우뚱하면서 사람들을 불러 모은다. 나의 몸짓 하나하나에 슈퍼로 마실 나온 동네 사람들의 의견이 분분하다. 지금은 종영한 KBS 1TV의 예능 프로그램

〈가족오락관〉의 '몸으로 말해요(음악이 흐르는 헤드셋을 낀 채 외부 소리가 차단 된 참가자가 동료가 설명하는 몸짓과 입 모양 만으로 제시 단어를 맞히는 게임)'코너를 찍고 있는 듯했다.

몇 번에 걸쳐 술 마시는 흉내를 내자, 누군가가 호탕한 웃음과 함께 무릎을 탁 친다.

"아~ 피보!"

정답자의 의기양양한 모습 사이로 오답자 한 명이 나를 보며 그게 아니라고 손사래를 친다. 그러더니 본인이 직접 맥주를 몸짓으로 설명한다. 그는 술을 마시는 시늉을 하다 꿀꺽하며 만취한 표정으로 마무리하며 내가 더 잘했지 하는 표정을 짓는다. 대단하다며 엄지 척을 해주니 한 자리에 모인 모든 이가 웃고 난리가 났다. 세르비아어로 맥주는 피보. 잊지 못할 세르비아어를 하나 배우고 간다.

ZAGREB

정이 느껴져야
진짜 한인 민박이다

Day 316

    스코틀랜드 한인 민박의 좋지 않은 기억 이후로 한인 민박은 일체 이용할 맘이 없었다. 하지만 여행이 길어지자 한국 사람의 정이 다시금 그리워졌다. 결국, 마지막으로 딱 한 번만 더 한인 민박을 시도하기로 한다.

    "어른 2명에 아이 1명, 하루 숙박비가 얼마죠?"

    "더블룸은 70유로, 트리플룸 하시면 90유로입니다. 조식 포함이고요."

    "아이가 이제 6살인데 더블룸도 괜찮을까요?"

    "그럼요. 6살이면 아직 엄마 아빠랑 같이 잘 나이죠."

    숙소에 도착한 우리를 살갑게 맞이해줬던 주인은 숙박 내내 많은 것을 살뜰히 챙겨줬다. 그날 저녁, 주인이 밥 먹으러 나오라며 우리를 불렀다.

    "엇, 저녁 식사는 포함 아니잖아요?"

    "그런 게 어디 있어. 우리 밥 먹는데 젓가락 숟가락만 더 놓으면 되는데."

    "그래도…"

"빨리 내령이랑 내령엄마 데리고 와서 식사해요."

음식에 듬뿍 담긴 '정'의 맛에 감격해서 먹고 또 먹었다. 저녁 식사 후 이어진 조촐한 파티가 무르익자 각종 술이 출동했다. 맥주와 소주는 기본이고 와인, 크로아티아 전통술 라키야(Rakija, 발효된 과일로 만든 증류주로 브랜디의 일종)까지 등장한다.

"오~ 이 술 완전 제 스타일인데요."
"라키야는 술 아니야. 약이지."

귀한 술 라키야를 홀짝이며 이모님의 외국 생활 이야기를 들을 수 있었다. 쓸쓸하지만 돈보다 사람이 좋아서 민박하신다는 말씀이 가슴을 울린다.

마음 같아서는 하루 더 머물고 싶지만, 우린 떠나야 한다. 민박집 이모님은 우리가 아니, 내령이가 떠나는 게 못내 아쉬운가 보다.

"이제 어디로 가는데?"

"풀라 갔다가 플리트비체 가야죠."

"항상 조심히 여행하고, 크로아티아에서 무슨 일 있으면 연락해."

PULA, SENJ

도둑 가족으로 몰리다

Day 319~320

한인 민박을 떠난 뒤 이곳 풀라의 숙소에서 이틀째 머물고 있다. 피곤이 쌓였는지 가족 모두 늘어지게 늦잠을 잤다. 점심 즈음 기분 좋게 잠자리를 정리 한 뒤 풀라 도심 구경에 나섰다. 풀라는 이스트라반도의 중심 도시인데 기원전 177년에 로마에 정복된 탓에 로마 유적이 도시 곳곳에 많이 남아 있다. 그중 단연 으뜸으로 꼽히는 것은 풀라 아레나이다. 이탈리아 로마의 콜로세움보다 규모는 작지만, 고대 원형경기장의 매력을 충분히 느낄 수 있는 건축물이다. 알고 보니 풀라 아레나 역시 콜로세움과 마찬가지로 1세기경에 건설되었다고 전해진다.

내령이의 강력한 주장을 수용해 원형 경기장 중앙으로 내려와 본다.

"아빠, 나랑 대결 한판 하자."

"무슨 대결?"

"여기에서는 칼싸움 한번 해야지."

"칼이 어디에 있노?"

"짠~ 여기."

아들이 손을 겨드랑이에 숨겼다 빼면서 멋진 손칼을 선보인다. 좋아! 한판 붙자. 몇 번의 결투가 이어졌다. 아들의 전투력에 지지 않고서는 대결이 끝날 것 같지 않아 결국, 포기. 다음은 엄마 차례. 이번 종목은 격투기다. 마치 내 어린 시절, 오락실을 떠나지 못하게 만들었던 '스트리트 파이터Street Fighter'의 등장인물처럼 아들은 장풍을 쏘고, 엄마는 모래바람을 일으켰다. 모자간의 결투가 어찌나 실감 나던지 탐방하던 관광객들도 관중석에 앉아 넋을 놓고 구경을 한다. 둘만 이상한 사람 취급당하면 되니까 나는 먼발치에 있었다. 결국, 아들의 무릎이 까지고 나서야 결투에 종지부가 찍혔고, 그제야 풀라 아레나를 빠져나올 수 있었다.

다음날, 숙소를 체크아웃할 때까지는 좋았다. 아들은 주인 할머님께 초콜릿을 선물 받고, 다음에 꼭 오겠노라며 이렇게 좋은 기억을 안고 풀라를 떠나게 해주셔서 감

사합니다… 하는 듯했으나, 사건이 터졌다. 리예카에 도착할 무렵 휴대전화 문자 벨소리가 울렸다.

'띵~동~'

휴대전화를 열어 문자를 확인해 보니 24유로가 결제되었다. 카드를 사용한 적이 없었는데, 황당했다. 카드사에 들어가 보기 위해 와이파이가 되는 곳을 찾아 헤맨다. 리예카 광장에 앉아 명세를 보니 결제 장소가 직전에 묵었던 숙소였다. 의문을 해소할 수 없었다. 마침 숙소에서 보낸 이메일 한 통을 확인 할 수 있었다.

내용 : 너희는 숙소 수건 3장을 들고 갔어. 1장당 8유로씩 24유로를 결제한다. 수건을 다시 돌려주면 카드 결제를 취소해 주마!

"무슨 개 풀 뜯어 먹는 소리야!"

아내는 체크아웃할 때 항상 숙소를 깨끗하게 정리하는 버릇이 있다. 이곳에선 쓴 수건을 입구 쪽에 개어 놓았는데 무슨 착오가 있었나 보다. 얼른 답장을 써서 보냈고, 답변이 왔다. 아무리 찾아봐도 수건 3장은 없단다. 아, 분노가 끓는 구나.

"숙소로 돌아가자."
"뭐? 24유로 때문에 2시간을 다시 돌아산다고? 고정하소서."
"농담할 기분 아니야, 지금 우리를 도둑으로 몰고 있잖아."
"우리만 아니면 되지. 적선했다 치고, 당신 좋아하는 관광이나 하자."
"그게 아니잖아. 그냥 넘어가면, 앞으로 그 숙소에 오는 한국인 이미지가 어떻게 되겠노?"

"아이구, 애국자 나셨네."

1시간에 걸쳐 몇 번의 이메일을 더 주고받은 끝에 수건을 찾았다는 장문의 사과 이메일을 받았다. 후유……. 사과도 받고, 카드 결제도 취소되었지만, 뒷맛이 영 개운치 않았다. 억울함에 씩씩대는 나를 보며 아들이 툭 한마디 던진다.

"아빠, 세상을 살다 보면 그럴 수도 있지."

네 말이 맞구나 아들아. 아내는 빙그레 웃으며 밥이나 먹으러 가잖다. 그래, 이럴 땐 맛있는 음식 먹는 게 최고지. 아, 매운 거 먹고 싶다.

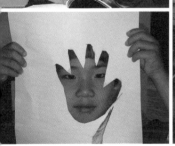

크로아티아 플리트비체 트레킹

PLITVICE TREKKING
요정이 사는 호수

Day 321

322　　324　325

자다르　바스카보다 헤르체고비나

"엄마, 여기에 정말 요정이 살아?"
"아빠가 그렇다고 하네."
"그럼, 내가 한번 찾아볼게."

아들이 요정을 찾기 위해 길을 앞장선다. 꼭 찾아줘, 아빠도 보고 싶다. 플리트비체 공원 입구에 들어서니 익숙한 풍경이 눈 앞에 펼쳐진다. 빅폴, 이름처럼 커다란 폭포가 보슬보슬 내리는 비를 맞으며 아름다운 자태를 뽐낸다. 빅폴을 좀 더 가까이 보기 위해 발걸음을 재촉한다. 그나저나 아들 녀석 운동화를 하나 사줘야 하는데, 오늘도 샌들로 트레킹을 하는 모습이 안쓰럽다.

"이 샌들로 5시간 걸을 수 있겠나?"
"난 맨발로 가도 10시간 걸을 수 있다."
"허세 부리지 말고, 진짜 괜찮아?"
"어차피 운동화 신어도 양말은 다 젖는다. 나중에 차에 가서 양말 벗고 있으면 금방 마른다."

아들에게 "그래, 가보자"하며 플리트비체 트레킹을 이어갔다. 호숫가를 거닐며 물고기를 구경하던 우리의 발걸음이 조금씩 느려지더니 어느 순간 모두 털썩 주저앉아버렸다.

"이 속도로 가다간 오늘 트레킹 10시간 걸리겠다."
"아빠는 트레킹 하면 무조건 걷기만 하나? 구경도 하면서 가야지."
"적당히 봐야지. 넌 지금 물고기랑 살 기세다."

아들이 물고기에 빠져 있는 동안 아내는 플리트비체 풍경에 넋을 잃었다. 2시간째 걷고 있지만 가족 누구도 힘들어하지 않았다. 길이 평탄하게 잘 놓여 있어서 발걸음이 무척 가벼웠다. 그 와중에도 아내는 부슬부슬 내리는 비가 내심 신경 쓰이는 눈치다.

"아들, 안 추워?"
"엄마, 추운 게 문제가 아니라 요정은 대체 어디 숨어 있는 건데?"
"몰라. 그건 네가 찾아야지."
"아무리 찾아도 없다. 오늘은 비가 와서 요정이 집에 있는가 보다."

다음에 비 안 오는 날 요정 찾으러 오겠다는 아들, 비 온다고 플리트비체 패스했으면 두고두고 후회할 뻔했다는 아내. 5시간 걸린 플리트비체 트레킹이 즐거웠던 건 바로 이들이 있어서였다.

328   329   330

몬테네그로   포드고리차   부드바
자블락

SARAJEVO

아프고 아프다

Day 326

보스니아-헤르체고비나
사라예보

아침부터 아랫배가 조금씩 당긴다. 음식을 잘 못 먹은 것도 아니고 심한 운동을 한 것도 아닌데, 왜 그런지 영 불편하다. 어쩌면 요 며칠 말 안 듣는 아들 때문에 마음고생을 해서 그런가 싶다. 움직일 때마다 아랫배가 아프니 운전마저 불편했다. 마음 같아서는 모스타르에 하루 더 머물고 싶지만, 사라예보에 숙소를 예약해 둔 탓에 어쩔 수 없이 이동해야 했다. 2시간 30분의 힘든 운전 끝에 예약해 둔 숙소에 도착하자, 문제가 생겼다.

"주차는 어디에 하면 되죠?"

"골목길 빈 곳에 하세요."

"네? 골목길요?"

"아니면 대여용 개인 차고에 넣으세요. 하루 10유로입니다."

숙박비가 하루 25유로인데 주차가 10유로, 무엇보다 숙소에서 도보로 10분 떨어진 곳에 주차장이 있단다. 도저히 이건 아닌 것 같아 집주인께 양해를 구한다.

"죄송한데, 지금 숙박 취소 가능한가요?"

"네. 그럼요."

너무나도 쿨한 답변에 미안함이 더 커져간다. 취소 수수료라도 드리려니 괜찮다며 한사코 거절하신다. 숙소 주인이 서비스로 제공한 와이파이를 이용해 어렵사리 다른 숙소를 예약하고 이동을 시작했다.

여긴 1층이 카센터와 술집이고, 2층이 숙소다. 겉은 뭔가 음침한데 방은 깨끗하니 하루 묵기에 나쁘지 않다. 주인은 까부는 아들을 확인하고는 방을 트리플 룸으로 업그레이드시켜줬다. 다행히 오늘 저녁은 푹 쉴 수 있겠구나! 식사도 거르고, 샤워만 간단히 하고 잠을 청한다. 얼마나 지났을까, 스르르 눈을 떴는데 아들이 내 앞에 서 있었다.

"무슨 잠을 그렇게 자노? 저녁 9시다."
"왜? 무슨 일 있어?"
"아니. 이거 한번 봐봐."

아들의 그림 일기였다. 나도 모르게 아빠 미소가 지어진다. 고맙다 아들. 앞으로는 제발 말 좀 잘 들어라.

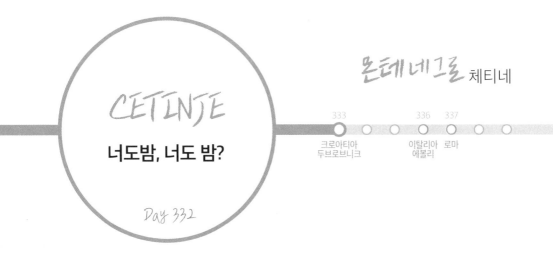

CETINJE

너도밤, 너도 밤?

Day 332

"아빠, 저기 밤 아니야?"

"맞네."

"엄마, 우리 밤 주워서 삶아 먹자."

부드바 근처 체티네 마을에서 밤나무를 발견했다. 밤을 줍고 또 줍고, 쉴 새 없이 줍는 아들을 보니 날다람쥐가 따로 없었다. 밤은 아내 가방을 가득 채운 것도 모자라 주머니까지 불룩하게 만들었다. 체네티 구경하러 왔다가 밤도 주워가네.

밤 삶아 먹을 생각에 숙소 가는 길이 즐겁다. 숙소는 깨끗하게 청소되어 있었고, 테이블에 와인 한 병까지 떡 하니 올라 있었다. 하루 숙박비가 불과 12유로인데 이런 서비스까지 받아도 되는 걸까. 어쨌든 삶은 밤 안주 삼아 와인 마실 생각에 콧노래가 절로 났다. 밤이 삶아지는 무료한 시간 동안 생밤을 하나 까서 오도독, 씹어본다.

"으악~ 이거 뭐야?"

"아빠, 왜? 맛이 없나?"

"퉤, 퉤엣…, 도저히 사람이 먹을 게 아닌데."

"보기에는 우리나라 밤이랑 똑같은데."

    인터넷을 뒤져보니 이건 너도밤나무에서 열리는 열매로 다람쥐나 야생 동물들의
먹거리지, 사람이 먹을 수 없다고 한다. 심지어 독성분까지 있어서 잘 못 먹으면 화장
실 가느라 하루를 다 보낼 수도 있단다. 하마터면 큰일 날 뻔했다. 진짜 밤도 아닌 녀
석이 말이야. 그러고도 '너도' 밤이냐? 크하하하… 하하… 하 ㅎ으…….

TOSCANA
막시무스의 숨결

Day 341

"바티칸 구경 못 한 거 아쉽지 않아?"
"별로. 대신 우리에게 김치가 생겼잖아."

어제 아내에게 바티칸 구경을 권했지만, 아내는 김치를 담그겠다며 캠핑장에 머물렀다. 김치는 배추가 아닌 양배추로 담갔다. 젓국이 바닥을 드러낸 터라 마지막 김치는 더 맛깔나게 담그고 싶었지만, 이 동네에서는 배추 구경하기가 하늘의 별 따기였다. 그렇게 만들어진 양배추김치는, 살면서 다시는 경험하고 싶지 않은 맛이었다.

"남편, 김치 맛없는 걸 다행으로 생각하자."
"왜?"
"맛있게 담그면 며칠 못 가잖아. 아직 유럽여행 2주나 남았는데."

아내의 긍정의 힘 덕에 유럽 떠나는 날까지 김치 걱정은 안 해도 되겠다. 앞으로 김치를 먹을 때면 '맛있다, 맛있다' 주문을 외면서 먹을 계획이다.

로마의 캠핑장에 3일을 머문 우리는 이탈리아 북쪽으로 방향을 잡았다. 이번 이탈리아 여행에서 가장 기대하는 곳은 토스카나 지방이다. 혹자는 토스카나 하면 피렌체가 떠오른다지만, 나는 좀 덜 알려진 소도시를 좋아한다. 피엔차, 몬테풀치아노, 몬탈치노, 아시시 그리고 시에나까지, 모두 마성의 매력을 소유한 지역이지만 시간상 다 만나긴 힘들어서 두 군데 정도만 맛볼 계획이다.

계절마다 다른 모습으로 펼쳐지는 각양각색의 평원은 토스카나 지방 여행의 보너스다. 이름에서부터 진한 와인 향 풀풀 나는 몬테풀치아노에 들른 뒤, 피엔차로 장소를 옮긴다. 소도시 마을들은 규모가 작아 한 바퀴 둘러보는 데 그리 오랜 시간이 필요하지 않았다.

"엄마, 동네에서 이상한 냄새가 난다."
"아~ 치즈 냄새네."

코를 막고 미간을 찌푸리는 아들이 못 마땅해 한 마디 한다.

"정내령, 행동이 좀 거슬리는데."
"왜? 냄새 맡기 싫어서 코 막는 게 잘못된 일이가?"
"그럼, 외국인이 한국 와서 된장찌개 냄새에 코 막고, 인상 쓰면 니 기분이 어떻겠노?"
"냄새가 싫어서 그런갑다 생각하겠지."

듣고 보니 맞는 말이다. 그래, 냄새나서 코 막는 게 잘못된 행동은 아니지. 그래도 상황을 봐가면서 해야 한다고 훈육한다. 상대방의 솔직한 행동에 누군가는 불쾌함을 느낄 수 있으니 말이다.

피엔차에는 나의 인생 영화 〈글래디에이터Gladiator〉의 마지막 장면으로 유명한 주인공 막시무스의 집이 있다. 영화의 클라이맥스에는 막시무스가 자신의 사명을 이룬 뒤 아내와 아이가 있는 집을 향해 걸어가는 장면이 나오는데 그 배경이 된 초원이 눈 앞에 펼쳐진다.

　　"근데 당신은 왜 그렇게 그 영화를 좋아해?"
　　"좋아하는데 따로 이유가 있나?"
　　"혹시 그 영화 같이 본 여자를 못 잊는 거 아니가?"

　　자세한 설명은 생략한다. 나는 넓디넓은 평원에 나란히 세워진 사이프러스 나무 길을 걸어 보기도 하고 달려보기도 하며 그녀… 아니, 막시무스의 숨결을 피부로 느낀다.

352
354　355　356　357

스페인
토레몰리노스

산타　마드리드　예이다　바르셀로나
엘레나

스페인 그라나다

GRANADA

300유로짜리
아내 생일 선물

Day 351

이른 아침, 꼭꼭 숨겨 놓았던 즉석 미역국을 꺼낸다. 아들 녀석이 부스럭거리는 소리에 일어나 내 곁으로 다가온다.

"아빠, 뭐 해?"
"쉿~ 미역국 끓여. 오늘 엄마 생일이잖아."

보글보글. 미역국 끓는 5분이 즐겁다. 뜻밖의 냄새에 잠에서 깬 아내를 향해 아들이 하트를 날리며 '엄마 생일 축하해'하며 애교를 피운다. 배시시 웃는 아내가 예쁘다. 함께 둘러앉은 아내의 생일 아침상. 미역국과 양배추김치 뿐인 소박한 상차림이지만 아내는 그저 행복한 표정이다.

"아빠, 오늘은 엄마 생일이니까 좋은 숙소 구해서 파티하자."
"음, 어떡하지? 오늘은 그라나다 캠핑장에 가야 할 것 같은데…"
"결국 알함브라 궁전 보러 가는 거가?"
"미안! 생일 파티는 내일 말라가 좋은 숙소에서 하자."

그라나다에 들어선 뒤 알함브라 궁전 입장권을 파는 도심 쪽으로 차를 몬다. 무의식적으로 전진하다 어느 순간 도로가 휑함을 깨닫는다. 아차 싶어 옆 골목길에 얼른 주차를 해 놓고 도로로 나가본다. 이런, 차량진입금지 구간이다. 지나온 방향을 거슬러 올라가 보니 차량진입금지 표지판이 무려 세 개나 있었다. 이럴 수가… 이걸 왜 못 봤지. 지나온 길에 카메라가 없길 바랄 뿐이다.

아니나 다를까 저 멀리 예쁘장한 카메라 하나가 떡하니 보이는 게 아닌가. 혹시나 하는 기대는 저 멀리 안드로메다로 사라졌다. 6개월 동안 유럽 곳곳을 운전해 다니면서 이탈리아의 악명 높은 ZTL(교통제한구역) 다 피하고, 위험한 구간들은 꼼꼼히 확인하고 다녔는데, 유럽 여행 막바지에 이런 일이 생기다니, 그것도 아내 생일에….

급한 마음에 인터넷으로 벌금을 알아보니, 무려 300유로였다. 난 오늘부터 당분간 인터넷 정보를 불신하기로 마음먹는다.

허탈한 심정이 마음을 할퀸다. 좀 쉬어야했다. 쓰린 가슴을 어루만지며 예약해 둔 캠핑장에 패잔병처럼 들어선다. 저녁을 먹고, 텐트에 누워 곰곰이 생각해 보니 역시

아내 말대로 해야 했다. 순리를 따르지 않은 나의 욕심이 이 사단을 만든 것이다. 아내의 생일, 과감하게 그라나다를 포기하고 말라가에서 생일 파티를 즐겼으면 어땠을까. 후회가 쓰나미처럼 밀려온다.

"어이구 사람 쪼잔하게 300유로 가지고 뭘 그라노?"
"당신한테(훌쩍) 미안해서 그러지."
"됐거든. 어쨌든 300유로짜리 생일 선물 고맙게 받을게."

Spain

MADRID

캠핑 용품들아, 아디오스

Day 355

"슬슬 캠핑 장비 좀 정리하자."

"아직 차량 반납하려면 3일이나 남았는데."

"최소한만 남기고, 정리!"

"안 돼~ 안 돼!"

　1년을 동고동락한 캠핑 장비를 절대 버릴 수 없다는 아들의 표정과 속이 다 시원하다는 아내의 표정이 상반된다. 최소한의 장비만 남기고, 캠핑용품의 상당수를 쓰레기통으로 보낼 계획이다. 한낱 무생물에 이렇게까지 감정 이입한 적이 있었던가. 함께했던 시간이 떠올라 괜히 울컥해진다.

　스페인은 우리나라에서처럼 재활용 쓰레기를 분류해야 한다는 규정이 특별히 없어서 쓰레기통에 함께 버리면 된다. 문제는 대형 텐트의 부피가 상당해 보통 쓰레기통으론 엄두도 못 낸다는 것이다. 마드리드에서 바르셀로나 가는 길에 버릴 곳이 보이면 좋을 텐데….

　"저기 주유소에 버리면 안 되나?"

"쓰레기통이 안 보인다."

텐트 버릴 곳을 찾느라 분주하다. 큰 쓰레기통 찾기 왜 이리 어렵냐. 그렇다고 그냥 길가에 버리자니 양심의 소리를 외면하기 쉽지 않다. 아, 텐트가 이리 애물단지가 될 줄이야.

"아빠, 저기!"

순간 아들의 외침에 고개를 돌리자 이름 모를 어떤 공장 앞에 큰 쓰레기통이 보였다(좋아, 저거야). 황급히 차를 세우고, 쓰레기통 주변을 서성인다. 인적이 드물었지만, 공장 정문 앞에 CCTV 한 대가 떡하니 자리하고 있었다.

"뭐 해? 빨리 버리고 가자."
"아빠, 이번이 마지막 기회인 것 같다."

영화 〈007〉 시리즈의 한 장면을 방불케 하는 캠핑 장비 처리 작전이 펼쳐진다. 나는 순식간에 텐트를 비롯한 매트, 베개, 전기장판, 히터 그리고 침낭을 림에 덩크 하듯 쓰레기통에 처박았다. 분명 그 CCTV에는 상당히 수상한 행동거지의 동양 남자가 몹시 수상한 짐을 잔뜩 버리는 모습이 찍혀있을 것이다. 분명 불법 행위는 아닌데, 왜 이리 찜찜한지 모르겠다. 어쨌든 한해를 동고동락한 놈들이었는데, 이런 식으로 처리를 하려니 키우던 자식 길거리에 버리고 가는 기분이다.

"1년 동안 정말 고생 많았다. 다음 생에도 우리 가족 캠핑 장비로 태어나렴."

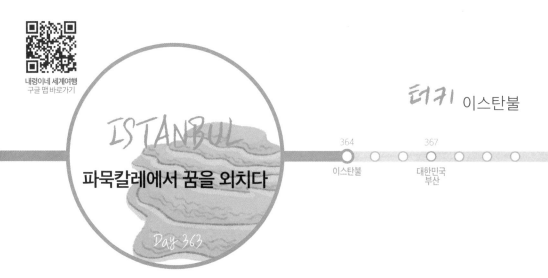

터키 이스탄불

ISTANBUL

364
이스탄불

367
대한민국
부산

내령이네 세계여행
구글 맵 바로가기

파묵칼레에서 꿈을 외치다

Day 363

6개월의 유럽 여행의 대미는 터키 이스탄불로 장식했다. 이스탄불에서의 일주일은, 그동안 쉬지 않고 움직여야만 했던 유럽에 비하면 마치 선물처럼 느껴지는, 느리고 편안한 여행이었다.

"터키까지 왔는데 이스탄불만 보고 가는 게 안 아쉬워?"
"전혀!"
"그러지 말고, 카파도키아나 파묵칼레 한번 다녀오자."
"정 가고 싶으면, 혼자 한번 다녀오던지."

그렇게 가족 여행 속 나만의 작은 여행이 시작되었다. 1박 2일의 목적지는 파묵칼레이다. 아내가 싸 준 김밥을 챙겨 들고, 파묵칼레 가는 버스 승차권 구매처를 찾아 헤맨다. 하지만 도무지 찾을 수가 없어 고개만 갸우뚱하고 있으려니 나랑 비슷한 처지의 한 젊은이가 말을 걸어온다.

"어디 가?"

"파묵칼레."

"따라와 봐."

나를 이끄는 이 친구는 무슨 이민이라도 가는지 짐이 한가득하다. 졸지에 짐꾼3 역할이 된다. 하지만 그 덕분에 쉽게 승차권을 끊을 수 있었고, 대기실에 가서 드라마의 주연배우와 이야기를 나눌 수 있었다.

"터키 사람이야?"

"아니. 난 시리아인이야."

"시리아? 지금 전쟁 중이지 않아?"

"맞지. 난 현재 터키 유학 중이야."

유럽에 있는 동안 연일 시리아 난민 이슈로 언론이 시끄러웠기에 상황을 어느 정

도 인지하고 있었다. 하지만 막상 시리아인을 만나니 무슨 말을 어떻게 해야 할지 모르겠다.

　"그럼, 가족들은?"
　"……."

　아차, 굳어지는 그의 표정에 내 질문이 잘 못 되었음을 깨닫는다.

　"미안해."
　"아냐, 괜찮아. 사실… 가족들과 연락 안 된 지 2년이 넘었어."
　"……."

더 이상 그 어떤 질문도 이어 갈 수 없었다. 불행 중 다행으로 몇 달 전 제3국 어딘 가에 부모님께서 살아 계신다는 소식을 들었다며 희망이 있다고 말했다.

시리아 난민 사태를 상기해본다. 이 사태와 연관된 국가들이 정치적 이해타산을 따지며 계산기를 두드리는 동안 무고한 생명은 삶을 위협받고 있다. 나 같이 힘없는 개인이 할 수 있는 거라곤 부디 평화적 해결을 바라는 기도 뿐이다.

터키어로 파묵은 '목화木花'이고, 칼레는 '성城'을 뜻한다. 이스탄불에서 10시간 걸려 목화의 성, 파묵칼레에 도착했다. 파묵칼레의 풍경은 얼핏 눈밭에 온 착각을 부른다. 이게 전부 석회암 덩어리라니 흥미롭다. 이른 아침이라 사람들이 눈에 띄지 않는다. 졸지에 첫 번째 입장객이 되었다. 아무도 없는 이곳을 홀로 걷고 있자니 기분이 묘해지고, 전율이 온몸을 휘감는다. 감동을 만끽하는 내 곁으로 개 한 마리가 다가온다. 녀석의 인도를 따라 파묵칼레 곳곳을 돌아다닌다. 아, 네가 파묵칼레의 수호견이구나.

성스러운 도시 히에라폴리스는 기원전 190년경 페르가몬의 왕 에우메네스 2세가 건설한 도시이다. 한때 10만 명이 넘는 시민이 살던 도시였다니, 폐허가 된 주변을 보고 있자니 믿어지지 않았다.

한참을 걷다 보니 10여 년 전 이탈리아 여행 중 들렀던 폼페이와 군데군데 겹쳐 보였다. 영광스러운 시절을 뒤로한 채 흉물스러운 모습으로 남아있는 이곳에서 당시 느꼈던 감정을 떠올렸다. 그 시절, 나는 폐허를 거닐며 아이러니하게도 '꿈'을 꿨다. 지금은 현실이자 오늘이 된 꿈, 세계 여행. 그 시절의 간절함이 문득 떠올라 가슴이 벅차오른다. 앞으로 우리는 어떤 꿈을 꾸며 남겨진 여행을 마무리하게 될까.

세계여행 전
내령이 교육 논쟁

우리 부부는 세계여행을 하는 동안 내령이 교육에 대한 고민이 많았다. 또래 친구들은 한글도 배우고 셈도 배우고 심지어 영어, 미술, 음악 등 수많은 조기 교육까지 받고 있는데 세계여행 2년 후 친구들과의 수준 차이가 커질까 걱정이 되었다. 특히 이 문제는 아내가 세계여행을 꺼린 결정적인 이유였다.

"5살 아한테 무슨 교육이 필요하노?"

"요즘 세상이 안 그렇다. 다들 조기 교육에 열을 올리는데, 앞서가지는 못해도 시늉이라도 해야 할 거 아니가?"

"하면 하는 거지 시늉은 또 뭐고?"

"세계여행도 좋지만, 바보 멍텅구리 만들 수는 없잖아."

"오바하지마라."

당시 아내는 교육열이 대단했고 남들이 하는 건 다해야 직성이 풀리는 성격이었다. 5살 아이에게 인지 교육이 큰 의미가 없다는 것을 잘 알 텐데, 왜 그러는지 모르겠다. 2년 동안 부모랑 살을 부대끼며 지내는 것 만큼 효과적인 학습 방법이 없는데 말이다.

"세계여행 끝나면 바로 초등학교 들어가야 하는데 최소한의 뭔가는 해야 하지 않나?"

"그러면 욕심부리지 말고, 딱 두 개만 하자."

"뭐?"

"한글이랑 숫자. 더 욕심내지 마라."

그렇게 우리 부부는 세계여행 동안의 내령이 교육에 대한 합의를 마쳤다. 세계여행 400일을 앞둔 지금, 내령이는 한글을 거의 다 읽을 수 있다. 숫자 역시 일상에서 자연스럽게 익혀 간단한 덧셈, 뺄셈 심지어 쉬운 곱셈까지 가능한 수준이 되었다. 아이들은 어른들이 열 내지 않아도 결국, 스스로 해낸다. 조바심내는 어른들이 문제일 뿐이다.

MALAYSIA
NEPAL
INDIA
SRI LANKA
THAILAND
CAMBODIA
VIETNAM
LAOS
MYANMAR
INDONESIA

아시아 | 총 10개국

2015년 11월 27일 ~ 2016년 3월 20일 | 총 114일

합 계	15,670,000
식 비	3,673,000
숙박비	3,543,500
교통비	5,307,000
투어비	776,500
잡 비	525,000
기 타	1,845,000

*화폐 단위는 원(KRW)이며, 당시 각국의 환율로 환산한 금액입니다.
*교통비 : 항공권, 페리, 렌터카, 차량 유지 비용 포함

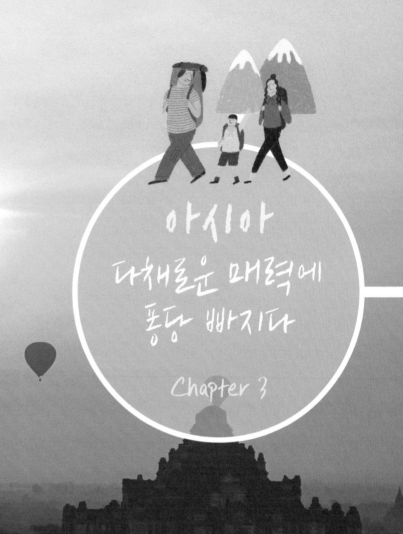

아시아
다채로운 매력에
퐁당 빠지다

Chapter 3

385   387
네팔   포카라
카트만두

아시아 여행의
첫 단추를 끼우다

Day 381

1년간의 오세아니아, 유럽 여행을 마치고 아시아에 발을 내디딘다. 약 10개월 전 A
항공사 특가 상품을 이용해 아시아 14개 구간의 비행기 표를 모조리 예매해 두었다.

아시아 첫 번째 여행지는 말레이시아 쿠알라룸푸르. A 항공사는 말레이시아 항공사라 우리 가족은 쿠알라룸푸르에 최소 4번은 들어갈 예정이다. 그 사이 한국에서 잠시 휴식기를 가졌지만 1년 동안 쌓인 여독을 풀기에는 충분하지 못했다.

그래서 이곳에서는 본격적인 아시아 여행을 위한 워밍업을 할 예정이다. 우리 가족에게 워밍업이란 다시 여행을 하고 싶은 생각이 들 만큼 푹 쉬는 과정을 의미한다. 그 첫걸음은 준비된 재정을 숙소에 아낌없이 투자하는 것. 그 결과 아내와 아들의 여행 만족도가 한층 업그레이드되었다. 특히 아내는 밥도 빨래도 안 하는 이곳이 천국이라고 말하며 기뻐했다. 역시 아내를 흡족게 해야 여행이 만족스러운 법. 숙소 다음엔 먹거리다. 쿠알라룸푸르에서는 맛집을 찾으러 다니는 게 할 일의 전부였다. 우선 현지인들이 많이 찾는 부킷빈땅의 야시장을 한번 가 본다. 도착하자마자 아내는 고개를 절레절레 흔들기 시작한다. 수많은 인파와 무질서한 차들, 그리고 호객 행위를 하는 아저씨들의 접근이 영 불쾌한가보다.

"남편, 인제 그만 가자."
"이정도면 양반인데. 앞으로 있을 네팔 인도 여행 어쩌려고."
"그냥 오세아니아, 유럽여행 한 번 더 하면 안 될까?"

옆에서 우리의 대화를 조용히 듣고 있던 아들이 한마디 거든다.

"엄마! 나는 유럽보다 여기가 훨씬 재미있는 것 같은데."
"몰라. 하여튼 갑자기 속도 미식 거리고 머리도 아프다. 호텔로 돌아가자."

어차피 쿠알라룸푸르에서는 푹 쉬는 게 목적이니까 적당히 맛만 보여주는 것도 나쁘지 않을 것 같다. 진정한 아시아 여행은 이제 시작이니까, 흐흐.

KATHMANDU

네팔은 오늘도 나마스떼

Day 385

네팔로 가는 비행기를 타기 위해 아침부터 분주하다.

"남편, 얼마 전에 네팔에 지진 일어나서 난리라던데. 정말 괜찮을까?"
"나도 모르지. 가보면 알겠지."
"설마, 우리 가족의 생명을 담보로 무모한 도전을 하는 건 아니겠지?"
"에이, 그럴 리가. 나름 많이 알아보고 가는 거니까 너무 걱정 마."

호언장담이 무색하게 쿠알라룸푸르에서 네팔 카트만두로 가는 비행기가 심상치 않다. 지금까지 수많은 비행기를 타봤지만 이렇게 긴장감 있는 항공기는 처음이다. 심각한 난기류에 아연실색한 승객들은 저마다의 신을 찾아 기도하기 바빴다. 지옥을 빠져나온 비행기가 랜딩에 성공하자마자 사람들이 일제히 환호성을 지른다. 아, 살았다.

30일짜리 비자를 받고 공항을 빠져나오니 우리나라 80년대 버스터미널 같은 풍경이 펼쳐진다. 일단 빨리 여기서 벗어나야 할 텐데. 어디서부터 어떻게 풀어나가야 할지 갑갑하다. 공항 입구에는 배웅 나온 사람들로 북새통을 이루고 택시 호객하는 사

람들이 길을 막아댄다. 정신을 바짝 차려야 한다. 사전 조사에 따르면, 공항에서 우
리의 목적지 타멜 까지는 700루피 혹은 7 US 달러가 적정선이다. 일단 부딪쳐보자.

　"타멜까지 얼마예요?"
　"1,500루피."
　"뭐? 너무 비싸(날 물로 보네)."
　"1,200루피."
　"그건 아니지."
　"1,000루피."
　"놉."
　"최근 지진 이후로 오일 파동이 있어서 10달러 이하로는 안 돼."

처음 우리 가족 주변에 있던 대여섯 명의 흥정꾼이 점점 내려가는 가격과 함께 한 명씩 떨어져 나가더니 결국 인내심 강한 흥정꾼 한 명과 800루피에 거래를 성사시켰다. 이 정도 선에서 기분 좋게 당해주는 게 서로를 위해 좋다. 첫 흥정부터 아주 만족스럽다.

차는 우리나라의 티코 같은 소형차. 때 묻은 천 조각으로 덮어씌운 해진 좌석 위로 우리 세 가족이 나란히 앉으니 엉덩이가 아주 딱 맞다. 이 순간을 즐기는 아들의 표정과 이 순간 미쳐버릴 것 같다는 아내의 표정이 대조적이다. 숙소로 가는 차 안에서는 다른 흥정이 끊임없이 이어진다. 포카라 가는 버스부터 시작해서 트레킹 퍼밋 포터 가이드 섭외까지. 이 중 어떤 가격도 미리 알아본 것보다 저렴하지 않았다. 여기서 당하면 호구 고객님 되는 거다. 요즘 여행자들이 얼마나 정보가 빠삭한데 말이야, 이렇게 세상 물정이 어두워서야. 이런저런 상품 설명을 듣는 둥 마는 둥 하는 동안 어느새 호텔에 도착했다.

"지금 1,000루피짜리 밖에 없는데."
"어? 나도 200루피 잔돈이 없는데."
"어떡하지?"
"그냥 1,000루피 줘. 내일 지나는 길에 호텔 로비로 거스름돈 갖다 줄게."

어떻게 해야 하나 우물쭈물하고 있으니 호텔 주인이 냉큼 달려 나온다. 상황을 얘기하자 주인은 자기 돈으로 800루피를 계산하더니 나중에 호텔비랑 같이 지급하라고 한다. 어쩐지 호텔 평이 좋더라니. 네팔에선 이럴 때, 두 손을 합장하고 가볍게 목례하며 이렇게 말하면 된다.

"나마스떼."

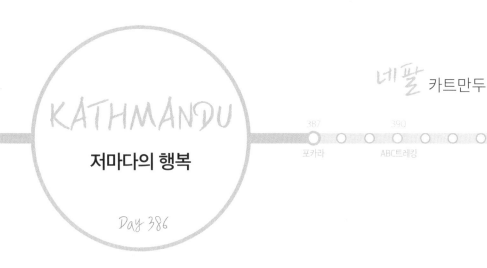

KATHMANDU

저마다의 행복

Day 386

네팔 카트만두

387   390

포카라   ABC트레킹

아침을 먹고 타멜거리로 나서본다. 어제는 밤이라 제대로 보지 못했던 네팔의 민낯을 마주한다. 호텔을 나서자 도로 위 차들이 중앙선 따위 가볍게 무시하고 쌩쌩 달려나간다. 한국에선 양심에 찔려 엄두도 못 내던 무단횡단이 점점 쉬워진다. 그런 나의 모습을 보며 아내가 한마디 한다.

"당신은 어떻게 이렇게 적응을 빨리하지. 누가 보면 현지인인 줄 알겠다."
"우리가 어렸을 때 다 이랬어. 내 몸이 그때를 기억하나 보지."
"하여튼 나하고 내령이 손 꼭 붙잡고 다녀라."

한 지붕 아래 살기 시작한 이후로 아내랑 손잡은 기억이 별로 없는데 여행하면서는 이래저래 손 많이 잡아본다.

걷는 내내 차 피하라, 사람 피하라 정신이 없다. 숨이 턱턱 막힐 정도의 매연 속에서 아무렇지 않게 생활하는 현지인들의 모습에 그저 신기할 따름이다.

"아빠 여기는 정말 못 사는 나라처럼 보인다."

"왜? 뭘 보고 못 산다고 생각을 하는데?"

"허름한 집, 다 부서진 차, 길도 엉망진창이고 사람들도 막막 다니고."

"그래. 맞네. 그런데 사람들이 못 살아서 어떤 것 같노?"

"몰라. 그냥 못 산다는 말이지. 뭐가 어떻긴 어떻노. 다 똑같은 사람인데."

"니 말이 맞다. 똑같은 사람이라도 누가 얼마나 행복하게 사느냐가 중요하다고 아빠는 생각한다."

"맞다. 우리 가족도 지금 봐라. 얼마나 고생하면서 여행다니노. 한국 친구들은 편안하게 집에서 자고, 유치원도 다니고, 맛있는 것도 매일 먹을 텐데."

"한국에 있는 친구들이 부럽나?"

"아니. 나는 친구들보다 훨씬 고생하고 힘들어도 아빠 엄마랑 같이 여행하면서 시간을 많이 보내고 있으니까 친구들보다 훨씬 행복하다고 생각하는데."

행복의 기준은 저마다 다르지만, 그저 어떠한 상황에서도 아들이 행복을 찾으려 노력하고, 작은 것에 만족을 느낄 수 있는 사람으로 자랐으면 좋겠다. 아내도 옆에서 우리 부자의 대화를 듣고는 빙그레 웃음을 보인다. 내게는 이런 게 행복이다.

POKHARA

세계 여행의 하이라이트,
ABC 트레킹을 준비하다

Day 387

카트만두에서 포카라로 이동을 하는 날이다. 아침 7시, 여행자 버스가 예약되어 있는 터라 새벽 5시 30분에 조기기상을 한다. 조식을 먹기 위해 시간 맞춰 식당으로 내려가니 아직 불이 꺼져있었다. 분명 6시까지 조식 먹으러 오라고 했는데….

"아직 조식 시간 아닌가요?"
"맞아요. 준비하고 있으니 잠시 앉아 계세요."
"근데, 불은 왜 꺼 놓았죠?"
"꺼 놓은 게 아니라 아직 전기가 들어올 시간이 아니라서요."

어둠 속에서 아침을 먹는 이 기분 참 묘하다. 아침을 먹고 체크아웃을 한 후 주인장이 불러준 택시를 이용해 여행자 버스 정류장에 도착한다. 버스 좌석에 앉아 10분쯤 지나니 그제야 여행자 버스 내부의 모습이 눈에 들어오기 시작한다. 좌석 위 조그만 선풍기가 과연 작동이나 할까 싶은 모양새다. 결국, 그 답은 포카라에 도착할 때 까지도 여전히 수수께끼로 남게 되었다.

카트만두를 출발한 지 8시간 만에 포카라 땅을 밟았다. 쉬엄쉬엄 달려온 터라 실제

운행 시간은 5시간쯤 된 것 같다. 아주 오래전 시골 할머니 댁에 가던 산길이 꼭 이랬는데. 해방감도 잠시, 엄청난 숫자의 호객꾼들이 우리를 에워싼다. 아들 녀석이 수많은 호객꾼을 뚫고 쌩 가 버리니, 우리 부부 마음이 급해진다. 다행히도 호객꾼들은 아이를 쫓아가는 우리를 더 괴롭히지 않았다.

한인 숙소 '놀이터'에 도착한 우리는 트레킹 허가서를 작성한 뒤 포터 겸 가이드를 구하고, 인도 비자 신청을 준비했다. 이정도만 마무리되면 내일 당장이라도 ABC 트레킹을 출발할 수 있다.

포카라의 일상이 익숙해질 무렵 ABC 트레킹이 하루 앞으로 다가왔다. 오늘은 포트 겸 가이드와 미팅이 있는 날, 8박 9일 동안 우리 가족과 함께할 친구이다. 누굴까, 어떤 사람일까, 영어는 가능할까? 궁금증이 쌓여 간다.

그를 기다리는 동안 이미 ABC 트레킹을 마치고 온 사람들과 이야기를 나눴다. 그들에 따르면 트레킹 성공의 최대 관건은 고산병이다. 전문 트레커들은 3박 4일이면 가능한 코스를 일반인이 두 배 이상 늘려 8박 9일로 가는 이유 역시 그 때문이다. 고산병을 이겨내는 첫 번째 방법은 8일 동안 손, 발 그리고 얼굴을 제외한 다른 신체 부위는 씻지 않는 것이다. 두 번째 방법은 물을 최대한 많이 마시고, 입맛이 없더라도 끼니를 거르지 않는 것이다. 마지막으로 걸을 때 높은 고도로 갈수록 속도 조절을 잘 하는 것이다. 이 세 가지만 지킨다면 대부분 고산병 없이 트레킹을 마칠 수 있다고 한다. 옆에서 가만히 이야기를 경청하던 아내가 불만 섞인 한마디를 던진다.

"8일 동안 씻지 않는 게 말이 된다고 생각해?"
"그래도 세수는 한다잖아."

속상해하는 아내를 어르려는 찰나, 가이드가 숙소로 들어왔다. 비쩍 마른 얼굴과 다부진 몸매를 가진 그가 우리에게 수줍은 듯 인사를 건넨다. 본인의 이름을 '비카스'

라고 소개한 그는 얼른 내령이를 향해 손을 내민다. 아들과 악수를 마친 그와 본격적인 트레킹 이야기를 나눈다. 최대한 아이와 아이 엄마의 컨디션에 맞춰 트레킹을 할 예정이며, 더 자세한 건 첫날 트레킹을 해보고 나서 이야기를 하자고 한다. 영어도 유창하고, 베테랑 분위기 물씬 풍기는 인상도 아주 마음에 든다.

비카스가 짊어질 가방을 15킬로가 넘지 않게 챙기고, 우리 가방도 최대한 가볍게 만든다. 비카스가 짊어질 가방은 항상 내가 들고 다녔었는데, 짐이 하나 준 덕에 왠지 편안한 트레킹이 될 것 같은 느낌이다. 사실 포터 겸 가이드도 경험치에 따라 가격 차이가 크다. 우리는 가장 비싼 금액인 하루 17불의 에이스를 선택했다. 이유는 단 하나, 혹시 모를 상황에 대비한 보험이었다. 가족 여행을 갈 때는 위험에 대비하는 부분엔 아낌없는 투자가 필요하다.

ABC TREKKING_1
ABC 트레킹을 시작하다

Day 390

"남편, 출발하기 전에 약속 하나 해라."

"뭔데 이렇게 비장하게 말을 해?"

"혹시 내령이가 고산증세 보이면 바로 하산하는 거다."

"알았다. 당연하지."

자다가 우리의 대화를 들은 아들이 벌떡 일어나 고함을 지른다.

"엄마, 나는 고산병 안 걸린다. 엄마나 걱정해라."

8일 동안 씻지 못할 것을 대비해 뽀독뽀독 샤워도 한번 하고, 든든하게 아침을 먹은 뒤 트레킹 시작 지점인 힐레까지 타고 갈 지프를 기다리고 있는데, 누군가 다가와 경상도 사투리로 인사를 건넨다.

"안녕하세요?"

"아, 부산 분이신가 보네요?"

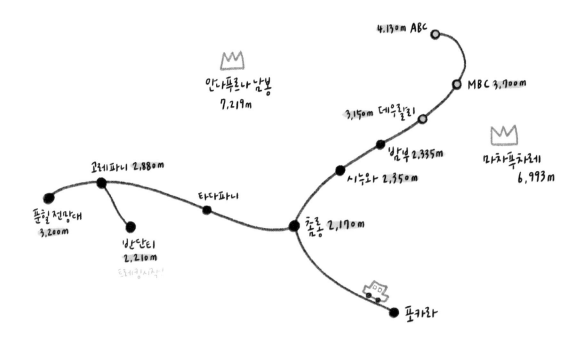

"네. 오늘 함께 트레킹 출발하는 사람입니다."

　고운 외모에 서글서글한 성격의 여성분이 우리와 같은 일정으로 ABC 트레킹을 한다. 아내는 '이걸 여자 혼자서 어떻게?'라는 눈빛이다. 그녀의 이름은 '예진'. 예진이와 우리부부는 힐레로 가는 지프 안에서 금세 오빠 언니 동생 사이가 되었다.

　힐레에 내려 각자 트레킹을 시작한다. 처음 떼는 발걸음이 무척이나 가볍다. 아내도 도시의 매연과 먼지를 벗어나 산길을 걸으니 기분이 꽤나 상쾌한가 보다. 가족의 컨디션을 고려해 중간지점인 반단티라는 마을까지만 가기로 했다. 3~4시간 소요되는, 비교적 짧은 거리지만 처음부터 끝까지 오르막이라는 단점이 있다. 게다가 계단 수천 개가 도사리는 난코스이기도 하다.

　출발한 지 30분 만에 점심을 챙겨 먹는다. ABC 트레킹 후기들을 보면 여기 식당들의 음식이 별로라는 말이 많아서 가장 무난한 음식들로 주문을 해 본다. 라면과 밥 그리고 달걀부침은 언제 어떤 상황에서도 신뢰할 수 있는 식단이다.

"비카스, 같이 밥 안 먹어?"

"맛있게 먹어. 난 따로 챙겨 먹을 테니까."

비카스는 여기가 단골 식당인지 주인장이 알아서 뭔가를 챙겨줬다. 가만히 보니 네 팔의 정식인 '달밧'이다. 밥과 반찬 몇 가지에 걸쭉한 국물이 따라온다. 아들은 본인 밥은 뒷전이고, 자꾸 비카스의 밥에 눈길을 보낸다.

점심을 마치고 자리를 일어나는데 저 멀리서 한국인으로 보이는 중년 남자 세 분이 우리를 향해 터벅터벅 걸어온다.

"혹시 세계여행 하시는 가족?"

"네. 저희를 아세요?"

"조금 전 앞서가던 여자분이 소개를 해 줬어요."

"아… 예진 씨를 만나셨구나."

그러더니 주섬주섬 가방 안에서 뭔가를 꺼낸다. 라면과 장조림, 참치, 오징어 그리고 각종 간식거리까지, 계속해서 한국 음식들이 쏟아져 나왔다.

"이게 뭐죠?"

"저희는 이제 트레킹 마치고 돌아가는 길이라 필요가 없을 것 같아서요. 필요하신 거 있으시면 다 가져가세요."

"와…. 정말 감사합니다."

베푼 호의를 하나씩 주워 담을 때마다 배낭은 무거워져 갔지만, 마음은 더욱 가벼웠다. 이 정도면 며칠 식사 걱정은 안 해도 되겠네. 트레킹 첫날부터 횡재 했다.

ABC TREKKING_2
4천 번뇌 계단

Day 390~391

흔들다리를 지나자마자 계단이 나왔다. 위를 한번 쳐다보니 계단이 끝없이 펼쳐져 있다. 아내의 긴 한숨 소리가 산마루를 훑고 지나간다. 아들은 금세 비카스와 친해져서 서로 밀고, 끌며 열심히 걷고 있었다. 중간중간 트레커들의 쉼터에서 숨을 고르며, 뒤를 한 번씩 돌아본다. 온통 산으로 둘러싸인 이곳의 기운이 강하게 느껴진다.

"아빠, 내가 삼백을 벌써 다섯 번째 세고 있는데 아직도 계단이 안 끝났어."

적어도 2천 개 이상의 계단은 걸어 올라왔음이 틀림없다. 비카스의 말을 빌리자면 계단은 총 4천 개쯤 된다고 한다. 슬슬 지쳐가는 아내 입에서 육두문자가 나올락 말랑했다.

"와~ 내 인생에서 가장 힘든 하루 같다."
"그렇게 힘들어? 나는 괜찮은 것 같은데. 번뇌가 사라지는 듯하다."
"난 지금 진짜 죽을 것 같거든."

결국, 아내의 배낭을 내가 메고, 속도를 조금 늦추어 걸어 본다. 해발 3천 미터는 누구라도 힘든 고도이다. 다행히 3시간 20분 만에 첫날 목적지인 반단티에 도착을 했다. 숙소에 짐을 풀고 침대에 몸을 뉘었더니 몸이 천근만근이다.

저녁이 되자, 낮에는 상상도 못 했던 추위가 밀려왔다. 얼른 배낭에서 침낭을 꺼내 오늘 밤을 대비해 본다. 저녁을 먹자마자 침낭 안으로 쏙 들어간다. 저녁 7시, 책 좀 읽고 자려던 마음은 추위 앞에 무참히 꺾여 버리고 말았다.

아침에 눈을 뜨니 온몸이 찌뿌둥하다. 아마 밤새 몸을 웅크리고 잔 탓이겠다. 이거 트레킹이 문제가 아니라, 밤 추위가 더 큰 문제일 것 같은데. 창밖을 보니 일출을 기다리는 히운출리 설산이 우뚝 솟아 있고 아침 해는 떠오르기 전 마지막 자세를 가다듬고 있었다.

아침 식사를 주문해 놓고, 잠시 산책을 다녀온다. 숨을 깊게 들이쉬며 깨끗한 공기를 탐하는 내 모습을 발견한다. 아내는 모닝커피를 즐기느라 바깥 풍경 따위에는 관심이 없다. 아들 역시 비카스와 노느라 여념이 없어 보인다. 산에서 맞는 첫날, 가족들의 이런저런 아침 풍경이 참 정겹기만 하다.

"비카스, 숙박비랑 식비는 어떻게 계산을 해?"
"숙소 떠나기 전에 한꺼번에 계산하면 돼."
"바로바로 계산하면 안 돼?"
"안 될걸. 그럼 주인장들이 헷갈릴 텐데."

네팔에 왔으니 네팔 법을 따라야지. 그렇게 모든 계산을 마치고 숙소를 빠져나온다. 어제에 이어 오늘도 오르막이 이어진다. 다행히 어제보다는 계단이 많지 않다. 계단이 없어서 그런지 아님 적응한 건지, 아내의 발걸음이 어제보다는 확실히 가벼워진 것 같다. 어느새 오늘의 목적지인 고레파니 마을에 도착했다.

ABC
TREKKING_3
네팔에서 백두산 정도는
동네 산이야
Day 392

아직 해가 뜨지 않아서인지 산장은 여전히 한겨울 분위기다. 한쪽 구석에는 딱 보기에도 몇십 년은 살았을 허름한 난로가 고군분투 중이다. 몇몇 사람들이 그 주변에 옹기종기 모여서 티타임을 즐기고 있었다. 아들 녀석도 한자리를 차지하고 앉아 있다. 나는 지금 난로의 따스함보다 와이파이 신호가 더 간절하다. 트레킹 출발 전에 미리 신청해 둔 인도 비자가 왔는지 확인을 해야 해서이다. 만약 비자 승인이 났으면 그 길로 인도행 비행기 표도 예매를 해야 한다. 그런데 미약한 와이파이 신호 때문에 이 모든 게 불가능해 보인다. 더 많은 사람이 몰려오기 전에 빨리 일을 끝내는 게 나을 것 같다. 얼마 지나지 않아 인도 비자의 승인을 확인한 뒤, I 항공사에서 항공권도 예매할 수 있었다. 후유, 이제는 트레킹에만 집중하면 될 것 같다.

"아빠, 몇 시야?"

"새벽 5시."

"어디가?"

"푼힐에 일출 보러."

"나도 갈래."

아들 녀석이 이해가 되지 않는다는 듯 아내가 말리고 나선다.

"내령아, 지금 밖에 나가면 얼어 죽는다."

"엄마. 그럼 아빠도 얼어 죽고, 비카스도 얼어 죽겠네."

"지금 이불 속에 있어도 추운데, 왜 거길 따라나서려고 하노?"

간신히 아들을 설득시킨 뒤 비카스와 단 둘이 일출을 보기 위해 푼힐로 출발한다. 푼힐은 해발 3,200m나 되기 때문에 아주 천천히 걸어 올라가야 한다. 아직 고산 증

세 경험이 없는 나에게 고산병은 그저 두렵기만 한 미지의 존재다. 그 두려움이 더 큰 고산 증세를 가져온다고 하니, 아무렇지 않게 행동하려고 노력한다. 비카스는 자기 말만 잘 들으면 고산 증세 따위는 없을 거라며 나를 안심시킨다. 결국, 1km밖에 안 되는 거리를 40분에 걸쳐 올라왔다. 당연히 고산 증세 따위는 전혀 느낄 수 없었다.

어둠이 모든 것을 감추고 있는 시간이다. 푼힐 정상에서는 사람 소리만 무성할 뿐 아직 아무것도 보이지 않는다. 잠시 추위를 떨쳐버리기 위해 생강차를 한잔 마셔본다. 차가 바닥을 드러낼 때쯤 저 멀리 설산들도 흐릿한 모습을 드러내기 시작했다. 비카스가 곁으로 다가와 가장 멀리 보이는 산부터 차례차례 이름을 가르쳐준다.

"안나푸르나원, 안나푸르나사우스, 히운출리, 마차푸차레…."

"비카스. 저기 제일 높아 보이는 산은 뭐야?"

"아. 다우라기리라고 세계에서 7번째로 높은 산이지."

다우라기리, 높이가 무려 8,172m라고 하는데 나로서는 가늠이 되지 않는 높이이다. 세계에서 가장 높은 에베레스트가 8,848m인 걸 생각하면 이건 뭐 차이가 전혀 없다.

"대영, 한국에서 가장 높은 산이 어디야?"

"제주도에 있는 한라산이지."

"높이가 얼마야?"

"1,950미터쯤 될걸."

"에이. 그게 산이야? 동네 언덕인데?"

여기 네팔에서는 한반도에서 가장 높은 백두산도 동네 산에 불과하다. 마운틴 명찰을 달려면 최소 해발 5,000m는 되어야 한다고 하니, 왜 네팔이 수많은 산악인의 성지가 되었는지 알 것 같다.

어둠이 완벽히 물러가자 높디높은 설산의 위용이 한층 더 높아진다. 비카스가 두세 번에 걸쳐 산 이름을 알려주고는 이제 저 산속으로 들어갈 시간이라고 말한다. 우리의 목적지인 ABC는 '안나푸르나 베이스 캠프(Annapurna Base Camp)'의 약자인데, 바로 저 산들 어딘가에서 ABC가 우리를 기다리고 있다.

ABC
TREKKING_4
비카스식 파이팅

Day 392~393

7시 20분쯤 숙소로 돌아오니 아내는 이미 아침 먹을 준비로 분주하다. 아내도 푹 자고 일어났는지 컨디션이 꽤 좋아 보인다. 그때 어디선가 익숙한 목소리의 기침이 들려온다.

"아빠, 내 감기 걸린 거 아니라 침이 목에 걸렸다. 걱정하지 마라."

아들의 사래 한 번에 우리 부부가 가슴을 쓸어내린다. 비카스 말에 의하면 오늘부터 ABC로 가까이 갈수록 점점 더 추워진다고 하니 걱정이 이만저만이 아니다. 고산병에만 신경을 쓴다고 추위에 대한 준비를 너무 소홀히 한 것 같다. 그나마 위안은 영하 20도에서도 버틸 수 있는 침낭을 빌려 온 것이었다.

오늘 트레킹 할 시간은 총 6시간, 고레파니를 벗어나 타다파니 쪽으로 향해 걷는 코스이다. 대부분의 마을 이름은 '파니'로 끝이 나는데, 파니는 '물'이라는 뜻의 네팔어이다. 오래 전 물이 있는 곳 위주로 마을이 생겨서 그런 이름이 붙었을까 짐작해 본다. 잠시 내리막이더니 또다시 오르막이 펼쳐진다. 아들은 날이 가면 갈수록 더 잘 걷는 것 같다. 아들의 걷는 모습에 트레커들이 당황한다. 비카스는 그런 아들에게 연신 엄지손가락을 들어 보인다.

　　"비카스, 지금까지 같이 ABC 트레킹 한 사람들 중 최연소가 몇 살이야?"
　　"내령이 말고는 10살, 아니 11살인가?"

　비카스도 처음에 내령이를 데리고 ABC를 간다고 했을 때 반신반의 했다고 한다. 그래서 일정도 최대한 느긋하게 잡은 거란다. 그런데 막상 3일째 걷는 걸 보니 ABC까지는 문제없어 보인다며 웃는다. 그래도 방심은 금물이다. 대자연 앞에 거만함이란 가져선 안 될 감정이다.

　한동안 걷다 보니 아들은 손이 시린지 자꾸 옷소매를 손가락 끝까지 끌어내린다. 이 못난 아빠가 노르웨이 쉐락볼튼 트레킹 때는 운동화를 준비하지 못하더니, 이번에는 장갑을 깜박했구나. 아들아, 미안하드아!

　비카스는 보통 맨 뒤에서 따라오는데 이따금 우리 가족이 힘들어하는 모습을 보이면, 맨 앞으로 와서는 가족 한 명 한 명에게 '할만 해' 라고 물어봐 준다. 비카스식 파이팅인데 이게 은근 힘이 된다.

　4시간을 걸은 후 점심을 먹고 또다시 걷기 시작한다. 아들은 걷는 동안에도 뭔가 재미난 일이 없을까 눈알을 굴리느라 분주하다. 그러다가 가끔 들소 떼를 만나기도 하고, 염소 떼를 만나기도 한다. 무엇보다 가장 행복한 순간은 다른 트레커들의 칭찬을 만났을 때. 외국인 형 누나들이 줄지어 기립박수를 쳐주기도 하고, 먹을거리를 건네기도 한다. 그럴 때마다 아들은 더더욱 자신감을 얻는다.

　어느새 타다파니에 이르렀다. 오늘의 트레킹도 드디어 끝이 보이는구나. 우리는 여기서 1시간 거리에 있는 츄일레라는 마을까지 가야 한다. 여기 츄일레에는 산장이 딱 하나밖에 없어서 수많은 트레커로 발 디딜 틈이 없었다. 식당에는 빈자리 하나 찾기 힘들 정도였다. 덕분에 식당은 전혀 춥지 않았다. 여기 사람들은 꽤 늦게까지 잠을 자지 않는 분위기다. 여기저기 웅성거리는 소리가 밤늦게까지 들려왔다. 오늘은 추위보

다 소음이 더 신경 쓰이는 밤이다.

　몸이 적응해 가는 건지 아니면 특별히 날씨가 좋았던 건지, 어쨌든 좋은 컨디션으로 아침을 맞을 수 있었다. 식당으로 내려가니 한쪽 구석에 포터와 가이드들이 삼삼오오 모여 있다. 아마 어제 방이 부족한 관계로 그들은 여기 식당에서 밤을 보낸 듯 했다.

　"비카스, 너도 여기서 잤어?"
　"어. 어제 사람들이 무지 많아서 빈방이 없었어."
　"안 피곤해?"
　"그럼. 이 정도쯤이야."

　이번에는 내령이가 비카스한테 쪼르르 달려가 2차 안부를 묻는다. 아들도 비카스가 식당에서 잔 게 못내 신경이 쓰이나 보다. 자꾸 본인의 갈릭 수프를 비카스에게 건넨다.
　비카스는 짐을 들어주는 것을 제외하고도, 아들에게는 잘 놀아주는 보호자이자 아내의 영어 회화 선생님이다. 또한, 내게는 네팔을 깊이 알 수 있게 해주는 친구 같은 존재다. 비카스는 이렇게 온종일 세 사람에게 시달리는데도 단 한 번도 인상을 찌푸리는 경우가 없다. 말도 안 되는 포터나 가이드를 만나 트레킹 내내 스트레스를 받았다는 글을 보기도 했는데, 비카스는 정말 베스트 오브 베스트 포터이다.

ABC
TREKKING_5
헬로우 혹은 나마스떼

Day 393

어젯밤과 마찬가지로 산장 앞에는 출발 준비로 사람들이 북적거린다. 그리고 다들 내령이를 보고 한마디씩 격려의 말들을 해 주고는 산장을 벗어난다. 우리도 뒤늦게 츄일레를 떠나 시누와로 힘찬 발걸음을 내디딘다. 트레킹을 하면 할수록 발걸음이 가벼워지는 게 신기할 따름이다. 오늘도 오르막 내리막이 수도 없이 반복된다. 아들도 이제는 오르막이 나오면 한숨부터 쉰다. 그래도 한 숨 한번 '후유' 내 쉬고는 단숨에 오르막을 올라가곤 한다. 꼬마 산악인이 따로 없다. 내령이가 종종 하는 행동이 있는데 바로 비카스의 가슴과 자기의 가슴을 번갈아 만져보는 것이다. 엄청난 속도로 뛰어대는 본인 심장 박동과 달리 별 반응이 없는 비카스의 심장이 이상한가 보다.

촘롱을 향해 올라가는 오르막이 오늘 최대의 난코스가 될 것 같다. 아들도 아내도 그리고 나도 너무 힘들다. 그저 비카스의 파이팅 소리만 공허한 메아리가 되어 산속에 울려 퍼진다. 숨을 헐떡거리며 힐 탑에 오르니 트레커들이 휴식을 취하고 있다. 우리 역시 잠시 숨을 고른 뒤 촘롱을 향해 걷고 또 걸었다.

"대영, 저기 하늘을 봐!"
"아빠, 저기 독수리!!"

비카스와 아들이 갑자기 소리쳤다. 눈을 들어 하늘을 보니 엄청난 크기의 독수리 두 마리가 머리 위를 맴돌고 있었다. 트레킹의 피로가 잠시나마 잊힌 순간이었다.

촘롱은 약 150가구 정도가 거주하는데 ABC 가는 길의 가장 큰 마을이라고 한다. 여기 식당은 김치 관련 음식들을 먹을 수 있었고 우리 가족은 고민 없이 김치찌개와 김치볶음밥을 주문했다. 며칠 동안 느끼한 음식들만 먹었더니 마침 김치가 절실한 타이밍이었다. 비록 2% 부족했지만 오랜만에 먹는 김치에 만족스러웠다.

점심을 마치고 촘롱 계단을 따라 내려오는 길, 마을 주민들이 아내를 향해 연신 '나마스떼, 나마스떼' 인사를 한다.

"남편."

"왜?"

"당신한테는 왜 '헬로우'고, 나한테는 '나마스떼'야?"

　우리의 대화를 들은 비카스는 아내가 '네팔리(네팔 사람)'를 닮아서 그런 것 같단다.
지금까지는 여행에서 내가 현지인 역할을 맡았는데, 여기서는 상황이 역전이 됐다.
아마 얼굴형이 네팔인과 비슷해서 그런가 보다. 비카스 말에 의하면 부잣집 네팔리
같다고 하니 그나마 선방(?)했다. 웃고 떠들다 보니 어느새 우리의 목적지인 시누와
에 도착을 했다.

ABC TREKKING_6
고산병 걸리면 대책 없어

Day 393~394

오늘 묵을 숙소로 가는 도중에 산장 사장님을 우연히 만났다. 각각 2~4살로 보이는 세 명의 아이를 데리고 어디에 다녀오는가 보다. 이 중 제일 큰 꼬마 녀석은 발놀림이 예사롭지가 않다. 아들의 표현을 빌리자면 완전 날다람쥐가 따로 없단다.

위로 올라갈수록 먹는 양은 줄어든 것 같은데 반대로 식비의 비중은 늘어가고 있다. 그만큼 음식 가격이 비싸졌단 말이다. 여기 산꼭대기까지 필요한 식자재를 운반해 오는 방법은 사람이나 당나귀뿐이다. 그만큼 비용이 많이 소요 되는 것은 어쩔 수 없는 노릇이다.

많은 사람이 시누와 까지는 매일 머리를 감거나 샤워를 하는데 우리는 혹시나 하는 마음에 첫날부터 아예 씻을 생각을 하지 않고 있다. 아내는 걷는 것, 밤에 추운 것보다 머리 가려운 게 가장 견디기 힘들단다.

"미임, 해발 3천 미터까지는 머리 감아도 돼. 오늘이 마지막 기회야."

비카스의 달콤한 유혹에 아내 마음이 흔들린다. 잠시 고민하던 아내는 그래도 고산병이 더 무섭다며 이내 포기하고 만다.

아들의 기상을 기다렸다가 함께 식당으로 내려가 아침을 먹는다. 밤새 추위와 사투를 벌였더니 이제는 입맛도 달아났다. 군 시절 이후로 이렇게 추운 밤을 보낸 적이 있었나. 아내는 불혹 평생 가장 추운 날을 보내고 있다고 호소한다.

후식으로 생강차를 마시는 건 어느새 일상이 되었다. 아내도 어느 순간 커피보다 생강차를 더 자주 찾는다. 생강차는 고산병뿐만 아니라 감기 치료에도 탁월한 효과가 있어서 트레킹 내내 달고 살기를 추천한다.

우리는 ABC까지 갔다가 3일 뒤 여기로 다시 돌아올 계획이다. 그래서 가능한 필요 없는 짐들은 이곳 시누와 숙소에 두고 트레킹을 이어갈 예정이다. 숙소를 벗어나는데 어제 만난 내령이의 라이벌이 문밖에서 기다리고 있었다.

"아들, 친구한테 인사 안 해?"
"친구 아니거든. 동생이거든."

아들놈이 건성으로 손만 들어 '헬로' 하고는 이내 자기 갈 길로 쏙 가버린다. 아들은 그 꼬마에게 묘한 라이벌 의식을 느끼는 눈치다.

가는 길 내내 안나푸르나쓰리(Annapurna Ⅲ)와 마차푸차레 산이 우리의 나침반이 되어 준다. 새로운 산이 보일 때마다 비카스는 산 이름을 알려주었고 난 묻고 또 묻기를 반복했다. 비카스는 가는 발걸음을 멈추고 사진을 찍고 있는 아내에게 ABC 가면 이건 아무것도 아니라며 기대를 부추겼다.

해발 2,145m인 밤부에 도착을 했다. 비카스의 말에 의하면 여기서부터는 고도가 계속해서 높아지기 때문에 가능한 한 천천히 가는 게 좋을 것 같단다. 어느새 해발 2,800m인 도반에 도착했다. 순식간에 고도가 높아졌음을 체감할 수 있었다. 고도를 따라 음식의 가격도 덩달아 높아졌다. 사실 처음 트레킹을 시작할 때에는 과연 식사나 제대로 할 수 있을지 우려했는데, 기대 이상으로 음식이 맛있어서 놀랐다. 특히 도반에서 먹은 라면과 볶음밥은 우리 가족 입맛에 딱 맞았다.

이미 5시간을 걸었는데도 오늘의 목적지인 데우랄리는 앞으로 3시간을 더 걸어야 만날 수 있다. 데우랄리는 해발 3,200m에 있었기에 더 천천히 걸어 올라가야 함에도 갈수록 빨라지는 아들의 속도에 덜컥 화가 났다.

"아들, 천천히 가라고."
"왜? 나는 힘이 많이 남았는데."
"내령아, 여긴 빨리 걸으면 아파서 나중에는 못 걷는다 안 하나."
"나는 천천히 걷는 게 고산병보다 더 힘들다."

똥고집이 보통이 아니다. 대체 누굴 닮은 거냐. 비카스가 대화하는 우리 모습을 보며 빙그레 웃음을 지어 보인다. 비카스는 얼마 전에 결혼한 새 신랑이다. 아마 훗날 아이가 생긴다면 멋진 아빠가 될 것 같다고 했더니, 그는 수줍은 표정으로 '그랬으면 좋겠네' 대답하며 빙그레 웃음 지었다.

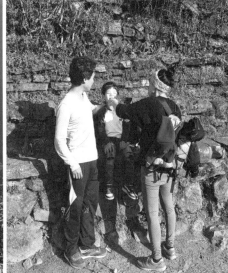

ABC TREKKING_7

최악의 숙소

Day 394~395

만세! 드디어 데우랄리에 도착했다. 감격스럽다. 그런데 오늘 밤 숙소는 이제껏 묵은 곳 중 최악이다.

"저 아래 좋은 집들 놔두고 왜 이 꼭대기에 제일 허름한 집을…."
"미안해! 여기가 내 단골 숙소야." 비카스가 미안한 듯 말했다.
"아니, 아니. 괜찮아. 어차피 하룻밤인데."

눈치는 채고 있었지만, 포터나 가이드는 우리가 지급하는 비용에 본인의 숙식비용이 포함되어 있어 본인의 단골집에 가야 비용을 세이브 할 수 있다. 원하는 숙소가 있으면 요구해도 되지만, 지금 상황에 그런 고집은 불필요하다. 창문 대신 누더기 천이 펄럭거리는 숙소 풍경에 아내의 표정이 어둡다.

"으~ 진짜 심하네."
"조용히 해라. 비카스 듣겠다."

비카스가 저녁 내내 우리의 눈치를 살핀다. 미안했는지 와이파이까지 무료로 제공해주고, 뜨거운 물도 서비스로 받아다 준다. 손, 발, 얼굴만 간단히 씻고 양치를 한 후 딱딱한 나무 침대 위에 고단한 몸을 누인다. 나는 너무 추워서 어떻게 잠을 청해야 할지 고민인데, 아들은 눕자마자 1분도 채 되지 않아 잠이 들었다.

침낭 위로 두꺼운 이불 두 장을 덮고 있어도 추운 걸 보니 영하 20도는 족히 될 것 같다. 이 긴긴밤을 과연 어떻게 보내야 하나. 내일 ABC에서는 더 춥다는데, 나는 고산병보다 밤 추위가 더 무섭게 느껴진다.

밤새 추위에 얼마나 잠을 설쳤던지 몸이 얼음 막대가 된 것 마냥 뻣뻣하다. 내 평생 해가 떠오르길 이렇게 기다려본 적이 있었을까. 아주 오랜 어린 시절, 아버지와 밤낚시를 갔던 기억이 문득 떠오른다. 새벽에 번뜩 눈을 떴는데 너무 추워서 이불을 칭칭 감고 텐트 구석에 쭈그리고 앉아 해뜨기만을 학수고대하던 내게 아버지는 입고 있던 외투를 벗어 두 겹 세 겹 몸 위로 덮어주셨다. 어느덧 나도 아버지가 되었다. 밤새 아들의 상태를 살피며 잠을 설쳐도 아들만 편히 자고 있으면 그걸로 위안이 되는. 아마 아버지도 그때 그런 마음이셨겠지.

ABC
TREKKING_8
안나푸르나 베이스 캠프

Day 395

네팔 ABC 트레킹_8

401 402
카트만두 인도
델리

데우랄리에서 ABC 가는 길은 4,130m까지 고도가 올라가기 때문에 절대 서두르면 안 된다. 슬로비디오처럼 천천히, 아주 천천히 올라가는 게 중요하다. 많은 사람이 ABC에 다다르고도 고산 증세 때문에 다시 데우랄리로 내려와 잠을 잔다. 하지만 우리 가족은 ABC에서 일출 풍경을 보기 위해 ABC 숙소에 묵기로 했다. 단, 누구든 고산 증세가 오면 무조건 하산을 하기로 비카스와 미리 얘기해 두었다. 자, 출발!

하자마자 천천히 가자는 말을 들었는지 못 들었는지 아내의 발걸음이 무척이나 빠르다. 아마 3시간 30분밖에 안 걸린다는 말만 귀담아들었는지도 모르겠다. 데우랄리를 떠난 지 2시간 만에 해발 3,700m인 MBC(Machapuchare Base Camp, 마차푸차레 베이스 캠프)에 도착했다. MBC에서 ABC까지는 약 1시간 30분이 소요된다. 바로 출발할 수도 있지만, 가족의 컨디션 체크를 위해 2시간 정도 머무를 예정이다.

햇살 좋은 곳에 자리 잡고 생강차를 한 잔씩 마셔본다. 눈앞에 목적지를 마주하고 있으니 이 순간, 너무나 황홀하다. 이왕 시간을 보내는 김에 점심도 먹고, 낮잠까지 한숨 자기로 한다. 우리 부부가 낮잠을 자는 동안 비카스가 내령이를 책임진다. 2시간 넘게 머물렀지만, 고산 증세는 나타나지 않았다.

MBC를 떠난 지 10분쯤 지났을까 갑자기 안개가 자욱해지더니 가느다란 눈발이 날리기 시작했다. 우우린 서둘러 우비를 꺼내 입고, 걸음을 재촉했다. 천천히 가고 싶었지만, 비바람이 뒤에서 밀어대는 통에 우리의 발걸음은 자동으로 빨라졌다.

"대영, 천천히 가. 눈 좀 맞아도 돼. 고산 증세가 오면 더 큰 문제야."
"알았어(나도 그러고 싶어)."

몇 번에 걸쳐 아내와 아들에게도 천천히 움직이라고 당부를 한다. 눈, 비, 바람이 그토록 우리를 괴롭히지만 지금 걷고 있는 이 길은 너무나도 아름답다. 빛 바란 노란 풀들이 흩날리는 사잇길로 발걸음을 옮기고 있자니 이상하리만큼 기분이 따스해진다.
결국, 1시간 20분 만에 안나푸르나 베이스 캠프, 우리가 그토록 바라던 ABC에 도착을 해버렸다. 지금은 고산 증세 따위는 생각할 겨를도 없이 그저 "으아~~아아아" 감탄 소리만 터져 나올 뿐이다. 드디어 도착했다!

"비카스, 여기 몇 번째야?"

"어? 한 99번쯤."

"에이~ 그럼 사진은 안 찍어도 되겠네."

"무슨 소리야? 너희 가족이랑은 처음 온 거잖아."

"오~ 멘트 좋은데. 감동했어!"

비카스는 5살 내령이랑 함께 해서 자신에게도 영광이라며 겸손해했다. 내 가슴은 말로 표현 못할 감정이 터질 듯 벅차올랐다.

Nepal

ABC
TREKKING_9
진격의 고산병

Day 395~396

이제 하룻밤만 버티면 되는구나! 지금은 눈과 안개 때문에 시야가 좋지 않아 아무 것도 보이질 않는다. 아침이 오면 어떤 풍경이 우리에게 나타날지 상상조차 할 수 없다. 그저 기다리는 수밖에, 아니 버텨낼 수밖에 없어 보인다. 저녁 식사를 마치고 ABC 트레커들과 실컷 수다까지 떨었는데도 아직 7시 10분밖에 되질 않았다. 시간이 더뎌도 너무 더디 흐른다. 일단 이불속에 들어가 억지로 잠을 청해본다. 얼마나 흘렀을까, 고통스러운 듯 신음하는 아내의 목소리에 잠에서 깼다.

"으으… 아… 악…."
"왜? 무슨 일이야?"
"머리도 아프고 속도 메스껍고 토할 것 같다."
"아, 아무래도 고산병인 것 같은데. 잠시만!"

아내의 상태를 보더니 완벽한 고산병 증세라며 지금 당장 MBC로 내려가자고 한다. 비카스의 짐과 아내 짐은 내일 내가 들고 하산하기로 하고, 비카스와 아내는 간단한 것만 챙겨 ABC를 떠났다. 현재시간 밤 10시 17분. 정말 이게 무슨 날벼락인가. 옆

친 데 덮친 격으로 내 머리도 살짝 지끈거린다. 이 순간 아들이 가장 신경 쓰인다. 세상모르고 곤히 자고 있으니 불행 중 다행이다.

새벽 3시 15분, 너무 괴로워 눈을 떴다. 춥고, 머리도 아프고, 오로지 아들을 지켜야 한다는 정신력으로 밤을 지새웠다. 어떻게 해가 뜰 때까지 버텼는지 모를 정도로 괴로웠던 밤. 창밖으로 어둠이 조금씩 걷히기 시작할 무렵 아들도 잠에서 깨어났다.

"아빠, 엄마 어디 갔어?"

"어젯밤에 고산병이 와서 지금 MBC, 어제 점심 먹은 곳 있잖아."

"아빠는 괜찮아?"

"괜찮은 것 같은데. 내령이는 어때?"

"난 아무렇지도 않아."

천만다행이다. 시계를 보니 오전 6시를 막 지나고 있다. 내령이의 손을 잡고 방문을 여는 순간, 가슴이 덜컥 내려앉는 기분이 들었다. 아직 어둠이 가시지 않은 이곳을 높디높은 설산이 그윽한 눈빛으로 내려다보고 있었다. 으스스한, 그러나 너무나도 청량하고 맑은 풍경에 말문이 막혔다.

가장 먼저 눈에 들어온 산은 다름 아닌 마차푸차레, 굉장하다. 어제는 안개 때문에 아무것도 볼 수 없었는데 언제 그랬냐는 듯 시야가 맑아졌다. 이어서 본격적인 일출 쇼가 펼쳐졌다. ABC에서의 일출을 본다는 것은 해가 뜨는 장면을 보는 게 아니라, 일출이 비치는 설산을 보는 것이다. 눈앞으로 붉게 물든 안나푸르나사우스(Annapurna South), 안나푸르나원(Annapurna I)이 펼쳐진다.

"아들, 너무 좋지 않나?"

"좋기는 뭐가? 지금 아픈 엄마 놔두고 그런 말이 나오나?"

아, 황홀한 풍경에 취해 잠시 아내를 잊고 있었다. 그래도 지금은 엄마 몫까지 즐기는 게 엄마를 위하는 길이라고 아들을 설득해 여기저기 데리고 다닌다.

"아빠, 여기 우리나라 사람 아니야?"
"맞네."
"'박영석, 신동민, 강기석 이곳에 산이 되다'라고 적혀있네."
"고인들의 명복을 빌자."

왜 이들이 이곳의 매력에 빠졌는지 어렴풋이 알 것 같기도 하다. 다시 한번, 그들의 안식을 빌어본다. 해가 뜨기 시작하자 사람들이 모여들기 시작했다. 어느새 여기 ABC 산장에 있는 대부분이 나와서 하염없이 이곳을 거닐고 있었다.

"아들, 빨리 밥 먹고, 엄마 만나러 가야지."
"엄마는 괜찮겠지?"
"비카스가 데리고 갔으니까 괜찮겠지. 걱정하지 마라."
"아빠, 이제 엄마를 고산병이라고 부르자."

ABC
TREKKING_10

고산병 씨

Day 396

아내의 새로운 별명이 하나 생겼다. 우린 비카스의 짐까지 챙겨서 ABC에서 하산을 시작한다. 어제 눈이 좀 내려서 바닥은 얼어 있었다. 마차푸차레를 보며 계속 아래로, 아래로 내려간다. 열심히 내려오던 아들이 갑자기 발걸음을 멈추더니 돌탑을 하나 쌓고 가잔다.

"엄마 안 아프게 해 주세요."

좀 전까지는 엄마를 고산병이라고 부르자더니 갑작스레 대견한 모습을 보인다. 마음이 울컥해진다. MBC에 도착하니, 비카스가 '보따'라는 이름의 개를 데리고 마중을 나와 있었다. 보따 이 녀석은 트레킹 3일째부터 내령이를 따라다니더니 여기까지 와 있다. 아들은 삼시 엄마를 잊고 보따부터 챙긴다.

"아내 상태는 어때?"
"괜찮아."

이제야 마음이 놓인다. 고산병 아니, 아내가 있는 방으로 아들이 먼저 달려간다. 엄마와 아들의 상봉이 참 눈물겹다. 아내의 병은 어젯밤 갈릭 수프를 먹고 잤더니 거짓말처럼 싹 나았다고 한다. 차라리 MBC에서 자고 아침 일찍 ABC에 올라 일출 보고 내려올 걸, 아쉬움이 생긴다.

"남편, 그런데 나 ABC에서 일출 못 본 게 평생 한이 될 것 같다."
"괜찮아. 그럴 것 같아서 내령하고 나하고 실컷 봤다."
"장난치지 말고. 난 여기까지 올라온 보람이 없잖아."
"정 아쉬우면 다음에 한 번 더 오자."
"노노노노. 그건 사양할게."

산기슭을 따라 흐르던 강물이 꽁꽁 언 모습을 보고 있자니 지난밤이 춥긴 추웠구나 싶었다. 보따와 아들이 하도 사이좋게 걸어 내려가서 누가 보면 우리가 데려온 개인 줄 알 것 같다. 아내도 아래로 점점 내려갈수록 컨디션이 좋아진다. 모든 게 다시 제자리를 찾아간다. 올라갈 때는 고산 증세 걱정으로 아들의 본능을 제지했지만, 내려갈 때는 마음껏 풀어놓았더니 산악인이 따로 없다. 비카스 역시 내령이의 트레킹 본능을 알아보고는 혀를 내두른다. 이 상태면 시누와까지 가뿐하게 도착할 것 같다. 도반에서 점심을 먹고, 밤부를 지나 시누와까지 단숨에 내려와 버렸다. 내려오는 중간에 잠시 소나기를 만났지만, 불쾌함이라곤 전혀 느낄 수 없었다.

ABC TREKKING_11

내령이 마음에 뿌려진
자신감이라는 이름의 씨앗

Day 396~397

　시누와에서는 예진이와 준범이를 만나 예정대로 백숙을 시켜 먹었다. 그동안 꼭꼭 숨겨놓았던 소주도 꺼내서 제대로 만찬을 즐겨본다. 예진이는 네팔 여행 첫날 지프에서 만나 트레킹 과정에 몇 번 앞서거니 뒤서거니 한 사이고, 준범이는 어제 ABC 정상에서 만난 동생이다. 이제 갓 20살이 된 준범이는 포터나 가이드 없이 혼자 ABC트레킹에 도전했다. 등정에 성공하고 내려와서인지 모두들 얼굴에 여유가 넘쳐흘렀다.

즐거운 만찬은 9시쯤 마무리되었다. 한인 민박 '놀이터'로 돌아가는 날까지 우리 가족은 이들과 함께할 예정이다.

며칠 전과 같은 장소에서 같은 풍경의 아침을 맞이한다. 하지만 모든 게 다르게 느껴진다. ABC를 가기 전의 두렵고 걱정스러웠던 마음은 이미 정상에 놓아두고 왔다.

"아빠 표정이 뭔가 여유가 있는 것 같다."
"그래? 너도 훨씬 기분이 좋아 보이는데."
"ABC 정상을 갔다 오니 나 자신이 엄청나게 자랑스러운 것 같다."
"예전에 뉴질랜드 케플러트레킹 만큼?"
"훨씬 더 자랑스럽지. 그때는 3박 4일이었는데 이번엔 8박 9일이잖아."

케플러트레킹 때 아들의 마음속에 자신감이라는 씨앗이 뿌려졌다면, 이번에는 그 씨앗이 뿌리를 내리게 되는 계기가 된 게 아닐까. 남은 여행을 통해 골고루 영양분을 받아서 무럭무럭 자랄 수 있기를 기도한다.

예진이도, 준범이도 표정이 밝다. 준범이가 지도를 꺼내놓고는 예진이와 이동 경로에 관한 이야기를 나누고 있다. 우리는 비카스가 있어서 지도를 따로 챙기지 않았는데, 준범이는 혼자라 모든 걸 꼼꼼하게 준비했다. 지도를 가만히 보니 지명들이 눈에 쏙쏙 들어온다. 역시 경험만큼 훌륭한 선생님은 없다.

사실 여기 시누와에서 시와이까지는 6시간 정도밖에 소요되지 않는다고 하는데 우리는 중간에 지누라는 곳에서 하루 야외 온천을 즐기며 트레킹의 피로를 풀 예정이다. 남은 하루는 ABC 트레킹의 보너스 트랙이라고 할 수 있겠다.

ABC TREKKING_12

나마스떼 비카스, 안녕 네팔!

Day 397~398

"남편, 빨리 출발하자."

"오늘은 지누까지 3시간밖에 안 걸려서 천천히 가도 돼."

"머리가 간지러워 미치겠다. 빨리 좀 가자."

아, 그러고 보니 샤워를 못 한지 오늘로 꼬박 8일째다. 나는 이제 감각이 없어졌는데 아내는 자꾸 없던 병도 생길 것 같다며 힘들어 한다. 고산병을 피하려고 그렇게 노력했건만, 모든 게 물거품이 되었으니 억울한 마음 백번 이해한다. 우리는 열 일 제쳐 놓고, 온천 갈 준비부터 했다. 15분쯤 걸어 내려가니 강가 옆에 몇 개의 온천탕이 보인다. 입장료는 한 사람당 50루피, 500원이다. 세상에, 이럴 땐 "나마스떼~"다.

일단 8일 동안 묵혀 놓았던 때부터 벗겨낸다. 머리 감으려 손가락을 갖다 대는 순간, 쾌감이 밀려온다. 두 번째 샴푸까지는 거품조차 나지 않더니 세 번째부터 조금씩 거품이 보글보글한다. 아, 샴푸 거품이 원래 이렇게 아름다웠던가. 아내는 머리를 대체 몇 번이나 감았는지 두피가 다 벗겨질 것 같다며 깔깔 댄다.

강에 흐르는 얼음물과 온천탕의 뜨거운 물을 오가는 이 순간이 마냥 즐겁다. 세상의 모든 근심과 걱정이 다 사라지는 기분, 이 순간만큼은 우리 가족 모두 득도한 도인이 된 기분이다.

　온천을 마치고 숙소로 돌아가 먹을 저녁은 달밧으로 결정했다. 매번 비카스가 먹던 거라 언젠가는 한 번쯤 꼭 먹어봐야지 했는데 그게 바로 오늘이다. 꽤 괜찮은 맛이다. 포카라에 가면 제대로 된 달밧 맛을 봐야겠다. 저녁을 먹고 아내와 아들은 꿈나라로, 나와 준범이는 다른 세대의 삶과 생각을 공유해 본다. 젊은 친구의 열정을 보니 새삼 옛날 생각에 잠기는 기분 좋은 밤이다.

　드디어 8박 9일의 대장정에 마침표를 찍는 날이다. 아침은 어김없이 비카스와 아들의 웃음소리로 시작한다. 둘은 뭐가 그리 즐거운지 매일 하하 호호다. 아침은 간단하게 토스트 하나 먹고 출발을 한다. 마지막까지 아들의 곁은 보따가 지킨다. 둘은 어느새 다정한 친구가 되었다. 비카스에 따르면 보따는 주인이 없는 야생 개라고 한다. 아마 ABC까지 본인의 몇 배는 더 갔다 왔을 거란다. 가이드 쓰는 비용이 아까우면

이곳 야생 개 줄 먹이만 챙겨 와도 ABC 정상까지는 갔다 온다는 우스개도 덧붙인다.

마지막 다리를 지나자 저 멀리 마지막 목적지인 시와이 마을이 보인다. 이제 보따와는 헤어져야 할 시간이다. 보따도 헤어짐의 순간임을 아는지 고개를 떨구고 아들 주위를 빙빙 돈다. 정말 할 수만 있다면 한국에 데리고 가고 싶은 마음이다. 이제 우리 가족과 헤어지고 나면, 또 누군가를 따라 ABC를 향해 가겠지. 그런 보따의 삶을 생각하니, 괜스레 마음이 짠하다.

포카라까지 가는 버스가 예정된 시간 1시간을 넘기도록 나타나지 않는다. 비카스는 차라리 지프를 이용하는 게 훨씬 나을 거라며 현실 조언을 한다. 원래는 시와이에

서 포카라까지 지프로는 3시간이 걸린다는데 우리 기사님의 놀라운 운전 솜씨로 2시간 만에 포카라에 도착할 수 있었다.

숙소에 짐을 풀고, 비카스와 ABC 트레킹 뒤풀이 시간을 갖는다. 며칠 전 비카스한테 좋아하는 음식 있냐고 물어봤는데, '삼겹살'이라는 의외의 답변이 돌아왔다. 그래서 우리는 9일간 단 한 번의 짜증 없이 웃는 얼굴로 우리 가족을 이끌어 준 비카스를 위해 삼겹살을 푸짐하게 준비했다. 상추 위에 김치를 얹고 구운 삼겹살을 올려 밥도 두 그릇 뚝딱 비워내는 모습에서 비카스의 각별한 삼겹살 사랑을 엿볼 수 있었다. 너무나 행복한 시간을 뒤로하고 이제는 정말 작별의 시간이 왔다.

"비카스, 덕분에 트레킹 너무 즐거웠어."
"무슨 소리. 오히려 내가 내령이 때문에 너무 행복했지."
"언제가 될지 모르지만, 담에 꼭 한 번 더 같이 트레킹 하자."
"좋지. 그때는 안나푸르나 서킷으로 오케이?"
"나는 무조건 콜이지. 내령이도 오케이?"
"나도 오케이"

그렇게 우린 또 한 번의 트레킹을 기약하며, 쿨한 작별을 나눴다. 비카스, 안녕. 네팔, 나마스떼!

DELHI

여긴 인도니까

Day 403

자이살메르   조드푸르

인도 여행의 초점은 '천천히'에 맞췄다. 바쁘고 정신없이 지나오던 여행과 여행 사이에, 마치… 줄임표를 찍듯 느긋하고 여유 있게 그 속살을 음미하고 싶다.

"남편, 좀 씻어라."

"씻은 건데?"

"수염을 좀 깎든지. 더러워서 같이 못 다니겠네."

"인도에서 내 콘셉트는 현지인이다. 알겠나?"

"그러고 보니 인도 거지같긴 하네. 흐흐흐."

"엄마, 아빠 나 배고파."

뭐 먹지? 먹거리 검색을 하다 보니 인도에는 신기하게도 중식당이 없다. 전 세계 어느 조그만 마을을 가도 중국집 하나씩은 꼭 있었다. 그 생활력 강한 중국인들조차 인도라는 나라에서는 정착하기 어려웠던 걸까.

'티베트탄 콜로니'는 1950년대, 중국의 핍박을 피해서 이주한 티베트인들이 자리를 잡은 티베트 타운이다. 어제 한인식당에서 우연히 만난 사람들과 이곳 티베트탄 콜로니에서 점심을 먹기로 했다. 일행 중엔 스님 한 분이 계시는데 인도에서 수행하고 계시다고 했다. 스님은 오늘 티베트 음식의 신세계를 보여 주신다고 하셨다.

그렇게 찾아간 티베트 레스토랑에서 스님은 능숙하게 요리들을 주문했다. 가장 먼저 나온 음식은 '땜뚝'. 우리나라 수제비랑 비슷한 모양새로 맛도 비슷했다. 그리고 돼지고기 요리, 소고기 요리가 뒤를 이었다. 이 중 최고의 미식은 단연 우설이다. 한 번 맛보면 쫄깃쫄깃한 식감과 입속 가득한 육즙에 할 말을 잃고 만다.

"인도를 여행해 보니 어떤 것 같나요?"

스님이 묻자, 아내가 불만을 토로한다.

"온 지 하루밖에 안 됐는데 정말, 벌써 다른 나라로 가고 싶어지네요."
"인도 여행을 할 때는 마음을 비워야 합니다. 뭐가 제일 힘드신가요?"
"숙소요. 여긴 좋은 호텔 없나요?"
"당연히 있죠. 근데 거기 이용하면 반칙입니다."

일행들이 일제히 웃음을 터뜨린다. 맞다. 인도에도 분명 좋은 호텔이 있다. 하지만 그 어떤 여행자도 인도 여행을 계획하면서 좋은 호텔을 예약하지 않는다. 인도 여행의 첫 번째 목적은 비우는 데 있지 않은가. 좋은 호텔을 이용하는 것, 그건 정말 퇴장에 가까운 반칙이라 생각한다. 무질서한 도로, 이불 없는 숙소, 화장실에 휴지가 없는 것도 모두, 있는 그대로 받아들이면 된다. 여긴 인도니까.

DELHI

달의 시장

Day 404

　　사람 구경은 이제 지긋지긋하다는 아내와 집에 있겠다는 아들을 빼고 인도에서 만
난 동생 윤태와 나 둘만 찬드니 촉 구경을 나선다. 찬드니는 '달', 촉은 '시장'이란 뜻
의 인도어다. 달의 시장이라니, 이름 한 번 예쁘다. 오늘은 일요일이라 더 많은 사람
이 몰릴 거라는데 아내 두고 오길 정말 잘했구나 싶다.

　　타고 가던 릭샤(Rickshaw, 동남아시아의 이동 수단으로, 일본어 '리키샤(力車)' 발음이 변형된
말이다)가 찬드니 촉을 몇 발치 앞에 두고 꼼짝을 못 한다. 어느덧 3차선 도로가 6차
선으로 변했다. 도로는 릭샤 한 대 빠져나갈 틈 없이 빼곡한 상황이라 할 수 없이 차
에서 내려 걷기 시작했다.

　　"형님, 저거 맛있어 보이지 않아요?"
　　"그러게 고로케처럼 생겼네."
　　"설마 먹고 배탈 나는 건 아니겠죠?"

　　그러게, 비주얼은 배탈 날 것처럼 생겼네. 망설임 끝에 가격을 물어본다.

"1개 얼마예요?"

"15루피요."

"2개만 주세요."

아, 그냥 주면 좋을 걸 빵을 으깨더니 정체불명의 소스까지 뿌려서 건넨다. 일단 맛은 봐야지. 냠냠… 가만있자, 쓰레기통이….

찬드니 촉은 우리나라 80년대 시장의 느낌이 물씬 난다. 아이스케키 부터 약장수까지 옛날 우리네 모습과 똑 닮았다. 가장 재미난 구경은 뭐니 뭐니 해도(아내는 인정하지 않겠지만) 사람 구경 아닐까. 인파의 규모 자체가 다르다. 걷는 것조차 힘들다. 과연 여기서 뭔가를 구매한다는 게 가능할까 싶다.

사람들에게 밀려 시장을 빠져 나오니 온 몸에 힘이 다 빠진다. 우선 가방과 소지품을 체크한다. 이상 없음. 다행이다. 정말 영혼까지 탈탈 털려도 전혀 이상하지 않을, 다시 오고 싶지 않지만 한 번쯤 꼭 봐야 할 곳, 바로 찬드니 촉이다.

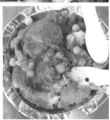

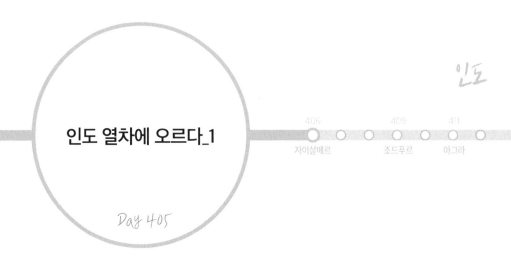

406 409 411
자이살메르 　 조드푸르 　 아그라

인도 열차에 오르다_1

Day 405

인도 여행을 하면 꼭 해 봐야 할 일 중 하나가 바로 열차를 이용해 보는 것이다. 인도 열차 등급은 크게 네 가지로 나누어진다. 1A~3A 그리고 가장 많은 여행객이 이용하는 SL이다. 1A가 일등석이고 SL이 제일 낮은 등급이다. 우리 가족은 깔끔한 성격의 아내와 별난 아들 때문에 SL은 꿈도 못 꾼다. 2A와 3A의 가격 차이는 크지 않지만, SL과는 3~5배 차이가 난다. SL은 그야말로 가난한 여행객을 위한 좌석이라고 할 수 있다.

윤태를 포함해 델리에서 만난 동생 세 명과 함께 자이살메르로 이동하는 날이다. 동생들은 전부 SL, 우리 가족은 3A 티켓을 끊었다.

"형님, 기차역 입구 말고 플랫폼에서 만나요."

"그래."

"아 참, 그리고 기차역이 엄청나게 붐빈다고 하니까 형수님이랑 내령이 잘 챙기세요."

"알았어. 붐벼봤자 찬드니 촉만 하겠어?"

"거기도 만만치 않을걸요."

이때만 해도 동생들이 하는 말을 그저 웃어넘겼다. 하지만 막상 기차역 안으로 들어가자 그 말은 상상 이상의 현실로 다가왔다.

"아아-아. 내령아, 내령아! 손, 손. 남편… 남편! 어딨어?"
"여기! 여기!"

양손에 짐을 들고 있는 나를 대신해 내령이를 케어 하던 아내가 다급하게 나를 찾는다. 사람들에 밀려 내령이 손을 놓친 모양이다.

"내령이 손 꼭 잡아. 절대 손 놓치면 안 돼!"
"엄마, 엄마. 아빠!! 아빠…."

아, 안돼. 사람들 사이에 파묻혀 내령이가 안 보인다. 눈앞이 캄캄해지는 찰나 다행히 저 멀리서 내령이 목소리를 들은 윤태가 마치 미식축구 선수처럼 사람들 사이를 헤집고 달려온다. 그리고는 내령이를 어깨에 척 들쳐 메고 유유히 플랫폼으로 향한다. 윤태 뒤를 바짝 쫓은 우리는 모두 무사히 플랫폼에 도착했다. 그제야 긴 안도의 한숨이 나온다. 후유…. 아내는 마치 정신이 반쯤 나간 사람처럼 보인다.

"형수님, 괜찮으세요?"
"아, 이 미친놈을, 확!"
"왜요? 뭐 잃어버렸어요?"
"아니. 어떤 놈이 자꾸 내 엉덩이를 만지잖아…."
"헉…."
"나중에는 만지는 거로 모자라 움켜쥐더라니까."

아내의 말에 쉽게 웃지도, 울지도 못하는 동생들과 달리, 내령이는 엄마 기분 따위는 아랑곳하지 않고 박장대소를 하며 한마디 한다.

"그래도 엄마 엉덩이라서 다행이지. 우리 먹을 거 갖고 갔으면 우짤 뻔 했노?"

그제야 동생들도 참았던 웃음을 터뜨린다. 그러게, 큰일 날 뻔 했다.

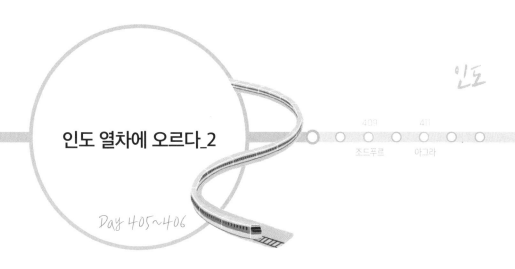

인도 열차에 오르다_2

Day 405~406

30분 만에 얼굴을 보인 열차에 오르며 동생들은 왜 이렇게 빨리 왔냐며 좋아한다. 인도 여행을 제대로 준비하지 못한 우리 가족에게는 천군만마 같은 동생들이다. 동생들은 SL 칸으로, 우리는 3A로 들어간다.

"형님, 자이살메르까지는 18시간 정도 걸린다고 하니 편안히 쉬세요."
"그래. 자이살메르 역에 도착하면 보자고."

불편한 자리에 뒤척거리기도 잠시 우리는 누가 먼저랄 것 없이 곯아떨어졌다.

"짜이~ 짜이~ 짜이."

아침을 깨우는 소리에 눈을 떴다. 졸린 눈을 비비며 짜이(Chai, 인도식 밀크 티) 한 모금을 꼴-깍 넘겨본다. 크으, 신세계로 구나. 왜 사람들이 인도에 가면 그토록 짜이를 찾았는지 알 것 같았다. 특히 열차에서 마시는 모닝 짜이는 참 좋은데 말로 표현을 못 할 정도이다.

3A 한 칸에는 6개의 침대가 있는데 로우(Low, 아래 칸), 미들(Middle, 중간 칸), 어퍼(Upper, 위 칸) 세 개의 침대가 벽 양쪽에 붙어 있는 구조이다. 맨 아래 칸 침대는 평소 승객들의 좌석으로 쓰이는데 아침이 되어도 아래 칸, 중간 칸 승객이 잠에서 깨지 않으면 위 칸의 승객은 울며 겨자 먹기로 침대에 누워있어야 한다. 마침 우리 열차의 아래 칸 승객이 딱 이랬다.

"와~ 저 인간들 징하게 자네."
"지금 몇 시야?"
"10시. 계속 누워 있었더니 허리가 끊어질 것 같다."

우리 부부의 짜증 섞인 대화가 신경 쓰였는지 그제야 로우 자리에 있는 사람이 부스럭거리며 일어난다. 아, 드디어 앉아 갈 수 있겠네. 아이구 허리야.

잘 가던 열차가 갑자기 멈춰서더니 안내 방송이 나온다. 엔진 문제로 30분간 정차를 할 예정이란다. 이때다 싶어서 아들과 함께 열차 밖으로 나와 맑은 공기를 영접한다. 상쾌하다. 아니나 다를까 동생들도 전부 밖으로 나왔다.

"잘 잤어? SL 칸은 어때?"
"최고죠. 하하하. 구경 한번 하실래요?"
"그럴까?"

이건 뭐… 말이 안 나온다. 동생들은 밤새 수많은 바퀴벌레와 동침했고, 잡상인들은 또 어찌나 많이 왔다 갔다 하는지 정신을 차릴 수 없었다며 하소연한다. 말과는 달리 표정은 다들 밝아 보이는 걸 보니, 젊긴 젊구나 싶다.

JAISALMER

낙타 사파리 투어

Day 407

자이살메르는 조용한 시골 마을이다. 햇볕은 따갑지만, 날씨는 덥지 않고 사막 지역 특성상 아침, 저녁으로는 쌀쌀하다. 오늘은 자이살메르의 꽃이라고 불리는 낙타 사파리 체험 날. 낙타 사파리는 낙타를 타고 사막을 이동하며 1박 이상의 숙박을 하는 게 일반적이지만 우리 가족은 당일치기로 다녀올 생각이다.

　"폴루(숙소 주인 겸 가이드 이름), 오늘 낙타 사파리 당일치기 투어 가능해?"
　"최소 인원이 4명이 되어야 하니까 한 명만 더 구하면 갈 수 있겠는데."
　"그럼 내가 구해볼게."

잠시 후 폴루는 어렵지 않게 한 사람을 더 데리고 돌아왔다.

　"형님, 저도 당일치기 사파리 투어 가고 싶어요."
　"왜 다른 친구들과 같이 1박 2일 사파리 투어 안 가?"
　"저는 사막을 숙소 삼지는 못 할 것 같아요."
　"아, 그래? 그까이 거 한번 해 보지."

"그런 경험까지는 사양할게요. 지금도 충분히 고생하고 있습니다. 하하."

세 명의 동생 중 하나인 상윤이는 아내랑 약간 비슷한 스타일의 여행객이다. 그래서인지 아내와 가장 죽이 잘 맞는다. 아들도 친절하고 사려 깊은 상윤이 형을 무척이나 좋아하고 잘 따른다. 우리 가족과 상윤이, 폴루가 모시고 온 한 분까지 총 다섯 명이 사파리 투어에 나섰다. 사막을 지나는 길에 오아시스를 발견한 아내가 우뚝 멈추어 섰다.

"엄마, 뭐해?"
"내령아 여기 와서 냄새 한번 맡아봐."
"와, 상큼하다."
"이거 레몬 나무래."

레몬 나무의 잎사귀를 비비자 코끝을 자극하는 상큼한 냄새가 기분을 업 시켜준다. 그러고 보니 레몬 나무는 태어나서 처음 보는 것 같다. 아들이 수십 장의 레몬 잎사귀를 들고 차에 탄 바람에 차 내부는 천연 레몬 방향제 냄새가 가득했다.

얼마나 달렸을까. 구글 지도를 열어보니 조금 떨어진 곳에 파키스탄 국경이 있다고 나온다. 주변 곳곳에 검문소가 눈에 띈다. 이름 모를 검문소를 지나기 위해 잠시 정차하자 폴루가 주머니를 뒤적거리더니 100루피짜리 지폐 한 장을 꺼내 검문소 직원 손에 슬쩍 쥐여준다. 직원의 주머니에 지폐가 들어가자 검문소 바리케이드가 열렸다.

"폴루, 입장료야?"
"아니. 운전 면허증 검사하는 곳이라고 생각하면 돼."
"혹시 면허증 없는 거야?"
"당연히 있지."
"그런데 돈은 왜 줘. 운전면허증 보여주면 되지."

폴루의 답변은 이랬다. 검문소에 운전 면허증을 보여 주면, 그들은 카 라이센스를 요구한다. 카 라이센스를 보여 주면 보험 라이센스를, 보험 라이센스를 보여 주면 또 다른 라이센스를. 그렇게 검사를 계속해대서 사람을 지치게 만든단다. 이 상황을 빠져나갈 가장 빠른 방법은 직원들의 주머니를 채워주는 것이라고. 이야기를 듣던 아들이 내게 의아한 표정으로 묻는다.

"그럼 처음부터 돈을 달라고 하면 되지, 왜 등록증을 계속 보여 달래?"

차 안에 있는 어른들 모두가 상황을 이해하고 씁쓸해하는 동안에도 아들의 의구심은 해소되지 않았다.

JODHPUR

스토킹

Day 410

인도를 여행한 지 벌써 열흘째다. 그동안 참 많은 사람과 만나고, 또 헤어졌다. 사람들과 헤어질 시간이 다가올 때면 좋은 인연을 어떻게 잘 이어가야 할지 생각한다. 정말로 '여행은 사람이 반이다'라는 말에 공감한다.

조드푸르 시계탑 쪽으로 발길을 옮기다 유명한 오믈렛 가게를 발견했다.

"형님, 여기 오믈렛 집 토스트는 무조건 먹어봐야 합니다."

"그래, 확실해?"

"형님, 제 정보가 틀린 것 빼고는 다 맞습니다."

"여기도 제발 맞길 바란다."

길거리 오믈렛 집엔 의자만 존재할 뿐 따로 테이블이 없었다. 주섬주섬 의자를 모아서 둥글게 자리를 마련하고 각자 원하는 토스트를 주문해 본다.

"남편, 나는 만드는 걸 보니 도저히… 비위생적이라 먹기가 좀 그렇다."

"엄마, 그러면 엄마 꺼 내가 먹을란다."

일단 아내를 제외하고 각자 다른 메뉴의 토스트 3개를 주문해 본다. 여기저기서 터져 나오는 맛있다는 리액션에 아내의 눈빛이 흔들린다.

"에이 누님, 그러지 마시고 한번 드셔보세요. 맛이 장난 아닙니다."
"그럼… 한 입만 먹어 볼까?"

그렇게 한입은 두 입이 되고 두 입은 여러 입이 되어 어느새 아내는 토스트 하나를 깨끗이 먹어 치웠다. 멋쩍은 미소를 짓는 모습에 아들이 툭 한마디 던진다.

"안 먹는다고 하더니만 엄청나게 잘 먹네. 내가 2개 먹으려 했는데."
"내령아 그럼 엄마랑 하나씩 더 먹을래?"

그 후 우리는 각각 토스트 하나씩을 더 먹어치우고 나서야 가게를 빠져나올 수 있었다. 배도 채웠겠다, 조드푸르의 상징인 메헤랑가르 성 전망대까지 올라왔다. 조드푸르의 전경이 한눈에 들어온다. 인도 카스트의 상류 계급인 브라만은 다른 계급과의 차별화를 위해 자신의 집을 푸른색으로 칠했는데 조드푸르는 그런 브라만이 많아 일명 '블루시티'라 불린다. 눈 앞에 펼쳐진 전경은 그 별칭을 충분히 납득하게 만들만큼 온통 파란 지붕뿐 투성이였다. 한참을 즐겁게 구경하던 아내의 표정이 어쩐지 다급해 보인다.

"남편, 빨리 내려가사."
"왜? 시원하니 좋구만."
"아니 기분이 좀 이상해. 하여튼 빨리 내려가자."

그러더니 내 손을 확 잡아끈다. 아들과 나는 영문도 모른 채 아내를 뒤따른다. 동생들한테는 숙소에서 다시 만나자고 하고, 발걸음을 재촉했다. 아내가 자꾸 뒤를 힐끗 거린다. '뭐야, 첫사랑이라도 만났나. 이 사람 대체 왜 이래?'하며 고개를 돌려 보니 현지인 서너 명이 우릴 뒤쫓고 있었다. 갑자기 무서운 생각이 엄습했다. 인도에서 발생한 수많은 사건 사고가 머리를 스친다. 에이, 설마 주변에 이렇게 사람이 많은데 무

슨 일이 있을까. 용기를 내 발걸음을 돌려 그들에게 다가갔다.

"야. 너희 왜 우리를 따라다녀?"
"어… 그게 아니고."
"뭔데. 말을 해 봐."
"사실은 너하고 같이 있는 여자랑 사진 한 장 찍을 수 있을까 해서."
"내 아내 말하는 거야?"
"아내? 앗, 미… 미안해."

아내라는 말을 들은 그들이 꽁지가 빠지게 줄행랑을 친다. 뭐야 이 찝찝한 기분은…. 우리 둘 사이를 뭐라고 생각한 거야. 설마 부녀지간은 아니었겠지? 뒤늦게 상황을 파악한 아내의 입꼬리가 연신 들썩거린다.

조드푸르 위로 어둠이 내리자 같이 여행했던 인연들이 한곳에 모였다. 이제 내일이면 우리는 각자의 길로 떠난다. 불과 일주일이었는데 그 사이 정이 많이 들었다.

"형님, 세계여행 끝까지 잘하시고요."
"그래. 너희들도 인도 여행 마무리 잘하고."
"내령이도 엄마 아빠 말 잘 듣고, 여행 잘해."
"형들도. 한국 들어가서 만날 때까지 잘 지내."

내령이는 우리가 결국 다시 만날 사이라는 것을 확신하는 눈치다. 조드푸르의 밤은 아쉬움과 설렘이 가득한 채 그렇게 깊어져 갔다.

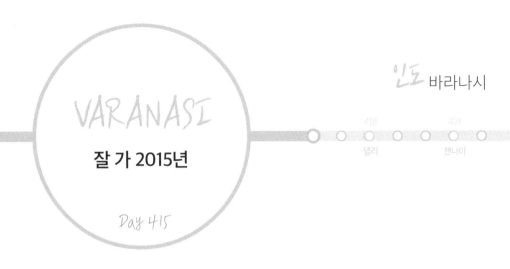

VARANASI

잘 가 2015년

Day 415

바라나시의 명성은 네팔에서부터 참 많이도 들었다. 이곳은 한국 여행자들이 가장 많이 머무는 곳으로도 유명하다. 바라나시의 매력에 한 번 빠지면 쉽사리 헤어 나오질 못해서 몇 달이고 머물게 된다고 한다. 아침에 갠지스강에 나가 생각을 비우고 고돌리아 시장에서 아침을 먹은 뒤 디저트로 짜이 한잔 마셔주면 하루의 완벽한 시작이다. 우리 가족의 시간도 하루, 이틀 그렇게 흘렀다. 시간이 멈춰버린 것 같은 이곳에서의 하루는 아이러니하게 훨씬 빠른 속도로 시간이 지나가고 있음을 깨닫게 한다. 그러고 보니 오늘은 어느새 2015년의 마지막 날이다.

"아빠 심심하다. 어디라도 나가보자."

그렇게 아들의 손을 잡고 화장터 구경을 하러 간다. 갠지스강을 따라 수많은 가트(Ghat, 야외 빨래터)를 지나 화장터로 발길을 옮기고 있다. 갠지스강 이곳저곳에서는 현지인들이 강에서 목욕을 즐기는 모습을 쉽게 볼 수 있었다. 힌두교도들은 여기 갠지스강에서 목욕을 하면 죄를 씻을 수 있다고 생각을 한단다. 하지만 여행자들에게 갠지스강은 절대 들어가지 말아야 할 곳이다. 십중팔구 피부병에 걸린다고 하니 말이다.

"아빠. 저기 불 났다."

"아. 맞네. 저기가 화장터인가 보다."

"화장터가 뭐야?"

"사람이 죽으면 불태우는 장소지."

　말이 화장'터'지 실제로는 강에서 화장이 이뤄진다. 한동안 화장터에 앉아 화장 과정을 구경해 본다. 화장에는 나무 장작이 많이 필요해서 돈이 좀 있는 고인의 유족들은 시체를 완전히 태울 수 있지만, 그렇지 않은 고인은 타던 중 나무가 모자라게 된다. 그래서 갠지스강에는 못 다 태워진 시체가 둥둥 떠다니는 모습을 심심치 않게 볼 수 있다고 한다. 생각만 해도 소름이 끼친다. 삶과 죽음이 공존하는 이곳, 바라나시는 산 자들에게 많은 것을 생각하게 한다.

어느새 바라나시에서도 마지막 날이 되었다. 오늘도 어김없이 평상에 걸터앉아 사람들과 맥주를 마시며 이야기꽃을 피운다. 이곳은 부자☒, 연인, 친구 그리고 홀로 여행 온 사람들로 북적북적하다. 누군가 내게 물었다.

"내령아빠, 바라나시 수식어가 참 많은데 마음에 드는 게 있나요?"
"저는 무엇보다 '사랑의 바라나시' 이게 좋네요."
"내령아빠 마음은 아직 청춘인가 보네요. 하하"

수많은 싱글 청춘 남녀가 바라나시를 여행하다 눈이 맞곤 한다. 이곳에도 그런 커플이 있다. 참 보기 좋다. 어쩌면 한국으로 돌아가서 '내가 무슨 짓을 한 거지?' 라고 후회할지라도, 뭐 어떤가. 지금, 이 순간을 그냥 즐기면 된다. 저 멀리 어디선가 개 짖는 소리가 들려온다. 바라나시에는 유난히 개가 눈에 많이 띄는데 개에 관한 흥미로운 이야기가 있다.

"형님, 저 개들 사람 보는 눈이 정확한 것 알아요?"

"그게 무슨 말이야?"

"인도의 카스트 제도 아시죠."

"알지. 근데 그거 없어지지 않았나?"

"법적으로 없어지긴 했는데, 사실 암암리에 남아 있대요."

"헤-에. 그래?"

"개들이 카스트 제도의 계급을 정확히 구분한데요."

"설마."

　　믿거나 말거나 할 이야기라고 생각했지만, 가만 보니 신기하게도 골목길에 잡상인 특히 불가촉천민으로 불리는 최하층 계급이 나타나면 동네 개들이 전부 모여 짖어 대는 모습을 볼 수 있었다. 여러 가지 해석이 가능한, 우연의 상황이겠지만 인간이 만들어낸 불평등에 개들마저 동조한다고 생각하니 왠지 엄청나게 씁쓸해진다.

　　인도에서의 마지막 열차 시간이 다가왔다. 나흘이 어떻게 지나간 걸까. 일행의 따뜻한 배웅을 받으며 바라나시 기차역으로 향한다. 우리는 분명 행복했고 평생 잊지 못할 시간을 이곳, 인도에서 보냈다. 처음 인도를 여행할 때 누군가 이렇게 얘기했다.

　　"인도는 무엇이든 해도 되지만, 아무것도 하지 않아도 되는 곳이에요."

　　이제야 조금 알 것 같다. 여행자는 인도가 쥐어준 붓을 들고 그저 자신이 원하는 색으로 색칠을 하면 되는 것이다. 그렇게, 정형화 되지 않은, 모두에게 다르게 완성되는 작품이 바로 인도이다. 나의 인도는 무슨 색깔일까. 우리 가족의 인도는 어떤 작품으로 남겨질까. 문득 2015년의 마지막 날인 오늘이, 언젠가 무척 그리워질 것 같은 예감이 스쳤다.

KANDY

내 귀에 캔디

Day 422~423

424 426 429
담불라   하푸탈레   콜롬보

스리랑카 사람들은 흥정하기가 꽤 까다롭다. 마음에 드는 물건이 있어 '얼마냐'고 물어보면 그들은 '얼마'라고 바로 대답하지 않는다. 가격을 말해주지 않으니 흥정은 시작조차 힘들다. 그러고는 금액 얘기만 쏙 빼놓고 '이쪽으로 와봐, 저거 보여줄게, 이거 봐 때깔 좋지'라며 판만 벌여 놓는다. 그들의 상술을 이해하지만 그걸 다 듣고 있을 만큼의 여유는 없다. 재차 가격을 물어보면 그들은 그제야 예상치도 못한 어마어마한 가격을 부른다. "비싸서 안 살래" 하면 순식간에 가격이 절반으로 뚝 떨어진다. 물건이야 안 사면 그만인데 꼭 해야 하는 일들에서조차 흥정을 피할 수 없으니, 피곤한 일이다.

그중 하나가 교통편이다. 오늘도 툭툭 기사와 흥정을 시작한다. 흥정의 기본은 합당한 가격을 찾는 일이다. 최저가가 무조건 좋은 것만은 아니다. 서로서로 기분 좋은 가격선을 찾아 윈윈 하는 건 여행의 또 다른 즐거움이다. 나는 오늘도 호구가 되지 않기 위해 흥정 또 흥정을 한다.

우리의 숙소는 산꼭대기에 있어서 도심에서 출발한 툭툭 요금은 300루피가 적당하다. 이미 몇 번 이용해 봤기에 흥정이 필요 없다. 물론 처음에는 다들 500루피를 부른다. 그러다 몇 번의 가격이 오고 가면 자연스레 적정 가격을 찾아간다. 그런데 오늘 만난 툭툭 기사가 잔머리를 쓴다. 우리의 숙소는 산꼭대기에 있는 '한타나 홀리데이 룸스'인데 뜬금없이 산허리쯤에 있는 '한타나 홀리데이 리조트'에 멈추는 것이 아닌가.

"기사 양반, 우리 숙소는 더 올라가야 하는데."

"뭐라고. 여기 아니야?"

"내가 처음에 지도 보여주면서 산꼭대기라고 얘기했잖아."

"아, 곤란한데. 100루피 더 줘야겠어."

"이 답답한 양반아, 여기까지 올 거였으면 내가 300루피를 안 줬지. 여기는 200루피면 충분한 거린데."

"아냐 아냐. 너 이 동네 처음이라 잘 모르는 모양인데, 여기까지가 300루피고 원래 산꼭대기까지는 500루피야."

"나 여기 3일 째다. 어제도 300루피 주고 갔는데 무슨 개 풀 뜯어 먹는 소리야."

"그럼 50루피만 줘."

50루피는 우리나라 돈으로 500원도 안 되는 적은 액수이다. 하지만 이건 돈 문제가 아닌 기분 싸움이다. 오죽하면 '모든 걸 순리대로'라는 좌우명을 가진 평화주의자 아내까지 팔을 걷어붙이고 싸움에 참전했을까. 50루피는 무조건 줘야 한다는 툭툭 기사와 한 푼도 더 줄 수 없다는 우리 부부의 팽팽한 신경전이 계속되는 가운데 어느새 저 멀리 우리 숙소가 보이기 시작했다.

"50루피 더 줘."

"싫어."

"50루피 더 안 주면 넌 못 내려."

"야, 인간아! 그렇게 살지 마."

"알았으니까 빨리 줘."

"돈 몇 푼에 사기 치지 말고 똑바로 살아라. 알겠나?"

"그래 알았으니까 50루피."

"내가 니 인생이 불쌍해서 준다."

요금을 정산하고 씩씩 거리며 택시에서 내렸다. 숙소로 들어가 발코니에 앉아 시원한 맥주 한 잔으로 뜨거운 속을 달랜다. 화가 조금 가라앉자 그제야 후회가 밀려오기 시작한다. '어차피 줄 거 그냥 기분 좋게 줄 걸 그랬나…. 괜히 싫은 소리 한 건가. 나 참 돈 500원이 뭐라고…', 아빠의 좋지 않은 표정에 눈치를 보던 아들이 조용히 다가와 내게 한마디 건넨다.

"아빠. 500원이 그렇게 아깝나?"

"아까운 게 아니라 그 아저씨가 거짓말하는 그 상황이 기분 나쁜 거다."

"내가 볼 때는 그 아저씨는 돈을 벌려는 사람이고 아빠는 여행 와서 돈을 쓰려는 사람인데…."

"그게 무슨 말이야?"

"그러니까 아빠는 돈을 쓰고, 그 아저씨는 돈을 벌면 서로 기분이 좋잖아."

뽕망치로 머리를 한 대 맞은 기분이다. 맞다, 난 여행을 왔고 여행은 돈을 써야 한다. 기분 좋게 쓰든 그렇지 않든 돈이 드는 건 마찬가지 아닌가. 어린아이에게도 배울 게 있다더니 아들이 내게 큰 가르침을 주었다. 아, 내 귀에 캔디 같은 명언이로다.

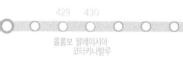

스리랑카 하푸탈레

HAPUTALE

실론티

Day 426

429   430

콜롬보 말레이시아
코타키나발루

스리랑카는 1972년, 국명을 '스리랑카 공화국'으로 바꾸기 전까지 '실론'이라는 이름을 가졌었다. 그리고 그 실론, 즉 스리랑카에서 생산되는 차가 바로 '실론티(홍차)'다. 우리가 흔히 아는 대부분의 차는 녹차이고, 녹차를 발효시킨 것을 실론티, 반 발효시킨 게 우롱차이다. 실론티는 흔히 동양에서 쓰이는 말이고 영어권에서는 블랙티라 불리는 건 이제 상식이 되었다. 실론티에 우유를 부어 마시면 밀크 티가 되는데 우리가 인도에서 자주 마시던 '짜이'가 밀크 티의 한 종류이다.

우리 가족은 실론티의 주요 원산지인 하푸탈레라는 곳으로 이동을 한다. 현재 우리 위치는 담불라. 아침 버스로 캔디까지 이동한 후에 캔디에서 하푸탈레가는 기차를 탔다.

사람들이 오른쪽 창가에 앉아서 보는 풍경이 좋다고 추천을 해줬는데 안타깝게도 만석이다. 심지어 인쪽창가 자리조차 없었다. 이래서 사람들이 비싼 예약석을 끊는구나 싶었다.

"좌석 예약 안 했나?"

"어… 지금은 비수기라 예약 같은 거 필요 없다고 했는데."

"설마 돈 천 원 아끼려고 그런 건 아니겠제?"

"야, 사람을 무~어로 보고 그런 오해를 하노."

"알았다. 믿어 주께. 그나저나 하푸탈레까지는 얼마나 걸리노?"

"…5시간."

"뭣…?"

우리의 대화를 들은 아들이 '5시간을 어떻게 서서 가노' 하면서 바닥에 털썩 주저 앉는다. 그 모습을 지켜보던 사려 깊은 총각이 아들을 일으켜 세워 자기 자리에 앉으 라고 한다. 그러면서 아내에게 같이 앉으라며 눈짓을 준다. 쉽지 않은 일인데 선뜻 호 의를 베푼 청년이 무척 고마웠다.

1시간쯤 달렸을까 현지인들이 우르르 내리기 시작을 했다. 그 틈을 놓치지 않고 재 빨리 한자리를 차지하고 앉았다. 하마터면 5시간을 서서 갈 뻔했다. 그제야 열차 안 의 풍경들이 보이기 시작했다. 음식을 파는 사람들, 열차에 매달려 가는 사람들, 난간 에 걸터앉아 가는 사람도 눈에 띈다. 열차 속도가 빠르지 않아 이 모든 행위가 가능 했다. 시간이 지나감에 따라 열차의 빈자리는 늘어만 갔다. 드디어 내게도 오른쪽 창 가 자리에 앉을 기회가 주어졌다. 와아, 명불허전이다. 사람들은 멋진 그림이 나올 때 마다 일제히 셔터를 누른다고 정신이 없었다. 풍경 따위는 아랑곳하지 않고 5시간 내 내 잠을 자던 아내.

처음에는 그냥 하는 말 인줄 알았는데 이제는 정말 뼛속 깊게 느껴진다. 남편의 꿈 을 이뤄주기 위해 따라나섰다는 그 말을.

어리바리한 모습으로 스리랑카에 도착 한지 어느덧 일주일이라는 시간이 훌쩍 가 버렸다. 왜 초반에는 그렇게 몸도 마음도 여유롭지 못했는지. 다양한 삶의 방식, 그 다 양성을 존중해야 했는데, 그렇지 못했나. 나와 마찬가지로 한 가정의 아버지로서 부 득불 택할 수밖에 없던 그들의 삶의 방식이 이제야 이해된다. 그들에게 화가 났던 건 어쩌면 그들의 모습에서 지난날의 나를 보았기 때문일지도 모르겠다. 일터를 떠나 일 상으로 돌아가면 한없이 순수한 사람들이었을 텐데. 스리랑카는 내가 아빠의 삶을 복 기 할 수 있는 시간을 선물했다.

BANGKOK

내령이의 친구관계

Day 441

443

캄보디아 시엠립

"엄마, 스킨십은 좋은 거라고 하지 않았어?"

"좋은 거지, 왜?"

"그런데 다은이는 왜 스킨십을 싫어하지?"

"그건 사람마다 다른 거니까. 음… 어떤 게 옳다고 말하긴 힘들어."

다은이는 내령이와 동갑내기 친구다. 다은이네는 한 도시 한 달 살기 여행을 하는 가족인데 제주도에서의 한 달을 마무리하고 지금은 방콕에서 한 달 살기를 하고 있다.

아이를 데리고 다니는 여행에서 제일 안타까운 부분은, 아이가 또래를 만날 기회가 적다는 사실이다. 세계여행을 시작한 지 450일이 가까워지는데 내령이는 또래 친구와 관계를 맺을 기회가 좀처럼 없었다. 그런 내령이에게 말이 통하는 한국 친구 그것도 이쁜 여자 친구를 만난 이 순간은 분명 너무나 행복한 시간일 테다.

처음에는 둘이 손도 잡고 다니고 사이가 좋았는데, 어느 순간 냉전 상태가 되었다. 내령이의 적극적인 대시에 다은이는 내내 부담스러운 표정이다. 다은이를 향한 배려가 전혀 없어 보이는 모습을 보고 있자니, 어쩌면 지금까지 여행하면서 만났던 사람들이 자기에게 보내던 리액션과는 다른 반응에 심통이 난건 아닐까 생각이 들었다. 다은이 부모를 보기가 민망해진다. 그런데 심각한 나와는 달리 아내의 표정은 매우 여유롭다.

"남편, 애들은 다 저러면서 크는 거다."
"그래도 내 눈에는 대인 관계가 너무 어설퍼 보여, 안 그래?"
"조금 그렇긴 한데, 어리니까 당연히 미숙한 거지. 좀 지켜보자."
"뭔가 조처를 해야 하는 건 아닐까?"
"이 양반이 다른 건 관대하면서 자식 일에는 쌍심지를 켜고 있네."
"내가 괜히 내령이의 평범한 어린 시절을 빼앗은 건 아닐까 싶어서…."
"아이구! 됐네요. 우리는 내령이에게 충분히 보상하고 있거든."

세계여행을 떠나기 전 내령이가 또래 아이들과의 생활 속에서 배워야 하는 부분을 부모가 어떻게 채워줘야 할까 고민했었다. 새로운 경험을 내령이가 배워가는 과정이라고, 그냥 기다려줘야 하는데 자꾸 조바심이 나는 건 사실이다. 그런 의미에서 이번 방콕 여행은 아들에게도, 내게도 큰 보약이 된 것 같다.

HO CHI MINH

쌀국수 신고식

Day 451

"기상! 기상! 쌀국수 먹으러 가자."

"무슨 아침부터 쌀국수야?"

"여긴 베트남이니까 아침부터 쌀국수 한번 먹어줘야지."

베트남을 오면서 가장 기대한 것은 바로 쌀국수다. 호주 유학시절 처음으로 쌀국수를 먹어봤는데 아직도 그 맛을 잊을 수가 없다. 이후 한국에서도 여러 번 쌀국수를 먹어봤지만 내 기억의 그 맛과는 크게 달랐다. 오늘은 정말 제대로 된 쌀국수를 맛보고야 말리라.

"여긴 다른 메뉴 없으니까 쌀국수 오케이?"

"그래 한번 먹어보자."

주문한 쌀국수를 따라 숙주, 박하 그리고 베트남 고추가 접시에 담겨 나온다. 숙주를 한 움큼, 박하 조금 넣고 애정하는 베트남 고추는 와르르 쏟아 넣는다. 국물부터 살짝 맛을 보니 입안이 깔끔해지는 게 '크으' 감탄사가 절로 난다. 면발도 먹기 좋은 상태로 삶아져서, 모든 것이 완벽한 쌀국수가 눈앞에 있다. 젓가락이 멈추질 않는다. 후룩, 후루룩. 연신 감탄사를 내뱉으며 먹다 보니 한 그릇이 금세 바닥을 드러냈다. 고개를 들어 앞을 보니 아들도 어느새 면은 다 먹고 그릇을 들고 국물을 음미 중이다. 오직 아내만 면발을 깨작거리고 있다.

"왜, 맛없어?"
"한국에서 먹은 쌀국수 생각했는데 맛이 좀 다르네."

아내는 입맛에 맞지 않는 정통 쌀국수에 실망한 눈치다. 너무 눈치 없이 나만 맛있게 먹었나.

NHA TRANG

우리 호텔 어디 갔어?

Day 455

베트남 문화에서 가장 큰 명절은 설이다. '뗏'이라고 불리는 설 명절은 '뗏 응우옌 단'을 줄여서 부르는 말로, 음력 1월 1일부터 7일까지 일주일 동안 이어지는 긴 연휴 다. 호치민에서는 뗏 기간이 실감 나지 않았는데 이곳 냐짱에 도착하니 연휴 분위기 가 물씬 느껴진다. 휴양지인 냐짱은 성수기인 뗏 기간 동안 빈 숙소를 찾아보기 힘들 고 비수기와의 요금 차이가 2~3배에 이를 정도로 바가지가 심하다.

"남편, 냐짱은 분위기가 해운대 같지 않나?"

"아, 진짜 그러네. 묘하게 느낌이 비슷하다."

"아빠, 해운대가 어디야?"

"우리가 살던 곳 근처에 해운대 있잖아."

"난 바닷가 간 기억이 한 번도 없는데?"

"헐. 해운대를 한 번도 안 가봤다고?"

"어."

"미안하드아…. 이 아빠의 죄가 크다."

이건 내가 생각해도 좀 너무했다. 아무리 바쁘고, 가까이 있는 곳은 잘 안 가게 되더라도 아들과 해운대 한 번 갈 여유조차 없었다니. 아들아, 세계 여행 끝나면 꼭 한 번 함께 해운대 바다에 노닐자꾸나.

해안가를 달려 호텔 숙소 앞에 도착했다. 숙박 예약은 도착 2~3일전에 하는 게 일반적인데 지금 베트남은 초초초 성수기라 예약해 놓지 않으면 방이 없다는 정보를 입수, 한 달 전에 이미 예약을 마쳤다(후후, 이 철저한 준비성). 여유 있는 표정으로 예약 확인서에 기재된 상호와 호텔명을 번갈아 확인한다. '어라, 왜 상호가 다르지?'

"남편, 제대로 예약한 거 맞나?"
"그래. 여기 서류도 있잖아."
"숙박비 얼마였는데?"
"25달러. 사실 다른 곳은 50달러 이상이어서 조금 찝찝하긴 했는데…."
"너무 저렴하네. 그럼 의심을 해봤어야지."
"확인 이메일을 보내긴 했는데 연락이 없더라고…. 설마 했지."

우리가 예약한 호텔 자리에는 떡하니 다른 호텔이 들어서 있었다. 혹시나 상호만 변경된 건 아닐까 하는 맘으로 호텔 데스크를 찾는다. 문제는 직원의 영어가 능숙하지 않아 대화가 이어지지 않는다는 것. 번역기를 돌리고 손짓과 발짓을 이용, 상황을 종합적으로 추론해 본 결과, 우리가 예약한 호텔은 망했고, 새 호텔이 들어섰다는 결론에 이르렀다. 당연히 호텔 주인은 바뀌어 있었다.

"혹시 남은 방이 있나요?"
"네. 하나 있네요."
"얼마예요?"

"54달러입니다."

헉 소리가 절로 나온다. 지푸라기라도 잡는 심정으로 우리 상황을 설명하고, 예약 확인서도 보여줬지만 난감하긴 직원도 마찬가지였다. 우리의 간절함을 어필하는 동안 한 손으로는 재빠르게 냐짱에 있는 다른 숙소를 알아봤다. 심각하게도 100달러 이하의 빈 숙소는 단 하나도 보이질 않았다. 이거 정말 야단났다. 예상을 훌쩍 뛰어넘는 숙박비에 이러지도 저러지도 못 하는 찰나 직원이 솔깃한 제안을 하나 건넨다.

"오케이. 그럼 당신이 예약한 대로 50달러에 방을 드릴게요. 괜찮죠?"
"네? 거기 표시된 50달러는 2박 가격인데요."
"그렇네요…. 이 가격엔 도저히 안 되겠는데…."

직원이 고개를 절레절레 흔들며 난색을 보인다. 의사소통마저 원활하지 않으니 서로가 답답한 노릇이다. 이럴 때는 절대로 짜증을 내서는 안 된다. 가장 효과적인 것은 그저 얼굴에 미소를 머금은 채 대화에 집중하는 것이다. 그러다가 의사소통이 막힌다 싶으면 서로 마주 보며 '크하하하' 웃음을 터뜨리는 것이다. 손뼉을 치며 박장대소 하는 것도 좋은 방법이 되겠다. 그렇게 미소를 잃지 않은 채 종이를 꺼내 원하는 금액을 쓰자 직원도 환하게 웃으며 그 금액을 지우고 원하는 금액을 썼다. 직원과의 협상은 그렇게 30분에 걸쳐 화기애애하게 진행되었고, 그 결과 2박에 56달러라는 쾌거를 끌어냈다. 얼굴 한 번 찡그리지 않고 협상 테이블의 승리자가 된 것이다. 잊지 말자, 의사소통이 안 될 때는? 웃어라.

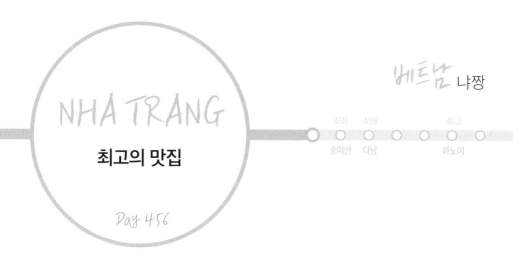

NHA TRANG

최고의 맛집

베트남 나짱

458   459   462
○   ○   ○ ○ ○   ○ ○
호이안 다낭   하노이

Day 456

아침에 눈 뜨자마자 아내는 제일 먼저 베트남 커피를 마신다. 어제부터 베트남 음식보다 훨씬 맛나다며 틈만 나면 커피를 홀짝인다. 베트남 연유 커피를 '카페 쓰어 다'라고 부른다. 베트남은 브라질에 이은 세계 2위 커피 생산국인데 프랑스 식민지 시절이었던 1857년에 커피가 처음 들어와 지금에 이르러, 현재 커피 재배 인구가 무려 100만 명이 넘는다고 한다. 아내는 베트남 연유 커피의 포로가 되었다. 심지어 캔 커피까지 맛있다고 난리이다. 밥은 못 먹어도 커피라도 입에 맞으니 불행 중 다행이다.

"커피를 몇 잔이나 마시는 거고?"
"세 잔."

네 번째 커피를 준비하던 아내는 이제껏 입맛에 맞는 음식을 찾지 못했으니 오늘 저녁만큼은 반드시 맛있는 음식을 대령하라는 엄포를 내리고 낮잠에 드셨다. 초조한 시간이 흘러 어느덧 오후 4시. 굶주린 아내가 눈을 떴다.

"맛집 찾아놨어?"

"당신 숯불구이 먹을 수 있겠지?"

"냄새는 안 나겠나?"

"충분히 검증된 집이라고 하니까, 한번 믿어 봐라."

숙소에서 100m 떨어진 곳에 맛집으로 소문난 음식점이 있었다. 상호는 '락칸'이다. 이 맛집 때문인지 골목 분위기가 어제와 다르게 시끌벅적하다. 종업원 역시 손님들을 안내할 여유가 없이 분주하다.

"저기요. 자리 없나요?"

"찾아보고 아무 데나 앉으세요."

내령이를 데리고 1층과 2층을 오가며 빈자리를 찾아본다.

"아빠, 저기 빈자리!"

기가 막힌 타이밍에 식사를 마친 한 팀이 일어선다. 얼른 아내를 불러 자리에 앉아 메뉴판을 펼쳤다. 그런데 대체 어떻게 주문을 하는 거지. 한참 메뉴판만 들여다보고 있으려니 아들이 답답했는지 한마디 한다.

"저기에 한국 형님아들(형들)이 있네. 내가 어떻게 주문하는지 물어볼까?"
"어떻게 한국 사람인 걸 알았어?"
"한국말이 들리니까."
"이놈 참 귀도 밝다."

그렇게 형님아들께 주문하는 방법을 물어보니 친절하게 이것저것 대신 주문을 해 준다. 앗싸 이제 맛있게 먹을 일만 남았네. 잠시 후 주문한 베트남 보드카와 양념 소고기, 돼지고기가 한 접시씩 나왔다(흐흐, 화로에 구워볼까).
지글지글 고기가 익어가는 내내 우리 가족은 침을 꼴깍꼴깍 삼켰다. 사실 처음 식당에 들어왔을 때부터 기가 막힌 냄새에 군침이 돌았다. 그 냄새를 코앞에서 맡고 있자니 인내심이 한계에 다다른다. 잘 익은 소고기 한 점을 집어 아내 입에 넣어주었다. 아내는 금세 눈이 휘둥그레지더니 지금껏 베트남에서 먹은 음식 중 가장 입맛에 맞는다며 칭찬 일색이나.

"진짜 이 집은 맛집 맞네."
"내가 얼마나 신중히 찾았는데."
"근데 저 보드카 한잔 먹어볼까. 폭탄주 한잔 말아줘 봐."

"왜 이래, 괜찮겠어?"

알코올 도수가 30도에 이르는 보드카에 맥주를 섞으니, 왜 이렇게 맛있는지. 두 잔을 연거푸 들이켠 아내가 살짝 신경이 쓰인다. 몇 접시를 더 추가해서 먹고 폭탄주 한 모금 뒤 또 고기 한 점 먹기를 반복했다. 아들 역시 음식이 다 맛있다고 난리다. 그래 오늘 날 잡았어. 배불리 먹어보자. 벨트를 풀며 전의를 다진다. 어느새 보드카 1병과 맥주 3병이 동이 났다. 소주 2잔이 주량인 아내와 같이 살면서 이렇게 술을 많이 마신 아내의 모습은 처음이다.

"내령아, 엄마 아빠 술 취했으니까(딸꾹) 너라도 정신 똑바로 차려."
"무슨 아이가 어른을 챙기노. 알아서 해라, 난 고기나 많이 묵을란다."

마지막 고기까지 야무지게 구워서 먹고 나니 그제야 정신이 차려진다. 얼마 나왔지. 엇, 50만동? 계산이 잘 못 됐나하며 아무리 영수증을 다시 봐도 '50만 동'이 맞았다. 우리나라 돈 2만 5천 원에 고기며 밥, 술까지 대단히 만족스러운 저녁 식사를 즐길 수 있었다. 이게 바로 베트남 로컬 식당의 매력이구나.

저녁 7시가 넘어 식당을 빠져나오니 입구에 줄이 무지하게 길게 늘어서 있다. 일찍 가길 정말 잘했네. 아내는 술을 너무 마셔서 그런지 머리가 빙빙 돈다고 한다. 배도 부르고, 기분도 알딸딸하고, 헬렐레 거리는 아내를 보니 우습기도 했다.
숙소에 들어오자마자 화장실로 달려간 아내가 10분째 감감무소식이다. 똑똑, 문을 열어보니 변기통을 붙잡고 씨름을 하는 아내가 있었다.

"어이구! 그러기에 이기지도 못하는 술 왜 그리 먹노?"
"아… 죽겠다…. 그런데 기분은 좋네, 헤헤헤."

DA NANG

여권소동

Day 461

베트남 다낭

하노이   라오스
              비엔티안

"여권! 큰일 났다."

"왜? 여권 안 챙겼나?"

"숙소에서 체크아웃할 때 안 받았어."

"정말? 어떡해!"

이 대화가 이루어지고 있는 이곳은 다낭에서 하노이로 가는 버스 안이다. 무려 18시간짜리 야간 버스다. 다낭을 출발한 지 1시간 남짓 지난 시점에 문득 여권의 부재를 깨달았다.

베트남의 숙박업소는 체크인 할 때 여권을 맡아뒀다가 체크아웃하면 돌려준다. 번거롭기 그지없는 이런 시스템을 왜 유지하는지 모르겠다. 한번은 무이네의 한 호텔에서 주인장도 니도 깜박해 여권을 놀려받지 않은 채 버스를 타려다가, 승차 직전 기억이 나서 안도의 한숨을 쉰 적이 있었다. 언젠가 한번 일이 터질 것 같더니, 하필이면 베트남에서 제일 긴 거리를 이동하는 오늘 그럴 줄이야. 머릿속이 백지상태가 되었다.

'정신 차리자, 정대영. 이럴 때일수록 차분히 해결책을 마련해야 한다.'

일단 세계여행 450일 동안 한 번도 사용해 보지 않은 데이터 로밍 무제한 서비스부터 신청한다. 그리고는 인터넷을 이용해 온라인 베트남 여행커뮤니티에 글을 남기기 시작했다. 혹시나 다낭에서 하노이 오시는 분이 계신다면 가져다 달라고. 가능성은 희박해 보인다. 모든 경우의 수를 열어놓아야 했다. 혹시 모를 최악의 상황엔 다낭으로 다시 건너가야하기 때문이다. 야밤에 고군분투 하는 내 곁으로 한 여자와 꼬마가 세상모르고 자고 있었다.

"야, 이 상황에서 잠이 오나?"
"별수 없잖아. 당신도 애쓰지 말고 일단 자고 일어나서 생각해라."

어떻게 저렇게 느긋할 수 있지. 이 상황이 별 대수롭지 않게 느껴지는 건가. 하긴 둘이서 야단법석을 피우는 것보다는 훨씬 낫겠지. 그래, 당신 말대로 지금 고민해봐야 해결될 일도 아니지… 어떻게든 되겠지하며 마음속으로 주문을 외워본다. '괜찮아, 다 잘 될 거야'라고.

여권 때문에 하노이에서의 모든 일정이 물거품이 되었다. 가장 큰 문제는 베트남에서 비자가 4일밖에 남지 않았다는 사실이었다. 우선 하노이 숙소로 가서 주인장에게 우리의 상황을 이야기했다. 다행히 숙소 직원이 유창한 영어로 대화에 응했다. 사실 다낭에서 묵었던 숙소에는 영어를 할 줄 아는 사람이 없어서 통화 연결이 된다 해도 어떻게 해야 할지 막막하던 참이었다. 직원에게 다낭 호텔 전화번호를 건네며 상황을 이야기했더니, 이런 일이 익숙하다는 표정으로 걱정하지 말라며 나를 안심 시킨다. 잠시 후, 직원이 통화를 마쳤다. 초조한 맘으로 상황을 물어본다.

"거기서 뭐라고 하던가요?"

"모레 오전까지 호텔에 여권을 보내준다고 하네요."

"어떻게요?"

"자기 동생이 하노이에 볼 일 때문에 오는데 그편으로 여권을 보낸다고."

"아, 정말 감사합니다."

　베트남을 떠나는 날 아침, 친절한 호텔직원 덕에 여권은 무사히 내 품에 안길 수 있었다. 이거, 여권을 몸 어디에 붙여 놓던지 해야 하나 싶다.

NATIONAL
BORDER

라오스 국경

국경을 누구보다 빠르게
통과하는 한 가지 방법

Day 461

47)
루앙프라방

지금껏 수많은 나라의 국경을 오갔지만, 오늘에야말로 제대로 된 육로로 국경을 넘는 날이다. 긴장한 탓인지 국경에 도착하자마자 눈이 떠졌다. 현재 시각 새벽 3시 30분. 국경 업무가 시작되는 오전 7시까지 꼼짝없이 버스에서 시간을 보내야 한다. 화장실 다녀와서 한숨 더 자야지 생각하며 자리를 떴다.

국경 주변으로 화장실을 찾을 수가 없었다. 별수 있나, 풀숲으로 들어가는 수밖에. 남자는 그렇다 치고 여자는 어쩌지 하며 고개를 돌리자 현지 여성들이 아무렇지 않게 엉덩이를 까고 볼일을 보고 었있다. 눈 둘 데를 못 찾던 나는 급하게 볼 일을 마무리하고 후다닥 버스로 올랐다.

달리는 버스 안, 사람들의 웅성거리는 소리에 눈을 뜬다. 드디어 국경이 열렸다. 우리는 베트남 출국 도장을 받고, 라오스 측에서 입국 도장까지 받아야 출입국 심사가 마무리된다. 7시가 되자 베트남 출국 사무실 직원들이 하나둘 모습을 드러내기 시작한다. 그 사이로 수많은 여권 뭉치가 왔다 갔다 하는 모습을 본 순간 도장 받는 게 만만치 않겠구나 싶다. 사람들이 미어터지는데도 일하는 직원은 세월아 네월아 이다. 그저 실소가 터져 나올 뿐이었다. 그런데 가만히 보니 여권 사이에 1달러 지폐가 끼워져 있는 여권은 순서가 앞쪽에 배치되고 있었다.

　　"뭐야 1달러 줘야 하는 거야?"
　　"우리도 주고 빨리 도장 받자."
　　"지금 1달러짜리가 없어. 어떡하지?"
　　"그럼 10달러짜리 주고 잔돈 받으면 되지."

　우리 차례가 되었다. 10달러를 건네니 직원의 눈빛이 달라진다.

　　"우린 여권이 3개니까 7달러 거슬러줘."
　　"지금은 잔돈이 없네. 잠시만 기다려."

　5분쯤 흘렀을까? 직원이 나를 부르더니 달콤한 제안을 한다.

　　"7달러 잔돈 안 받으면 지금 바로 출국 도장 찍어줄게."
　　"아냐. 됐어."
　　"그럼 잔돈 생길 때까지 기다려."
　　"휴… 혹시 태국 돈도 받아?"
　　"응 3명이니까 100바트 줘."

　그렇게 10달러를 돌려받고 태국 논 100바트를 쥐어줬다. 잠시 후 돌려받은 여권 하나에 정체를 알 수 없는 '1달러 지폐'가 끼워져 있었다.

　　"아이한테는 돈 안 받아."

최소한의 양심은 있는 건가. 아들 여권에 끼워진 1달러를 보고있자니 피식 웃음이 난다. 15분을 걸어서 도착한 라오스 국경 사무소는 베트남보다 한산해 보인다. 우린 빠르고 수월하게 입국 도장을 받았다.

"버스 타는 것보다 국경 넘는 게 더 힘드네."
"그러게. 비까지 내려서 더 그런 것 같아."
"다른 사람한테는 무조건 비행기 타고 가라고 그래야겠다."

버스는 비엔티안까지 7시간을 더 달려야 한다. 승객들은 어젯밤 다들 꿀잠을 잤는지 웃고 떠드느라 정신이 없다. 어젯밤에 구토 때문에 생사를 넘나들던 아주머니의 표정도 무척 밝았다. 오후 5시가 되자 드디어 비엔티안 버스터미널에 도착했다. 어제 오후 5시에 숙소를 나와서 꼬박 24시간이 걸렸다. 새로운 기록 경신이구나(하하).

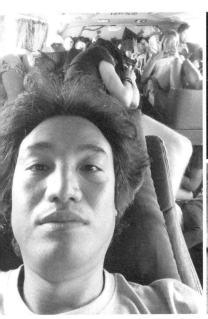

LUANG
PRABANG

꽝시 폭포

Day 471

"아빠, 여기 방비엥에서 하루만 더 놀면 안 돼?"

"왜? 친구랑 노는 게 재밌어서?"

"어, 하루만. 딱 하루만 더 있다가 가자."

"버스 예약도 해 놓았고, 숙소 예약까지 다 해 놓아서 지금 가야 하는데."

"그럼, 마지막으로 30분만."

안타깝게도 내령이의 친구는 꿈나라에서 아직 돌아오지 않았다. 마지막 인사도 제대로 못 한 채 작별하게 생겼다. 아쉬움을 삼키며 버스에 오르자 내령이의 친구가 누군가의 품에 안겨 나타났다. 잠이 덜 깬 건지, 헤어짐이 슬픈 건지 눈을 비비며, 떠나는 내령이를 향해 손을 흔들어 준다. 내령이도 신이 나서 버스 창문을 열고 "안녕"을 외친다. 3일 동안 한시도 떨어지지 않고 신나게 논 아이들은 그렇게 쿨하게 이별했다.

방비엥에 블루 라군이 있다면, 루앙프라방에는 꽝시 폭포가 있다. 원래는 툭툭이나 썽태우(트럭을 개조해 만든 미니 버스)를 타고 다녀올 예정이었는데, 날씨가 좋지 않아 밴을 이용하기로 했다. 입구에 도착하자마자 사람들을 따라 꽝시 폭포로 발걸음을 옮긴다. 비가 내린 직후라 폭포는 더 웅장한 모습을 자랑했다. 간혹 물속으로 들어가는 사람들이 보였지만, 날이 추워서 엄두가 안난다. 폭포를 볼 때마다 느끼는 거지만, 이 잔잔한 물이 어떻게 그런 어마어마한 물결을 만드는지 신기할 따름이다.

"아빠, 이 물이 폭포수가 되는 거야?"
"그렇지. 근데 이 물이 폭포수가 될지 안 될지는 절벽이 결정하겠지."

산이 높은 이유는 산맥이 있기 때문이듯, 폭포 역시 절벽이 있어야만 존재할 수 있다. 아들이 높은 산이나 아름다운 폭포를 꿈꾸는 것도 좋지만, 산맥이나 절벽을 닮은 사람으로 자라도 좋겠다.

오후가 되자 물속을 노니는 사람들이 늘어갔다. 아들의 간절한 눈빛을 외면한 채 승합차로 돌아오는 건 꽤나 고역이었다. 일정의 여유가 있었다면 맑은 날에 오면 더 좋았을 걸 아쉽게도 우리는 오늘 밤 태국 치앙마이로 넘어가야 한다. 숙소로 돌아와 예약해 둔 치앙마이 행 국제 버스 승차권을 확인하러 리셉션으로 향했다.

"오늘 밤으로 예약해 둔 국제 버스 승차권 주세요."
"잠시만 기다려 주세요."

잠시 후 리셉션 직원이 당황한 표정으로 어디론가 급히 전화를 건다.

"왜 그러시죠. 무슨 일 있나요?"
"제가 예약을 깜빡해서 자리가 하나 밖에 안 남았네요. 정말 죄송합니다…."

치앙마이로 가는 국제 버스는 하루에 한 대뿐인데 난감하다. 숙소 예약도 다 해 놓았는데, 이대로 다 날려야 하나? 급한 마음에 직원을 다그쳐 보지만 뾰족한 수가 보이질 않는다. 일단 숙소를 빠져나와 주변의 규모가 큰 여행사로 들어간다.

"오늘 밤 치앙마이로 가는 버스 있나요?"

"다이렉트로 가는 국제버스는 이미 예약이 다 찼고, 여행자 버스로 가는 방법
이 있긴 한데."

찬밥 더운밥, 된밥 진밥을 가릴 때가 아니다. 여행자 버스로 이동하는 방법은 훼이
사이까지 버스를 타고 국경을 넘은 뒤, 미니 밴으로 갈아타 치앙마이까지 가는 것이
다. 17시간 걸리는 국제 버스보다 무려 3시간이 더 걸린다. 상황을 아내에게 전하려
니 마음이 무거워진다.

"어떻게 할까?"

"다른 방법이 없잖아. 한번 가보지 뭐!"

MANDALAY
우베인 다리 일몰

Day 476

예약한 택시가 도착했다고 해서 호텔 밖으로 나갔더니, 웬 일반 승용차 한 대가 입구에 대기하고 있다.

"우리가 예약한 택시 맞나요?"

"네 손님. 이걸 타시면 됩니다."

"그렇군요. 우베인 다리까지 얼마나 걸릴까요?"

"3~40분쯤 걸립니다. 편안히 모시겠습니다."

훤칠한 키에 깔끔한 외모 그리고 긴 실크 원단을 치마처럼 두른 운전기사는 무척이나 친절했다. 달리는 차 안에서 만달레이의 도심 풍경을 사진기에 담고 있자니 운전기사가 불현듯 어딘가 들렀다가 가자고 한다. 우리가 내린 곳은 미얀마 3대 불교 성지중 하나라고 불리는 마하무니 사원. 마하무니 불상 입구 앞에는 '여성 출입금지'라는 표지판이 세워져 있다. 할 수 없이 아내는 불상 밑에서 주변 구경을 하고, 아들과 나는 불상 쪽으로 좀 더 가까이 다가가 본다.

"아빠, 사람들이 뭔가를 엄청 열심히 붙이고 있어."

"뭘까? 뭘 저렇게 열심히 붙이는 거지?"

그들이 마하무니 불상에 붙이고 있던 것은 금박지였다. 금빛 번쩍이는 마하무니 불상은 정말이지 눈이 휘둥그레지는 모습이었다(이게 다 금이라니). 100년 전만 해도 마하무니 불상은 보통의(?) 금색 불상이었다. 그 후 한 세기에 걸쳐 독실한 신자들에 의해 금박지가 조금씩 붙던 게 오늘에 이르러 불상의 몸을 울퉁불퉁 보이게 할 정도로 늘어났다. 추가된 금의 무게만 자그마치 12톤에 달한다고 할 정도이다. 불상 주변에는 혹시 모를 도난을 대비해 경비원들이 삼엄한 눈으로 주변을 경호하고 있었다.

길이 1.2km에 달하는 우베인 다리는 타웅타맨 호수를 배경으로 보는 일몰이 예쁘기로 소문났다. 현재 시각 5시 10분, 아직 일몰 시간이 되려면 30분은 족히 남아있다. 한 걸음 한 걸음 천천히 다리 위를 걸으면서 타웅타맨 호수의 풍경을 감상한다. 걸음걸이가 이어질 때마다 삐걱삐걱하는 소리가 들린다. 오래된 목조 다리의 안전이 꽤 신경이 쓰이는데, 아들은 아랑곳하지 않고 다리 위를 뛰어다니기까지 한다. 지은지 250년이 지났다는데, 혹시 발아래가 뚫리지는 않을 런지 걱정이 앞선다. 관광객보다는 현지인들이 훨씬 많이 이용하는데 그 중 가방을 멘 학생들이 눈에 띈다. 등하교 때문에 매일 여길 지나야 한다니, 난 분명 학교를 오래 다니지 못했을 거다. 해가 점점 떨어지자 관광객 수가 늘어나는 분위기다.

"님편, 나는 여기 앉아서 해 지는 거 볼래."

"아빠, 나는 다리 끝까지 갔다 오고 싶다."

각자 취향대로 일몰 감상을 시작한다. 눈부시게 아름다운 풍경이다. 많은 사람이 이 순간을 놓치지 않기 위해 분주히 손가락을 움직이며 셔터를 누른다. 난 뷰파인더를 통하기보다 실물을 눈에 가득 담고 싶었다. 이렇게 아름다운 하루의 마무리가 어디 있을까. 태양이 일과를 모두 마치고 난 뒤에야 비로소 우리도 우베인 다리를 빠져나와 관광을 마무리할 수 있었다.

숙소에 도착한 뒤 일몰의 여운을 안주 삼아 맥주를 한잔 했는데, 이거 맛이 상당하다. 아니나 다를까 내가 먹었던 맥주가 벨기에 몽드셀렉션(Monde Selection, 세계 각국의 식료품 중 우량 상품을 뽑는 대회)에서 1999년부터 2001년까지 3년 연속 주류 부문 금상을 받았다고 한다. 심지어 2005년에는 독일에서 개최한 43개국 752개 브랜드가 참가한 세계 맥주 대회에서 그랑프리를 차지했다고 한다. 오, 미얀마. 의외의 매력이 넘친다.

BAGAN

먼동이 튼다

Day 479

481   484   485

양곤   말레이시아 인도네시아
      쿠알라룸푸르 자카르타

현재 시각 새벽 5시 10분. 자리에서 일어나 떠날 준비를 시작한다. 새벽부터 이리 부산을 떠는 이유는 바간의 명물 호스 카Horse Car 투어가 준비되어 있어서다. 호스 카는 말 그대로 마차다. 이 투어는 마부가 이끄는 대로 주요 유적을 돌아보는 속 편한 관광 코스이다. 하이라이트는 단연 일출 감상인데 주요 스폿이 몇 군데 있다고 한다.

"손님, 일출 보는 곳이 몇 군데 있는데, 어디 가실래요?"
"제일 유명한 곳으로 가죠."
"그럼, 쉐산도 파고다로 갑니다."

안개가 자욱한 어두운 거리를 오직 주인장과 말의 감각에 의존해 이동한다.
어느덧 시계는 6시를 가리켰지만, 주변은 온통 암흑뿐이었다. 호스 카가 쉐산도 파고다에 이르자 잠에 취해 누워있던 아들이 그제야 정신을 차리고 주변을 두리번거린다.

쉐산도 파고다에 오르는 계단이 상당히 가파르다. 짧은 거리였지만 조심조심 발을 떼며 걷는다. 파고다는 명소답게 일출을 보려는 수많은 인파로 빼곡했다. 이럴 줄 알았으면 덜 유명한 곳으로 갈 걸 살짝 후회 된다.

먼동 트기 전 자욱한 안개 낀 바간의 모습은 무척이나 차분했다. 그 고요함에 홀려 멍해져 있는 사이 셔터 누르는 소리에 번뜩 정신이 들었다. 여기저기서 쏟아지는 셔터 소리 맞은편 하늘 위로 강한 붉은 빛이 한번 쏟아 내리더니, 이내 아름다운 일출이 시작되었다. 일출은 일몰보다 감상할 수 있는 시간이 상대적으로 짧아서 순간순간이 아쉬웠다. 잠시 후 떠오르는 태양을 바라보던 시선들이 반대편으로 옮겨지는 것을 느낄 수 있었다. 나도 그들을 따라 자연스레 고개를 돌려보니 빨강 노랑 열기구들이 하나둘씩 피어오르기 시작했다. 열기구들은 약속이나 한 듯 일제히 해를 향해 날아가고 있었다.

"아빠, 우리도 저 풍선 한번 타보면 안 되나?"

"안 될 것까지는 없는데, 가성비를 따져봐야겠다."

"얼마나 하는데?"

"340달러 정도. 그러니까 우리나라 돈으로 39만 원."

거액에 정신이 번쩍했는지 아내는 짧은 탄식 후 아들 설득 작전에 들어간다.

"내령아 39만 원은 정말 큰돈이야. 열기구 한 번에 우리 호텔에서 열 밤 자는 돈을 날리는 건 좀 아니지 않을까?"

옆에서 듣고 있던 나도 거들었다.

"여기 사람들 월급이 15만 원이래. 우리 아껴서 쓰자."

"우리는 세계여행 하면서 더 큰돈도 쓰는데 뭘 그라노. 태워주기 싫으면 그렇다 해라."

문득 현지인들이 열기구 투어를 하는 사람들을 보면서 무슨 생각을 할지 궁금해졌다. 하늘로 오르는 열기구 한 번에 석 달 치 월급이 날아간다면…. 괜히 기분이 이상해진다.

호텔에서 제공한 조식 뷔페는 맛이 굉장히 좋았다. 새벽부터 일어나 일출을 보고 온 부지런한 이들의 입맛에만 그런 건지는 모르겠으나, 정말 꿀맛이 따로 없는 아침 식사였다. 테이블 위로 꽤 많은 빈 접시가 올라가고 나서야 식사는 마무리되었다.

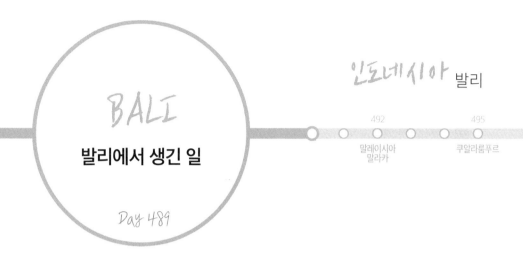

BALI

발리에서 생긴 일

Day 489

인도네시아 발리

492   495

말레이시아   쿠알라룸푸르
말라카

오늘은 내령이의 일곱 살 생일. 손자를 축하해주고자 자카르타에 할머니가 먼저 도착해 계신다. 선물을 한 아름 들고서 말이다. 저번 유럽 여행이 좋으셨는지 어머니는 이번 아시아 여행 중 한번을 더 뵙자는 우리의 권유를 흔쾌히 받아들이셨다. 이번엔 특별히 이모님도 일행이 되어 여행을 함께 할 예정이다. 경유지 자카르타에 도착한 우리는 어머니, 이모님과 함께 조촐한 생일 파티로 내령이를 축하한 뒤 인도네시아 발리로 향했다. 비행기에 나란히 앉은 어머니와 이모님의 자리에서 웃음소리가 그칠 줄 몰랐다.

"할머니랑 이모할머니는 무슨 관계야?"
"자매지."
"그럼 둘이 엄청 친하겠네. 놀러도 많이 다녔어?"
"사는 게 바빠서 이번이 처음으로 함께 해외여행 하시는 거래."
"으악 처음이라고? 할머니들 나이가 몇 살인데!"

우리나라가 해외를 자유롭게 오갈 수 있게 된 지는 불과 30여 년밖에 되지 않았다는 사실을 아들이 알 리가 없다. 어쩌면 우리의 세계 여행은 시대를 잘 만난 세대의 배부른 경험일지도 모르겠다.

　　"대영아, 오늘 저녁은 이모가 한번 쏠게."
　　"에이 안 그러셔도 되는데."
　　"그래야 이모 마음도 편하지. 우선 환전부터 좀 하자."

　발리에 도착한 다음 날 아침 일찍 환전소를 찾았다. 둘러보니 대부분 환전율이 1달러에 12,900루피아 정도다. 그렇게 더 나은 환전소를 찾아 어슬렁거리던 중 유난히 좋은 환전율로 유혹하는 곳을 발견했다. 1달러에 무려 13,450루피아, 우와! 횡재했다. 우리는 얼른 들어가 200달러를 환전하고 콧노래를 부르며 나왔다. 이모님은 250만 루피아가 넘는 거액을 손에 들고 내령이를 앞세워 부자 부럽지 않게 쇼핑을 하신다. 내령이 옷부터 귀국 선물 등 기념품이 든 쇼핑백을 양손 가득 들고는 맛난 점심에, 저녁 장까지 본인 돈으로 해결하신다. 그러고도 돈이 아주 많이 남았다며 싱글벙글한 표정이시다. 신나는 지출 놀이를 마치고 숙소로 돌아온 갑부 이모님이 심각한 표정으로 자꾸 고개를 갸우뚱하신다.

　　"대영아, 돈을 잃어버린 것 같다."
　　"네? 어디서요? 잘 생각해 보세요."

　아무리 기억을 더듬어 봐도 돈을 써낸 곳은 상점과 마트뿐이라며 환전소에서 받은 돈이 애초에 적은 것 같다며 걱정하신다. 내가 분명 환전소에서 5만 루피아 권 54장을 받았는데, 조금 전 쓴 돈을 다 계산해 봐도 20장은 족히 모자랐다. 혹시나 하는 마음에 인터넷을 검색해 보고 나서야 우리가 환전 사기를 당했다는 확신이 들었다. 순간 이성의 끈이 툭 끊어졌다.

이모님은 한사코 됐다 하셨지만, 나는 도저히 이 상황을 참을 수가 없었다. 일단 호텔 리셉션에 내려가 상황을 설명하고 직원 중 제일 무섭게 생긴 분을 소개받았다. 배우 마동석씨를 닮은 직원 분께 두 손을 모으고 공손하게 자초지종을 설명하려는 찰나, 그가 내 말을 가로막는다.

"어느 환전소죠, 고객님?"

그는 마치 흔한 일이라는 듯한 표정으로 뚜벅뚜벅 앞장서 걸어갔다. 그 뒷모습에서 마치 동네 깡패에게 맞고 들어온 동생의 복수를 해주려는 큰 형의 아우라가 느껴졌다. 든든하다 든든해.

환전소 앞에 도착한 우리를 보고 갑자기 직원들이 분주해진다. 마동석 형님이 조용히 손가락을 들자 그들은 밑도 끝도 없는 핑계로 상황을 설명하기 시작했다.

"아, 그게 사실 그게 아니고…."
"됐고, 얼른 제대로 계산해서 내놔."

환전소 직원은 현 시세인 12,900루피아를 적용해 100만 루피아를 추가로 내게 건넸다. 알고 보니 우리가 보고 들어간 환전율은 절대 있을 수 없는 숫자였다. 놀란 가슴을 쓸어내리고 호텔로 돌아가는 발걸음이 무척 가볍다. 이모님은 돈 받으러 갔다가 혹시 무슨 일이라도 생기는 것은 아닐까 로비에서 발을 동동 구르며 기다리고 계셨다. 형님 아니, 호텔 직원께 감사하다는 말을 전하자 오히려 사과를 하신다. 종종 발생하는 이런 사건 때문에 발리에 안 좋은 이미지가 심어질까봐 걱정이시란다. 세계 어디를 가도 발 벗고 도와주는 사람들이 있기에 우리를 포함한 누군가의 여행이 계속될 수 있는 것은 아닐까 생각한다.

말레이시아 말라카

MALACCA

아시아 여행의
마침표를 찍다

Day 494

495 496
○ ○ ○ ○ ○ ○
쿠알라룸 대한민국
푸르   부산

어머니, 이모님과 작별 인사를 마치고 우리는 아시아 여행의 종착지인 말레이시아 말라카로 이동했다. 지금은 4월, 동남아 전 지역이 찜통에 들어갈 준비를 하는 시기이다. 강렬한 햇볕이 오전 관광 자체를 불가능한 일로 만들어 버렸다. 이런 이유로 말라카에서 보냈던 사흘은 해 질 무렵 설렁설렁 걸어 나와 유유자적 돌아다닌 게 전부였다.

"아들, 아시아 여행 어땠어?"
"최고! 너무 재밌었어."
"진짜?"
"사실대로 말하면…, 재미보다 좀 고생을 많이 했지."

이 대화는 마지막 저녁 식사를 하러 한인 식당으로 가는 길에서 이뤄 졌다. 이곳을 가는 이유는 한식 말고 다른데 있다. 바로 식사를 마치고 나올 때 먹는 사탕 때문이다. 어제도 이곳에서 식사를 한 뒤, 아들 녀석이 특별히 좋아하는 사탕을 받아 들고는 기뻐서 날뛰다가 그만 사탕을 길바닥에 떨어뜨렸다. 비참한 모습으로 조각 난 사탕을 바라보며 아들은 대성통곡을 했더랬다. 울먹거리는 아들이 나를 바라보며 '아빠, 식당에 가서 밥 한 번 더 먹으면 안 돼'라며 애걸했다.

　우리가 세계를 떠돌기 시작한 지 어느덧 500일이 다 되어 간다. 아들이 커 가는 것을 이렇게 가까이서 지켜볼 수 있다니, 난 정말 행운아라고 생각한다. 용기를 내기 전까지는 분명 상상도 못 했을, 정말 감사한 시간이다.

UNITED STATES
CANADA
CUBA
MEXICO

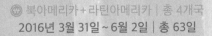

🌎 북아메리카 + 라틴아메리카 | 총 4개국
2016년 3월 31일 ~ 6월 2일 | 총 63일

합 계	16,135,500
식 비	1,704,000
숙박비	3,525,000
교통비	8,254,500
투어비	106,000
잡 비	42,000
기 타	2,504,000

＊화폐 단위는 원(KRW)이며, 당시 각국의 환율로 환산한 금액입니다.
＊교통비 : 항공권, 페리, 렌터카, 차량 유지 비용 포함

아메리카
정열과
아름다움이 숨쉬는

Chapter 4

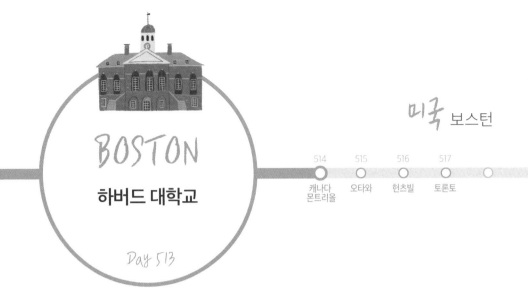

BOSTON

하버드 대학교

Day 513

　하버드 대학교를 구경하기 위해 보스턴으로 왔다. 어린 시절, '하버드대'는 천재라는 수식어가 붙는 사람들이 모여 있는 곳이라고 생각을 했고, 지금도 그 마음엔 변함이 없다.

　이곳은 엄청난 규모의 캠퍼스이기 때문에 하루 만에 둘러볼 생각은 일찌감치 접는 게 좋다. 우린 메모리얼 홀을 시작으로 짧은 구경을 시작했다.

　"아빠, 여기가 세계에서 가장 공부 잘하는 형 누나들이 다니는 학교야?"

　"그래, 맞아."

　"여기 학교에 예쁜 누나들도 많아?"

　"왜? 뜬금없이."

　"난 공부 잘하는 누나들 많은 대학교 말고 예쁜 누나들 많은 대학교 가고 싶거든."

　좋은 목표다, 아들.

　캠퍼스에 세워진 하버드 대학교의 설립자 존 하버드John Harvard 동상에 얽힌 재밌는 미신 하나가 있다. 바로 존 하버드 동상의 구두를 만지면 하버드 대학교에 입학 할 수 있다는 것. 흥미로운 미신 덕분에 존 하버드의 구두는 언제나 반들반들 빛이 난다. 하버드 대학교 모집 정원이 걱정되는 대목이다. 우리 가족도 구두 만지기에 도전을 해 봤다. 나 한 번, 아내 한 번, 슬쩍 구두에 손을 가져다 댄다. 우리 모습을 본 아들 녀석이 본인도 한번 만져보고 싶다며 난리를 피운다. 아들에겐 존 하버드 동상의 구두 위치가 점프를 해도 닿지 않을 만큼 높다. 구두 한번 만져보자고 폴짝거리는 모습이 어찌나 우습던지 주변은 온통 웃음바다가 되었다. 그 모습을 지켜보던 아저씨의 도움으로 아들은 소기의 목적을 달성했다. 과연 내령이는 하버드 대학 입학이 가능할 것 인가?

캠퍼스를 빠져나오는 길에 와이드너 도서관을 들렀다. 내부는 아쉽게도 하버드 학생들에게만 개방되어 있다. 아쉬운 마음을 안고 돌아서는데 아들이 한마디 한다.

"아빠, 나중에 내가 여기 다니면 도서관 한번 구경시켜 줄게."

"어이구, 됐네요."

"진짜라니까. 믿기 싫으면 믿지 말고, 그럼 엄마만 구경시켜 줄란다."

보스턴을 떠나 캐나다 몬트리올로 가는 700km 여정 속에서 아내와 나는 많은 이야기를 주고받았다. 그리고 우리만의 일치된 결론에 이르렀다. 내령이가 보통의 삶을 살았으면 좋겠다고.

물론 내령이는 보통 아이다. 우리가 보통의 삶을 미친 듯이 갈망하지 않아도 내령이는 보통의 삶을 살게 될 것이다. '보통'이라는 말이 상대적일 수 있으나 어쨌든 평

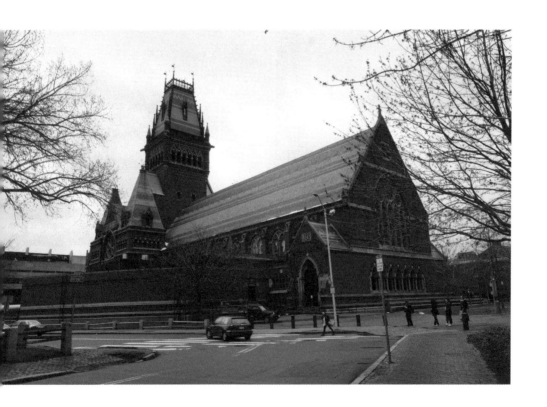

범한 인생을 살았으면 좋겠다는 바람이다. 물론 공부 잘하는 걸 말릴 필요는 없다. 운동도 마찬가지이다. 하지만 뭔가에 특별한 재능이 있다는 것은 그 재능을 현실화하기 위한 희생이 뒤따른다. 그 희생이 본인을 행복하게 한다면 기쁨으로 지원하겠지만, 타인의 시선이나 꿈을 쫓아가려 한다면, 그래서 부모를 포함한 주변 사람을 힘들게 한다면 진심으로 응원해 주지 못할 것 같다. 부모 된 처지에 자식이 행복한 삶을 사는 것만큼 기쁜 일도 없을 테다. 하지만 40년 살아보니, 보통 이상 가는 것은 없다는 생각이다.

MONTREAL,
HUNTSVILLE

눈 쌓인 4월의
메이플 로드

Day 513~516

캐나다 몬트리올에 오니, 4월임에도 거리에 쌓인 눈이 소복하다. 캐나다 동부지역에 오면 가장 먼저 여기 메이플 로드(Maple Road, 단풍나무 길)를 오고 싶었다. 퀘벡부터 토론토까지 이어지는 이 도로는 9~10월 기간에 가을 단풍의 진수를 맛볼 수 있다고 한다. 지금은 단풍의 자리를 하얀 눈이 차지하여 또 다른 운치의 풍경을 선사한다.

몬트리올에서 토론토까지 이어지는 500km가량의 도로 위에서 만난 앨곤퀸 주립공원의 눈 덮인 호수는 자리를 떠난 뒤에도 한참을 아른거리는 아름다운 풍경이었다. 영롱한 호수는 핀란드의 겨울 풍경과 오버랩 되기도 했다.

토론토 들어가기 하루 전날, 우린 헌츠빌에서 폭설을 만났다.

"아빠, 순식간에 눈이 우리 차를 다 덮어버렸어."
"큰일이네. 이대로 계속 눈이 내리면 토론토 못 가는 거 아냐?"

걱정을 안고 가까스로 잠자리에 들었지만, 밤새 내리는 눈 소리에 자꾸 눈이 떠져 어둠 속을 방황했다. 아침이 밝자 다행히 눈은 그쳤고, 도로 위 눈은 놀라운 속도로 사라져갔다. 역시 눈의 나라는 제설 작업의 클래스도 다르구나. 어젯밤의 걱정들은 정말 부질없었다.

"아빠, 일어나! 우리 차도 눈 치워 줘야지."

눈 위에서 무릎을 안고 앉아있던 나는 아들의 신이 난 눈빛에 바지를 털고 일어났다. 그리곤 빗자루와 뜨거운 물 두 통을 들고 아들과 함께 차에 쌓인 눈을 제거하기 시작했다. 차에서 눈이 점점 사라질수록 아들이 초조해 한다. 아들은 눈밭에서 한바탕 시원하게 놀고 싶지만, 혹시 찾아올지 모를 불청객 감기 걱정에 마음을 고쳐먹는

다 말했다.

　아들은 겨울에 관한 추억이 별로 없다. 왜냐하면, 아내가 겨울만 되면 외출 금지령을 내렸기 때문이다. 찬바람 조금만 맞으면 백발백중 감기에 걸리는 아들 녀석 때문에 눈물을 머금고 내린 궁여지책이었다. 하지만 아들 녀석은 세계여행 하는 동안 면역력이 높아지고 체질도 많이 바뀌어서 웬만한 기온 변화에는 끄떡없는 건강 체질이 되셨다. 허황한 생각이지만 내령이가 더 힘내서 세계여행을 할 수 있도록 누군가 건강을 선물 해주신 건 아닐까 생각해본다.

HERNDON

잃어버린 2시간

Day 521

미국 헌든

522
워싱턴

525
멕시코
멕시코시티

"아빠, 여기서 미국까지 얼마나 걸려?"

"국경이 바로 앞이니까… 한 5분 정도."

"엑. 그렇게 가까워?"

"그런데 우리가 갈 곳은 워싱턴 근처에 있는 헌든이란 도시야."

"여기서 멀어?"

"700km 정도이니까 한 7시간?"

"뭐 한두 번 자고 일어나면 도착해 있겠네."

    자동차로 여행 다닐 날도 며칠 남지 않았다. 내일 워싱턴에서 렌터카를 반납하면 우리 가족은 다시금 뚜벅이 신세가 된다. 표지판의 속도 표기가 킬로미터에서 '마일' 로 바뀐 걸 보고 미국에 들어왔음을 깨달았다. 우리는 고속도로와 국도를 번갈아 타며 남쪽을 향해 내달렸다. 한 조각이 손보다 큰 피자로 점심을 때우고, 달리고 또 내달렸다.

    워싱턴이 가까워지자 도로의 풍경이 흑백에서 컬러로 바뀌어 갔다. 아직 한겨울 같던 캐나다와 달리 이곳은 봄기운이 물씬 느껴진다. 아침 일찍부터 시작된 운행은 목적지인 헌든에 도착한 저녁 7시가 되어서야 마무리 되었다.

예약한 숙소 리셉션 앞에 섰다.

"체크인, 부탁드립니다."

예약 현황을 살펴보던 직원의 눈빛이 흔들린다.

"뭐가 잘 못 됐나요?"
"음… 고객님 이름으로 예약된 방이 없는데요."
"네?"

분명 H사이트에서 예약을 마치고 숙박비까지 지급했다. 고객 센터와의 연락을 시도했지만, 한국지사는 아침 9시에 문을 여는 상황이라 1시간을 더 기다려야 했다. 한국에 계신 친한 형님께 상황을 말씀드리고, 전화를 대신 부탁드렸다.

1시간 후 H사이트의 고객 센터에서 전화가 걸려왔다. 본인들이 예약 자료를 넘기지 않아 발생한 일이라며 너무 죄송하다는 말을 덧붙인다. 다행히 해결은 잘 됐지만, 잃어버린 2시간을 보상받을 길이 없어 기분이 약간 불쾌했다. 하지만 방을 보는 순간 쌓였던 짜증은 눈 녹듯 사라져 버렸다. 정말이지 완벽한 숙소였다. 게다가 H사이트에서 사과의 의미로 40달러어치 쿠폰까지 이메일로 보내 줬다. 센스 있는 대처를 봐서 잃어버린 2시간은 퉁 쳐주기로 마음먹는다.

WASHINGTON D.C.
국립항공우주박물관

미국 워싱턴D.C.

525   530
멕시코   과달라하라
멕시코시티

Day 5 23

여긴 국립항공우주박물관 입구이다. 무료입장이라 해서 그냥 쓱 들어가면 될 줄 알았더니, 보안 검사가 상당히 깐깐하다. 화기 용품은 물론이고 물을 제외한 모든 음식물조차 반입 금지 품목이다. 국립항공우주박물관 내부에 들어서자 엄청난 규모에 입을 다물 수 없었다. 천정으로 비행기 모형과 우주선들이 날아다닌다. 라이트 형제가 만든 비행기부터 전투기 조종석, 우주선 내부를 구경하며 돌아다녔다.

국립항공우주박물관에는 비행기가 하늘을 나는 원리부터 게임까지 아들의 지적 호기심을 자극하는 많은 프로그램이 있다. 하나에 1분씩만 투자해도 1시간은 훌쩍 넘어갈 듯하다. 차근차근 하나씩 실험을 해 보는 아들의 모습이 사뭇 진지하다. 마지막에 비행기 착륙시키는 게임에 푹 빠진 아들이 들뜬 표정으로 내게 이야기한다.

"아빠, 나는 아무래도 조종사가 되어야겠다."
"왜?"
"이 봐라. 내가 비행기를 얼마나 잘 착륙시키는지."
"네가 조종사 되면, 여행 좋아하는 아빠만 신나겠네."
"아빠 공짜는 없다."

그렇게 워싱턴의 모든 일정을 마치고 숙소로 돌아가는 마지막 밤, 어디선가 맛있는 냄새가 솔솔 풍겨 온다.

"아빠, 고기 냄새다. 아 배고파!"
"남편, 미국 여행 마지막 기념으로 고기 뷔페 한번 가자."
"오케이 콜~"

20불에 무제한 제공 되는 고기 뷔페에 들어서자 삼겹살 굽는 냄새가 진동한다. 이게 얼마 만에 맡아보는 정통 삼겹살의 냄새람. 들뜬 기분에 15불짜리 소주도 한 병 시킨다. 쉴 틈 없이 먹고 마시다 보니 어느새 위장의 용량이 한계치를 넘어갔다. 뷔페만 오면 왜 이리 빨리 배가 부른 건지.

"아빠, 배부르다면서 소주는 왜 자꾸 마셔?"
"소주 배는 따로 있으니까."
"에이 그런 게 어딨어. 근데… 소주 맛있나?"
"한번 마셔 볼래?"

아내의 눈을 피해 젓가락에 소주 한 방울을 찍어 아들 혀에 올려놓는다. 순간 아들의 표정이 일그러진다.

"으악, 써! 퉤퉤, 다신 안 먹는다!"

심지어 어른이 되어도 절대 안 마신다고 하던 아들. 과연, 그럴 수 있을까?

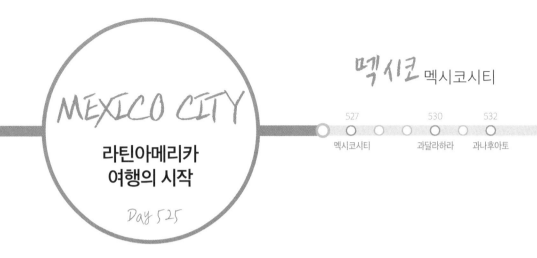

MEXICO CITY

라틴아메리카 여행의 시작

Day 525

북미를 떠난 우리 가족은 악명 높은 중미 여행을 시작한다. 최근 남미를 여행하는 사람들이 늘고 있지만, 중미는 여전히 미지의 세계 느낌을 간직하고 있다. 인터넷에서조차 정보를 구하기 쉽지 않은 탓에 직접 몸으로 부딪쳐 경험할 수밖에 없다.

'멕시코' 하면 살벌하고 위험할 것만 같았는데, 막상 사람들과 부대껴보니 하나 같이 홍 많고 친절하다. 멕시코는 거리 곳곳을 수놓은 건물 풍경은 마치 유럽을 보는 듯했지만, 구성원의 풍경은 아시아를 연상시키는 묘한 매력을 가진 곳이다.

"남편, 멕시코는 건물들만 보면 완전 유럽 같다. 그치?"
"그러게. 스페인이 오랫동안 지배를 해서 그런 거 아닐까?"
"그렇다 해도 그때의 건물들이 지금까지 보존되고 있다는 게 의아하다."
"아마 이쪽 지역이 제1, 2차 세계대전의 피해가 거의 없어서 그런 듯해."

실제로 유럽이나 아시아는 전쟁의 피해로 어마어마한 숫자의 문화유산이 파괴되고, 복원하는데 많은 시간이 소요됐지만 이곳 중미는 전쟁의 폐해를 피할 수 있었던 국가가 많았다고 한다. 멕시코도 그중 하나다.

우리는 산토도밍고 광장을 지나 소깔로 광장으로 발길을 옮긴다. 거리의 수많은 풍경 속에서 유독 타코 가게들이 왕왕 눈에 띈다. 마침 잘 되었다. 한국에서 벼락치기로 배운 어설픈 스페인어에 바디랭귀지를 살짝 얹어 메뉴를 주문한다. 또르띠야 위에 치즈를 골고루 깔고, 소고기나 닭고기를 골라 취향껏 채운 뒤(난 소고기를 골랐다), 아삭한 샐러드를 얹어 반달 모양으로 접어 마무리하면 타코가 완성된다. 자, 정통 타코를 맛볼 시간이다. 앙 한입 베어 물자 쭉 늘어지는 치즈가 예술이다. 조금 느끼하다 싶을 때쯤 할라페뇨 하나를 쏙 넣으면 입안이 개운하게 씻긴다. 놀라운 맛의 소유자인 이 녀석의 몸값은 22페소, 멕시코에서는 약 1천 3백 원만 있으면 매우 행복해질 수 있다.

소깔로 광장에 도착을 하니, 무장 경찰들이 상당하다. 경찰이 많다는 것은 이곳의 치안이 좋지 않다는 뜻이기도 하다. 경찰들 사이로 보이는 소깔로 광장 중앙에는 초대형 멕시코 국기가 파란 하늘을 배경 삼아 펄럭인다.

라틴 아메리카에서 가장 웅장하고 아름답다고 알려진 메트로폴리타나 대성당은 240년 동안 만들어진 탓에 고딕, 바로크, 르네상스 등 여러 건축 양식이 자연스레 혼합된 것이 특징이다. 고대 아즈텍 사원을 무너뜨리고 지은 성당이라는 점이 눈길을 끌었다. 이는 스페인 제국이 자신들의 힘을 원주민에게 과시하고자 취한 첫 번째 행동강령이었을 것이다.

갑자기 쏟아진 소나기를 피해 지하철역 안으로 들어왔다. 지하철역 내부 풍경은 우리나라와 별반 다르지 않았다. 멕시코시티 출퇴근 시간은 지옥철로 악명 높은 터라 퇴근 시간이 되기 전 서둘러 지하철 체험에 도전해본다. 지하철 실내 색깔은 멕시코다운 정렬의 빨간색이다. 노선도를 가만히 보니 역 이름을 문자가 아닌 그림으로 표시해 놓았다. 멕시코는 높은 분맹률 탓에 이런 시스템을 유지하고 있었다. 지하철 여행에 시간 가는 줄 모르던 우리는 퇴근 시간이 임박함을 깨닫곤 서둘러 지하철을 빠져나왔다. 플랫폼을 벗어나 지상에 이르렀을 땐 어느덧 내리던 비가 그치었다.

MEXICO CITY

테오티우아칸

Day 527

유난히 걷고, 오르고, 뛰는 것을 좋아하는 우리 아들이 오랜만에 물 만난 물고기처럼 활기차다. 장난칠 구실이 생겼기 때문이다.

"오늘 피라미드 보러 가자."
"피라미드? 아빠, 피라미드는 이집트에 있는 거 아냐?"
"멕시코에도 엄청나게 큰 피라미드가 있다더라. 계단이 한 300개 된대."
"그 정도면 무지 쉽네."
"그래도 오늘은 땡볕에서 3~4시간은 걸어야 할 텐데."
"재밌겠다. 빨리 가자."

우리 가족은 북부 터미널을 출발한 지 1시간 만에 테오티우아칸 버스정류소에 도착했다. 버스가 채 멈추기도 전에 기사님이 큰소리로 "떼오띠우아깐"이라고 몇 번에 걸쳐 외쳐주신다. 혹시 그냥 지나치지 않을까 싶어 정신 바짝 차리고 있었는데 정말 친절하시다. 65페소의 입장료를 내고 들어서자 입구에 대형 선인장이 우리를 반긴다. 멕시코 하면 떠오르는 모자까지 쓰고 말이다.

"아빠, 여기서부터는 마음껏 뛰어다녀도 되지?"

"오케이. 근데 시끄럽게 하거나, 다른 사람한테 피해 주거나, 위험한 행동은 절대 금지다."

"알았다."

아들은 피라미드를 보고 싶은 마음보다 넓은 곳을 마음껏 뛰어 놀고 싶었던 모양이다. 입구부터 '태양의 피라미드'까지는 무려 3km를 걸어야 한다. 그늘 하나 없는 땡볕 아래, 솔솔 부는 바람 하나 의지해 걸음을 재촉하지만 태양의 피라미드는 쉽사리 가까워지질 않았다. 마치 러닝머신 위를 걷는 느낌이다. 저질 체력 아내가 슬슬 지쳐간다.

"지금 우리가 걷고 있는 이 길 이름이 뭔지 아나?"

"이 길에 이름이 있나. 뭔데?"

"죽은 자의 길."

"충분히 납득이 되는 이름이네. 걷다가 진짜 죽은 자 될 것 같다."

태양의 피라미드에 가까워질수록 아들의 발걸음이 빨라지기 시작한다. 피라미드 앞에 도달하자 그 먼 거리에서도 어찌 그렇게 뚜렷하게 보였는지 이해가 되었다. 높이 66m에 한 변의 길이가 230m 되는 어마어마한 크기의 피라미드. 아니나 다를까 태양의 피라미드는 아메리카 대륙에서 가장 큰 규모의 피라미드이며, 세계에서는 3번째로 큰 몸집을 자랑한다.

"아빠, 저기 피라미드 꼭대기까지 누가 빨리 올라가나 내기 해 볼까?"

"아빠 성격 알제? 안 봐준데이."

"알았다. 내 먼저 출발한다."

풋, 웃음을 날리는 사이 아들은 벌써 저만큼 앞서가고 있었다. 생각보다 가파른 계단에 턱 끝까지 숨이 차오른다. 아들은 혹시라도 아빠에게 따라 잡힐까 봐 고개를 돌려 뒤를 살피는 경계를 늦추지 않았다. 자존심에 상처 입은 내가 속도를 높이자 아들은 더 빠른 속도로 올라갔고 열심히 쫓고 쫓기다 보니 어느새 아내의 모습은 시야에서 사라져 버렸다. 태양의 피라미드 정상에 올라오니, 먼저 도착한 아들이 자리에 퍼질러 앉아 거친 숨을 고르며 승리의 미소를 짓고 있었다. 아, 이 날다람쥐 같은 녀석. 아빠가 졌다.

태양의 피라미드를 내려와 달의 피라미드를 향해 걷던 중, 아들이 내게 묻는다.

"아빠, 근데 왜 여기를 '죽은 자의 길'이라고 불러?"

"예전에 제물로 바쳐지는 사람이 오고 갔던 길이라서 그렇게 불린대."

태양의 피라미드에서 멀지 않은 곳엔 '달의 피라미드'라는 이름의 피라미드 하나가 더 있는데 많은 이들이 이곳을 테오티우아칸의 실질적인 상징으로 꼽는다. 태양의 피라미드에 비하면 귀여운 규모인 높이 46m의 이곳은 인간의 심장과 피를 바치는 제사 터였다. 이 의식은 무려 16세기까지 계속 되었다고 하니, 얼마나 많은 무고한 목숨이 신의 제물로 바쳐진 건지 짐작이 힘들다. 억울한 영혼들의 서글픈 탄식이 들리는 듯했다.

"아빠, 근데 진짜 신이 있어?"

"그건 믿는 사람 마음에 달린 것 같은데. 내령이 생각은 어때?"

"있어도 저렇게 무섭지는 않을 것 같은데."

달의 피라미드 아래로는 죽은 자의 길이 눈앞에 넓게 펼쳐지고, 왼쪽으로는 태양의 피라미드가, 오른쪽으론 고대 도시의 흔적들이 자리하고 있어 아이러니하게도 경치가 정말 멋졌다.

아름다운 풍경 못지않게 어여쁜 모델 아가씨가 흉내도 못 낼 포즈로 화보 촬영을 하고 있었다. 이에 질세라 아내를 모델로 작품사진을 남겨본다. 과거에는 신성하고, 두려움이 가득한 장소였을 텐데 지금은 여러 사람에게 즐거움을 주는 곳이 되어버렸다. 여행은 '세상에 영원한 것은 없다'라는 진리를 몸소 깨닫게 해준다.

MEXICO CITY

스페인어의 세계로 부터
날 '살리도'

Day 529

멕시코 멕시코시티

530   532   536

과달라하라   과나후아토   와하카

아마 멕시코에 와서 가장 많이 쓴 말을 꼽자면 '꾸안또 꾸에스따Cuánto Cuesta' 일 것
이다. 그리고 조금 전 1백 38번째로 이 말을 했다.

"아빠, 나도 이제 '꾸안또 꾸에스따' 안다."

"무슨 뜻인데."

"안녕하세요."

"푸하하! 왜 그렇게 생각했는데?"

"아빠가 만날 사람들만 보면 '꾸안또 꾸에스따' 하니까, 인사라고 생각했지."

꾸안또 꾸에스따는 스페인어로 '얼마예요'이다. 혀끝을 만족시키는 먹거리, 진귀
한 살거리로 가득한 이곳 멕시코는 '꾸안또 꾸에스따'를 입에 달고 살 수밖에 없는
곳이다.

소깔로 광장은 주말이라 사람이 터져나갈 듯 많다. 많아도 너무 많아서 떠밀려 다닌
다는 표현이 더 적절하겠다. 1억 2천만 명의 인구 중 2천만 명이 멕시코시티에 산다고

하던데, 게다가 관광객까지 더 해졌으니 이런 풍경이 어쩌면 당연할지도 모르겠다.

지하철은 3~5분마다 한 대씩 들어오는데도 사람들은 줄어들 생각을 하지 않는다.
마치 화수분처럼 사람들이 생기고 또 생기는 기이한 현상이 반복되었다.

멕시코에 온 뒤로 매일 같이 타는 지하철, 어김없이 오늘도 지하철은 우리 가족의
발이 되어 준다. 공기 반 사람 반이 되는 출퇴근 시간을 피했다고 좋아했건만 오늘이
주말임을 깜박하고 있었다. 아니나 다를까 지하철은 터질 듯 사람을 꽉 채운 채 선
로로 들어왔다. 탈까…, 말까…. 망설이는 찰나에 지하철이 우리를 스쳐 갔고 그렇게
몇 대의 지하철을 더 보낸 뒤에야 공간이 넉넉하다 싶은 지하철에 몸을 실었다. 안락
함도 잠시, 다음 정거장에 이르자 엄청난 숫자의 사람들이 몸을 구겨 넣기 시작했다.

"윽, 밀지 마. 야야! 누가 가방을 잡아당겨."

얼른 몸을 돌려 손을 뿌리치자 이번에는 내령이의 고함소리가 들린다. 아수라장이

따로 없다. 이 순간 가장 큰 문제는 곧 하차 역에 도착하지만, 우리가 지하철 문과 문 중간에 갇혀 있다는 것이다. 얼마 후 차내 스피커에서 우리의 종착지가 코앞이니 내릴 준비를 하라는 친절한 안내 방송이 흘러나왔다. 가만있자, 스페인어로 '실례합니다'가 뭐였더라. 아, 도무지 생각이 나지 않았다. "익스큐즈 미"를 애타게 외쳐댔지만, 사람들은 그저 무덤덤했다. 순간 엄청난 고민 끝에 입 밖으로 나온 단어가 있었으니.

"살리도!"

고민 끝에 선택한 단어였다. 물론 '살려 달라'는 의미는 아니었다. 스페인어로 '나가다'라는 뜻의 단어, '살리르Salir'가 도무지 생각이 나지 않은 것이 문제였다. 몇 번에 걸쳐 "살리도, 살리도"를 외쳐댔다. 순간 주변 사람들이 낄낄거리며 웃더니 전염병 퍼지듯 사방이 폭소로 가득했다. 무조건 내려야 된다는 일념으로 웃음거리가 되는 것 따위는 신경도 쓰지 않은 채 가족들 손을 잡고 사람들 사이를 헤집고 출구를 빠져나왔다.

숙소로 돌아와 문득 그들이 왜 그렇게 웃었을까 궁금했다. 사전을 찾아보고 나서야 고개를 들 수 없는 창피함과 자괴감이 밀려오기 시작했다. '살리도Salido'라는 단어에는 '발기된 성기'라는 비속어 뜻이 있었다. 그것도 모르고 살리도를 그리 외쳤다…. 내가 지하철에서 무슨 짓을 한 거지.

GUANAJUATO

멕시코 과나후아토

536   540
와하카   산크리스토발
         데 라스 카사스

키스의 골목_1

Day 533

과나후아토의 첫 아침이 밝았다. 거리로 나와 걸음을 옮길 때마다 활기찬 분위기 속의 일부가 되는 것 같아 즐거움이 더해간다. 대성당을 지나 후아레스 극장 앞 유니온 정원에 이르자 빙그레 웃음이 지어진다. 극장 앞에는 공연 준비에 한창인 젊은 남녀가 연습에 여념이 없었다. 어느새 아들 녀석도 그 옆에 합류해서 신나게 발을 맞추며 놀고 있었다. 원 없이 놀았으니 이제 목적지인 빠삘라 기념탑으로 가야 한다.

"케이블카 탈까, 걸어갈까?"
"케이블카는 얼마 하는데?"
"얼마 안 해. 15페소."
"그럼, 타고 가자."
"엄마, 나는 걸어갈란다. 그리고 그 돈으로 아이스크림 하나 사주라."

그래, 어차피 돈의 가치는 본인이 결정하고 책임지면 된다. 아내도 아들의 말에 동의해서 우리 가족은 골목길을 따라 빠삘라 기념탑으로 올라갔다. 형형색색의 집들의 향연에 기분이 절로 좋아진다. 좁은 골목에 들어서자 알록달록한 벽화에 눈이 즐겁다.

"우~와~"

　과나후아토는 정상에 선 우리 가족에게 최고의 풍경을 선사했다. 눈 앞에 펼쳐진 멋진 그림에 감탄하다 문득 뒤를 돌아보니 동상 하나가 떡하니 마을을 내려 보고 있었다. 바로 빠뻴라 동상이다. 알고 보니 빠뻴라는 노동자 출신의 독립운동가의 이름이었다. 멕시코는 독립운동을 한 사람들을 위해 동상이나 건축물 그리고 예술품을 만들어 그들을 기억하려는 노력을 아끼지 않는다.

　우리의 마지막 발 길이 닿은 곳은 일명 '키스의 골목'으로 불리는 까예혼 델 베소 Callejón del beso다. 이 거리엔 멕시코 버전 로미오와 줄리엣이라고 불리는 슬픈 사랑 이야기가 전해지는 골목이다.

　　옛날 옛적에 가난한 광부와 귀족의 딸이 서로 사랑에 빠졌습니다. 당연히 여자
　　집에서는 두 사람의 사랑을 반대했지만 그들의 사랑은 막을 수 없었죠. 그러던
　　어느 날 여자의 아버지는 두 사람이 몰래 만나는 자리를 급습했고 남자를 향해
　　홧김에 쏜 총으로 자신의 딸을 죽이게 됩니다. 연인을 잃고 슬픔을 견디지 못한
　　남자는 결국 그녀를 따라 스스로 목숨을 끊게 됩니다.

　이루지 못한 슬픈 사랑 이야기가 전해져 내려오는 이곳은 아이러니하게도 영원한 사랑을 이룰 수 있는 곳으로 유명해졌다. 영원한 사랑의 조건은 바로 키스. 전설 속의 커플이 자주 만나며 키스를 나눴던 골목이라는 이유 때문이다. 우리 부부도 영원한 사랑의 실현을 위해 이 골목에 왔다. 키스라…. 마지막으로 해본 게 언제인지조차 기억나지 않지만, 가정의 평화를 위해, 해야만 한다. 어색하고 긴장되는 순간을 이겨내고 영원한 사랑의 맹세를 사진으로 남겼다. 사랑이 영원할지는 뭐 살아봐야 알겠지만.

　"엄마, 나도 영원한 사랑이 필요하다. 나하고도 뽀뽀하자."

"잘 생각해야 된다. 너 여기서 엄마랑 뽀뽀하면 앞으로 여자 친구도 못 만나고, 결혼도 못 하고, 평생 엄마랑 살아야 된다. 괜찮나."

아들은 잠시의 고민 끝에 뽀뽀는 됐다고 말한다. 아주 현명한 선택이다. 대신 연습이나 한번 해보겠다며 사진을 찍어 달란다. 나중에 여자 친구 생기면 꼭 다시 올 거라나 뭐라나. 과연 그 날이 올지 궁금하다.

GUANAJUATO

키스의 골목_2

Day 534~535

"남편, 우리 큰일 났다."

"왜? 무슨 일인데."

"어제 우리 키스의 골목에서 키스했잖아. 근데 계단 위치가 틀렸다."

"에이 또 뭐라고. 그게 무슨 상관이고?"

"빨간색 계단 위에서 키스를 해야 영원한 사랑이 이루어지고, 나머지 계단에서 하면 저주가 내린단다. 어떡하노?"

결국, 한 번 더 키스의 골목을 찾았다. 오늘따라 유난히 사람이 많아 보이는 건 왜일까. 가만히 보니 교복 입은 학생들이 단체 여행을 온 것 같다. 이런 상황에서 키스라니 참 별 짓 다한다.

"내령아, 사진 한 번만 더 찍어줘."

"어제 해놓고선 또 하나?"

정확히 '빨간 계단' 위에 올라서서 키스 태세를 갖추자 학생들이 여기저기서 '오~'

하며 환호성을 보낸다. 아, 시간아. 빨리 가줘라.

질색하는 내가 재밌는지 아들 녀석이 사진기로 자꾸 장난을 친다. 그 바람에 키스는 두 번 세 번 자꾸만 늘어갔다. 몇 번 반복되는 장난에 오글거림을 참지 못했던 현지 아주머니가 대신 사진을 찍어주시는 걸로 우리의 키스는 훈훈하게 마무리되었다.

이달고 시장에 들러 점심을 먹고, 과일 가게를 기웃거린다. 가격을 확인한 아내가 대뜸 환호성을 지른다. 바나나 1kg에 10페소, 망고 역시 같은 무게 같은 값. 10페소면 천원에도 못 미치는 금액이다. 망고 한 봉지와 바나나 한 송이를 든 우리 가족은 시장 골목골목을 걸어 다니며 볼거리를 눈으로 훔친다. 미로 같은 골목길에 들어선 순간 내가 여행자임을 착각할 만큼 익숙한 풍경이 펼쳐졌다. 번뜩, 어릴 적 동네 친구가 직장에서 멕시코 과나후아토에 출장을 왔었는데 옛 동네가 생각났다는 이야기가 생각났다. 과나후아토가 어린 시절 살던 달동네의 추억을 소환해버렸다.

"아빠, 저 꼭대기에 사는 사람들 엄청 힘들겠다."

"아빠 어렸을 때 집이 꼭 저랬어. 근데 하나도 안 힘들었는데."

"정말? 저런 곳을 매일 오르락내리락했는데?"

"그때는 그게 일상이었으니까. 힘들다고 생각하지 못했나봐."

"하긴 지금 우리 가족 여행도 남들이 보면 엄청 힘들다고 하겠지? 우린 재밌기만 한데."

아들의 사고가 또 한 뼘 자랐음을 느낀다. 어릴 적 이야기를 이어가며 언덕 꼭대기에 있는 집을 향해 발걸음을 옮기는데 저 멀리서 풍선 여러 개가 우르르 굴러내러 온다. 눈이 휘둥그레진 아들 녀석이 풍선을 줍는다고 분주하다. 모아 쥔 풍선들을 주인에게 건네자 주인은 연신 고맙다며 풍선 하나를 선물로 아들에게 건넨다. 근데 뭔 바람이 부셨는지 이 녀석이 호의를 거절한다.

"아들, 왜 안 받아?"

"그러지 말고 아빠가 하나 사주라."

"왜? 공짜로 준다는데 받지."

"아니 저 누나가 팔려고 힘들게 만들었을 텐데, 공짜로 받으면 안 되지. 아빠가 하나 사주면 안 될까?"

당황스럽다. 우리의 대화를 지켜보던 풍선 주인이 머쓱하게 우리를 쳐다본다. 이 상황을 오해하고 있을 그녀에게 어떻게든 설명을 해야 했지만, 내 스페인어 가방끈이 짧아도 너무 짧다. 결국, 아들 손에 공짜 풍선이 억지로 쥐어지고 나서야 상황은 갈무리 되었다.

키스 사건(?) 다음날인 오늘, 야간 버스를 이용해 와하카로 넘어간다. 호텔에 추가 비용을 내고 늦은 체크아웃을 미리 신청해 놓았다. 남은 시간 동안 가족 모두 각자 시간을 보내기로 한다. 아내는 스페인어 공부, 나는 한국의 밀린 일들을 처리한다. 그런데 화장실에 손 씻으러 간 아들 녀석이 돌아오질 않는다.

"정내령!"

묵묵부답. 화장실 들어가서 30분 넘게 뭐 하고 있는 거지. 혹시나 하는 마음에 다급히 화장실 문을 열자 곧 눈물이 터질 듯한 얼굴의 아들이 서 있었다. 무슨 일 있냐고 아무리 물어도 그저 고개만 저을 뿐 입을 굳게 다물었다.

"세면대에서 장난감 가져 논다고 아빠가 혼낼까 봐 그래?"
"아니."
"그럼 왜?"
"……."

가만히 보니 아들의 손가락이 세면대에서 바쁘게 움직이고 있다. 손을 빼 보라고 하자 결국 울음을 터뜨린다. 세면대 배수 구멍에 장난감 병마개가 끼어 물이 빠지지 않자 당황했던 것이다. 어른들에겐 별일 아니지만, 아들에게는 하늘이 무너지는 큰일이었을 테다. 젓가락으로 한 번에 뽕하고 병마개를 빼내자 아들이 퉁퉁 부은 눈으로 환한 미소를 짓는다.

OAXACA
뚤레 나무

Day 537

540

　세계에서 가장 두꺼운 둘레를 가진 나무로 유명한 '뚤레Tule'가 여기 와하카에 있다. 사람들은 '세계 제일'이라는 타이틀에 유독 집착한다. 나 역시 그런 사람 중 하나인지라 이 위대한 나무의 실물을 눈으로 확인하고 싶었다.

　뚤레 나무를 가까이서 보기 위해서는 입장료를 내야 하지만 울타리 밖에서도 엄청난 덩치가 훤히 보여 굳이 돈 내고 볼 필요는 없다. 추정 나이 2천 살 이상. 둘레 58m, 높이 42m, 지름 14m, 무게 636톤…. 직접 보기 전까지는 상상조차 하기 힘든 피지컬이다.

　"아들, 이 나무가 세계에서 가장 둘레가 큰 나무다."
　"우리가 지금까지 세계에서 가장 크다고 하는 나무를 몇 개나 봤는지 아나?"

　아들 말대로 세계에서 '가장 오래된', '가장 높은', '가장 두꺼운', '가장 큰' 등의 수식어가 붙은 나무를 국가별로 하나씩은 보유하고 있는 듯하다. 하지만 분명한 건 내가 이제껏 본 나무 중엔 '뚤레'가 가장 두꺼웠다.

"엄마, 저 나무는 뚤레 나무 아들인가 보다."

"엄마가 보기엔 아들이라기엔 너무 작고, 손자 같은데."

알고 보니 정말로 뚤레 나무의 아들, 손자 나무가 존재했다. 아들 나무조차 1천 년 이상을 살았다니 고작해야 1백 년 사는 인간으로선 쉬 상상하기 어려운 세월이다.

오늘처럼 푹푹 찌는 날은 숙소에서 선풍기 틀어놓고 쉬는 게 으뜸이다. 아들의 병따개 장난감으로 알까기를 너무 했더니 검지가 욱신거린다. 다른 놀이 뭐 없을까 탐색하던 중 보드게임 '부루마블'을 발견했다. 어릴 적에 많이 했던 게임, 시간 때우는 데 부루마블 버금가는 것도 없다. 게임에 내기가 빠지면 심심하지. 결국, 전 세계 공식 내기 '지는 사람이 이기는 사람 소원 들어주기'로 결정했다. 게임 진행 시간 20분, 위풍당당하던 아들의 처음 모습은 온데간데없이, 파산 위기에 몰려 초조한 노름꾼 한

명이 눈앞에 있었다. 참다 참다 울음보가 터진 아들. 어찌나 서럽게 울던지 누가 보면 진짜 파산한 줄 알았을 거다. 순간 아내의 등짝 스매싱이 날아온다.

"어이구! 애한테 좀 져주면 안 되나?"
"원래 세상은 이기는 법 보다는 지는 법… (찰싹)."

　파산에 속상해진 아들을 잘 달랜 뒤 게임은 마무리되었다. 투자는 함부로 하면 안 된다는 교훈을 얻었길 바란다. 해가 진 뒤 한인 민박 사장님과 조촐한 맥주 파티를 해본다. 사장님은 '역시 세상살이 어느 곳에서나 다 똑같아. 어디서 사는지가 중요한 게 아니야. 어떻게 사는지가 중요해'라고 말씀하시며 술잔을 비우셨다. 외지에서 홀로 살아가시는 사장님의 말씀을 듣자니 괜스레 마음이 먹먹해진다. 그렇다. 우리는 어떻게 살지 고민해야한다. 남보다 조금이라도 더 갖는데만 몰두하며 인생을 허비하면 안 되는 것이다. 이 여행이 끝나면…, 우리 가족은 어떻게 살고 있을까.

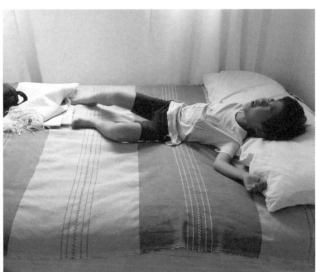

SAN CRISTÓBAL
DE LAS CASAS

어린이날 기념
닭볶음탕

Day 541

멕시코
산크리스토발 데 라스 카사스

544   546   548
메리다   바야돌리드   칸쿤

"오늘은 5월 5일 어린이날 맞지?"

"어떻게 알았어?"

"어제 여기 있는 형이 얘기해 줬지."

"그래서 뭘 하고 싶은데?"

"어린이날이니까, 닭볶음탕 먹고 싶다."

어린이날이니까 닭볶음탕이라니. 어처구니없는 무 개연성에 웃음이 터졌다. 덕분에 숙소의 저녁 공식 메뉴는 닭볶음탕으로 강제 결정되었다. 이곳에서 만난 한국인 여행자 몇 명이 한 사람당 50페소를 털어 닭볶음탕의 재료를 사기로 한 뒤 함께 사부작사부작 시장을 향한다. 닭을 찾아 헤매던 아내가 닭을 발견하고는 기겁을 한다.

"나 오늘 닭볶음탕 요리 못 할 것 같다."

"왜?"

"저기 봐라."

닭은 머리부터 발까지 전부 붙어있는 나체 상태로 누워있었다. 가까이 다가가 보니 어찌나 큰지 2마리만 해도 5명이 먹기 충분해 보였다. 내가 직원 아주머니께 손질을 부탁하자 아내가 한 발짝 뒤로 물러나 질끈 눈을 감는다. 무시무시한 크기의 네모난 칼은 금세 닭 한 마리를 십여 조각으로 토막 냈다. 조각들은 능숙한 손에 의해 봉지에 담겨 어느 순간 아들 손에 들려있었다.

분명 2마리인데 썰어 놓은 양이 3~4마리라고 해도 믿을 정도로 많았다. 우리나라 평균 닭의 두 배는 되어 보이는 이놈들의 엄청난 덩치를 감당할만한 냄비가 필요했다. 주방 여기저기를 뒤진 끝에 녀석들이 푹 잠길 큰 찜통을 발견했다. 가뜩이나 가스 불 위치도 높은데 찜통의 높이도 대단해서 아내는 까치발을 들고 요리를 해야 했다. 세 번에 걸쳐 끓는 물에 삶겨진 닭 토막들은 양념이 발린 채 찜통에 들어가 끓여지기 시작했다. 감자를 비롯한 채소를 넣으니 비로소 모양과 냄새가 그럴싸해진다. 상기 되었던 아내의 얼굴에 생기가 돈다. 이윽고 요리가 완성되자 냄새를 맡은 이들이 한 명, 두 명 모여들기 시작했다.

"와~ 냄새 죽여주네요."
"맛은 너무 기대하지 마세요."
"그런 말씀 마세요. 저희는 전부 배고픈 여행자라서 먹을 수만 있으면 됩니다."

아량 있는 굶주린 여행자들은 각각 한입씩 맛보더니 하나같이 감탄사를 쏟아낸다. 역시 명불허전. 10년 주부 경력의 실력이 발휘되는 순간이다. 오늘의 주인공인 아들 역시 양손의 엄지손가락을 치켜세우며 셰프의 실력을 인정한다.

"역시, 엄마의 요리 실력은 세계 1등이라니까."

아들의 립 서비스에 저녁 식사 자리는 더욱 화기애애해졌다. 끝을 볼 수 있을까 싶던 양의 닭볶음탕은 마치 내 걱정을 비웃듯 순식간에 눈앞에서 사라졌다. 우리는 분명, 배고픈 여행자임이 틀림없다. 만족스러운 포만감을 남긴 푸르른 어린이날의 하늘이 어느덧 빨간 맛 닭볶음탕 국물 마냥 붉게 물 들어갔다.

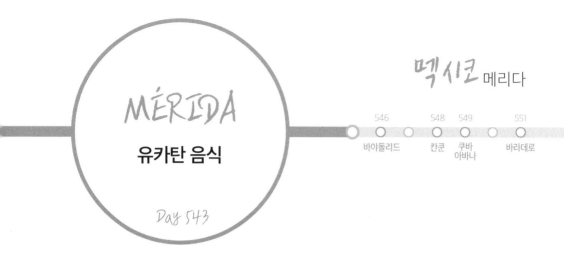

MÉRIDA
유카탄 음식

Day 543

　　어제저녁 7시, 메리다로 출발한 우리는 다음날 정오가 되어서야 버스에서 내릴 수 있었다. 15시간 넘도록 화장실 한 번을 안 가고 자는 아내를 보고 있자니 그렇게 신통방통할 수가 없다. 아들 역시 출발 한 시간 뒤에 잠들어 12시간을 푹 자고 일어났다. 덕분에 어린이날 다음날 발병했던 눈병도 많이 호전되었다. 버스에서 내리니 어디선가 더운 바람이 훅 불어온다. 한여름의 끈적한 바람이다. 한동안은 더위와의 싸움에 고생하겠구나 싶다.

　　숙소에 짐을 풀고 뒹굴뒹굴하다 해가 질 무렵 밖으로 나왔다. 메리다 유카탄반도에는 '라 차야 마야'라는 이름의 맛집이 있는데, 본점과 분점이 3분 거리를 두고 떨어져 있다. 우리 가족은 본점을 선택했다. 한창의 저녁 식사 시간에는 줄을 서서 기다려야 하지만 지금은 이른 저녁 시간대라 곳곳에 빈자리가 많았다.

　　"유카탄 음식이 뭐야?"
　　"나도 모르지."
　　"그럼, 뭔지도 모르고 먹어보는 거야?"
　　"가끔은 이런 날도 있어야 안 되겠나?"

유카탄 음식의 진수를 맛보기 위해 가장 비싼 모둠 세트를 주문해 본다. 애피타이 저로 튀긴 타코에 몇 가지 소스가 먼저 제공된다. 이게 아들의 입맛을 저격했는지 엄마 아빠는 손도 못 대게 한다. 아내는 데킬라로 만든 칵테일을, 나는 맥주로 목을 축이며 메인 요리를 기다린다. 15분쯤 흘렀을까 메인 요리가 한 상 가득 테이블 위에 놓였다. 어른 세 명이 먹어도 충분해 보이는 넉넉한 양이다. 또르띠야를 펼쳐놓고, 고기와 채소, 소시지 등을 취향껏 올려 원하는 소스를 뿌린 뒤 꼬마 김밥처럼 돌돌 말아먹으면, 끝. 거창해 보이지만 사실 길에서 먹던 타코의 고급 버전이다.

"남편, 멕시코시티 길거리에서 먹었던 타코가 더 맛있지 않나?"
"가격 대비 길거리 타코가 훨씬 낫네."
"아빠 엄마, 나는 레스토랑에서 먹으니까 훨씬 맛있는 것 같다."

식사 가격은 2만 원이 조금 넘게 나왔다. 거기에 팁을 조금 붙여 375페소를 계산했다. 일요일이라 그런지 광장에는 춤판이 벌어졌다. 흥겨운 음악 소리에 맞춰 남녀노소 가릴 것 없이 몸을 흔들며 정열의 시간을 보내고 있다. 아들은 어느새 그 속으로 섞여 들어가 엉덩이를 흔들며 웃음꽃을 피운다. 아내와 나는 벤치에 앉아 댄스머신 아들을 흐뭇하게 바라봤다. 호텔에 들어온 늦은 시간까지도 메리다의 거리는 흥겨운 노랫소리가 가실 줄 몰랐다.

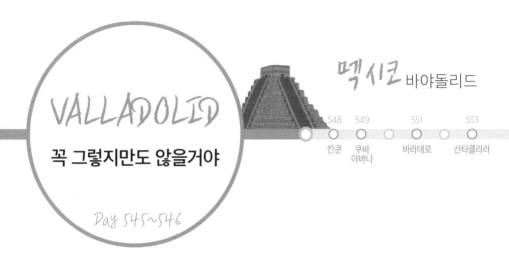

VALLADOLID

꼭 그렇지만도 않을거야

Day 545~546

　바야돌리드로 이동하는 날이다. 며칠 전 숙소를 예약했는데, 숙박비가 너무 저렴했
다. 경험에 비춰봤을 때, 여긴 없는 숙소거나 행정상 오류가 있을 게 분명했다. 숙박
업체가 미치지 않고서야 절대 나올 수 없는 금액이지만 혹시 모를 약간의 가능성 때
문에 예약을 취소하지 않고 찾아가 보기로 했다. 무모한 시도라며 아내에게 핀잔을
들었지만 이런 것도 여행의 묘미 아니겠냐며 아내를 설득하며. 다행히 숙소는 존재했
다. 이젠 행정상 오류의 확률만 극복하면 된다. 얼른 초인종을 눌러본다. 기적이 없다.
한 번 더, 띵-동. 초조한 마음으로 응답을 기다려본다. 아내의 입에서 불만이 터져 나
오려는 찰나 직원이 황급히 문을 열어주며 '어서 오세요' 인사한다.

　　"제가 2달러에 숙박 예약을 했는데요."
　　"네? 그럴 리가 없을 텐데…."
　　"한번 확인해 보세요."

　바우처에 적힌 숙박비를 본 직원이 동공 지진을 일으킨다. 무슨 해명을 막 늘어놓
는데 스페인어가 짧은 나로선 알 수 없는 아우성일 뿐이었다. 우리를 구원하기 위해

종이와 펜이 등판했다. 오간 내용을 정리하자면 하루 숙박비 540페소를 명기해야 하는데, B 닷컴의 착오로 54페소로 올려졌다는 설명이다. 540페소, 우리나라 돈으로 3만원이 넘는 액수이다. 어느 정도 예상을 하고 있었던 우리는 방을 보고 숙박 여부를 결정하기로 한다. 더블 침대 싱글 침대 하나씩이 깔끔하게 정리되어 있었다. 화장실도 심플하고 청결했다. 무엇보다 에어컨이 있다는 사실이 마음을 흔들었다. 잠시 고민하던 아내가 슬쩍 오케이 사인을 보낸다. 직원은 2박 1,080페소의 숙박비에서 80페소를 빼주겠다며 더 이상의 디스카운트는 불가하다며 미안해한다. 액수를 떠나 이런 작은 배려가 소비자 기분을 들었다 놨다 하는 법이다. 방에서 짐을 풀고 있자니 아내가 20페소를 들고 나가 망고 한 봉지를 사 들고 들어온다. 한눈에 보기에도 잘 익은 노오란 망고가 먹음직스럽다. 망고 킬러인 아들과 아내는 망고 여섯 개를 순식간에 먹어 치웠다. 망고는 우리에게 사랑이다.

현재 기온 38도, 체감 온도는 40도를 훌쩍 넘어간다. 아내는 에어컨 나오는 이 방에서 한 발자국도 나가려 하지 않는다. 결국, 오후 내내 방에서 쉬던 우리 가족은 해가 질 무렵에야 자리에서 일어나 신발을 신었다.

중앙 광장을 벗어나 산 베르나르디노 데 시에나 수도원으로 발걸음을 옮긴다. 가는 길에 골목 상점들이 아기자기하니 참 예쁘기도 하다. 골목 어귀 어디에서 구수한 리듬의 목소리가 들려온다. 뜻은 모르겠지만, 우리나라에서 '찹쌀~~ 뜨억, 메에밀~~ 묵욱' 목 놓아 외치던 아저씨의 톤이다. 그 분은 손수레를 끌고 다니면서 뭔가를 팔고 있었는데, 그 안에 내용물이 궁금했다. 쫓아가 볼까 하며 움직이려는데 아내가 내 팔을 붙잡고 고개를 절레절레 흔든다. 아들과 나는 수도원 가는 길 내내 궁금증에 견딜 수 없었지만 결국 영원히 미제로 남았다. 구경을 마친 수도원을 빠져 나오는 길, 수도원 앞에서 축구를 하는 사람들 구경하는 재미에 푹 빠졌다.

"아빠, 나도 한국 들어가면 친구들이랑 저렇게 공 차고 놀 수 있을까?"

"그럼."

"참 세상 모르는 소리 한다. 한국 가면 저렇게 공 차고 노는 애들이 있는 줄 아나?"

"왜? 공 차는데 돈이 드는 것도 아니고 친구들만 모으면 되는 거잖아, 엄마."

"그 친구들 모이는 곳이 바로 학원이라는 곳이야. 공을 차려고 그 학원에 다녀야 하는 게 현실이라고."

주변 이야기를 들어보면 요즘 정말 그렇다. 우리나 어릴 적에 노는 게 일이었지 요즘 애들은 하교하자마자 바로 학원 봉고에 몸을 싣는단다. 세계여행의 시간이 축적될수록 점점 한국의 현실에 회의감이 깊어진다. 그럴 때마다 아내가 자주하는 말 '그럴까? 에이, 아닐 거야'라는 희망을 마음속에 품어본다. 엄마의 말에 풀 죽어 있는 내령이에게 이렇게 얘기해줬다.

"내령아, 꼭 그렇지만도 않을 거야."

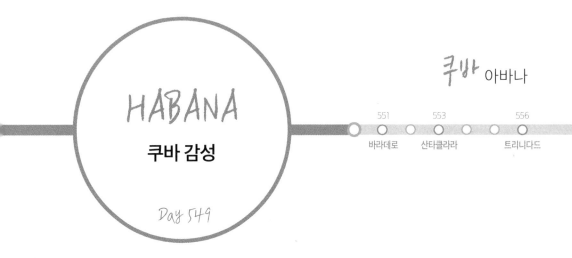

쿠바 아바나

HABANA

쿠바 감성

551   553   556

바라데로   산타클라라   트리니다드

Day 549

아직 미국 자본의 영향을 덜 받은 쿠바는 쉽게 갈 수도 없는 곳인 데다, 뭔가 아날로그 감성이 물씬 나는 전 세계 몇 안 되는 나라이다. 쿠바의 수도 아바나로 가는 비행기를 타기 위해 새벽 4시에 숙소를 나선다. 이른 아침이지만 칸쿤 공항에는 사람들이 가득했다. 쿠바에 가려면 항공 수속 전에 반드시 해야 할 일이 있다. 바로 쿠바 여행자 카드를 작성하는 일이다. 쿠바 여행자 카드는 한 장당 250페소(한화 1만 5천 원)나 한다. 이 값비싼 종이 쪼가리는 혹시라도 정보를 잘 못 기재하는 여행객에게 가차 없이 재 구매를 요구한다. 지금까지 수많은 나라의 입국신고서를 써오면서 이렇게 긴장해 보기는 처음이다. 수능 시험 OMR 카드 기재 할 때 보다 더 살 떨린다. 한 글자 한 글자 또박또박 꾹꾹 눌러 적는다. 여행자 카드가 실수 없이 완성되었다. 절차를 마치고 비행기에 오르니 그제야 참아왔던 졸음이 쏟아진다.

아바나에 곧 도착한다는 안내방송에 눈이 떠졌다. 쿠바 입국엔 여행자 보험이 필수라고 해서 준비를 했건만 별다른 검사 없이 수월하게 입국 도장을 받았다. 얼마 전까지만 해도 여권에 쿠바 입국 도장이 있으면 미국 여행이 불가하다고 들었다. 하지만 얼마 전 오바마 대통령이 쿠바를 다녀간 뒤로 그런 문제가 해결되었다고 한다. 쿠바에도 미국 자본이 몰려올 날이 머지않았다는 얘기다. 그전에 쿠바 여행은 꼭 한 번 해 봐야 한다.

공항을 빠져나오자 택시들이 모두 영화에서나 볼 법한 올드카이다. 매력 넘치는 올드카 한대에 올라 도심을 달린다. 어느새 숙소 앞에 도착했다. 벨을 누르자 누군가가 3층에서 열쇠를 던져준다. 얼마 전까지만 해도 밧줄로 열쇠를 내려 줬다고 하던데 쿠바만의 체크인 시스템이 재미지다.

"이건 정말 상상 이상이네."
"쿠바는 항상 상상 그 이상을 보여주는 나라라고 하던데, 진짜네."
"아빠, 여기에 있는 집들은 뭔지 모르게 멋지게 부서진 것 같다."

아들의 표현이 딱 맞다. 허름하고 다 쓰러져가는 건물인데 전혀 흉물스럽지 않고 자연스럽게 느껴진다. 쿠바는 분명 조금 특별한 나라임을 본능적으로 알 수 있었다. 쿠바만의 독특한 감성에 우리 가족이 조금씩 물 들어간다.

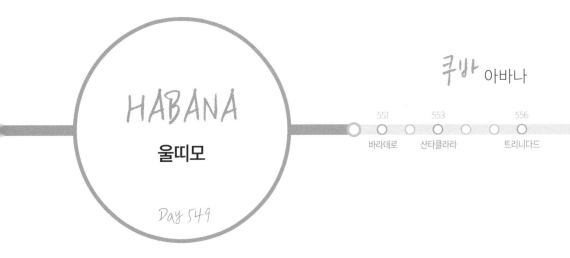

HABANA

울띠모

Day 549

    숙소에서 잠시 쉬다가 환전을 하러 길을 나선다. 우리가 들고 있는 돈은 US 달러. 일반 은행에서 바꾸면 10%의 추가 수수료가 있지만, 암거래 환전을 하면 제값을 다 받을 수 있다. 아마 쿠바랑 미국의 좋지 않은 관계가 만들어낸 시스템인가 보다. 그래서 많은 사람이 US 달러가 아닌 캐나다달러나 유로를 가져오기도 한다.

    "환전? US 달러? 얼마치?"

    "500달러."

    원하는 금액을 공개하면 계산기를 꺼내서 서로 원하는 환전율을 협상한다. 먼저 암환전상이 0.94를 찍었다. 그건 안 되지. 내가 미친 척 0.97을 찍었더니, 손 사례를 치며 얼굴을 찡그린다. 이럴 때는 '미련 없이 돌아서라'라는 진리를 이미 깨우친 내가 매몰차게 등을 돌리자 그는 이내 내 팔을 턱 붙잡는다(오케이, 걸려들었어).

    쿠바는 두 종류의 화폐를 사용한다. 하나는 여행자가 주로 쓰는 '쿡'이고 다른 하나는 현지인의 결제 수단인 '모네다'이다. 1달러는 1쿡, 1쿡은 24모네다 라고 생각하면 이해가 쉽다. 1모네다는 우리나라 돈으로 50원 정도의 가치를 가진다. '쿡'을 바꿨으니 다음은 '모네다' 차례다.

모네다는 정식 환전소 즉 은행을 가면 된다. 이미 많은 사람이 환전을 기다리며 줄을 서 있다. 나도 조용히 줄을 서 본다. 그런데 앞 사람이 그게 아니라는 시늉을 한다. 뭐 어쩌라고?

"울띠모를 찾아라."
"울띠모?"
"울띠모하고 외쳐 봐."
"우…."
"샤우팅 해!"
"울띠모! 울띠모!"

울띠모는 스페인어로 제일 뒷사람이란 뜻이다. 누군가 울띠모를 외치면 맨 뒷사람이 손을 번쩍 들어 준다. 그럼 그 사람은 손든 사람 다음이 되는 것이다. 줄이 개념 없이 이어진 것 같지만 나름의 체계를 가지고 있었다. 절대 무작정 아무 뒤에나 서서 기다리면 안 된다. 나중에 골치 아픈 일이 벌어질 수 있다.

✦ "울띠모! 울띠모!"

어디선가 울띠모가 울려 퍼진다. 이번에는 내가 조용히 손을 들어 끝자리라는 신호를 보낸다. 귀찮아 보이지만 막상 해보면 무척 즐거운 경험이다.

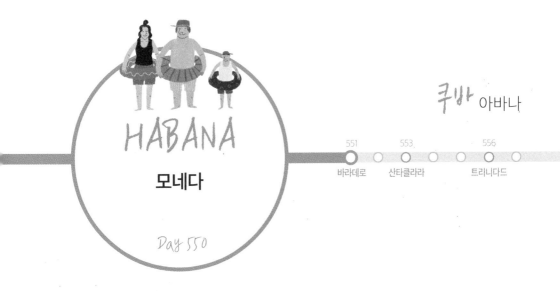

쿠바 아바나

HABANA

모네다

Day 550

551 바라데로
553 산타클라라
556 트리니다드

"와~ 뭐가 이렇게 저렴하지?"

"그러게. 그런데 관광객들은 왜 모네다를 안 쓰는 걸까?"

그렇다. 많은 사람이 쿠바 여행을 와서 한 번도 모네다 사용을 하지 않는다. 이 좋은 걸, 대체 왜? 커피 한잔 1모네다. 아이스크림 3모네다. 생과일 주스 5모네다. 맥주 한 잔 6모네다. 완전 천국 아닌가. 심지어 식사 한 끼마저 30모네다, 1천 원이면 넘치도록 충분하다. 크으, 돈 쓰는 맛이 바로 이런 거구나. 만수르조차 부럽지 않던 우리 가족은 모네다를 펑펑 써가며 온 거리를 휩쓸고 다녔다.

오비스뽀 거리를 걷다 보면 곳곳에 울려 퍼지는 노랫소리와 그 옆에서 춤사위를 펼치는 사람들을 만난다. 그들이 풍기는 쿠바의 향기는 황홀하고 매혹적이다. 현지인의 거리를 벗어나 관광객이 제일 많다는 비에하 광장으로 발걸음을 옮긴다. 역시나 관광객들로 발 디딜 틈이 없었다. 우리도 이번엔 관광객 모드로 전환하고 호프집 한 자리를 차지하고 앉는다.

"남편 여기는 모네다 사용이 안 되나 보네."

"호프집 분위기를 봐라. 딱 봐도 '관광객용'이라고 쓰여 있잖아."

"같은 맥주인데 가격 차이가 이렇게 나다니."

"맥주 질이 다르겠지 생각하고 마셔."

현지인 거리에서는 6모네다면 맥주 한잔을 마실 수 있는데 여기서는 맥주 한잔에 3쿡이나 줘야 한다. 42모네다 이다. 헐… 쿠바에서는 돈 계산을 소홀히 하면 안 된다. 아내도 모네다의 매력에 빠졌는지 자꾸만 가격 비교를 한다. 조금씩 여행자의 포스를 풍기는 우리 마눌님.

아바나의 밤은 화려함 그 자체다. 꽤 늦은 시간임에도 불구하고 거리는 사람들도 많고, 크게 위험해 보이지도 않는다. 놀랍게도 쿠바는 중남미 중에 가장 치안이 좋은 나라라고 한다. 그래도, 방심은 금물!

HABANA

내령이의 하루

Day 550

여기 아바나에서 가장 즐거운 사람은 누구도 아닌 내령이다. 숙소 할머님이 내령이를 너무 예뻐하셔서 온종일 데리고 다닌다. 밥도 삼시 세끼 다 챙겨 먹이시고, TV도 보여 주신다. 내친김에 내령이는 아예 할머님 방에 사는 중이다. 여행 온 형, 누나들과는 어찌나 잘 지내는지 누가 보면 이 집 손자인 줄 알 정도다.

"아빠. 나는 여기 할머니도 너무 좋고, 형 누나들도 완전 마음에 들어."
"그럼 여기 살래?"
"사는 건 조금 그렇고 한 달 정도 있으면 안 될까?"
"그래 그럼. 엄마하고 아빠는 쿠바 여행하고 한 달 뒤에 데리러 올게."
"앗싸!"

내일 바라데로로 떠나야 하는데 진짜 안 간다고 하는 건 아니겠지? 바라데로에서는 아내 의견을 적극적으로 반영해서 올인클루시브 호텔을 이용하기로 했다.

"아들. 우리는 내일 올인클루시브 호텔가서 놀 건데, 진짜 안 가지?"

"올인클… 호텔이 뭔데?"

"먹고 싶은 것 다 먹을 수 있는 호텔. 게다가 물놀이도 할 수 있지."

"그럼 나도 데려가야지."

"왜? 여기서 한 달 있겠다며?"

"아니, 맨날 고생하는 곳만 데리고 다니고, 좋은 곳은 엄마 아빠만 가나?"

"어이구! 당연히 사랑하는 우리 아들 데려가야지."

아들이 숙소에서 할머님과 손님들을 너무 귀찮게 하는 것 같아 데리고 밖으로 나왔다. 이 더운 날에 도심을 5시간이나 헤맸더니 몸이 축축 처진다. 그러나 우리에게는 최후의 보루, 모네다가 있으니 걱정이 없다. 모네다를 마음껏 뿌리고 다니며 부자 놀이를 하다 보니 어느덧 저녁 식사 시간이 다 되었다. 내친김에 저녁까지 먹고 숙소로 들어가기로 합의한다.

모네다 사용이 가능한 현지인 식당의 메뉴는 돼지고기 덮밥, 소고기 덮밥, 닭 덮밥, 생선 덮밥, 블라블라 덮밥… 온통 덮밥뿐이다. 심지어 식당 사정에 따라 주문이 안 되는 메뉴도 상당하다. 한마디로 주는 대로 먹어야 하는 것이다. 심지어 현지인들의 밥은 머슴 밥에 버금가는 고봉밥이다. 밥에 비해 터무니없이 부족한 고기의 양 때문에 먹다 보면 늘 밥이 잔뜩 남는다. 다행인 건 밥에 이름을 알 수 없는 양념이 되어 있어서 그나마 먹을 만 하다는 거다. 예전 아프리카 노예들은 이걸로 삼시 세끼 먹었다고 하던데. 아, 우리가 지금 먹는 건 노예 밥 업그레이드 버전이구나!

SANTA CLARA
로컬 버스는 사랑을 싣고

Day 555

아바나에 이은 두 번째 인기 여행지 트리니다드로 가는 날이다. 비아술 시외 버스 터미널로 가는 시내버스 정류장을 미리 점검해뒀다. 아침 식사 후 숙소를 떠날 계획 이었지만 갑작스러운 정전에 계획을 전면 수정한다. 정전, 듣고 보니 참 오랜만이다.

"아빠, 정전이 뭐야?"

"전기가 안 들어온다는 의미야."

"왜? 고장 났어?"

"그게 아니고 전기가 부족해서 아껴 쓰자고 전기를 끊은 거야."

"아, 전기도 아껴 써야 하는 거구나."

얼마 안 가 다시 들어온 전기 덕에 아침을 먹을 수 있었다. 아들의 망고 사랑에 감탄 한 주인아주머니가 계속해서 망고를 배급해주신다. 망고 킬러의 본능이 살아나는 아 들. 잔혹한 킬러의 만행에 오늘도 무수한 망고가 세상에서 사라졌다.

며칠간 신세 졌던 숙소와 안녕하고 버스 정류장을 향해 나선다. 시내버스 관련 정 보가 전무한 상태라, 버스가 올 때마다 주위 사람들에게 비아술 시외버스터미널을 가는지 물어본다.

"저기요. 지금 들어오는 버스가 비아술 시외버스터미널 가나요?"
"네."
"혹시 버스비가 얼마죠?"
"1모네다요."
"네? 얼마라고요?"
"1모네다. 1모네다."

　그러더니 손에 쥐고 있는 1모네다 화폐를 가리킨다. 버스비가 50원이라고? 물가 한번 저렴하네. 파격적인 요금 정책에 알뜰한 마눌님도 놀란 눈치다. 문제는 버스 탑승객이 너무 많다는 것이다. 캐리어 하나에 배낭 두 개를 짊어진 우리 세 명이 타기엔 공간 자체가 없어 보인다. 우리는 연거푸 세 대의 버스가 지나가는 모습을 멍하니 바라볼 수 밖에 없었다.

"남편, 로컬 버스는 포기하고 마차라도 타자."

"마지막 딱 한 대만 더 기다려보자."

저 멀리 약속의 버스가 우릴 향해 다가오고 있었다. 그전까지 버스가 올 때면 습관적으로 주변에 있는 분께 '비아술 시외버스터미널을 가는지' 물어보곤 했는데 순간 어떤 아주머니가 우리를 도와준다며 내 캐리어를 들고 버스에 타는 것이 아닌가.

"어어? 저기, 내 캐리어. 이건 아닌데? 어쩌지?"
"빨리 타! 빨리!"

내 캐리어와 함께 버스에 오른 아주머니가 빨리 타라며 손짓을 한다. 다른 방도가 없다. 필사적으로 몸을 구겨 우선 버스에 올랐다. 아내와 아들은 문밖에서 발을 동동 구르고 있는 상황. 캐리어만 빼 오기에는 아주머니가 너무 깊숙이 들어가 버리셨다. 버스 문이 닫히려는 찰나, 아들이 버스가 떠나기 민망할 정도로 큰 소리로 울음을 터뜨린다. 버스 승객들이 웅성웅성 대기 시작했고, 버스 기사는 당황한 표정으로 아들을 바라보았다. 그 순간 승객들이 일제히 '으쌰으쌰'하더니 아내와 아들이 탈 공간을 만들어 주는 게 아닌가. 그제야 버스 기사도 사태파악이 되었는지 자리에서 벗어나 우는 아들을 달랜 뒤 번쩍 들어, 본인 옆자리에 앉힌다. 아들에게 눈물의 이유를 물어보니, 아빠랑 이산가족 될까 봐 그랬다나 뭐라나. 아무튼, 효자 아들 덕에 아내도 무사히 버스에 올랐고, 버스는 출발할 수 있었다.

비아술 시외버스터미널까지 가는 길 내내 아주머니 한 분이 배낭을 자신의 무릎에 올려놔 주셨고, 다른 분은 아내가 넘어지지 않도록 손을 꽉 붙잡고 있으셨다. 목적지에 이르자 짐을 들어주신 아주머니가 몸부터 얼른 내리라고 말씀하신다. 그러더니 기사님과 아주머니께서 우리 짐을 하나씩 챙겨 창문 밖으로 건네준다. 마지막 짐까지 안전하게 내려주신 그들은 환한 웃음을 지으며 아들을 향해 손을 흔들어 주셨다. 10분도 채 걸리지 않은 짧은 시간 동안 돈 주고도 못 살 값진 경험을 했다.

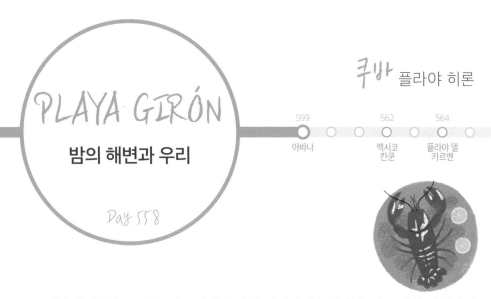

PLAYA GIRÓN
밤의 해변과 우리

Day 558

599
아바나

562
멕시코
칸쿤

564
플라야 델
카르멘

쿠바 플라야 히론

플라야 히론으로 가는 버스 시간에 맞춰 터미널에 도착했다. 이른 아침 시간인데도 터미널은 인산인해다.

"짐을 버스 트렁크에 넣어 드리겠습니다. 이쪽으로 짐을 놓으세요."
"감사합니다. 정말 친절하시네요."
"네, 가방이 총 3개. 3쿡 되시겠습니다."

당했다. 방심하는 사이 버스에 짐을 실어주고 돈을 챙기는 놈들에게 걸린 것이다. 이럴 때는 어떻게? 기분 좋게 당해주는 게 순리이다. 그래도, 순순히 3쿡을 다 줄 수는 없지….

"에헤이. 우리 가방 크기를 봐, 다 작잖아."
"그러네. 그럼 2쿡만 줘."
"어허이. 우리 꼴을 봐. 우리 정말 가난한 여행객이야. 1쿡만 줄게."
"어… 그래. 할 수 없지."

1쿡을 손에 쥐여 주고 잽싸게 버스에 오른다. 옆에서 그 모습을 지켜보던 아내가 회심의 미소와 함께 슬며시 엄지를 들어 올린다. 처음 타 보는 비아술 버스는 예상보다 훨씬 쾌적했다. 무엇보다 에어컨이 빵빵한 게 맘에 든다. 버스는 시엔푸에고스를 지나 플라야 히론에 도착했다. 이곳은 해안 휴양지답게 버스에서 내리자마자 바다 비린내가 코끝을 자극한다.

자연스럽게 호객하는 사람을 따라 가서 숙소를 예약했다(어, 이 기시감은 뭐지…). 바닷가에서, 친절한 호객 행위에 끌려, 맘에 드는 숙소를 골랐다는 것까지 리투아니아 니다의 경험과 닮았다.

점심으로 사나이 울리는 라면을 끓였더니 숙소 주인이 신기한 듯 우리를 쳐다본다. 한 젓가락을 권하자 고개를 절레절레 흔든다. 점심을 먹고 아들은 풀장에서, 마눌님은 흔들의자에서 시간을 보낸다. 그 틈에 나는 해안가를 걸으며 사색에 빠져 본다. 부서진 건물 사이로 동네 아이들이 다이빙하는 모습이 포착된다. 풍-덩. 반짝거리는 물 위로 넓은 파문이 인다. 눈부신 미소의 아이들을 보고 있으니 어린 시절이 생각나 입가에 흐뭇한 미소가 번진다. 안 되겠다, 나도 들어가련다. 풍-덩.

저녁은 숙소에 미리 부탁해 놓았다. 메뉴는 바닷가재 조림, 가격은 10쿡이다. 쿠바에 오면 꼭 먹어봐야 하는 음식 중 하나인 바닷가재 요리는 원재료 고유의 맛을 살린 조리법 때문에 특히 인기가 많다. 평생, 바닷가재로 배 채워 보긴 처음이다. 해가 질 무렵, 가족 모두 해안가로 나갔다. 밤의 해변엔 젊은 남녀들이 춤을 추고, 물놀이하는 축제 분위기가 완연했다. 이국적인 풍경 사이로 우리 가족의 밤도 깊어져 간다.

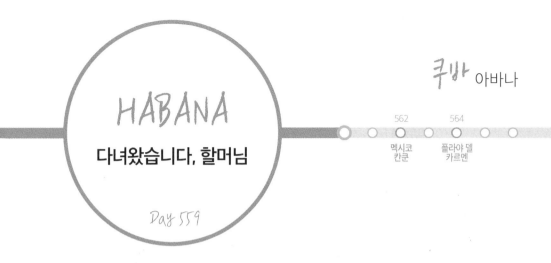

HABANA

다녀왔습니다, 할머님

Day 559

어제저녁 내내 에어컨이 작동하지 않아 고생했다. 샤워하면 전기가 나가고, 자려고 누우면 모기에게 뜯기는 고난의 연속이었다. 죽어버릴 것 같은 기분으로 하루를 보내게 해준 우리의 에어컨은 새벽이 되어서야 제 역할을 하기 시작했다. 그동안의 전면 휴업을 멈추고, 그나마 2~3시간이라도 잘 수 있게 배려해준 에어컨에 감사한다. 아침에 눈 뜨자마자 아바나 가는 비아술 버스 시간표를 체크하러 나간다. 젠장, 저녁 7시에 한 대 있네.

장고 끝에 버스 터미널에서 10시간을 기다렸다가 아바나로 넘어가기로 한다. 숙소 주인아주머니는 이틀을 머문다고 생각했던 우리가 갑자기 떠난다고 하니 실망하는 눈치다(죄송해요, 도저히 2박은 못하겠습니다). 우리는 아바나 숙소를 예약하지 않았다. 아바나를 떠나던 날 숙소 할머님과 나눴던 약속을 믿기 때문이다. 그 당시, 우리는 할머님과 이런 대화를 나눴다.

"이제 어디로 갈 거야?"
"바라데로, 산타클라라, 트리니다드 그 후 다시 아바나로 돌아올 거예요."
"다시 오는 날짜가 정확하게 언제야? 체크해 놓을게."

"아… 그 날짜가 정확하지 않아서요."

"그럼 신경 쓰지 말고 아무 때나 와. 내 방을 비워서라도 잠자리는 무조건 만들어 줄게."

할머님은 아들과 포옹을 하고, 새끼손가락을 걸어 재차 약속하셨다. 꼭 다시 만나기로. 우리 가족은 그 날의 약속 하나만 믿고 아바나로 가는 거다.

늦은 10시를 훌쩍 넘기고서야 숙소에 도착했다. 할머님은 마치 기다렸다는 듯 우리 가족을 반갑게 맞이해 주셨다.

"할머님, 방 있어요?"

"안 그래도 이놈들 올 때가 됐는데 싶어서 트리플 방을 하나 비워 놓았지."

"우와 감사합니다. 감사합니다."

저번에는 더블 룸에 엑스트라 베드를 추가해서 묵었는데 이번에는 아예 트리플 베드룸을 내어 주셨다. 물론 가격은 이전과 같다. 할머님의 배려에 마음이 따뜻해지는 밤이다. 아내도 방이 아주 만족스러운가 보다. 사실 더블 룸과 트리플 룸의 컨디션은 대동소이하다. 단지 아내의 심경에 변화가 생겼을 뿐이다. 이곳은 요 며칠 개고생하다가 돌아온 우리 집처럼 안락했다.

아바나에서 맞이하는 아침. 여기서는 언제나 그렇듯 창밖으로 보이는 까삐똘리오Capitolio를 보는 것으로 하루를 시작한다. 쿠바에 처음 발을 디뎠을 때의 어색함은 사라진 지 오래다.

"이 평안한 느낌은 뭐지?"

"우리 아내 많이 달라졌네."

"참, 여행이란 거 신기하다. 내가 이렇게 변할지 누가 알았겠노?"

"그러게 말이다. 여행의 위대함이 느껴진다."

"그나저나 내령이는 어디 갔어?"

"어디 갔겠노? 할머니 방에서 놀고 있겠지, 하하."

HABANA

순박하고 마음 따뜻한
쿠바 사람들

Day 562

563 엑시코 칸쿤 564 플라야 델 카르멘

"아빠, 배가 너무 아파."

"그래? 아이고 아빠도 그런데. 무슨 일이지."

　어제 먹은 음식 중에 무언가 잘못된 것 같다. 다행인 건 아내의 몸은 정상이라는 것. 아들과 나는 아침부터 계속 화장실을 들락날락한다. 몇 번 비워낸 끝에 나는 좀 괜찮아졌지만, 아들은 여전하다. 저번 인도네시아 갈 때도 그러더니 꼭 비행기 타는 날이면 이렇게 아프다. 다행히 열이 나거나 다른 증상이 있는 것 같지는 않다.

　숙소 할머님과 마지막 작별 인사를 마치고 공항을 향한다. 공항까지 족히 한 시간은 걸리기에 웬만하면 자리에 앉아갈 수 있도록 줄을 선다. 다행히 좌석 확보. 후유, 한숨 돌리려는 찰나 아들이 심한 복통을 호소한다. 이동하는 동안 좀 괜찮아져서 방심하고 있었다. 구토감에 입을 틀어막은 아들을 보자 아내가 서둘러 가방에서 비닐봉지를 꺼내 대기한다.

"읍… 우웩. 어… 우에엑. 켁켁."

투박한 소리가 버스를 가득 채운다. 우리 부부의 이마 위로 식은땀이 흐른다. 더운 날씨, 그리고 냄새. 승객들에게 미안한 마음을 감출 길이 없어서 눈치만 보는데 그 누구도 얼굴 찌푸리는 사람이 없다. 묘한 기분이다. 누구 하나 불쾌해하지 않고 오히려 측은한 표정이다. 주변에 있는 많은 사람이 도움의 손길을 건넨다. 주섬주섬 부채를 꺼내 주는 아주머니, 꾸깃꾸깃한 비닐봉지를 건네주는 할아버지. 기대하지 않았던 배려에 당황한 아내가 내령이의 흔적이 든 봉지 입구를 말아 쥔 채 어쩔 줄 몰라 하고 있다.

"아이구, 애가 얼마나 힘들겠누. 애기 엄마 손에 든 봉지 나 주고 애 챙겨요."

"아뇨아뇨. 괜찮습니다. 감사해요."

"괜찮아요. 어서 달라니까."

"아닙니다…. 진짜 괜찮아요. 감사합니다."

이 상황을 지켜보던 주변 사람들이 너도나도 비닐봉지를 창밖으로 던지라는 시늉을 한다. 십 수 명의 사람들이 야구공 던지는 시늉을 동시에 하는데 어찌나 웃음이 나던지 참느라 힘들었다. 양심적 투척 거부자인 아내는 도무지 그 행동을 할 수 없었다. 구토 후 평온해진 아들의 표정이 또다시 일그러진다. 이번엔 아래쪽이 문제인 듯하다. 내령아 좀만, 좀만 참아라. 여기서 XX하면 정말… 안 된다!

우리가 도중에 하차해야 할지 심각하게 고민하는 동안 버스는 어느덧 목적지에 이르렀다. 신은 버스 안에 있던 우리 모두를 사랑하시는 게 분명했다.

버스를 내리자마자 아들을 둘러업고 공원 나무 밑으로 전력질주 한다. 위로 아래로, 위로 아래로. 그렇게 내령이는 쿠바에서 채운 모든 것을 욕심 없이 쿠바에 돌려주고 떠나게 되었다.

BELIZE
GUATEMALA
NICARAGUA
COSTA RICA
PANAMA
COLOMBIA
ECUADOR
PERU
BOLIVIA
CHILE
ARGENTINA
PARAGUAY
UNITED STATES
JAPAN

라틴아메리카 + 미국 + 일본 | 총 14개국
2016년 6월 3일 ~ 11월 2일 | 총 152일

합 계	25,994,000
식 비	5,109,500
숙박비	8,283,000
교통비	9,532,500
투어비	1,339,500
잡 비	254,500
기 타	1,475,000

*화폐 단위는 원(KRW)이며, 당시 각국의 환율로 환산한 금액입니다.
*교통비: 항공권, 페리, 렌터카, 차량 유지 비용 포함

아메리카
세계여행의
마침표를 찍다
Chapter 5

CAYE
CAULKER

벨리즈 키코커 섬

574 576 578
과테말라 랑퀸 안티구아
플로레스

상어와 함께 스노클링을

Day 571~573

    과테말라로 들어가기 전 벨리즈 경유를 결정한 데는 키코커 섬의 '그레이트 블루 홀' 사진이 큰 몫을 차지했다. 쿠바에 체류하던 당시 투숙객에게 추천받은 키코커 섬은, 애초 여행 계획엔 없는 곳이었다. 비용 문제 때문에 경비행기를 타지도 못하고 어린 내령이가 스킨스쿠버를 할 수도 없지만 여기, 안 오면 크게 후회할 뻔했다.

    "아빠, 섬에 들어가면 우리 뭐 할 거야?"
    "힐링."
    "아니. 그런 거 말고, 재미난 거 없어?"
    "그레이트 블루 홀 근처에 가서 스노클링 한번 하자."
    "아앗싸!"

    스노클링 장소로 이동하는 배 위에서 조그만 의문이 생겼다. 이상하다, 바다 수심이 왜 이렇게 낮지? 이건 바다가 아니라 강이라고 해도 믿겠는데. 아닌 게 아니라 밑바닥의 산호가 훤히 보일 정도로 낮은 수심의 물은 깨끗하고 맑았다. 마음 같아선 당장 물속으로 뛰어들어 물고기와 놀고 싶었다.

대해의 어디쯤 자리 잡은 스노클링 포인트에 도착했다. 장비를 꼼꼼하게 챙겨 입고, 수면위로 발을 살짝 놓아본다. 깊은 물 속에 들어가는 게 무서워 주춤하는 우리 부부와 달리 아들은 이미 풍덩 하고 몸을 내 던졌다. 믿는 구석은 구명조끼 하나뿐이라, 깊은 수심에 공포심이 몰려온다. 하지만 의식할 새도 없이 두려움은 사라졌고, 어느새 물과 우리는 하나가 되어 산호초와 물고기를 마음껏 즐겼다. 간혹 덩치가 큰 물고기가 지나가면 소리 없는 환호성이 절로 터져 나왔다.

몇 달 동안 꼭꼭 숨겨 놓았던 수중카메라를 꺼내 예쁜 피사체를 찾아 헤매는 동안 아들은 난생처음 보는 바닷속 풍경을 눈에 담느라 시간 가는 줄 모른다. 그 사이 혹시 조류에 휩쓸릴까 가이드는 꼼꼼하게 아들을 챙겼다.

"당신 아들 완전 에너자이저네. 내가 따라 다닌다고 힘들어 죽겠어."
"정말 고마워."

새로 이동할 스노클링 포인트에서는 무려 상어와 함께 스노클링을 할 수 있다. 목적지에 도착하자 배 주위로 상어 떼가 몰려들기 시작한다. 순간 배 위는 스노클러들의 탄성으로 가득해졌다. 가이드가 던져준 먹이를 쫓아 충분한 수의 상어가 모여들자 가이드는 물속으로 들어가라는 신호를 보낸다. 아들을 포함한 그 누구도 쉽게 물속으로 들어가지 못하고 눈치만 살피자 가이드는, '내가 먼저 들어가지'하며 용맹하게 물속으로 뛰어든다.

날카로운 상어 이빨로부터 가이드의 육체가 안전함을 확인한 사람들이 한 명씩 물속에 들어간다. 곧 우리도 물속으로 내려왔지만, 상어를 피해 다니느라 정신이 없었다. 기회가 된다면 꼭 상어와 함께 스노클링을 해 보라. 전에 없던 전율을 느끼게 될 테니. 투어를 마치고 돌아오는 길 내내 아내는 짧은 스노클링 시간에 아쉬움을 토로한다.

"스노클링 싫다며."

"막상 해 보니까 이거 너무 재밌는데. 우리 내일 한 번 더… 안 될까?"

아내의 간절한 바람을 저버릴 수 있나. 우리는 다음 날도 스노클링을 하며 키코커 섬에서의 마지막을 즐겼다.

FLORES

오, 한국 사람이시군요!

Day 574

　우리 가족은 에어컨도 나오지 않는 허름한 승합차에 실려 정처 없이 달리고 있다. 벨리즈시티에서 과테말라 플로레스까지는 무려 5시간이 걸린다는데, 이대로 버틸 수 있을지 걱정이다. 이 찜통 안에는 우리 가족을 제외하고, 6명의 여행자가 더 있다. 다들 어느 나라 사람들인지 궁금했다.

　4명은 얼핏 유럽인 같아 보이고, 나머지 2명은 아시아인이다. 대화라도 오가면 국적을 눈치를 챘을 텐데, 두 시간이 넘는 이동 간에 아시아인 둘은 단 한마디도 섞지 않았다. 가끔 흘깃흘깃 나를 보는 표정이 예사롭지 않다. 혹시 나랑 비슷한 생각을 하는 걸까.

　나도 모르는 새에 슬쩍 잠이 들었다. 잠에서 깼을 때, 찜통 승합차는 벨리즈와 과테말라 국경에 정차해 있었다. 벨리즈에서 출국 도장을 받고, 과테말라 입국 도장을 받기 위해 대기하는데 아시아계 일행 중 한 명이 꺼낸 초록색 여권에 슬쩍 눈이 간다.

　'어? 우리나라 여권 아냐?'

순식간에 지나간 터라 확실하지는 않지만, 녹색 여권의 아시아 국가는 많지 않았던 기억이다. 과테말라 입국 도장을 받은 뒤, 다시 승합차에 오르면서 조심스레 말을 붙여본다.

"저기…, 혹시."
"어…엇?!"

갑작스러운 모국어에 말문이 막힌 그들이 당황스러운 표정으로 나를 바라본다. 나역시 놀라긴 마찬가지였다. 그들은 내가 도저히 한국 사람으로 보이지 않았다고 했다. 상황을 지켜보던 아내가 마치 개그프로그램 방청객처럼 웃음을 터뜨린다.

"아빠, 이 형님아들 한국 사람인가 봐."

"오! 너 한국 사람이었구나."

"안녕하세요."

내령이의 힘찬 인사를 시작으로 우리는 반갑게 통성명을 했다. 중미여행을 하는 한국 여행자들도 드물지만, 벨리즈에서 한국인을 만나다니, 정말 우연에 우연이 겹친 일이 아닐 수 없다. 그들은 멕시코 여행을 마치고 과테말라로 넘어가는 길에 벨리즈를 지나게 되었단다. 다부진 체격에 검게 탄 피부. 두 사람 모두, 누가 봐도 장기 여행자의 모습이다.

"여행하신 지 좀 되셨나 보네요?"

"네, 조금…, 그쪽은요?"

"저희 가족은 이제 한 570일 정도 된 것 같네요."

"허억, 570일이요?"

놀란 토끼 눈이 된 그들이 창문 위 손잡이를 부여잡고 부러움에 몸서리를 친다. 20대 중반에 친구 사이인 성익이와 종석이는 중남미를 100일째 여행하고 있었다. 앞으로의 일정이 우리와 상당 부분 겹쳐서 당분간 우리는 여행 동무가 되기로 합의했다.

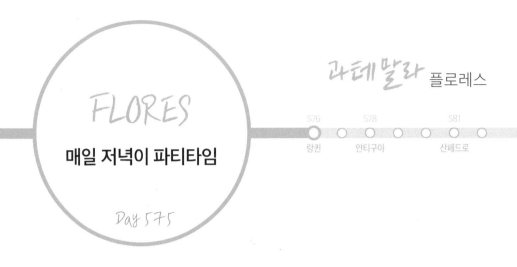

과테말라 플로레스

FLORES

매일 저녁이 파티타임

Day 575

576   578   581
랑퀸   안티구아   산페드로

"엄마, 오늘도 형들이랑 같이 저녁 먹으면 안 돼?"

오랜만에 본 한국인이 반가운지 형들을 너무 귀찮게 하는 내령이다. 내령이의 반복되는 고집에 난처한 아내가 어쩔 수 없이 승낙하면 시원시원한 성격의 동생들이 기쁘게 초대에 응하는 상황이 몇 번 반복되었다. 나와 아내는 동생들을 귀찮게 하는 것 같아 미안했지만, 내심 우리 역시 사람이 그리웠다. 이국의 땅에서 마음 맞는 사람들을 만나면 매일의 저녁 식사는 파티가 된다.

"형수님, 저희는 밥만 있어도 됩니다!"
"정말요? 그럼 진짜 밥만 합니다."

서로의 여행 이야기를 안주 삼아 캔 맥주를 홀짝이는 동안 맛있는 저녁 식사가 준비된다. 차려진 반찬이라곤 카레와 오이무침이 전부건만 동생들은 몇 날 며칠을 굶은 사람처럼 허겁지겁 그릇을 비운다. 밥 잘 먹는 모습은 언제 봐도 흐뭇하다. 넉넉하게 준비된 음식들은 삽시간에 바닥을 드러냈다.

"와~ 너무 맛있게 잘 먹었습니다."

"하하. 누가 보면 밥 구경 한번 못 해 본 사람들인 줄 알겠다."

"형님, 밥 다운 밥 먹어본 지 한 달이 넘은 것 같네요."

옆에서 가만히 듣고 있던 아들이 의아한 듯 묻는다.

"그럼, 형들은 밥 안 먹고 뭐 먹고 다녀?"

"내령아, 밥 다운 밥의 의미는 커서 알게 될 거다."

FLORES

마야 유적지의 끝판 왕

Day 575

보통 여행자들이 플로레스를 찾는 이유는 바로 정글 속 마야 유적지를 보기 위해서다. 마야 유적지는 과테말라를 비롯해 멕시코, 벨리즈, 온두라스 그리고 엘살바도르까지 널리 분포되어 있다. 그 중 마야 문명 최대의 도시 유적으로 꼽히는 곳이 바로 이곳, 과테말라 페텐 지역의 '띠깔 국립공원'이다.

우선 관광버스 예약을 위해 여행사 몇 군데를 둘러본다. 미리 수집한 가격 정보와의 괴리에 실망하고 돌아서기를 반복하던 중 넉넉한 풍채와 후한 인상을 풍기는 여행사 대표를 만났다. 그는 처음부터 한 사람당 60케찰이라는 비교적 저렴한 가격을 제시했다. 마음 써서 제시한 가격에 흥정을 시도하는 것은 예의가 아닌 법… 이지만, 아이 가격만 반값을 요구해본다.

"혹시 아이도 같은 가격인가요?"

"음. 원래는 그런데…."

대표는 아들의 얼굴을 빤히 쳐다보더니 재미난 생각이 난 듯 이렇게 말한다.

"이 녀석이 스페인어로 아무 말이나 하면 내가 무료로 해 주지."
"내령아, 스페인어 아는 거 아무거나 하나 해봐!"

내 말을 듣자마자 아들 녀석이 냉큼 큰 소리로 외친다.

"그라시아스(감사합니다, 잘 생긴 대표님)!"

웃음소리마저 호탕한 상남자 대표님은 아들의 무료 탑승을 시원하게 허락해주셨다.
오전 10시 40분에 출발한 버스는 정오가 임박해서야 목적지인 띠깔 국립공원에 도착을 했다. 제 1신전 앞 '라 그란 플라자'에 도착을 하니 흰코코아티(White-nosed Coati, 아메리카너구리과에 속하는 코아티의 일종)가 우리를 반긴다. 아들이 이 귀여움 넘치는 동물을 놀래 주고자 뒤에서 살금살금 다가갔지만 움직이는 흰코코아티에 되레 놀라며 줄행랑을 친다.

'그랜드 재규어 신전'이라 불리는 제 1신전은 높이 44m의 피라미드로, 내부에는 세 개의 작은 방이 있다. 이곳에서 엄청난 양의 마야 유물이 발견되었다고 한다. 고대 마야의 숨결을 가슴으로 느끼는 동안 종석이가 가방에서 주섬주섬 무언가를 꺼낸다.

"웬 인형?"
"형님, 이 인형을 세워 놓고 촬영을 하면, 바로 작품이 됩니다."

한복을 차려입은 남녀 인형이 난간에 올라가자, 종석이는 신전을 배경 삼아 사진을 남긴다. 오, 멋진 그림이다. 종석이는 이렇게 찍은 여러 사진을 SNS에 올려 세상과 소통한다. 아, 이 얼마나 개성 넘치는 여행법인가.

LANQUIN

세묵 참페이,
자연에 파 묻힌 하루

Day 577

새들이 아침부터 어찌나 부지런한지, 숙소 주변에 사는 조류들은 결코 여행자들에게 늦잠을 허락하지 않는다. 지지배배 소리에 억지로 눈을 떠보니 어제 종일 나를 괴롭혔던 눈 통증이 제법 호전되어 있었다.

"아빠 눈이 빨리 다 나아야 될 텐데."
"우리 아들 기특하네. 아빠 걱정도 하고."
"그래야 물놀이 가지."

일정 내내 세묵 참페이에서 물놀이할 생각에 들떠 있던 아들이 혹시나 내 눈 때문에 일정이 변경되는 건 아닌지 걱정인 모양이다. 그럼 그렇지. 네 녀석의 속셈을 내 모를 리 없다.

세묵 참페이의 아름다운 속살은 산속 깊숙이 숨겨져 있어서 그곳에 이르기까지 꽤 오랫동안 산행을 해야만 만날 수 있다.

"오랜만에 트레킹 하니까 재밌나?"

"내가 지금 재밌어서 하는 것 같나? 난 빨리 가서 물놀이하고 싶다."

"왜? 어렸을 때는 트레킹 엄청 좋아했잖아."

"이제는 이게 힘들다는 걸 안 거지."

세묵 참페이는 마야어로 '성스러운 물'이라는 뜻이다. 정상에 올라 바라본 세묵 참페이의 옥색 물빛은 그 이름만큼 고결한 기품이 흘러넘쳤다. 우리 가족은 속히 거룩한 물속에 몸을 담그기로 한다.

"자, 이제 내려가서 물놀이 한번 해 볼까?"

"아싸!"

풍덩. 숙소에서 출발할 때부터 수영복을 입고 있던 아들이 준비 운동도 없이 수면 위로 곤두박는다. 물속으로 들어온 우리를 환영하듯 닥터피시들이 몰려와 더러운 발을 씻겨준다. 이곳저곳 넘치는 웃음소리가 기분 좋다. 여기저기 다이빙하는 사람들로 북적댔지만 세묵 참페이는 제 우아한 자태를 조금도 흐트러뜨리지 않은 채 자신을 찾은 모두를 넉넉하게 품어주었다.

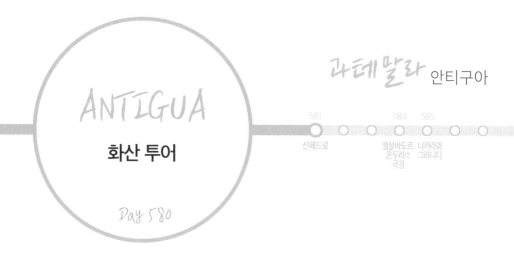

안티구아

ANTIGUA

화산 투어

Day 580

581 산페드로

584 엘살바도르, 온두라스 국경

585 니카라과 그라나다

"지팡이 사세요."

버스에서 내리자 현지 아이들이 우르르 몰려와 나무 지팡이를 들이민다. 하지만 우리 팀 누구도 그 요구에 응하지 않는다.

"아빠, 우리가 하나 살까?"
"왜? 너 또 지팡이로 칼싸움하고 놀려고 그러지?"
"아… 아니야."

사실 아들은 아이들이 불쌍해서 사주고 싶었단다. 아들의 마음을 이해는 한다. 비슷한 노래 중 누구는 여행을 하고 누군가는 생계를 위해 물건을 파는 걸 부조리하게 느껴졌을지도 모른다. 가슴 아프지만 인정할 수밖에 없는 현실이다. 고작 5케찰의 적은 돈이지만, 그렇다고 동정심에 필요 없는 물건을 살 수는 없는 법이다. '물건을 파는 어린이는 가여우니까 도와줘야 한다'는 가치 판단을 아들에게 심어 줘서는 안 되겠다는 생각도 있었다.

LATIN AMERICA · USA · JAPAN

455

50케찰의 입장료를 내고, 파카야 화산을 보기 위한 1시간의 트레킹을 준비한다. 앞장서 가던 가이드가 가파른 오르막에 이르자마자 뒤에서 따라갈 수 없는 속도를 내기 시작했다. 한두 명씩 뒤처지는데도 그녀는 페이스를 조절하지 않았다.

"가이드 아줌마, 천천히 좀 갑시다."
"힘들면 뒤에 따라오는 말 타세요."

으윽, 속셈이 있었구나. 한 명이라도 더 낙오자를 만들어 말에 태우려는 작전이다. 뒤따라오던 신혼부부는 계속 뒤처지다 결국 울며 겨자 먹기로 말 위에 올랐다. 속이 보여도 너무 보이는 장삿속에 인상이 찌푸려지지만, 이 또한 저들이 살아가는 삶의 방식 중 하나라 인정하며 마음을 달랜다. 결국, 우리 중 누구도 말을 이용하지 않고 파카야 화산 전망대에 도착할 수 있었다.

분화구가 검은 연기를 퐁퐁 뿜어낸다. 화산에는 전혀 관심 없는 아들이 뭔가를 찾아 한참을 돌아다니더니 어디선가 막대기를 하나 주워와 '아빠, 나 5케찰 벌었다'하며 자랑스럽게 내보인다.

"자 이제 마시멜로 구워 먹으러 갑시다."

가이드가 마시멜로라는 말을 꺼내기가 무섭게 아들이 '와' 환호성을 지른다. 나무 꼬챙이에 끼워진 마시멜로를 적당한 구멍에 넣으면 삽시간에 마시멜로가 노릇노릇 구워진다. 굽고 먹고, 굽고 먹는 무아의 사이클을 반복하다 보니 어느새 마시멜로는 달랑 하나만 남아버렸다.

"아들, 이제 마지막이다."
"아쉽다. 이렇게 맛있는 마시멜로를 매일 먹는 방법이 없을까?"

"여기 살면 되겠네."

"장난치지 마라. 아, 맞다. 가스 불에 구워 먹으면 되잖아."

아서라, 음식에는 불 맛이라는 게 있는 법이니까.

PANAJACHEL
커피 맛집을 찾아서

Day 583

"펑! 펑! 퍼엉!"

창문을 열고 주변을 살핀다. 하루에도 수십 번 반복되는 소음이 이제는 익숙해져
간다. 처음 화산 활동 소리를 들었을 때만 해도 굉장히 당황했지만, 이젠 옆집에서 들
리는 시끄러운 음악 소리 정도로 느껴진다.

19세기 독일의 탐험가 알렉산더 폰 훔볼트, 영국 작가 올더스 헉슬리, 그리고 쿠바
의 혁명가 체 게바라. 이 세 사람에겐 한 가지 공통점이 있다. 바로 과테말라 인디오의
마음의 고향, 아티틀란 호수의 아름다움에 반했다는 점이다. 아티틀란은 화산 폭발이
만들어낸, 지름 18km, 깊이 914m에 달하는 구멍 속에 만들어진 호수다. 역사에 이름
을 남긴 그들이 사랑한 호수 주변으로는 12개의 마을이 존재한다. 그중 하나인 파나
하첼 마을에는 한국인이 운영하는 커피 맛있기로 소문난 카페가 있다. 카페 입구부터
정성이 담뿍 들어간 인테리어가 눈을 즐겁게 한다.

"사장님, 커피 추천해 주세요."

사장님께서 추천해주신 카페 모카를 한 모금 마셨는데 음, 난해하다. 사십 평생 처음 먹어보는 맛이다. 커피 마니아인 아내도, 성익이와 종석이조차 커피 맛에 고개를 갸우뚱한다.

"음… 지금까지 한 번도 경험해보지 못한 맛이네요."

오해하지 마시길. 맛이 없다는 게 아니라 새로운 맛이라는 이야기니까.

과테말라에서
니카라과까지
40시간의 버스 이동_1

과테말라를 끝으로 중미 여행을 마무리하자니 뭔가 아쉬움이 남았다. 사실 엘살바도르와 온두라스를 가보고 싶었지만, 정보가 부족한 데다 치안이 좋지 않다는 소문이 파다해서 니카라과를 마지막 행선지로 결정했다. 재밌는 건 니카라과에 가기 위해서는 어쩔 수 없이 엘살바도르, 온두라스를 지나가야 한다는 것이다. 세 국경을 버스로 하루 만에 넘는 진기한 경험이라니, 기대가 크다. 이동 시간은 상상을 초월한다. 보통 30시간 이상이 걸린다는데, 우리 가족이 별 탈 없이 미션을 성공할 수 있을지 궁금해진다. 우리의 목적지는 니카라과 그라나다이다.

니카라과 가는 버스를 타는 터미널에 도착했다. 새벽에 숙소를 나섰는데 어느덧 점심때가 다 되었다. 준비해 온 간식으로 간단히 요기하고, 예약한 니카라과행 버스를 기다려 본다. 과연 어떤 버스일까. 저 멀리 기름 찐 냄새 물씬 풍기는 버스 한 대가 들어온다. 한눈에 봐도 우리가 타야 할 버스라는 걸 알 수 있었다.

버스에 올라 파란 천이 씌워진 좌석에 털썩 주저앉는다. 출발 시각이 이르자 승객들이 하나둘 자리를 채워가기 시작했다. 슬쩍 둘러보니 우리를 제외하고는 전부 현지인들처럼 보인다. 빈자리 하나 없이 모든 좌석이 채워지고 통로까지 만석이 되어서야, 버스는 제 무거운 몸을 천천히 움직이기 시작했다.

버스에 진동하는 땀 냄새와 음식물 냄새가 코를 마비시킨다. 버스가 출발한 직후부터 틀어준 뮤직비디오는 정말이지 사람을 미치게 만들었다. 쿵짜라라-짝-쿵-짝, 끊임없이 반복되는 멜로디와 현란한 화면에 눈과 귀가 마비되어 버렸다.

눈·코·귀의 감각을 잃어버린 불쌍한 승객들의 시련은 여기서 끝나지 않았다. 얼마 달리지 않았는데 갑자기 창밖으로 비가 쏟아져 내리기 시작했다. 창문을 닫아보려 했으나 기름칠 안 된 빡빡한 창문은 아무리 애를 써도 닫힐 기미가 없었다. '에이 그냥 비 맞고 가야겠다'고 생각하고 포기하려는데 조수석에 앉아있던 산적 같은 아저씨가 다가와 엑스칼리버마냥 움직일 생각을 안 하던 창문을 한 방에 '쿵' 하고 닫아버린다. 그는 이 버스의 직원인데 버스에서 일어나는 모든 일을 관리, 해결하는 매니저이다. 이 분이 함께 있는 것만으로 마음이 든든해진다. 에어컨이 없는 버스와 닫힌 창문, 마비된 감각들. 과연 우리 가족은 이 악조건 속에서 30시간 이상의 버스 이동을 무사히 마칠 수 있을까?

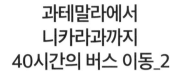

과테말라에서
니카라과까지
40시간의 버스 이동_2

인간은 적응의 동물이라 했던가. 버스를 탄 지 12시간이 지나갈 무렵부터 나의 몸은 버스와 혼연일체가 되어 도로를 달렸다. 헤진 의자도, 버스 안의 퀴퀴한 냄새도 이젠 아무렇지 않게 느껴진다.

내리는 비로 인해 버스 천정에서 물이 새기 시작한다. 집 천장에서 물 새는 건 봤어도 버스에서 이 광경을 볼 줄이야. '톡톡' 떨어지던 물방울은 시간이 쌓이자 '쫄쫄'로 바뀌어 급기야 '좍좍' 쏟아내렸다. 산적 닮은 그 아저씨가 이번엔 보수공사를 진행한다. 그래 봐야 비닐로 구멍을 막고 테이프를 붙이는 게 고작이었다. 일단 급한 불은 껐으니 이대로 버텨볼 요량이다. 하지만 얼마 지나지 않아 '퍽' 하는 소리와 함께 버스 바닥으로 물 폭탄이 떨어졌다. 비닐에 고인 물이 무게를 이겨내지 못하고 바닥으로 내려앉은 것이다. 당황스러운 나와는 달리 사람들은 환호성을 지르며 박장대소를 한다. 즐거워하는 이들 중엔 바닥에 누워 있다가 물벼락을 맞은 사람도 끼어 있었다. 여유롭고 순박한 그들의 모습에 나도 몰래 "하하" 웃음이 터지고 말았다.

쪽잠에서 깨보니 금세 엘살바도르 국경에 도착해 있었다. 이제 '절반' 왔다. 차에서 내려 엘살바도르 출국 심사와 온두라스 입국 심사를 연거푸 받은 뒤 기지개를 한 번

쭉 켜고 버스에 다시 올라 못 잔 잠을 이어간다.

고대하던 니카라과 입국 심사가 코앞이다. 과테말라 출국, 엘살바도르 입·출국, 온두라스 입·출국, 니카라과 입국까지 총 6번의 국경을 하루 만에 통과하는 기염을 토했다. 모든 국경 통과를 마치고 나서야 비로소 산적 같은 버스 직원께 우리의 여권을 돌려받을 수 있었다.

니카라과의 수도 마나과로 향하는 버스에 올랐다. 이번엔 과연 얼마나 걸릴지 감도 안 잡혔다. 먹거리 장수들이 수시로 버스에 올라 상거래에 열중한다. 안타깝게도 우리 수중엔 코르도바(니카라과 화폐)가 한 푼도 없었다.

"아빠. 우리는 왜 돈이 없어?"
"돈이 있긴 한데. 환전을 하거나 나중에 은행 가서 찾아야 돼."
"그래서 지금 천원도 없나?"
"…."
"천원이 얼마나 큰돈인지 이제 알아다."

한국어로 오간 우리 대화를 알아들었을 리 만무한데 뒤에 앉은 아주머니 한 분이 내게 10코르도바를 쑥 내민다.

"아, 아니…. 괜찮습니다."
"뭐가 괜찮아. 옆에 애기가 배고파서 얼굴이 누렇구만."
"진짜 괜찮은데…."
"빨리 받아서 애기 먹고 싶어 하는 거 사 줘."

우리나라 돈 400원이 이렇게 소중하고 감사하게 느껴질 수가. 우리는 언제나 그렇듯 "그라-시아스"로 화답할 뿐이다. 아주머니가 준 귀한 돈으로 뭘 하면 좋을까 고민하다 탱글탱글 알이 수 놓인 옥수수를 하나 샀다. 아들은 걸신들린 마냥 옥수수 하나를 순식간에 먹어치웠다(의리 없는 놈. 아빠 엄마 한입 먹어보란 말도 안 하네).

니카라과에 들어오자 승객들이 간헐적으로 내리더니 버스엔 결국 우리 가족만 남게 되었다. 얼마 지나지 않아 운전사는 버스를 길가에 정차하더니 우리에게 내리라는 신호를 보낸다.

"어? 우리는 그라나다까지 가야 하는데."
"여기서 내려 택시 타고, 마나과 버스터미널에서 그라나다 가는 버스를 타도록 해."
"우리 코르도바 한 푼도 없는데….'
"그럼 내가 10달러 치 바꿔줄게. 택시도 잡아줄 테니 걱정 붙들어 매."
"아, 고맙습니다."

그는 마치 '스타가 되고 싶으면 연락해'라는 말을 유행시킨 어떤 개그맨처럼 익살스러운 표정으로 명함을 한 장 내밀면서 이렇게 말했다.

"니카라과 구경 잘하고, 다시 과테말라로 돌아갈 일 있으면 연락해. 싸게 해줄게."

크하하하(이런 경험은 평생 한 번이면 충분합니다. 연락 안 할 거예요). 그렇게 택시와 버스를 한 번씩 더 타고 나서야 긴 여정의 종착지인 그라나다에 도착했다. (하나, 둘, 셋) 만세!

어제 새벽 과테말라 산 페드로를 떠난 지 40시간 만이다. 우리는 재빠르게 짐을 풀고 맥주를 한잔 마시러 나간다.

"크아!!! 맥주 맛 죽인다!!"

"캬아아!! 주스 맛 죽인다!!"

맥주와 주스로 여독을 푼 우리 가족은 숙소로 들어와 40시간의 버스 여행 무용담
을 나누며 깊어가는 니카라과의 밤을 즐겼다. 어느덧 어둠이 짙어진 밤에 다다르자
우리는 누가 먼저랄 것도 없이 죽은 사람처럼 곯아 떨어졌다.

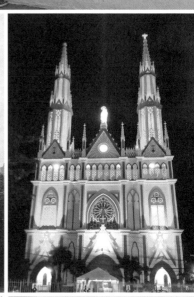

BOGOTA

보테로 박물관

Day 596

보고타에서 가고 싶은 관광지 몇 개를 꼽으라면 보테로 박물관을 첫 번째로 치겠다. 세계여행을 준비하던 시절 만난 몇 장의 그림들은 우리를 이곳 콜롬비아 보고타로 이끌기 충분한 매력이 있었다.

페르난도 보테로의 작품은 보는 이의 눈을 즐겁게 한다. 그의 작품 중 포동포동하고 귀여운 〈모나리자〉는 많은 사람에게 익숙한 작품이다. 눈앞에서 보테로의 〈모나리자〉를 마주하니 루브르에서 본 레오나르도 다빈치의 〈모나리자〉보다 훨씬 애착이 간다.

"아빠, 보테로는 왜 뚱뚱한 여자만 그렸을까?"
"아빠가 보기에는 예쁜 여자인 것 같은데."

사실 이 말은 보테로가 한 말을 그대로 인용한 것이다. 그는 수많은 인터뷰를 통해 본인은 한 번도 뚱뚱한 여자를 그린 적이 없었다고 말했다. 단지 예쁜 여자를 그렸을 뿐이라는 그의 말이 기억에 남아 있었다. 아들이 아는 사람을 발견 했는지, 어떤 그림을 가리키며 묻는다.

"아빠, 저기 예수님 아니야?"

"오 그렇네."

"예수님을 저렇게 뚱뚱하게 그려 놓으니까 이상하다."

"그래? 재밌지 않아?"

이런들 어떻고 저런들 어떠하리. 예수가 전하고자 했던 사상을 이해하는 게 중요하지. 일부 기독교인들은 예수를 그린 다양한 작품을 향해 신성모독이라며 손가락질 한단다. 그들 눈에는 잘 생긴 유럽풍 예수만 진짜 예수로 보이는 모양이다. 정작 예수는 자신의 외모를 그리 신경 쓰셨을 것 같지 않은데 말이다. 하여튼 미술관 와서 이렇게 재미나게 구경하러 다녀본 기억이 있었나 싶다. 예술에 별 관심 없는 아내도 이런 재미난 미술관은 다녀볼 만 하다고 말했다. 이러다 보테로의 매력에 이끌려 그의 고향인 메데인까지 가게 되는 건 아닌지 모르겠다.

BOGOTA

소금 성당

Day 597

"형님, 오늘 어디 가실 거예요?"
"특별한 계획 없는데."
"그럼 우리랑 일정 같이 하실래요?"
"그래. 어디로 갈 건데?"
"보고타 근교에 소금 성당 가요."

버스에서 내린 지 1시간 만에 소금 성당 입구에 도착했다. 매표소 앞에 붙은 입장료 안내판을 본 우리는 순간 그 자리에서 얼음이 되었다.

"형님, 입장료가 무려 5만 페소네요…."
"…2만 원이 넘네."
"콜롬비아 물가를 생각하면 심하게 비싸긴 하네요."

아이 입장료마저 3만 5천 페소에 이른다. 중남미에서 낸 주요 관광지 입장료 중 단연 최고액이다. 그래, 제값 하는지 확인하기 위해서라도 내 꼭 보고 간다. 입구를 지나자 벽면이 온통 소금으로 이루어져 있다.

"아빠, 이거 진짜 소금이야?"
"먹어보면 알겠지."
"으악! 엄청 짜네. 소금이 왜 산에 있는 거야!"

소금 성당의 탄생 비화는 음식의 부패를 막아주는 '소금'과 거룩함의 상징인 '성당'의 합성어치고는 잔인했다. 소금 광산 내부에 만들어진 이곳 소금 성당은 콜롬비아가 스페인 지배하에 있던 당시 소금 채취 노역에 동원된 노동자들이 자신들의 안녕을 기원하며, 십자가나 종교적 상징물을 광산 내부에 만들면서 형성되었다고 한다. 고된 착취를 이겨내기 위해 종교에 의지했던 그들의 간절함이 가득한 곳이다. 소금 성당 내부를 조용히 구경하던 성익이는 이번 주 일요일, 꼭 교회에 가야겠다며 다짐을 한다. 입장료 본전 생각을 잊게 만든 멋진 관광지였다. 관광은 끝났지만 이대로 헤어지기 아쉬운 우리는 보고타에서 함께 저녁을 먹기로 했다.

"형님, 칼리는 언제 가세요?"
"내일 버스터미널 가서 표 구해보고 모레 출발할 예정이야."
"저희는 여기 며칠 더 있으려고요."
"그래. 우리 먼저 출발할 테니 몸조심하고, 다시 만날 때까지 화이팅!"
"내령아 커서도 형들 기억해야해!"
"기억할 수도 있고, 못할 수도 있을 것 같은데 흐흐흐."
"야, 너. 형들이 얼마나 잘해줬는지 몰라?"
"알지, 히히히. 농담이야. 꼭 기억하고 있을게 형들, 또 만나!!"

IPIALES

라하스 성당

Day 604

605 608 609

에콰도르 키토 킬로토아 바뇨스

숙소 정리를 마치고 나가려는데 현관 열쇠가 보이지 않는다. 대체 어디 간 거지? 분명 조금 전까지 있었는데…. 방 구석구석 열쇠를 찾아 헤매기를 십여 분, 아들이 능글맞은 미소를 지으며 우리 곁으로 다가와 '여기 있지롱' 하며 주머니에서 열쇠를 꺼낸다. 한 대 쥐어박고 싶은 마음이 굴뚝이지만 환하게 웃는 아들 얼굴에 꾹꾹 화를 누그러뜨린다(아들, 이런 장난은 사양할게).

칼리에는 우리의 목적지 에콰도르 키토로 가는 직행버스가 없어서 콜롬비아와 에콰도르의 국경인 이피알레스에서 에콰도르 키토로 가는 버스를 타는 방법을 택했다.

"이피알레스까지는 무슨 버스 타고 가지?"
"얼마나 걸리는데?"
"12시간."
"그럼 무조건 제일 좋은 버스지."
"오케이!"

남미는 버스 안에서 도난 사고가 워낙 잦아 되도록 안전한 버스를 이용하는 것을 추천한다. 안전한 버스는 요금이 '비싼' 버스라고 생각하면 이해가 쉽다. 우리는 콜롬비아에서 가장 유명한 '볼리바리아노 버스'에 올랐다. 버스 내부는 고급 관광버스를 방불케 했다. 개인 TV, 빵빵하게 터지는 와이파이, 충전 단자까지. 이피알레스 가는 길을 즐겁게 해주는 요소가 곳곳에 있었다.

예정된 시간보다 조금 일찍 이피알레스에 도착한 우리는 국경을 넘기 전 라하스 성당의 미감을 감상하고 가기로 했다. 1926년부터 1944년까지 19년에 걸쳐 만들어진 이곳은 아슬아슬한 절벽 사이에 있어서 더욱 신비로웠다. 이른 아침임에도 성당은 신심 깊은 신앙인들의 기도 소리가 가득했다.

성스러운 볼거리가 가득했던 라하스 성당을 빠져나왔다. 콜렉티보와 버스를 이용해 국경을 건너는 일은 정말 쉬운 일이었다. 입국 심사를 마치고 심사장을 빠져 나오자 코앞에서 에콰도르가 우리를 기다리고 있었다. 이제 헤어질 시간이다. 그럼, 다음에 또 만날 때까지 잘 있어라, 콜롬비아!

NATIONAL BORDER
당신 조금 수상한데

Day 604

    콜롬비아와 안녕한 우리는 에콰도르 국경 지역에 있는 툴칸 버스터미널로 이동을 해야 한다. 이동수단은 단 하나, 택시밖에 없는 듯 보인다. 우리 가족은 가격 흥정은 시도조차 못 한 채 정찰가 3.5달러에 모셔져 터미널에 도착했다.

    키토로 가는 버스에 오른다. 처음 에콰도르로 들어올 때 입국 심사 과정이 매끄럽게 이뤄졌고, 그 후의 상황도 물 흐르듯 자연스러워서 내심 긴장이 풀려있었다. 버스가 출발하자마자 늘어진 채 잠을 청한 나는 소란스러운 소리에 잠에서 깼다. 주변을 둘러보니 차는 외딴 정류장에 정차한 상황이었고 경찰무리가 버스에 올라 승객들을 무작위로 밖으로 불러내고 있었다. 불행히도 나 역시 그 랜덤 중 한 명으로 지목되었다.

    "딩신, 짐 어디 있소?"

    "버스 트렁크에 넣어 놨습죠."

    "가져와서 열어보시오."

    심장이 쫄깃했다. 제 발 저릴 일 따윈 한 적도 없는데 왜 이렇게 심장이 벌렁거리던지. 아마 경찰들이 화기로 무장한 상태여서 그런 게 아니었나 싶다. 캐리어를 꺼내어

속에 있는 짐을 모두 뒤집어 검사를 받은 뒤에야 버스에 오를 수 있었다. 버스가 다시 달린 지 5분 정도 지났을까 또 다른 무장 경찰들이 버스에 들이닥친다. 나는 이번에도 어김없이 지목을 당했다. 묵직한 짜증이 올라온다. 짐 여닫는 게 쉬운 일이 아닌데 말이다. 신물 나는 두 번째 심문을 마치고 버스에 올라 주변 사람들에게 이유를 물어보자 콜롬비아에서 산 밀수품을 에콰도르로 많이들 가져와서 그렇단다. 에콰도르보다 콜롬비아의 물가가 비교적 저렴하다나 뭐라나(아무리 그래도 나는 외국인인데, 이거 너무한 거 아니야). 나중에 인터넷을 검색해 보니 이 구간에서 5번이나 짐 검사를 받은 한국인 여행자도 있었단다. 난 새 발의 피였다.

7시간 만에 키토 버스터미널에 도착했다. 단전에서 올라오는 짜증에 잠 한숨 못 자고 달려온 길, 이제 숙소만 찾으면 이 긴 이동에 마침표를 찍을 수 있다.

"숙소까지 택시비가 10달러라는데 편하게 택시 타고 갈까?"
"버스비는?"
"25센트."
"그렇게 차이가 많이 나? 그럼 버스 타야지."

'그럼 버스 타야지'는 보통 내가 하는 대사 아니었나(하하하 많이 변했네, 우리 마누라). 시내버스에 올라 숙소에서 5분 거리의 정류장에 내리자 갑자기 휴대전화 배터리가 방전되어 버렸다. 무용지물이 되어 버린 휴대전화를 가방에 넣고 행인들에게 물어물어서 30분 만에 겨우 숙소에 도착할 수 있었다. 숙소에 짐을 던져두고 일단 주린 배를 채워줄 식당부터 찾았다.
아침부터 식사 한 번 제대로 못 한 우리는 한식을 누릴 충분한 자격이 있다. 한인 식당에 들러 김치찌개, 불고기 세트를 시키고 공깃밥을 주문했다. 공깃밥의 가격은 무려 3달러다.

"아빠, 여기 가게 이름이 '아띠'잖아?"

"응, 갑자기 왜?"

"아띠라는 말이 순우리말로 좋은 친구라는 뜻이래."

"어떻게 알았어?"

"여기 종이에 쓰여 있어."

아들과 나의 대화를 듣던 아내가 나지막한 목소리로 중얼거린다.

"원래 좋은 친구는 밥 한 공기에 3달러씩 받는가 보네."

QUITO

이침비아 공원에서

Day 607

여행을 너무 오래 한 탓일까. 아님 그 나이가 되면 당연히 그런 것일까? 아들이 요즘 말을 안 들어도 너무 안 듣는다. 죽어라 말 안 듣는 이 아들은 어딜 가나 안하무인이다. 무서운 것도 없고, 겁나는 것도 없어 보인다. 7살이니까, 하다가도 문득문득 걱정이 스민다.

"내령이 이대로 괜찮겠어?"
"뭐가?"
"산만하고, 성격도 다혈질로 바뀌는 것 같고, 점점 통제가 불가능해진다."
"아가(애가) 다 그런 거 아닌가?"

어젯밤 우리 부부는 내령이의 문제(?)에 대해서 심각하게 대화를 나눴고 이제껏 아들과 일대일 대화를 진지하게 나눠본 적이 없다는 결론에 이르렀다. 아직 어리다는 이유로 중요한 대화에 늘 배제되어야 했던 아들. 물론 어른들끼리 나누어야 하는 이야기에선 당연히 그래야 하지만 그 바람에 내령이의 '생각'을 살뜰히 챙겨주지 못했던 것이 마음에 걸렸다.

이른 아침, 고양이 세수를 마친 아들과 밖으로 나왔다. '이침비아 공원'을 따라 산책을 하며 분위기를 잡아본다. 영문도 모른 채 아빠를 따라나선 아들의 표정이 어리둥절하다.

"아빠, 아침부터 무슨 일인데 이렇게 높은 곳까지 왔는데?"
"오늘은 남자끼리 할 얘기가 좀 있다."

조곤조곤 대화를 나눈다. 내령이의 마음에 진지하게 귀 기울였던 시간이었다. 아들은 아무 생각 없이 부모를 따라다니는 것이 아니었다. 물론 모든 순간이 다 즐겁지는 않았지만, 엄마 아빠와 함께하기에 즐겁게 여행하는 중이라고 했다. 그러다가 하고 싶어지는 걸 그때마다 했을 뿐이라고 이야기했다. 맞다, 아이들은 어떤 악의를 갖

고 행동하지 않는다. 그저 하고 싶은 대로 할 뿐이다. 어른들의 일정에 맞춰 움직이는 이 여행에서 내령이는 어른도 눈치채지 못하는, 본인의 무언가를 희생하며 우리를 따라다녔다.

"아빠, 이야기 끝났으면 공원에서 달리기 한판 하자."
"좋지. 자, 준비… 땅!"

이 순간이 고요하다. 시간이 느릿느릿 걷는 기분이다. 눈앞에 키토 도심 풍경이 한눈에 들어오고, 공원 곳곳에 오감을 만족시키는 조형물이 즐비하다. 드문드문 눈에 띄는 보통 사람들의 모습과 흐르는 공기마저, 차분하게 느껴진다.

"아빠, 혹시 엄마가 우리 둘이 싸운다고 생각하는 거 아니가?"
"야! 아빠랑 니랑 싸움이 되나?"
"그럼 내가 20살이 되면, 그때는 아빠보다 힘이 세지겠지?"
"세월에는 장사가 없으니까 아마도 그렇게 되겠지."
"그럼 그때는 내가 아빠랑 싸우면 이길 수 있겠네, 히히."
"그렇게 빨리 아빠를 이기고 싶어?"
"아니. 내가 힘이 세지면 엄마, 아빠를 지켜줄 수 있잖아. 지금 아빠가 우리 가족을 지키는 것처럼."

크흡, 눈물 좀 닦고. 정말 감동의 아침, 굿~모닝이다.

BAÑOS

곱창 음식점에서의
프러포즈

Day 609

2007년의 어떤 날, 우리 부부의 연애가 막 시작된 무렵이었다.

"곱창 먹으러 갈래?"

"어? 아니. 나는 곱창 못 먹는데."

"에이 곱창 못 먹는 사람이 어디있노?"

"여기. 히히히. 실은 한 번도 안 먹어봤다."

"진짜가? 따라와라."

가기 싫다는 구 여자친구(현 아내)를 데리고 이름난 곱창 가게로 갔다.

"난 못 먹을 것 같은데."

"세상에 못 먹는 게 어디 있노? 나 믿고 한 번만 먹어봐라."

오만상의 구 여친 입 속으로 곱창 하나를 쏙 밀어 넣었다. 눈을 감은 채, 마치 소여
물 먹듯 곱창을 오물오물 씹던 그녀, 얼굴이 환해진다.

"오~ 이거 생각보다 맛있는데."

"봐라. 내 말이 맞제? 이래 맛있는 걸 삼십 평생 한 번도 못 먹어봤단 말이가."

그 날로 구 여친은 곱창의 포로가 되었고, 곱창 음식점은 우리의 데이트 단골 코스가 되었다.

"결혼 할 거가, 말 거가."

"야, 이게 무슨 협박이지. 프러포즈가?"

"시간 없다. 빨리 말해라."

"이 사람이 진짜. 누가 프러포즈를 곱창 가게에서 하노?"

그렇다. 나는 프러포즈 조차 곱창 음식점에서 했다. 부추를 곁들인 곱창을 우물거리며 말이다. 당시 아내로서는 어처구니없는 상황이었을 테지만 프러포즈 자체가 낯간지러웠던 내게 곱창은 부족한 용기를 갖게 해준 고마운 존재였다. 여기 에콰도르 바뇨스에서 곱창을 사려고 줄을 서있자니 갑자기 떠 오른 옛 생각에 피식 웃음이 난다.

"곱창 사 왔다. 양이 아주 많아."

"냄새는 그럴싸한데. 비주얼은 별로지만."

곱창의 낯선 비주얼에 얼굴을 찌푸리는 아내의 입속으로 곱창을 쏙 넣어주자 역시나 얼굴이 환해진다.

"역시 곱창은 진리다. 외국이든 한국이든."

"맞아, 맞아."

곱창의 추억, 그 시절 달궈진 불판 위에 구워 먹었던 우리의 추억 이야기에 입도 마음도 즐거운 밤이다.

AGUASCALIENTES

마추픽추로 향하는 길

Day 621

남미 여행을 갈 계획이라면 페루의 마추픽추를 잊어서는 안 된다. 마추픽추를 보려면 반드시 '아구아스 칼리엔테스'라는 마을로 가야 한다. 이곳 쿠스코에서 아구아스 칼리엔테스를 가는 방법은 크게 세 가지로 나뉜다.

첫 번째는 열차를 타는 방법이다. 제일 간단한 만큼 비용이 만만치 않다. 2시간 30분이 소요되는 편도 열차의 비용이 무려 100달러에 이르니 마추픽추 입장료 50달러를 더하면 세 가족이 마추픽추 한 번 보고 돌아오는데 거금 750달러가 필요하다.

두 번째는 콜렉티보(합승 택시)를 타고 올란타이탐보까지 이동한 후 아구아스 칼리엔테스 행 열차를 타는 방법이다. 첫 번째 방법보다 저렴하고 대중적인 방법이지만 이 역시 비용 문제를 얕볼 수 없다. '좀 더 저렴한 방법 없나? 열차를 타지 않는 방법은 없을까' 고민 끝에 확정한 경로가 우리가 이용할 세 번째 방법이다.

우선 콜렉티보를 타고 쿠스코에서 히드로 일렉트리카 지역까지 7시간에 걸쳐 이동한 후 철길을 따라 3시간을 걸으면 아구아스 칼리엔테스에 도착할 수 있다. 비용은 20달러면 충분하다. 아내에게 세 가지 방법을 브리핑하자 아주 잠깐 고민하더니 이내 세 번째 방법을 선택하신다. 좋아, 결정. 입때까지만 해도 우린 이 길의 험난함을 전혀 예상하지 못했다.

"마추픽추 당일치기로는 못 보나?"

"아무래도 힘들지. 이동하는데 하루, 구경하는데 하루, 최소 1박 2일은 걸려."

"쉽게 볼 수 있는 곳이 아니구나."

"왜. 가기 싫어?"

"아니. 페루까지 왔는데 마추픽추는 꼭 봐야지."

적응 안 되게 시리 아내가 적극적이다. 워낙 유명한 곳이다 보니 아내도 놓치고 싶지 않았나 보다. 콜렉티보 타는 시간에 맞춰 약속 장소로 나간다. 콜렉티보는 이미 많은 사람이 자리를 차지하고 있었다. 개중에는 한국인도 몇몇 보인다. 오늘의 마추픽추 동지들이다. 아들 녀석은 형들을 만난 기쁨을 감추지 못했다.

우리의 여행에 함께할 동생들의 이름은 '대석이'와 '원태'다. 대석이는 190cm의 장신에 잘 생긴 외모를 가졌다. 뉴욕에서 대학을 다니고 있는데 방학을 이용해 라틴아메리카를 여행 하고 있다. 원태는 성격 좋고 싹싹해서 내령이가 잘 따르는 동생이다. 간호사로 일하는 그는 여행을 위해 잠시 휴직을 했다. 20대 중반의 동갑인 두 사람은 온라인 여행 커뮤니티에서 만나 함께 여행을 시작했고, 여기 페루에 이르렀다. 든든한 동생들과 함께할 여행이 매우 기대된다.

우루밤바를 지나면서 휴대폰 내비게이션을 켜보니 목적지까지 200km 남았다고 나온다. 그런데 걸리는 시간이 6시간이라니. 대체 얼마나 험한 길이 길래, 고작 200km를 6시간에 걸쳐 간다는 건지 짐작이 안 되었다.

7시간에 걸친(무려 한 시간이 더 걸린!) 고달픈 이동 끝에 히드로 일렉트리카에 도착했을 땐 아내는 이미 진이 다 빠진 상태였다. 주위를 둘러보니 생각보다 훨씬 많은 사람이 이 방법을 이용해 마추픽추로 가고 있었다. 비용이 저렴하다 보니 젊은 여행객들의 선택을 많이 받는 코스인 듯했다. 우리는 늦은 점심을 먹고 마추픽추를 향해 이동을 시작했다. 여기서 아구아스 칼리엔테스까지는 10km. 도보로 3시간이면 충분한 거리 되겠다.

철길 위를 걷는 아내의 표정이 무척 밝다. 잘생긴 젊은 청년들이 에스코트를 해주니 그런 것 같다. 아들 역시 형들과 같이 걸으니 심심할 틈이 없다. 게다가 형들의 칭찬은 아들의 발걸음을 더욱 가볍게 만들었다. 원태가 내령이에게 말을 건넨다.

"내령이 엄청 잘 걷네."
"형, 나는 ABC 트레킹까지 한 몸이야. 이 정도쯤이야."

허세 가득한 아들은 철길에서 두 번이나 넘어지는 수모를 겪었다. 이곳은 평지가 아닌 돌밭이라 걸을 때 더욱 조심해야 한다. 발의 피로도 역시 평지의 두 배는 넘게 쌓이는 기분이다. 예상보다 훨씬 고생스럽게 목적지 아구아스 칼리엔테스에 도착을 했다.

이대로 숙소에 들어가기 아쉬워 동생들과 맥주 한잔을 마시기로 했다.

"야, 의외로 힘들었어."
"그러게요, 형님. 다리가 혹사당한 기분이에요."

고생 뒤에 마셔주는 시원한 맥주 맛은 언제나 진리이다. 한 병으로 시작된 맥주는 어느새 16병까지 늘어났다. 각자 해 온 여행 이야기와 계획 이야기를 나눠보니 앞으로 다들 비슷한 일정을 계획하고 있었다. 마추픽추 투어가 끝나도 한동안 좋은 여행 동지가 될 것 같은 느낌이 든다. 좀 더 많은 시간을 보내고 싶었지만, 내일 새벽부터 시작될 마추픽추 투어를 위해 각자 숙소로 발걸음을 옮긴다.

페루 아구아스 칼리엔테스

| 623 | 624 | 626 | 629 |
| 쿠스코 코파카바나 | 라파스 | 우유니 |

AGUASCALIENTES

마추픽추를 마주하다

Day 622

이 유적지를 수식하는 단어는 무수하다. '공중', '태양의', '잃어버린' 등 귀에 딱지가 앉도록 들어온 이 도시의 이름은, 마추픽추다. 이곳은 21세기인 오늘날까지 누가, 언제, 도대체 왜 세웠는지 알 수 없다. 모든 게 미스터리로 남아있다. 오직 '수수께끼'라는 단어만이 이곳을 이해하는 유일한 해답이 되어 준다. 우리는 해발 2,430m에 건설된 잉카의 숨결을 느끼러 올라가는 길목을 따라 걷고 있다.

"왜 이렇게 늦게 올라와?"
"내령아, 네가 너무 빠른 거야."
"근데 엄마는 못 봤어?"
"한참 뒤에 오는 것 같은데."

아내가 늦어도 너무 늦다. 1시간이 흘렀는데도 보이지 않는다. '혹시 무슨 일이 생겼나' 걱정하며 한참을 기다린 끝에, 우리가 도착한 지 30분이 더 지나고 나서야 아내의 모습을 찾을 수 있었다.

"헉헉, 아이구 힘들어. 이럴 줄 알았으면 버스 탈걸."

"덕분에 버스비 벌었네. 하하."

"12달러 벌었으니 커피나 한잔 뽑아 줘."

싸구려 커피 한잔 마신 아내가 이제야 살 것 같다며 너스레를 떤다. 마추픽추는 아침 7시부터 입장이 가능하다던데 벌써 사람들로 인산인해다. 아내의 커피 타임이 끝나자 비로소 우리도 긴 줄의 맨 끝을 채워 본다.

고지대에 있는 탓에 마추픽추는 구름에 가려 있는 시간이 잦고, 가끔 그 모습을 아예 보여주지 않는 날도 있다고 한다. 다행히 오늘은 자연의 배려 덕에 맑은 하늘 아래 마추픽추의 위용을 경험할 수 있었다.

"남편, 마추픽추 뜻이 뭐야?"

"늙은 봉우리. 저기 뒤에 보이는 와이나픽추는 젊은 봉우리."

"그렇구만. 그나저나 마추픽추 정말 넓네."

"왜. 힘들어?"

"힘들지 안 힘드나? 새벽부터 지금까지 5시간째 걷고 있는 거 아나?"

"알지."

"됐거든. 대신 다음에 내가 마추픽추 다시 오면 무조건 초호화 열차 타고 여기 버스도 꼭 이용할 거다."

마추픽추가 어지간히 맘에 들었나 보다, 아내가 다시 온다는 말을 하다니.

콜렉티보 버스 시간에 맞추려면 갈 길이 바쁘다. 돌아가는 길은 어째 더 아득히 느껴진다. 발이 천근만근 무거운 아내에 비해 아들은 물찬 제비처럼 가볍다.

"우리 아들은 어쩜 이렇게 잘 걸을 수가 있지?"

"나는 이 세상에서 걷는 게 제일 쉽다."

"그럼 제일 어려운 건?"

"엄마, 아빠 말 잘 듣는 거."

말문이 막힌 아내를 향해 아들이 쐐기를 박는다.

"나는 나중에 여자친구랑도 열차 안 타고 꼭 걸어서 마추픽추 구경 올 거다."

"내령아 그러면 안 돼. 엄마가 돈 줄 테니 여자친구랑은 꼭 열차 타고 마추픽추 보러 와."

"싫어. 나는 잘 걷는 여자 만날래. 엄마가 준 돈은 맛있는 거 사 먹을란다."

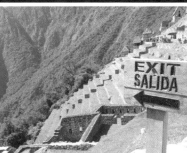

CUZCO

도둑놈아 아들 배낭
가져가서 어디에 쓰려고

Day 623

　낮으로 잉카인들의 농작 재배 연구소인 모라이와 계단신 염전 살리네라스 데 마라스 투어를 다녀왔다. 이를 끝으로 페루에서의 모든 일정을 마무리하고 야간버스를 이용해 볼리비아로 떠날 예정이다. 숙소에서 짐을 찾아 버스터미널로 향한다. 늦은 밤이지만 버스터미널은 현지인과 여행객으로 북적북적한다. 버스 승차를 약 1시간 앞두고 있었기에 대합실에 자리를 차지하고 축 쳐져 있었다. 버스 승차 시간이 가까워질 때쯤 아내에게 짐을 맡기고 매표를 위해 자리를 비운 뒤, 잠시 후 승차권을 들고 돌아왔다.

　"버스 타러 가자. 짐 챙기고."
　"어어? 배낭. 짐이 하나 없어진 것 같은데, 남편?"
　"엇 진짜네! 왜 3개 밖에 없지?"
　"아빠, 내 가방 안 보인다. 누가 훔쳐 갔나 보다. 우짜노?"

　우리 짐은 분명 네 개인데. 캐리어 하나, 내 배낭 하나, 아내 배낭 하나, 아들 배낭 하… 가 되어야 하는데, 없었다. 아무리 찾아봐도 아들 배낭이 보이지 않았다. 머릿속이 하얘지고 손발이 떨리기 시작한다. 쿠스코-푸노-코파카바나로 이어지는 버스터미널에는 소매치기가 많기로 악명이 높은지라 조심해야 한다고 들었는데 우리 이야기가 될 줄이야. 정말 순식간에 벌어진 일이다. 옆에 있는 여행객에게 혹시 조그만 가방을 들고 가는 사람을 본 적이 있냐고 물어봐도 고개만 저을 뿐이었다. 이럴 때가 아니다. '가만있자, 그 배낭에 중요한 게 뭐가 들었지…' 떠올려 본다.

"내령이 가방 안에 뭐 중요한 거 안 들었나?"
"아, 맞다. 엄청 중요한 거 있었는데. 큰일 났네!"
"뭐? 진짜? 뭐뭐, 뭐가 들었는데?"

그러자 아내는 실성한 사람처럼 깔깔깔 웃으며 "도둑이 당신 소주 들고 갔다. 우짜노" 한다. 아 뭐야. 장난치지 말고 다시 생각해보라고 다그치자 옆에 있던 아들이 왈칵 눈물을 쏟아낸다. 그 가방 안에는 아들이 힘들게 모았던 병따개와 장난감들이 있었던 것이다. 아들이 가장 소중하게 생각하는 보물들이다. 무엇과도 바꿀 수 없는 것들이 사라졌다고 생각하니 대성통곡하는 마음도 이해가 간다. 사실 내령이에겐 미안하지만 이 시점에서 제일 울고 싶은 사람은 어쩌면 그 도둑이 아닐까.

LA PAZ

고추장 불고기

Day 626

라파즈에서는 아파트형 숙소에 묵었다. 주방 시설이 완비된 이곳을 고른 가장 큰 이유는 미국에서 유학 중인 대석이를 위해서였다. 대석이는 늘 집밥을 그리워했다. 아내가 차려주는 한식은 대석이를 포함한 나머지 다른 일행도 기다릴 만큼 맛있었다.

"형수님, 오늘 저녁은 뭐예요?"

"동생들 뭐 먹고 싶은 거 있어?"

"불고기 한번 실컷 먹어 보고 싶어요."

"그래. 고추장 남은 거 조금 있으니까 고추장 불고기 한번 하지 뭐."

"이에~!"

동생들의 환호성을 보니 어지간히 한국 음식이 그리웠나 보다. 원태는 아들과 숙소에 남아 청소를 하고, 대석이는 우리 부부와 함께 장을 보러 나갔다.

숙소 근처 재래시장을 중심으로 허름한 건물 여러 채가 늘어섰다. 제일 먼저 눈에 들어온 정육점에 들른다. 고작 7천 원어치의 돼지고기는 과연 한 번에 다 먹을 수 있을지 의심스러울 만큼 많은 양을 자랑했다. 반면 채소는 고기보다 조금 비싸다는 느낌이었다. 관광객인 우리는 바가지 씌우기 딱 좋은 고객이다. 이럴 땐 기분 좋게 당해주고 즐기는 게 정신 건강에 이롭다.

숙소로 돌아온 우리가 할 수 있는 일은 아내의 실력이 발휘된 음식이 나오길 기다리는 것뿐이었다. 비록 넉넉지 않은 양념과 부실한 조리 기구였지만 숙련된 장인은 재료와 도구를 탓하지 않는 법. 10년 차 주부에게 이 정도 제약은 오히려 즐거울 뿐이다. 요리하는 과정을 보고 있자니 군침이 절로 돈다. 오랜 기다림 끝에 저녁 식사 준비가 완료 되었다.

"형수님, 너무 고생하셨어요. 엄청나게 맛나 보이네요."
"보기만 그렇지. 맛은 너무 기대하지 마."
"형, 우리 엄마 저래 봬도 요리 엄청나게 잘해."

저녁 식사가 시작되었다. '쩝쩝', '찹찹찹', '꿀꺽'. 식탁에는 한동안 아무런 대화 없이 맛깔나는 의성어들만 오갔다.

"형들, 뭐야. 얘기도 좀 하면서 먹자."
"(찹찹)이야, 이거 천상의 맛이다."
"(쩝쩝쩝)그러게. 너무 맛있다. 내령아 일단 좀 먹고 이따 얘기하자."

5인분 치고는 양이 너무 많아서 '이거 꽤 남겠네' 했던 걱정은 기우였다. 원태와 대석이는 음식이 완전히 사라질 때까지 결코 숟가락을 놓지 않았다. 그들은 음식 앞에서만큼은 자비심을 포기한 전사들이었다. 아내는 동생들의 푸드 파이터 급 먹성에 놀라면서도 맛있게 먹어준 그들에게 무척이나 고마워했다. 우리는 과일을 안주 삼아 맥주를 홀짝이며 자정이 넘어서까지 수다를 떨었다. 몸도 마음도 건강한 동생들과의 대화는 마치 내 안의 불순물이 씻겨지는 느낌을 주었다.

"아, 이대로 여행이 끝나가는 게 아쉽다."

"그렇게 오래 여행하셨는데 도요?"

"어. 꼭 시간이 부족해야만 아쉬움을 느끼는 건 아닌 것 같아."

"저는 형님처럼 여행하면 전혀 아쉽지 않을 것 같은데."

"참 신기한 게 많은 시간을 보낸 곳 떠나는 게 더 아쉽더라고."

UYUNI

우유니 소금사막_1

Day 629

페루에 마추픽추가 있다면 볼리비아에는 우유니 소금사막이 있다. 야간 버스로 이동할 예정이었기에 낮으로는 라파즈의 마녀 시장과 달의 계곡을 다녀왔다.

"남편, 우유니 날씨는 어떻노?"
"라파즈보다 훨씬 춥다고 하는 것 같은데."
"그럼 우리 담요를 하나 사자."
"뭐? 두꺼운 옷도 아니고 담요를 왜 사?"
"두고 봐. 엄청나게 유용하게 쓰일 거야."

미리 알아본 정보에 의하면 라파즈부터 우유니까지는 서울에서 부산 정도의 거리이다. 그런데 12시간이나 걸린다는 건…, 도로 사정은 안 봐도 비디오란 이야기다. 엄마와 아들은 버스에 앉자마자 담요를 덮고 드러눕는다. 우유니에 도착하기 전까지 미동조차 없던 두 사람이다.

"형님, 내령이랑 형수님은 여행에 최적화가 됐는데요."

"하루아침에 이뤄진 게 아니란다."

"그나저나 오늘 밤은 추워서 고생 좀 하겠는걸요."

동생 대석이의 말대로 밤새 추위에 뒤척였다. 어느덧 버스 안에 불이 켜지자 승객들이 주섬주섬 짐을 챙겨 버스 밖으로 나간다.

"뭐야. 9시 도착이라더니 벌써 도착했어? 아직 해도 안 떴는데."

"그러게 말이야. 어디서 시간을 때우지?"

"이거 일찍 도착해도 난감하네요."

스페인어를 비롯한 각국의 언어가 뒤섞여 이곳저곳에서 울린다. 호객행위 하는 사람들과 여행객들, 그 사이를 불쌍하게 서 있는 우리에게는 커피 한잔이 간절하다. 우릴 지켜보던 호객꾼 하나가 자기 호텔은 조식이 가능하다며 우리를 유혹한다. 우리는 커피와 히터가 있다는 확답을 몇 번이나 받고서야 그를 따라나섰다. 아내는 그런 우리를 비웃기라도 하듯 담요를 머리까지 푹 덮어쓰고 총총히 발걸음을 옮긴다.

"형님(덜덜덜), 이렇게 추운 줄 알았으면 우리도 형수님처럼 담요 하나 살 걸 그랬나 봐요."

"(덜덜덜)아내의 선견지명을 무시한 내가 원망스럽다."

여행 중 힘든 상황에 닥치며 무조건 참는 게 능사라고, 그런 게 여행이라고 생각하던 시절이 있었다. 물론 지금은 그렇지 않지만, 여전히 몸에 밴 습관이 남은 듯하다. 아내는 적절한 임기응변으로 여행의 질을 높였다. 여행 고수가 되어가는 아내를 보고 있자니 웃음이 나온다.

호텔에 들어가 보니 직원 말대로 따뜻한 히터가 여기저기 켜져 있었다. 따뜻한 커피로 언 몸을 녹이자 그제야 마음도 사르르 녹는 기분이다.

우유니 소금사막 일몰 투어를 가기 전에 여행자 거리로 나가 점심부터 먹기로 한다.

"형님, 메뉴판이 조금 이상해요."
"왜?"
"무지하게 비싼데요. 여긴 볼리비아가 아닌가 봐요."
"그럼 현지인 식당으로 가보자."

시장 뒷골목 현지인 식당에 앉아 음식이 나오기만을 기다리는 동생들의 모습이 딱 동네 노숙자다. 이 노숙자들이 음식 한 그릇씩을 받아들고 먹기 시작하는 데 정말 가관이다. 우유니의 바가지 물가를 피할 수 있는 이곳 식당들의 가격은 여행자 거리 식당의 1/5 수준이다. 맛까지 일품인 이곳을 마다할 이유는 하나도 없다.

기분 좋은 점심 식사를 마치자 어느덧 우유니 소금사막 일몰 투어 시간이 코앞으로 다가왔다. 지금 시기는 물 찬 사막을 보기 힘들지 않냐는 우려에 가이드는 걱정 붙들어 매라며 웃어넘긴다. 투어를 즐기기에 앞서 장화부터 착용해본다.

"아빠, 내 장화 봐라. 이게 뭐고?"

"왜? 이쁘기만 하구만."

"꽃무늬 좀 봐라. 여자 꺼 아이가."

"아이용 신발은 그것밖에 없는데 우짜겠노?"

아내는 우유니 소금사막에서 사진이 제대로 나와야 한다며 핑크색 장화를 골라 신었다.

"엄마 신발이 제일 예쁘네. 치~"

우유니 소금사막과의 조우를 목전에 두었다. 얼마 지나지 않아 우리들의 눈 앞에 펼쳐진 우유니 소금사막 풍경은 이곳이 사진작가들의 뮤즈이자 그들이 가장 선호하는 여행지라는 신문 기사를 납득하게 만들었다. 우리는 형용할 수 없는 풍경에, 한마디로, 압도당했다.

"와아아~ 저기 뭐야?"

"이야~ 진짜 대박이네."

세상에서 가장 큰 거울 위에 서 있는 기분, 눈으로 보고 있는데도 믿기지 않는 풍경이라면 이해가 될까. 마치 비현실적 세계에 풍당 빠진 느낌이다. 멈출 줄 모르는 감탄사에 이어 관성적으로 카메라 셔터를 눌러대기를 수백 번, 가이드의 요구에 맞춰 합동 퍼포먼스를 수십 번 취하고 나니 어느덧 우유니 소금사막 위로 일몰이 그려진다. 마치 이 세상 물감이 아닌 색깔로 그려진, 한 폭의 그림 같았다. 추위마저 잊게 만드는 황홀한 풍경에 취해 우리는 한동안 말을 잇지 못했다.

현재 시각 새벽 3시 30분. 우리는 어제 일몰을 본 지역보다 좀 더 물이 찬 곳으로 들어가고 있다. 깜깜한 밤하늘을 수놓은 별들이 우유니 소금 호수에 비치니 별들에 갇힌 듯 착각을 불러일으킨다.

저 멀리 동이 터온다. 이곳에선 누구나 위대한 사진작가가 된다. 우리가 할 일은 성실히 셔터를 누르는 일뿐이다.

"우유니 사막 어땠어?"

"남편, 정말 최고였다. 오늘 나는 새로운 꿈이 생겼어."

"무슨 꿈?"

"언젠가 우유니 사막에서 12월 31일에 일몰을 보고, 1월 1일 날 일출을 보는 거야. 낭만적이지?"

"설마 나랑 같이 온다는 건 아니겠지?"

"당연히 같이 와줘야지!"

SANTIAGO

칠레에서 회를 맛보다

Day 636

　　칠레 칼라마에서 사흘간의 달콤한 휴식을 보내고 산티아고로 넘어온 우리는 이곳에 남다른 기대를 하고 있다. 이는 엊그제 산티아고에 먼저 도착한 동생들에게서 받은 카톡이 발단이 되었다.

　　"형님, 대박 사건!"
　　"뭔데?"
　　"저희가 드디어 그토록 원하던 횟집을 찾았어요."
　　"정말? 어디야. 빨리 위치 날려."

　　남미에서 먹는 회라니 상상도 못 했다. 전송된 식당 위치와 몇 장의 사진으로 산티아고는 우리에게 기대 만발 여행지가 되어버렸다. 심지어 맛까지 보장된다니, 아 빨리 가고 싶다. 여행하는 내내 모두 회가 너무 먹고 싶다고 노래를 불렀었다(이렇게 꿈이 이루어지는구나).

　　산티아고 숙소에 도착하자마자 짐을 던져 놓고 횟집으로 발걸음을 재촉한다. 영업

Chile

마감이 10시라고 하니 한시라도 일찍 도착해야한다. 현재 시각 밤 8시 40분. 마음이 급하다. 급한 마음에 자꾸 엉뚱한 길로 들어선다.

'침착해. 성급하면 모든 걸 망쳐, 정대영!'

다행히 마감 1시간을 앞두고 식당 앞에 이르렀다. 캘리포니아 롤을 전문으로 하는 이곳은 '두리 스시', 정말 친근한 상호이다. 늦은 시간임에도 식당 안은 현지 손님들로 북적거렸다. 분명 한국인 사장님이 계시다고 들었는데…. 아무리 둘러봐도 종업원부터 손님들까지 전부 현지인들이다. 2층으로 올라가 자리에 앉아 메뉴판을 펼쳤는데 동생들이 먹었다는 '회' 메뉴가 전혀 보이질 않는다. 갑자기 머릿속이 복잡해진다. 별수 없이 아무 메뉴나 고르려 할 무렵 어디선가 들려오는 우리말.

"한국분이세요?"
"아, 네. 회 좀 먹으려고 왔는데…."
"이쪽 1층으로 내려오세요."

우리는 예약석으로 보이는 맨 앞 좌석에 모셔졌다. 별다른 주문도 받지 않은 채 준비된 음식들이 쏟아져 나오기 시작한다. 알고 보니, 이곳은 별도의 회 메뉴가 준비되어 있지 않고 그저 한국인이 방문한 경우에만 특별 메뉴로 회를 내온단다. 가격을 물어볼 새도 없이 음식들은 풀코스로 쏟아졌다.

"남편, 가격이 어떻게 될까?"
"몰라. 일단 먹어."
"설마 수십 만 원 하는 건 아니겠지?"
"몰라 몰라. 간만에 돈질 한번 하자."

"에이, 그래. 남미에서 회를 다 먹게 될 줄이야. 크오~ 너무 맛있다."

"소주도 한 병 시키자."

"오케이."

흥분에 휩싸였다. 그토록 바랐던 회를, 그것도 칠레에서 먹게 될 줄이야. 오래 살고 볼 일이다. 인생은 정말 모르는구나. 우린 한동안 말을 잊은 채 꿀맛 같은 회를 먹고 또 먹었다.

손님들이 어느 정도 빠져나간 뒤에야 사장님과 이야기를 나눌 수 있었다.

"네가 내령이구나?"

"어, 저를 어떻게 아세요?"

"알지. 며칠 전에 너랑 같이 여행했던 형들이 다녀가면서 말해줬거든."

"아하. 근데, 누구세요? 사장님이세요?"

"하하하. 이 녀석 듣던 대로 완전 야생이네, 야생."

우리 부부는 사장님께 따박따박 말대꾸하는 아들이 신경 쓰였지만, 사장님은 그런 모습조차 예쁘게 봐 주셨다. 배도 부르고 술도 한잔 들어가니 긴장이 확 풀린다.

계산의 시간이 다가왔다. 와우, 우리의 예상치를 휘얼-씬 밑돌았다. 심지어 사장님은 숙소에서 먹으라며 연어와 우동 그리고 김까지 따로 챙겨 주셨다. 숙소까지 직접 차를 태워 주시는 사장님의 호의까지 누리고 나니 감사를 넘어 죄송해지기까지 했다.

"내령아빠, 사실 매운탕이 나갔어야 했는데 너무 늦어서 따로 못 챙겨줬어."

"아닙니다. 오늘 너무 대접을 잘 받은걸요."

"그래서 말인데 내일 저녁에 한 번 더 와요. 매운탕 준비해 놓을 테니까."

얼떨결에 '네' 라고 대답을 해버렸다. 덕분에 '두리 스시' 사장님과의 인연이 이어졌다.

철레 산티아고

641   643

칠레 푸콘   아르헨티나
            바릴로체

SANTIAGO

안데스 속살 구경

Day 637

아침 식사가 마무리될 무렵 휴대전화가 울린다. 한국에서 스페인어 학원에 다닐 때 잠시 인연을 맺은 누님의 문자 메시지였다. 누님의 남편분은 칠레 산티아고에서 선교 활동을 하시는 목사이신데 그분이 직접 우리를 산티아고 외곽에 있는 안데스 관광을 시켜주시겠단다. 진면목을 보여주겠다는 적극적인 호의를 거절하는 것은 예의가 아닌 것 같아 흔쾌히 투어에 응했다. '목사'는 근엄하고 딱딱한 이미지로 각인 되어 있었던지라 조금 긴장했는데, 웬걸. 목사님은 굉장히 유머러스했고 너그러운, 형님처럼 의지가 되는 분이었다. 그런 분과 살아서일까 2년 만에 만난 누님의 얼굴이 예전보다 더 좋아 보인다. 당시 누님 배 속에 있던 아이는 어느덧 두 돌이 다 되어간단다.

"내령아, 세계여행 재밌어?"
"재미는 있지만, 고생을 더 많이 해요."

예상을 빗나가는 아들의 변화구에 모두 한바탕 웃음을 터뜨린다. 산티아고에서 벗어 난지 30분 만에 주변은 온통 사과나무로 가득해졌다. 목사님은, 강한 햇볕과 찬 공기가 맛있는 칠레 사과의 이유라며 떠나기 전 꼭 사과를 먹어보라며 당부하신다.

세계에서 가장 긴 산맥, 안데스의 속살을 확인하기 위해 아르헨티나 국경으로 이동한다. 안쪽으로 들어갈수록 급격히 기온이 떨어져 나도 모르게 윗니 아랫니가 딱딱 부딪혔다. 정해진 루트, 목적지도 없이 안데스가 차량을 허락하는 곳까지 드라이브하면서 풍경을 만끽한다.

"내령이 눈썰매 타 봤어?"
"아니요."
"그럼 안데스에서 눈썰매 한번 타 보자."

아들이 환호성을 지른다.

"목사님, 여기 눈썰매장이 있습니까?"
"무슨 소리? 사방이 천연 눈썰매장이구만."

나의 어린 시절, 마대 자루에 몸을 싣고 풀밭을 내려오던 추억이 떠올라 들뜬다. 눈썰매 타기 좋은 곳 근처에 차를 정차한 후, 큰 비닐봉지에 두꺼운 종이를 채워 썰매로 사용한다. 눈 언덕 정상에 가장 먼저 도착한 아들이 슝 바람을 가르며 내려갔다.
'끼아아아-' 아들의 웃음소리가 썰매를 따라 내려간다. 흐뭇한 웃음을 짓는 누님이 내령이를 바라보며 한마디 하신다.

"한국 어린이 중 안데스에서 눈썰매 타 본 애는 아마 내령이밖에 없을 거야."

슈-웅, 쌔-앵, 눈썰매를 타고 또 타도 질리지 않는 표정의 내령이. 엄마도 아빠도 동심으로 돌아가 그 시간을 함께 즐긴다. 아들은 지칠 줄 모르는 열정으로 '마지막으로 한 번만 더'를 수십 번이나 외친 뒤에야 겨우 썰매에서 내려왔다.

"내령 아빠, 또 어디 가고 싶거나 하고 싶은 거 있음 생각해 두세요."

"네?"

"설마 이렇게 얼굴 한번 보고 끝내려는 건 아니었죠?"

너무나 고마운 분들이다. 한국에서의 작은 인연이 이렇게 큰 추억을 선물하다니. 칠레 산티아고는 신세만 졌던 땅으로 기억되겠구나.

저녁 식사를 위해 두리 스시에 들어서니 사장님이 환한 얼굴로 우리를 반겨주신다. 내령이는 사장님 품에 폭 안기는 퍼포먼스까지 펼쳐 보인다. 자리에 앉자마자 기다렸다는 듯 음식이 쏟아져 나온다. 어제보다 훨씬 다양한 메뉴에 고급 칠레 와인까지 등장한다. 수라상 부럽지 않은 상차림이다. 이런 융숭한 대접을 조건 없이 베풀어주신 사장님께 너무 감사하다. 받는 것에 인색한 아내조차 사장님의 베풂을 호의로 받아들였다. 마지막 메뉴는 오늘의 하이라이트, 매운탕. 배가 터질 듯 해도 매운탕에 밥 한 공기를 뚝딱 비워냈다.

"내령이 맛있게 잘 먹었어?"

"네. 세계여행 하면서 이렇게 푸짐하게 먹은 적 처음인 것 같아요."

"여행하면서 이렇게 먹고 다니긴 힘들지. 그래서 말인데 너 여기 살래?"

"아니요. 그래도 아직은 맛있는 음식보다 엄마 아빠랑 여행 다니는 게 훨씬 좋아요."

"하하하."

요망한 아들 녀석이 그렇게 사장님을 들었다 놨다 하는 동안 사장님의 얼굴에서는 미소가 떠나지를 않았다. 사장님은 우리 가족, 아니 내령이가 맘에 드셨는지 다음 날 또 보자 하신다. 아내 눈치를 살짝 살피니 아내도 흔쾌히 고개를 끄덕인다.

"당신은 누구한테 받는 거 부담스럽고 싫어하잖아."

"그렇긴 한데… 이상하게 사장님의 호의는 별로 부담스럽지 않네."

"조건 없이 퍼주시니까 마음이 편하기도 하겠지만, 어쩌면 익숙해 진 것 아닐까? 누군가에게 도움 받는 것 말이야."

"흠…, 사실 그런 것 같기도 해."

베풂에는 지저분한 꿍꿍이가 없어야 한다. 조건 없는 도움은 결국 인생에 플러스로 작용하기 때문이다. 우리 부부가 앞으로 어떻게 살아가야 할지 누님과 목사님 부부, 두리스시 사장님의 삶을 통해 힌트를 얻을 수 있었다.

EL CALAFATE

아르헨티나 엘 칼라파테

페리토 모레노 빙하

Day 648

650 우수아이아   653 부에노스 아이레스

"남편, 제발 이제는 장거리 버스 좀 타지 말자."

"아직도 적응이 안 돼?"

"적응이 아니라 골병들겠다. 이제 우리 나이도 좀 생각하자."

버스를 타고 바릴로체를 떠난 지 33시간 30분 만에 엘 칼라파테에 도착했다. 이것이 우리 여행의 마지막 장거리 버스 되시겠다. 앞으로 남은 구간들은 전부 저가 항공기로 예약해 두었다.

우리 가족이 이 멀리, 엘 칼라파테까지 온 이유는 단 하나, 빙하의 황제로 불리는 모레노 빙하를 보기 위해서다. 모레노 빙하는 길이가 30km, 폭이 5km, 높이가 60m에 이르는 어마어마한 얼음 덩어리이다. 더 놀라운 것은 이 압도적인 덩치의 얼음 덩어리가 조금씩 움직이고 있다는 사실이다. 하루 2m 정도 거리를 움직이며, 때로는 빌딩 크기만 한 얼음 덩어리를 붕괴시키기도 한단다.

새벽 동이 트기도 전에 버스터미널로 향한다. 도저히 형용할 수 없는 황홀한 빛이 비치는 이곳의 아침은 또 따른 신세계였다. 1시간 30분을 달려 모레노 빙하 입구에 도착했다. 모레노 빙하와의 첫 만남은 칼바람조차 잊을 만큼 놀라웠다. 전망대를 따라 걸으며 바라본 모레노 빙하는, 지금까지 보아온 빙하들에 미안하지만 그것들을 일개 얼음덩이로 만들 만큼 경이로웠다.

"여긴 33시간이 걸려도 한번 와 볼 만 하네."

아내도 어제 긴 시간을 달려 이곳에 온 이유를 인정하는 듯 연신 행복한 얼굴이다. 사실 비행기로 오면 2시간이면 되는데. 하하하. 마눌님, 미안!

여기저기서 떨어져 나온 빙하들을 가만 보고 있자니 어린 시절 즐겨보던 만화 〈둘리〉가 생각났다. '빙하 타고 내려와 흠흠 친구를 만났지만~' 노랫말처럼 빙하 타고 내려오는 둘리의 모습이 떠올랐다. 휴대전화를 꺼내 아들에게 둘리를 보여 주니 금세 둘리 표정을 따라 하며 끼를 부린다.

"크르르 쾅! 우르르 쾅쾅!"

연속으로 빙하 무너지는 소리가 들려오자 사람들의 눈이 바쁘게 움직이기 시작한다. 뜻밖의 우렁찬 소리에 전율이 인다. 직접 보지 못한 게 못내 아쉽지만, 잔잔한 호수에 큰 파문이 이는 것을 보니 꽤 큰놈이 떨어져 나갔다 보다.

"아빠, 이게 끝이야? 저기 빙하 위에는 안 가 보는 거야?"
"빙하 위를 걸어 보려면 최소 10살은 되어야 가능하대."
"에이, 아이는 할 수 없는 게 왜 이리 많아?"

덕분에 아들은 다음에 형님아가 되어서 모레노 빙하를 꼭 한 번 다시 찾아올 거란다. 그 소원 꼭 이루어라, 호잇!

USHUAIA

세상의 끝에서 사랑을 외치다

Day 650

 우수아이아

653 · 부에노스 아이레스

656 · 파라과이 아순시온

엘 칼라파테에서 비행기에 몸을 실었다. 우리는 이제 남미 땅의 끄트머리, 세상 끝 마을이라고 불리는 우수아이아로 간다. 창공을 날아가는 비행기 안에서 마치 관광 상품을 경험하는 착각이 인다. 저 멀리 파타고니아의 설경은 공짜로 감상하기에 미안해질 정도로 아름다웠다. 1시간이 이렇게 짧았으나, 어느덧 항공기가 곧 우수아이아 공항에 도착한다는 기내 방송이 흘러나왔다.

공항 앞을 수놓은 택시 중 하나에 올라타 숙소로 향해 가는 길, 택시 미터기가 미친 듯이 움직인다. 우수아이아 택시비의 악명은 알고 있었지만, 실제로 마주하니 당혹감을 감출 수 없었다. 5분도 채 안 걸렸던 목적지에 도착했을 때, 미터기에 찍힌 택시 요금은 무려 70페소(5천 원)였다.

숙소에 짐을 풀고 도심 곳곳을 누빈다. 거리에서는 '이곳은 세상 끝 마을입니다'라고 쓰인 표지판을 쉽게 찾을 수 있었다. 표지판을 마주할 때마다 가슴이 콩닥거리는 나와 달리 아내는 별 느낌이 없는 눈치였다.

"세상 끝 마을이나 세상 속 마을이나 다 똑같다."

"에이, 무드 없게 또 왜 그래?"

"무드고 자시고, 여긴 왜 이리 추운 거야?"

"남극이랑 1천km밖에 안 떨어진 곳이니까 당연히 춥지."

추운 것을 극도로 싫어하는 아내는 비글 해협 투어를 가기 위해 오른 배 내부가 생각보다 따뜻했는지 금세 기분이 풀린 눈치였다.

"근데, 대체 뭘 보러 가는 건데?"

"세상 끝 등대. 하하하."

"세상 끝 하나면 다 되는 속 편한 마을이네. 여하튼 나는 여기 앉아 있을 테니까 밖에 나가자는 말 절대로 하지 마라."

절대 선실을 벗어나지 않겠다는 아내의 말은 얼마 지나지 않아 실언이 되고 말았다. 세상 끝 등대에 도착하자마자 와이프는 배꼼 선실 밖으로 나오더니 연신 사진을 찍어댔다. '세상 끝' 브랜드 파워 앞에 자존심을 내려놓은 아내였다. 한국에서 2만km 떨어진 이곳에 우리 가족이 함께 있다고 생각하니 무척이나 가슴이 따뜻해졌다. 내친 김에 아내와 셀프 카메라를 찍어 가며 사랑을 고백해 본다.

"사랑해!"

"뭐라노. 저리 가라."

세상의 끝에서 사랑을 외쳤다. 내가 분위기에 휩쓸려 잠시 미쳤나 보다.

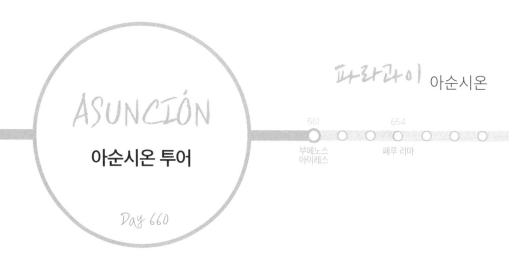

ASUNCIÓN

아순시온 투어

Day 660

"내일이 산티아고 목사님 선배라는 분이 아순시온 투어 해 주시는 날이지?"

맞다. 칠레를 여행하는 동안 만났던 누님 부부께서 우리 가족이 아순시온을 간다고 하니 선배이신 현지 선교사님을 소개해 주셨다. 그분들과 함께 아순시온의 비경을 즐길 예정이다.

이튿날 오전 11시, 선교사님을 만나기로 한 시간이다. 약속 장소에 도착하자 저 멀리 승합차 한 대가 느릿느릿 다가온다. 한눈에도 '나 좋은 사람이야'라고 쓰인 듯한 인상의 부부가 차에서 내려 우리를 따뜻하게 맞아 주신다.

"반갑습니다. 아순시온에 볼거리가 없는 건 익히 아시죠?"
"네, 그렇다고 들었어요."
"하지만 알고 보면 정말 흥미로운 곳이 아순시온이랍니다."
"정말요? 흐흐, 왠지 기대되는걸요."
"기대하셔도 좋습니다. 하하."

파라과이 농산물의 대부분은 일본인들의 손에 재배되어서 품질이 아주 높다고 한다. 뭐 일본 사람들 꼼꼼한 건 유명한 사실이니까. 실은 50여 년 전 쉰여 명의 한국인 농업 이민 1세대가 파라과이에 발을 디뎠지만, 당시 함께 이민 온 일본인들은 여전히 농업에 종사하는 반면 한국인들은 모두가 농업에서 손을 뗐다고 한다. 그분들 중 대부분은 시장에서 장사하며 생계를 꾸려 가신다고 한다.

운 좋게 한식으로 점심을 먹은 뒤 본격적인 도시 투어를 시작한다. 첫 번째 장소는 아순시온 전망대이다. 언덕 높이가 156m에 달하는 이곳은 현지 한국인들에게 남산이라고 불리곤 한다. 전망대에서 내려 보는 아순시온의 전경은 숲속의 도시라는 별명 그 자체였다. 큰 나무 사이사이에 숨겨진 집들의 조화로움은 이제껏 보았던 도시의 풍경과 다른 모습이었다. 흥미로운 것은 저 많은 나무를 전부 시에서 직접 관리하기 때문에 본인 집 앞에 있는 나무조차 함부로 벨 수 없다는 것. 한 그루의 나무가 에어컨 3~4대의 역할을 한다고 하니 한여름에는 50도에 육박하는 불볕더위 국가 파라과이에는 나무 하나가 큰 재산일 테다.

"선교사님 저 아래 보이는 강 하류에도 집들이 있네요."
"저기는 아순시온 빈민들이 모여 사는 집성촌이에요."

그들은 강 하류로 떠밀려온 쓰레기를 주워서 생활을 유지하는 계층이다. 전망대 위에서 감탄하던 시간이 부끄럽다. 그토록 컬러풀하던 아순시온은, 실상을 알고 보니 일순 흑백 사진처럼 흐릿하게 보였다. 더 안타까운 것은 이런 상황을 다 알고 있는 파라과이 정치 지도자들의 대처이다. 그들은 파라과이의 변화를 바라지 않는다. 오죽하면 파라과이 상위 1%들의 건배 구호가 '이대로'라고 알려졌겠나. 그저 헛웃음만 나올 뿐이다.

파라과이의 빈민촌에 속히 봄이 오기를 기원한다.

LAS VEGAS

마이애미 공항의
육상 선수들

Day 667

미국 라스베이거스

668   669   671   674

미국   페이지   라살   시더시티
윌리엄스

"더 빨리 뛰어!"

라스베이거스 가는 비행기를 타기 위해 마이애미 공항 내부를 마치 경주 트랙처럼 달리고 또 달린다. 골인 지점인 입국 심사장에 이르자 아내는 예선 통과에 실패한 육상 선수처럼 긴 한숨을 내쉰다.

"줄 봐… 망했다."

새벽 시간임에도 입국 심사대기 줄은 길어도 너무 길었다. 마치 뱀 수십 마리가 길게 늘어선 듯했다. 초조한 마음으로 맨 끄트머리 뱀의 꼬리 끝에 줄을 서본다. 한 명, 또 한 명. 입국심사 시간이 영겁처럼 느껴진다. 이대로 있다가는 분명 101%의 확률로 비행기를 놓칠 게 분명했다. 안 되겠다, 머리를 굴리자.

우선 직원을 붙잡고 항공권을 보여주며 상황을 설명한다. 거지꼴을 한 동양 남자의 간절한 바람이 통했을까. 사려 깊은 직원의 배려로 우여곡절, 스페셜 라인으로 자리가 옮겨진다. 순식간에 뱀의 머리 쪽까지 오게 된 것이다. 비행기 탑승시간 1시간

전. 앞선 세 팀의 입국 심사에 소요된 15분이 마치 15시간처럼 아득했다. 드디어 우리 차례. 초조한 나의 표정과 달리 입국 심사관은 연신 여유로운 표정이다. 그는 우리 여권을 빼곡히 채운 스탬프들을 죽 감상하더니 나를 빤히 보며 한마디를 툭 던진다.

"나도 너희 가족들 따라가면 안 될까?"
"풉!"

훅 들어온 공격에 긴장이 풀려버렸다. 잠깐 즐거웠던 시간이 지나고 현실로 돌아왔을 때는 우리의 비행기 탑승 시간이 심각하게 줄어있었다.

"아빠, 몇 분 남았어?"
"15분."
"몇 번 게이트야?"
"13번."
"내 먼저 뛰어간다."

아들은 지금 이 상황이 그렇게 즐거운가 보다. 가방을 메고 달리는 엄마가 안쓰럽지도 않은지 빨리 뛰라며 재촉을 해댄다. 화낼 힘도 없는 불쌍한 아내는 반쯤 정신을 놓았다. 간간히 안구에서 흰자를 보이며 턱 끝까지 차오른 숨을 헐떡인다. 눈앞에 탑승구가 보인다. 저 멀리 기다리던 직원들이 멀리서 달려오는 거지 가족을 보며 환하게 웃어준다. 탑승 마감 2분 전, 아슬아슬하게 세이프이다.

"마지막 탑승자이십니다. 오시느라 수고하셨습니다!"

비행기에 올라 좌석에 털썩 주저앉자마자 피로감이 온몸을 때려댄다. 포도 주스를 한잔 마시고 잠시 눈을 감⋯, 그 후로 필름이 끊겼다. 눈을 떴을 때는 라스베이거스에 도착 직전이니 정신 차리고 내릴 준비 하라는 기내 방송이 나오고 있었다.

라스베이거스 매캐런 공항 입국장 곳곳에 슬롯머신이 보인다. 누가 향락의 도시 아니랄까 봐 수화물 찾는 곳에는 아침부터 브라스 밴드의 흥겨운 음악 소리가 흘러넘친다. 흥겨운 음악에 몸을 흔들며 수화물 기다리길 십 수 분, 짐을 찾은 승객들이 떠난 자리에는 우리 가족을 포함한 5명의 탑승객만이 동그마니 남아있었다. 아무리 기다려도 추가 수화물은 나올 기미가 없었다. 결국, 우리가 타고 온 S 항공사의 수화물 관리소로 갈 수 밖에 없었다.

"저기, 수화물이 없어졌어요."

"혹시 미스터 정?"

"맞아요. 제 짐 어디 있어요?"

"지금쯤 하늘에 있겠네요."

우리의 짐들은 더 좋은 다른 비행기에 실려 호강하며 오는 중이었다. 항공사 직원은 짐들을 오늘 저녁, 우리가 묵을 호텔로 갖다 주겠다며 본인들의 과실을 사과한다. 사실 아무렇지도 않았는데.

LAS VEGAS

어떤 분들일까?

Day 667

미국 라스베이거스

668 669 671 674
윌리엄스 페이지 라살 시더시티

오늘은 세계여행을 하는 다른 가족과 만나는 날이다. 내가 운영하는 온라인 세계여행 커뮤니티의 회원인 그들이 우리 가족에게 미 서부 여행의 동행을 제안해 왔을 때, 우리는 꽤 심사숙고했다.

"남편, 며칠 동안 함께 여행하는 거야?"
"아마 10일 정도. 괜찮겠어?"
"혹시 여행 스타일이 잘 안 맞으면 어떡하지?"
"어차피 우리는 막바지고, 그쪽은 이제 막 시작했으니 우리가 최대한 맞추면 될 듯한데, 어때?"
"오케이. 그러자."

낯선 사람과 함께 하는 것을 늘 부담스러워 했던 아내인데, 적극적으로 관계를 맺으려는 모습에 조금 감동했다.

많은 사람이 여행에 동행을 필요로 한다. 누군가는 불안감 때문에, 누군가는 경비 절감을 위해, 혹은 정보 습득이나 외로움을 해소하기 위해. 각자의 이유로 합의, 결성된 크루 사이에는 자칫 위에 열거한 문제들보다 더 큰 문제가 발생하고는 한다. 스타일이 맞지 않는 동행자는 귀한 여행을 망치는 가장 큰 원인이다. 여행 동행자를 구하는 일은 여간 조심스러운 게 아니다. 그래서 나는 여행을 '혼자' 시작하라고 얘기하곤 한다.

그런데도 꼭 동행자를 구해야 한다면 어떻게 해야 말썽이 없을지 생각해 보았다. 우선 '첫 해외여행자'끼리의 동행은 피하는 게 좋다. 시작은 분명 서로가 의지 될 테다. 하지만 여행은 금세 익숙해질 테고 첫 해외여행에서 '경험하고 싶은 것'에서의 의견 충돌에 관계가 어려워질 수 있다. 개인적으로는 일행 중 꼭 한 명은 여행 경험이 풍부한 사람이 있는 게 좋다고 본다. 여행 경험이 많은 사람들은 현지에서도 여유를 잃지 않는다는 공통점이 있다. 단순히 말하면 관광지를 보든 못 보든, 돈을 많이 쓰든 적게 쓰든, 즐겁든 고생스럽든 조바심내지 않는다. 그는 분명 무언가를 하는 것에 의의를 두지 않는, 그저 여행을 간다는 것 자체에 의미를 두는 사람임이 틀림없을 것이다. 욕심을 내려놓으면 비로소 보이는, 빤한 경험이 아닌 무언가를 만들어 낼 때 나만의 여행이 완성된다고, 난 생각한다.

LAS VEGAS

재윤이네와의 첫 만남

Day 667

재윤이네를 만날 시간이 다가오자 가슴이 뛴다. 특히 아들 녀석이 매우 들떠있다.

　“아빠, 재윤이는 몇 살이야?”
　“5살.”
　“그러면 말 잘 통하겠다.”
　“내령이가 여행도 훨씬 많이 해 봤고, 또 형이니까 동생 잘 챙겨줘야 해.”
　“걱정하지 마라. 난 멋진 형이 될 수 있다.”

　재윤이 가족은 동갑내기 부부와 5살짜리 아들을 가진, 우리와 같은 구성의 가족이다. 그들은 세세어행을 시작한 지 넉 달 정도 되었다. 우리 부부보다는 4살이나 어리지만, 여행을 좋아한다는 공통분모 덕에 공감대가 클 것 같다.
　호텔 로비에서 만난 재윤이네는 첫눈에 봐도 여행하는 가족임을 알 수 있었다. 재윤이 아빠는 180cm가 훌쩍 넘는 장신에 서글서글한 외모를 가진 훈남이고, 재윤이 엄마는 단정한 미모의 지식인 이미지였다. 우리 가족이 가장 궁금했던 재윤이는 얼굴에 ‘개구쟁이’라고 쓰여 있는 귀여운 아이였다. 통성명을 마친 뒤 맥주와 안주를 들고 재윤이네 방으로 올라갔다. 오전에 구매한 김밥과 치킨 등 끝내주는 먹거리들이 펼쳐진 맥주 파티가 시작되었다. 우리의 만남을 축하하듯 창밖 광장에는 분수 쇼가 한창이다. 아이들은 분수 쇼 구경에, 어른들은 여행 이야기 꽃을 피우며 즐거워했다. 가치관이 서로 비슷하고, 아이들끼리도 죽이 잘 맞는다. 앞으로의 여행, 정말 기대된다.

GRAND CANYON

자연, 가장 위대한 예술가

Day 668

아침부터 아내의 행복한 비명이 들려온다.

"무슨 즐거운 일 있나?"
"재윤이 아빠가 타주는 커피가 아주…, 와~ 대박이다."

우리 가족과 재윤이네는 어젯밤 그랜드 캐니언 가는 길목 윌리엄스 마을에 있는 코아 캠핑장에 함께 묵었다. 아내의 호들갑을 보니 당분간 엄마들의 모닝커피 담당은 재윤이 아빠가 되리라는 확신이 든다. 아침은 간단하게 볶음밥으로 먹고, 점심으로 먹을 김밥을 준비해 본다. 분주한 아침 시간을 재빠르게 정리하고 목적지인 그랜드 캐니언으로 발길을 향했다.

그랜드 캐니언 가는 길이 막무가내 사막일 거라는 예상을 깨고 푸르른 초원이 펼쳐졌을 때는 굉장히 기분이 묘했다. 블루 버스를 타고 내린 뒤 조금 떨어진 곳에서 우리는 그랜드 캐니언과 마주했다. 영상매체에서 보던 그림을 생각하고 있었다. 화면으로 본 그랜드 캐니언은 아주 멋졌기 때문이다. 브라운관이 보여 주는 그랜드 캐니언이 '우와 멋지다'라는 감탄사를 불렀다면, 실제로 본 그랜드 캐니언은, 그저 아무 말도 할 수 없었다.

이 위대한 예술품의 작가는 전 세계인이 모두 알고 있을 정도로 유명하지만, 작품의 최초 발견자는 아는 사람이 없을 것이다. 그랜드 캐니언의 안내판엔 투사얀이라는 이름의 아메리카 원주민이 예술품을 최초로 발견한 행운아이고, 최초 발견 외지인은 스페인의 아무개라는 것 정도만 기록되어 있을 뿐이다.

점심시간이 훌쩍 지났음에도 아무도 허기를 호소하지 않아서 하마터면 점심을 건너뛸 뻔했다.

"형님, 시간이 벌써 4시가 넘었는데 이스트 림은 어쩌죠?"
"오늘 숙소가 어느 지역이라고 했지?"
"페이지Page요. 여기서 최소 3시간은 걸릴 텐데."
"음. 그럼 마더 포인터만 같이 보고, 이스트 림은 그랜드 캐니언 빠져나가면서 몇 군데만 보지 뭐."

마더 포인터에서 그랜드 캐니언을 바라보고 있자면 왜 이곳이 전 세계인이 가장 많이 찾는 관광지, 신혼여행 가고 싶은 여행지, 죽기 전에 가 봐야 할 여행지 등의 조사에서 압도적 1위를 차지하고 있는지 이해하게 된다. 오죽하면 사진 욕심 없는 아내조차 독사진에 열을 올리며 이곳을 떠나기 싫어했을까.

"엄마, 사진을 도대체 몇백 장째 찍나? 빨리 가자."

아들 성화도 있었지만, 더 지체했다간 저녁 10시가 되어도 페이지 숙소에 도착 못할지도 모른다. 최고의 여행은 항상 아쉬움을 남기는 법! 오랫동안 기억에 남을 그랜드 캐니언을 뒤로 한 채 우린 더 넓은 세상으로 떠나려 한다.

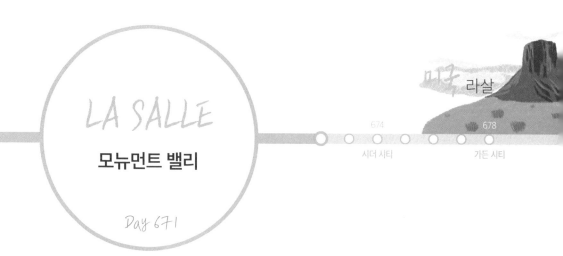

LA SALLE

모뉴먼트 밸리

Day 671

미국 라살

674

678

시더 시티

가든 시티

재윤이 엄마의 특출 난 숙소 예약 솜씨가 여행의 질을 한층 업그레이드시킨다. 우리 가족은 세 명이라 숙박 공유사이트에서 독채를 구하기에는 여러 제약이 있었다. 가장 큰 제약은 단연 비용이다. 허나 두 가족이 함께 여행하다 보니 대형 독채를 예약하는 데에도 망설임이 없다. 무엇보다 큰 집엔 아내가 욕망해 마지않는 식기세척기와 건조기가 있다.

"귀국하면 내 필히 식기세척기랑 건조기 산다."

"한국에서는 그렇게 쓰라고 해도 전기세 아까워서 안 쓴다더니."

"그러게 말이야. 이렇게 편한 걸 그때는 왜 거부했을까?"

아내의 알뜰한 성격을 알고 있는 내 앞에, 여전히 건조대에 빨래를 널고, 손으로 설거지를 하는 아내의 미래 모습이 펼쳐진다.

모뉴먼트 밸리로 이동을 시작한다. 이곳 페이지에서 200km 떨어진 모뉴먼트 밸리까지는 약 2시간이 소요될 예정이다. 쭉쭉 뻗은 도로를 쌩 달려나가자 도로 양쪽으로 초대형 스크린이 이어진 듯 영화에서 나올 법한 풍경이 펼쳐진다. 엔도르핀이 마구 샘솟는 기분이다.

이곳은 약 5천 만 년 전에 단단한 사암으로 만들어진 하나의 고원이었다. 시간이 흐르면서 고원의 표면이 물과 바람에 의한 침식작용으로 지금의 모습이 완성되었다. 자연 그대로를 보존하기 위해서 그랬는지 도로는 비포장이었다. 덕분에 먼지와 모래바람 그리고 강렬한 태양까지 아내가 싫어하는 3종 세트가 모두 모였다. 참다 참다 아내의 불만이 폭발했다.

"입장료를 20불이나 받으면서 어떻게 도로도 안 닦아 놓을 수 있노?"

애리조나주ᐟᐟᐟ를 대신해 변명을 늘어놓고 싶었지만, 섣불리 나섰다가는 봉변당하기 일쑤라 '그러니까 말야' 맞장구치며 운전에 집중한다.

뷰포인트에 도착하자 아내는 잠시 망설이더니 이내 창밖으로 보이는 풍경에 이끌려 차 문을 열고 발을 내디뎠다. 벙어리장갑 모양 바위 세 개와 황량한 붉은 대지가 펼쳐진다. 감탄사를 내뱉는 어른들과는 달리 아이들은 아무런 감흥이 없나 보다. 그저 처음 보는 토질의 흙으로 장난질하기 바쁘다.

여행객들은 캐니언랜즈 국립공원과 아치스 국립공원을 구경하기 위해 주로 유타주ᐟᐟᐟ의 모압이라는 마을에 숙박한다. 하지만 모압의 숙박비는 너무 비쌌고, 마음에 드는 집도 없어서 우리는 모압으로부터 1시간 정도 떨어진 '라 살' 지역에 이틀을 묵어가기로 했다.

우리가 묵는 곳은 예상보다 훨씬 조용한 숙소였다. 이곳은 컨테이너 박스를 개조해 만든 집치고는 상당히 자연 친화적인 분위기를 뿜낸다. 숙소 바로 앞으로 아이늘을 위한 놀이터가 있고, 사람을 두려워 않는 노루들이 뛰어 논다. 놀이터의 아이들과, 뛰노는 노루라니, 한 폭의 그림이 따로 없다. 숙소가 마음에 무척 들어 3박을 예약하려 했으나 2박 뒤에는 이미 다른 예약이 있어 불가능했다. 아쉬운 마음에 발걸음을 돌리려는데 본인들을 숙소 주인의 친구라고 소개한 나이 지긋한 노부부가 우리에게 말을 걸어왔다.

"혹시 숙소 구하세요?"

"네. 이 집이 마음에 들어 하루 연장하려고 했는데 불가능하네요."

"오, 그렇군요. 지금 가족끼리 여행 다니는 거죠? 참 보기 좋네요. 여행한 지는 얼마나 됐어요?"

"음… 거의 2년 되어가네요."

"오, 세상에."

재윤이 엄마가 우리 가족의 이야기를 하자 노부부가 놀라움을 감추지 못한다. 두 분은 그게 어떻게 가능하냐며 몇 번이고 되물으셨다. 그리고는 이내 우리에게 재밌는 제안을 하나 건네신다.

"괜찮다면, 우리 집에서 하루 묵어가세요."

세계여행 하는 가족의 이야기가 궁금하신지 큰 호의를 베푸신 것이다. 재윤이네와 잠시 의논한 뒤 좋은 경험이 될 테니 그렇게 하자며 제안을 받아들였다. 알고 보니 두 분의 사위가 주한미군이라 한국인들이 유독 친숙하다고 말씀하셨다. 새로운 인연과의 즐거움을 기대하며 연락처를 주고받았다.

헬렌 할머니, 벤슨 할아버지 부부의 초대

Day 673

　꽤 서둘렀는데도 노부부의 집엔 좀처럼 닿지 않았다. 심지어 가는 길에 해까지 저물어갔다. 집이 산속에 있어서 내비게이션조차 길 찾기를 포기한 상황. 감으로 찾아가야 했다. 이후로도 산속에서 지는 해를 맞이한 뒤 상당한 시간을 산속에서 헤맸다. 우여곡절 끝에 노부부가 사는 마을 초입에 다다를 수 있었다. 일찌감치 우리를 마중 나와 계셨던 할아버지의 에스코트를 따라 마을에 들어섰다. 산속의 풍경은 어느새 사라지고 넓은 초원이 펼쳐졌다. 을씨년스러운 길을 지나자 저 멀리 어렴풋한 불빛이 새어 나오는 집이 보인다. 집을 마주한 순간 나는 두 눈을 의심했다.

　"와~ 아빠, 이거 그림에서 보던 집이다."

　세상에, 아들의 표현이 딱 맞다. 그림책에서 막 튀어나온 듯 고즈넉한 오두막이 눈앞에 있었다. 이런 곳에서 하루를 묵어갈 수 있다는 것 자체가 우리에겐 행운이었다. 우리는 가족별로 방 하나씩을 받았다. 원래 자녀들이 손자, 손녀들을 데리고 놀러 오면 묵는 방이라고 했다. 깨끗하고 아늑한 방에서는 깨끗한 침구류의 냄새가 났다.
　우리를 초대해 준 두 분의 성함은 헬렌과 벤슨이다. 헬렌 할머니는 유난히 여행에 관심이 많으셔서 2년 동안 어떻게 세계여행을 했는지 매우 궁금해하셨다. 할머니가 쏟아내시는 수많은 질문에 답하다 보니 어느새 저녁 시간이 다 되었다. 두 분의 주방을 빌려 준비해온 불고기를 굽기 시작했다. 거실에 진동하는 불고기 냄새가 식욕을 자극한다. 두 엄마와 헬렌 할머니가 음식을 준비하는 동안 나와 재윤이 아빠는 벤슨 할아버지 가족의 사진을 구경했다. 젊은 시절, 캐니언랜즈 국립공원 관리원 일을 했다는 벤슨 할아버지의 옛 사진에서 지난 시절의 추억과 세월의 무상함을 느꼈다.

식탁에 둘러앉은 우리 사이로 이야기꽃이 핀다. 재윤이 엄마의 유쾌한 리액션 덕에 대화 내내 웃음이 끊이지 않았다. 한식이 낯선 두 분조차 불고기와 김치가 너무 맛있다며 엄지를 치켜세우신다. 후식이 동날 때까지도 이야기는 끝이 날 줄 몰랐다. 이대로 밤을 새워도 이상할 게 전혀 없어 보인다. 오늘은 마침 재윤이의 다섯 번째 생일

이었다. 케이크에 불을 붙여 재윤이의 생일을 축복한다. 늘 건강하고 행복한 삶 살길.

　자정을 훌쩍 넘기고 나서야 잠자리에 들었지만, 아침 7시가 되기도 전에 눈이 떠졌다. 어렸을 적 시골 할머니 댁에 놀러 갔을 때 딱 이랬는데. 맑은 공기, 포근한 분위기를 만끽하러 커피 한잔을 들고 현관을 나서자, 어젯밤 으스스했던 분위기는 어디로 사라졌는지 평화와 고요가 자리를 대신하고 있다. 바지런한 헬렌 할머니가 어느새 아침 준비를 해 놓으셨다. 우리에게 허락된 시간이 하루뿐이라는 사실이 아쉬울 뿐이다. 벤슨 할아버지는 아이들을 데리고 친손자처럼 집 구경을 시켜주셨다. 2층에는 할아버지가 직접 잡은 2m가 넘는 곰 가죽이 벽에 걸려 있었는데, 곰을 본 아이들이 휘둥그레진 눈으로 '어디서 곰을 만났냐'며 할아버지께 묻자, 그는 '허허' 웃으시며, '얼마 전에도 집 앞에 놀러 왔단다' 하신다.

　어느덧 떠나야 할 시간이 다가왔다. 섭섭해하는 우리를 보며 헬렌 할머니와 벤슨 할아버지가 아쉬움의 눈물을 훔치신다. 언젠가 또 만날 수 있겠죠, 우리. 그날을 기약하며 이 만남에는 마침표가 아닌 쉼표를 찍어두기로 약속한다.

안녕은 영원한 헤어짐은 아니겠지요

Day 681

"형아, 우리 이제 헤어지는 거야? 어디로 가?"

"캐나다. 너는?"

"몰라. 아빠 엄마 따라가야지."

아이들의 대화에 마음이 짠해진다. 세계여행 막바지인지라 자칫 우리 가족이 타성에 빠질 수도 있었지만 재윤이네를 만난 덕에 알찬 여행을 할 수 있었다. 호주로 가는 재윤이네와 우리 사이에 남은 시간은 단 하루. 서로의 여행을 응원하는 마지막 만찬을 준비해 본다.

"언니, 그동안 식사 준비하느라 고생하셨는데 마지막 식사는 제가 준비해 볼게요."

"내가 해도 되는데~ 생각해둔 메뉴가 있어?"

"새우 크림 파스타요. 제가 한식은 잘 못 해도 양식은 좀 하거든요. 호호."

재윤이 아빠가 재료 준비를 돕고, 재윤이 엄마는 본격적으로 파스타를 요리한다. 항상 함께하는 두 부부의 모습은 우리 부부에게 좋은 자극을 준다. 우리 부부가 각자의 역할이 정확히 분담되어 있다면 재윤이네 부부는 모든 걸 함께하는 느낌이다. 어느새 고소한 치즈 냄새 풍기는 새우 크림 파스타가 완성되었다.

"애들아. 밥 먹자."

파스타를 마치 비빔국수 먹듯 후루룩 거리는 나와 달리 아내는 면을 입에 넣기 좋은 양만큼 돌돌 말아서 스푼에 얹어 우아하게 먹는다. 그런 아내를 빤히 보던 재윤이 엄마가 아내를 칭찬하고 든다.

"언니는 천상여자네요. 2년 동안 세계여행을 했다는 게 믿기지 않아요."
"그러게. 나도 미스터리야. 그나저나 파스타 너무 맛있다."
"에이, 예의상 멘트 치시는 것 같은데요."
"아니야. 정말 지금 당장 레스토랑 차려도 될 것 같은 맛인데."
"히히 나도 인정. 우리 여행 끝내고 한국 돌아가서 할 일 없으면 스파게티 전문

점 하나 차려요."

분명 대박 날 것 같다(할 일 없어지면 꼭 연락할게요, 하하). 어른들이 깔깔대며 이야기를 나누는 동안 순식간에 접시를 비워낸 두 아들 녀석이 포크를 놓자마자 말 한마디 없이 방으로 쪼르르 달려가 둘만의 작별 파티를 하고 있다. 덕분에 어른 네 명은 마지막 밤을 오붓하게 보낼 수 있었다. 마트에서 사 온 와인과 사케, 맥주까지 차례로 한 병씩 비워내며 함께한 여행을 복기한다. 과하지도 모자라지도 않은 딱 좋은 여행이었다고.

2주 동안 단 한 번의 충돌 없이, 억지로 참느라 속 앓은 적도 없이 매일 웃으면서 시간을 보낼 수 있었던 데에는, 서로를 향한 적극적인 배려가 있었다. 세상을 살면서 만나게 될 인연이 모두 이들만 같았으면 좋겠다는 막연한 욕심을 가져 본다. 엄마들이 잠자리에든지 한참이 지난 뒤에도 재윤이 아빠와 나는 꽤 오랜 시간 자리를 지키며 아쉬움의 술잔을 기울였다.

SEATTLE

스타벅스 1호점

Day 693

나는 커피를 좋아하지 않는다. 간혹 중요한 미팅을 제외하고는 일부러 찾는 경우를 손에 꼽는 정도이다. 하지만 세계여행을 하는 동안 커피 마니아인 아내 덕에 커피 맛을 조금 알아버렸다. 그후 나는 커피 마시는 게 무척이나 익숙해졌다. 반면 아내는 세계여행을 하는 동안 그토록 싫어했던 맥주 마니아가 되었다. 우리 부부는 아침에는 함께 모닝커피를, 저녁에는 디너 맥주를 마시는 게 일상이 되었다. 조금씩 양보하고 취향을 따라가다 보니 공통분모를 발견한 것이다.

나는 아내와 연애하던 시절, 아내에게 커피에 관한 빚을 하나 졌다. 이야기는 2007년, 우리 부부의 연애 초기로 거슬러 올라간다.

"커피 한잔 마시고 싶다."
"자판기 커피 한잔 뽑아 줘?"
"아니."
"그럼, 시원한 편의점 캔 커피?"
"됐거든. 스타벅스에서 캬라멜 마끼야또, 그거 한잔 사 온나."

"캬라멜 뭐?"

그날 나는 난생처음으로 스타벅스를 가봤다. 정확하진 않지만, 한잔에 4천 원이 넘는 거금의 음료였던 걸로 기억한다. 그 당시 나는 커피 한잔에 그 정도 돈을 낸다는 게 상식적으로 이해가 되지 않았다.

"야! 무슨 커피 한잔이 밥 한 끼 값이고. 자판기 커피 200원이면 되는데."
"으아 촌스럽기는! 요즘 다 카페 이용하지 누가 자판기 커피 마시노."
"겉멋만 들어가지고…, 니가 커피 맛 알면 얼마나 안다고!"

빈손으로 나온 것도 용서가 안 되는데 자신을 무시하는 발언까지 했으니…, 그 후로 아내는 꽤 오랜 시간 토라져 있었다. 그 시절의 나는 왜 그렇게 촌스럽고 딱딱했을까. 난 오늘 그 시절의 빚을 청산하러 애증의 스타벅스, 그것도 1호점으로 발길을 향한다.

스타벅스는 1971년 이곳 시애틀에서 첫발을 내디딘 뒤 40여 년이 지난 지금 세계 최대의 커피 체인점으로 우뚝 섰다. 북적거리는 손님을 보며 아들이 묻는다.

"아빠, 여기가 엄청 부자 가게야?"

"그렇다고 봐야지."

"보기에는 작고 허름해 보이는데."

시애틀에 있는 스타벅스 1호점은 허름하고 규모가 작았다. 앉을 테이블도 마련되지 않은, 서서 커피를 마셔야 하는 곳인데도 이곳은 매일 관광객들로 발 디딜 틈이 없다. 길게 늘어선 줄이 줄어들고 드디어 내 차례가 왔다.

"아메리카노 한잔 그리고 캬라멜 마끼야또 한잔 주세요."

커피를 너무나도 좋아하는 아내에게 이곳은 마치 성지나 다름없었다. 잠시 후 캬라멜 마끼야또를 받아든 아내가 세상 어디에도 없을 행복한 미소를 지으며 말했다.

"당신한테 캬라멜 마끼야또 한잔 얻어먹는데 10년이 넘게 걸렸네."

LOS ANGELES

아내의 믿을 수 없는
쇼핑 체력

Day 706

길고 긴 자동차 여행의 대단원의 막이 내렸다. 뉴질랜드에서 9,000km, 호주에서 25,000km, 유럽에서 35,000km, 미국 캐나다 동부에서 3,000km, 서부에서 11,000km, 총 9만 킬로 넘게 운전대를 잡았다. 아무 사고 없이 여행을 마칠 수 있었다는 것에 정말 감사했다.

라스베이거스에서 3일을 푹 쉬고 LA로 넘어가는 날이다. 쓰레기통을 보니 아들이 지금까지 모은 병따개가 전부 버려져 있었다.

"내령아, 이거 누가 버렸어?"

"누가 버리긴 내가 버렸지."

"왜?"

"조금 있으면 여행이 끝나니까 정리했다."

"그래도 아깝지 않나? 그렇게 애지중지하더니."

"아깝긴 하지만 한국 가면 다른 소중한 게 생길 테니까, 괜찮다."

쥐고 있는 손을 펴야 새로운 것을 잡을 수 있음을 깨달은 아들이었다. 나의 소중한 가족을 위해 오늘은 세계여행의 마지막 선물을 준비했다. 아내를 위한 데저트 힐 쇼핑몰 투어와 아들을 위한 디즈니랜드 투어이다.

"아빠, 근데 왜 엄마가 좋아하는 것부터 하는데?"
"원래 하이라이트는 맨 마지막에 하는 거야."
"그러면 내가 주인공이야?"
"당연하지. 우리 세계여행의 주인공은 바로 너니까."

주인공을 위한 시간은 천천히 갖기로 하고 아내가 그토록 원하던 쇼핑몰 매장에 도착했다. 아내는 얼마나 오랫동안 이 하루를 준비했던가. 과연 그 준비가 빛을 발할지는 두고 볼 일이다.

"아침 일찍 와야 했는데 늦었다."
"늦긴 뭐가 늦어. 아직 한참 오전인데."
"괜찮은 물건은 일찍 빠진다 말이야."

때려 박다시피 주차를 마치고 매장을 향해 전력 질주하는 아내의 뒷모습을 보고 있자니 벌써 피곤이 밀려온다. 그래도 2년 동안 세계여행 한다고 고생했는데 이 정도 희생 못 하랴. 매의 눈으로 여러 매장을 훑고 다니는 모습을 뒤에서 따라다니는데 아들이 의아해하며 내게 묻는다.

"아빠, 엄마 발걸음이 저렇게 빠른 사람이었나?"
"그러게, 하하하."

여자에게 쇼핑이란, 없던 힘도 생기게 만드는 마법인가보다. 아내는 이 매장 저 매장을 돌며 맘에 드는 물건들을 주워 담느라 정신이 없었다. 덩달아 나도 정신이 혼미해진다. 결국, 본인이 제일 갖고 싶어 하던 가방을 담고 나서야 이성을 되찾은 듯 보였다.

"남편, 밥(빨리) 먹고 또 쇼핑하자."

항상 딴짓을 하며 느긋하게 밥을 먹던 아들도 오늘만큼은 밥 먹는 속도가 빠르다. 역시 눈치가 빠른 녀석이다. 오늘 엄마의 심기를 건드리면 어떻게 되는지 잘 알고 있다. 수차례의 등짝 스매싱을 맞으며 체득한 능력 되시겠다. 아내를 보고 있자니 나는 난생처음 들어보는 명품 브랜드를 어찌나 그리 잘 알고 있는지. 명품이라고는 정말 1도 모르는 나를 만나서 전부 모른 척 살았다고 생각하니, 폭주하며 돌아다니는 아내가 이해되고 더없이 미안해진다.

"근데…, 안 갈 거야?"
"마지막으로 한 바퀴만 더 돌자. 마음에 걸리는 게 있다."
"그래(뭐가 또)."

결국, 가게 문 닫는 시간이 되어서야 쫓기듯 쇼핑이 마무리되었다. 주차장으로 가는 아내의 표정이 세상 다 가진 듯 행복해 보인다. 쇼핑몰을 빠져 나가며 나는 창밖을 향해 이렇게 소리쳤다.

"야이…, 쇼핑몰아! 우리 두 번 다시 만나지 말자!"

LOS ANGELES

디즈니랜드

미국 로스앤젤레스

709 710 711 712 713 714

도쿄 삿포로 무로란 하코다테 니세코 오타루

Day 707

아들을 위한 날이 밝았다. 아내 못지않게 아들 녀석도 이날을 손꼽아 기다렸다. 예전에 덴마크 레고랜드에서 키 제한에 걸려 놀이 기구를 포기해야 했던 한을 오늘 모두 풀 작정이다. 최소 120cm는 되어야 놀이기구를 탈 수 있다는 말에 한동안 밥도 잘 먹고, 잠도 일찍 잤다. 과연 내령이의 성장판은 그 노력에 부응해줬을까.

주차장에서 미니 기차를 이용해 디즈니랜드 입구까지 이동했다. 평일임에도 사람이 말도 못 하게 많았다. 짐 검사를 마치고 디즈니랜드에 입장하자, 아들이 마구 날뛰기 시작한다.

"내령아, 진정하자."
"아빠, 나 엄청 행복해."

아빠도 행복하다. 그러니까 진정 좀 하라고.

"아빠, 저 동상 누구야?"

"월트 디즈니, 여기 만든 사람이야."

"엄청 고마운 할아버지네. 키키키."

월트 디즈니는 '꿈꿀 수 있다면 당신은 할 수 있습니다'라는 명언을 남긴 것으로도 유명하다. 나 역시 10년 넘도록 품어온 가족 세계여행의 꿈을, 결국 이룬 셈이다. 아들 역시 한국으로 돌아간 후에도 여전히 꿈을 꾸며 사는 사람으로 자라길 바란다. 아내는 TV에서만 보던 디즈니랜드 성을 실제로 보고 있자니 동심의 세계로 돌아간 기분이라며 '저 성 뒤쪽으로 폭죽만 팡팡 터지면 딱 그 장면이 완성되겠다'라며 즐거워한다.

아들의 키는 어느새 부쩍 자라 유아용 놀이기구부터 꽤 스릴 있는 미니 롤러코스터까지 소화할 수 있게 되었다. 여행 초반과 비교해 엄청나게 자란 셈이다. 2년 전, 중국에서 탈 수 있던 거라곤 로켓 놀이기구가 전부였다. 신나게 놀다 보니 어느덧 디즈니랜드 뒤편으로 해가 기운다. 우리는 디즈니랜드 성에 불이 모두 켜지고 나서야 디즈니랜드를 빠져나왔다. 아들의 마음속을 비추는 디즈니랜드 성의 조명은 영원히 꺼지지 않을 것이다.

SAPPORO

가까이 하기엔 너무 먼 이곳

Day 709~710

사실 나의 첫 해외 여행지는 일본이었다. 스물세 살, 친구와 함께 JR 패스(일본에서 외국인을 대상으로 판매하는 특별 기획 승차권)를 이용한, 후쿠오카부터 도쿄까지의 여행은 내게 큰 충격을 주었다. 그 여행을 계기로 외국어의 필요성을 느껴, 친구는 일본에서 대학을, 나는 뉴질랜드로 날아가 영어를 공부한 것은 결코 우연이 아니었다.

　"세계여행의 마지막 여행지네."

　"그러게. 시간 참 빠르다."

　"왜 아쉬워?"

　"어이구 무슨 소리? 속이 시원하다."

　정말 원 없이 여행을 다녔다. 이제는 정착해서 살아야 한다는 책임감도 생긴다. 늘 마지막 여행지에서는 어쩐지 아쉬움이 남았는데, 이번만큼은 이상하리만치 아쉬움이 없었다.

　미국을 떠난 지 16시간 만에 도쿄를 거쳐서 삿포로에 도착했다. 미국과 일본의 시차가 무려 16시간이었기에 우리는 하루를 잃어버린 셈이었다. 아니 미리 당겨썼던 시간을 오늘 반납했다고 보면 되겠다. 비행기에서 내리자 매서운 칼바람이 우리를 맞이한다. 곳곳에 내린 눈의 흔적이 우리가 겨울에 살고 있음을 가르쳐 준다.

공항에 앉아 잠시 휴식을 취한다. 우리 가족은 목적지에 도착하면 어디든 앉아서 잠시 여유를 가진다. 서두르거나 어영부영할 때 꼭 뭔가를 잃어버리거나, 길을 헤매거나, 바가지를 쓰는 일이 생기기 때문이다. 조금 천천히 움직여도 여행이 우리를 떠나지 않음을, 우린 경험을 통해 배웠다. 세계 여행을 떠나던 그 날은 공항에 앉아 나 홀로 '하-아' 하며 숨을 골랐던 기억이 떠오른다. 요즈음 우리 가족의 하나 된 행동을 볼 때마다 2년이라는 시간이 길긴 길었음을 느끼곤 한다.

NISEKO

온천은 사랑입니다

Day 713

일본 니세코

714 715 716

오타루 삿포로 오사카

"아빠, 일어나라."

"으… 왜?"

"온천 하러 가자."

"어젯밤에 했잖아."

　새벽 5시에 일어난 아들 녀석이 나를 흔들어 깨운다. 시차적응 하느라 매일 저녁 일찍 잠들고 일찍 일어나는 아들 탓에 덩달아 나까지 바른 생활 사나이가 되었다. 홋카이도는 매일 밤 우리 부자에게 온천의 기쁨을 느끼게 해줬다. 오늘은 아마도 일본에서의 마지막 온천이 될 테니 새벽 온천 한번 즐기는 것도 나쁘지 않겠다. 이른 새벽의 온천엔 사람이 지나간 흔적이 없었다. 온천탕 주변에 쌓인, 발자국 하나 없는 깨끗한 눈이 운치 있는 분위기를 선사한다.

"아빠, 일본 여행 너무 좋다. 그치?"

"그래? 다른 나라 여행은 안 좋았어?"

"사실 좀 힘들었잖아."

"아빠 그런 시간이 더 행복했는데."

"힘든 건 힘든 거고, 즐거운 건 즐거운 거니까."

아들에게도 2년간의 세계여행이 절대 쉽지 않았다는 이야기이다. 즐거운 추억도, 행복한 기억도 많았지만 힘들고 끔찍한 기억이 있는 것도 엄연한 사실이다.

"아빠, 우리 오사카 가면 또 온천하자."

"우리가 예약한 호텔에는 온천이 없을 텐데."

"아쉽다."

"대신 한국 들어가면 매주 아빠랑 목욕탕 가자."

"앗싸, 앗싸!"

난 세계여행을 떠나기 전, 주말 밤낮없이 일만 했다. 상투적 표현이 아니라 정말로 주말에도 일하는 사람이었다. 그러다 보니 세계여행 전까지 내령이와의 추억도 그리 많지 않았다. 목욕탕 가는 게 좋은 건지 아빠와 시간을 보내는 게 좋은 건지, 아님 둘 다인지는 알 수 없지만 아들과 의미 있는 시절을 함께 할 수 있다는 것에 마냥 행복하다.

온천에서 나와 머리칼을 말리고 일회용 빗을 꺼내어 본다. 2년 만의 빗질이다. 뭐가 그리도 바빴는지 빗질 한 번 않았을까. 아들도 빗질을 하며 함박웃음을 짓는다. 한국으로 돌아가면 이런 사소한 일에서 생기는 웃음이 사라지는 건 아닐까 두렵다.

일본 오타루

OTARU

홋카이도 여행기

715 716

삿포로 오사카

Day 714

"아들, 세계여행 처음 할 때 생각나?"

"중국? 뉴질랜드?"

"맞아."

"그 때 나 완전 아기였지?"

"그랬었지."

"잘 생각은 안 나지만, 뭔가 엄청 행복했던 것 같아."

"지금은 어때?"

"지금은…, 음…. 지금도 행복하지."

처음 세계여행을 출발할 당시 5살이던 꼬마는 어엿한 7살이 되어 곧 초등학교에 입학한다. 우리 부부의 나이도 30대에서 앞자리가 4로 바뀌었다. 지난날을 돌이켜보면 내가 얼마나 행운아였는지 새삼 느낀다. 나는 아들의 커가는 모습을 매일매일 하루도 빠짐없이 눈으로 지켜보았다. 최근 무지하게 말을 안 듣지만, 내가 옆에서 지켜본 아들은 무척이나 대견하고 사랑스럽기 그지없다.

아들과 함께 오르골 센터 앞 증기 시계 앞에 이르렀을 때 갑자기 아들이 '앗싸' 하며 주먹을 불끈 쥔다.

"왜?"

"아빠, 이 증기 시계가 전 세계에 두 개밖에 없다면서?"

"근데?"

"그럼 나는 전 세계 두 개밖에 없는 증기 시계를 다 본 어린이잖아."

"하하 자랑하는 거야?"

"자랑하는 게 아니라, 왠지 내가 멋져 보여서."

그래그래, 멋쟁이 아들아. 이제 호텔로 가서 엄마 데리고 밥 먹으러 나오자.

OSAKA

부산으로, 가족 세계여행 일정에 마침표를 찍다

Day 722

"아들, 오늘이 무슨 날인지 아나?"

"당연히 알지. 한국으로 가는 날 아니가."

"그동안 정말 고생 많았어."

"무슨 고생? 난 엄청 재미있었는데. 또 하라고 해도 할 수 있겠다."

"진짜? 그럼 지금 바로 여행을 떠나 볼까?"

"그건 아니지. 일단 한국 들어갔다가 생각해 보자."

어젯밤 긴 여행의 마지막이란 아쉬움에 잠을 설쳤다. 아내는 한국 들어가면 해야 할 일 때문에 밤늦게까지 침대 위에서 뒤척였다. 지나간 시간에 아쉬운 남자와 다가올 시간에 고민하는 여자, 동상이몽이 따로 없다. 문득 세계여행 첫날 밤 상해 호스텔 침대에 누워 한숨 쉬던 아내의 얼굴이 스쳐 지나간다. 나도 모르게 눈시울이 붉어진다. 지나간 시간을 돌이켜 보면 마치 행복한 긴 꿈을 꾼 듯하다. 남편 꿈 이뤄주려고 여행 가겠다는 아내에게 2년의 세계여행은 과연 어떤 의미였을까.

호텔을 나서기 전 버릴 짐을 분류한다. 우리 가족과 함께 다니며 2년간의 추억을 공유한 물품들이다.

"마구 버리기 아깝지 않나?"
"아깝기는, 속이 후련 하구만."
"독하네. 어떻게 저럴 수가 있지?"
"자꾸 뭔가에 의미를 부여하지 마라. 어차피 한국 가면 무용지물이라고."

용케도 난 이런 여자와 2년 동안 세계여행을 했다. 어쨌든 우리와 함께 한 짐들은 봉지에 담겨 쓰레기통으로 옮겨졌다.

열차를 타고 공항으로 이동한다. 마지막이란 생각에 정신 줄을 잠시 놓았는지, 열차 승차권을 잃어버렸다. 아마도 비스듬하게 기대어 자다가 주머니에서 빠진 모양이다. 다행히 승차권 구매 직후 찍어놓은 사진 덕에 사정을 들은 승무원이 가족을 흔쾌히 통과시켜 주었다. 그러거나 말거나 아들은 내내 까부는 데만 열을 올린다.

"내령아, 아빠가 승차권 잃어버려서 당황하고 있는데 넌 관심도 없나?"
"아빠, 우리가 하루 이틀 여행하나? 어차피 다 해결될 일인데, 내까지 걱정하면 뭐 하겠노?"

여행은 수많은 문제와 해결이 반복되는 과정이다. 마치 인생과 비슷하다. 여행 중 가장 중요한 것은 긍정적이고 유연한 사고이다. 서로 다른 성향의 우리 가족이 무사히 세계 여행을 마칠 수 있었던 것도 '결국 잘 될 거야 정신' 덕분이었다.

오사카를 떠난 비행기가 창공을 난다. 꿈, 오랫동안 품어 왔던 나의 꿈이 마무리되는 구나. 창밖의 풍경을 바라보며 하염없이 눈물을 쏟았다. 수도꼭지 튼 듯 흘러대는 눈물을 아내와 아들에게 들킬까 고생이 컸다. 이대로 정말 끝이구나. 어느덧 저 아래 부산 풍경이 눈에 들어온다.

"이 비행기는 잠시 후 김해 공항에 도착하겠습니다."

기내 방송을 듣던 아들 녀석이 환호성을 지른다.

"내령아, 조용!"
"(소곤소곤)알았다."
"내령아, 아빠는 네가 2년간 세계여행을 해냈다는 게 너무나 자랑스럽다."
"뭐? 그게 무슨 대단한 일인가?"
"살면서 알게 될 거야."

비행기가 착륙하고, 고향 땅에 발을 내디딘다. 길고 길었던 722일의 세계 유랑에 마침표를 찍는 순간이다. 사실 처음 출발할 때와 지금에 어떤 차이가 있는지 잘 모르겠다. 하지만 분명한 것은 우리 세 가족의 유대의 무게가 이전과 비교도 할 수 없을 만큼 무거워졌다는 것이다. 세계여행 출발할 때는 각자 다른 곳을 바라봤지만, 이제는 같은 곳으로 시선을 향하게 되었고, 어떤 힘든 순간이 와도 웃으며 슬기롭게 헤쳐나갈 수 있다는 믿음이 생겼다. 무엇보다 722일 동안 아무 사고 없이 행복한 추억 많이 쌓을 수 있었다는 것만으로도, 감사하기에 충분했다. 우리 가족의 세계여행은 끝이 났지만, 한국에서의 새로운 여행은 지금부터 시작이다. 자, 일상으로의 여행을 시작해볼까?

에필로그

《내령이네 세계여행》을 펴내면서 독자들에게 어떤 이야기를 해야 할지 고민이 많았다. 셀 수 없이 많은 여행 정보의 홍수 속에 굳이 한 권을 더 포함 시키고 싶지도, 필요하지도 않다고 생각했다. 이런 집필 의도를 가진 《내령이네 세계여행》은 어린 아들과 함께했던 엄마, 아빠가 특별하지만 평범했던 722일의 일상을 그린 에세이다. 여러 가지 정보를 기대했던 독자들의 만족을 채워드리지 못해 죄송한 마음이다.

이 책을 읽는 분들은 대부분 세계여행을 꿈꾸는 분들일 것이다. 구체적으로 세계여행을 준비하기 위해 책을 구매하신 분도 있을 테고 단순한 호기심으로 책을 펼친 분도 있을 것이다. 하지만 여러분의 공통점은 세계여행에 관심이 꽤 많다는 것이다.

이젠 그 누구도 세계여행을 '정보가 없어서' 망설이지 않는다. 세계 여행의 제약이 많이 줄어들었다고 느끼는 요즘이다. 세계여행을 계획했지만 여러 가지 사정 때문에 포기하고 만 분들이 많으실 테다. 그런 분들께 꼭 한번 드리고 싶은 말이 있다. 한번 용기를 내보는 건 어떠시냐고. 이 책을 집어 든 많은 분이 '《내령이네 세계여행》 읽어 보니 세계여행 별거 아니네'라고 느끼셨으면 좋겠다.

이 별거 아닌 세계여행이 우리 가족을 참 많이도 변화시켰다. 어느덧 초등학생이 된 내령이는 친구들과 어울려 노는 것을 세상에서 제일 좋아한다. 심지어 방학이나 휴일엔 풀이 죽어 있다가 학교 가는 날이 다가오면 설레는 천상 개구쟁이다. 여전히 세계여행의 습관이 남겨놓은 야생의 끼가 넘쳐서 학교생활에 지적을 받곤 하지만, 씩씩하고 활기찬 아들의 모습을 보고 있으면 마음이 든든하다. 가장 뿌듯한 것은 어떤 상황에서도 행복을 찾아내는 아이로 성장하고 있다는 사실이다. 아들은 이미 많고 적음이 행복의 기준이 될 수 없다는 사실을 몸으로 배웠다. 가난한 나라의 환한 웃음을 보았고, 부자 나라의 깊은 고민을 경험해봤기 때문이다.

우리 부부의 개인적인 삶은 애석하게도 여행 전과 크게 다를 바 없다. 나는 여전히 예전과 비슷한, 꽤 많은 시간을 밖에서 일하고 있고 아내도 전업주부로 집안일을 치열하게 돌본다. 달라진 게 있다면, 음… 여행 전보다 집 평수가 줄었고, 또한 가족이 함께 보내는 시간이 많아졌다는 정도이다. 전과 비교해 살림이 매우 간소해진 빈 자리를 가족의 웃음소리로 채워나가는 중이다.

가장 큰 변화는 우리에게 또 한 명의 가족이 생겼다는 사실이다. 세계여행 하느라 미루고 미뤘던(?) 대업을 이룬 것이다. 둘째는 여행을 마치자마자 선물처럼 우리에게 와줬고, 이 책이 출간될 무렵 제 예쁜 얼굴을 가족에게 보여줄 예정이다. 불혹을 넘긴 나이에 임신한 아내가 건강의 문제로 힘들어하지만 만나게 될 둘째를 기다리며 너무나 행복해하고 있다.

"엄마, 뱃속에 건강이(태명)는 여자야, 남자야?"
"예쁜 여자 동생이야."
"정말? 앗싸! 신난다. 근데 동생도 태어나면 세계여행 시켜 줄 거야, 이뻬?"
"당연하지. 건강이 데리고 세계여행 한 번 가야지."
"나도 한 번 더 따라가면 안 돼?"

그때 가서 생각해보자. 우리 가족의 세계 여행은 아직 끝나지 않은 것 같다.

내령이네 세계여행

초판 1쇄 인쇄   2018년 11월 12일
초판 1쇄 발행   2018년 11월 16일

지은이 _ 정대영(글, 사진)
발행인 _ 최문호
책임편집 _ 최문호
디자인 _ 최호경
마케팅 _ 김석원
일러스트 _ am.3.27
발행처 _ 도서출판 봄스윗봄
주　소 _ 경기도 군포시 수리산로 33
등　록 _ 제2016-000017호(2016년 11월 2일)
이메일 _ bomsweetbom@naver.com
홈페이지 _ http://bomsbom.com
페이스북 _ bomsbom17
ISBN 979-11-963474-1-3 03810

＊책값은 뒤표지에 있습니다.
＊잘못된 책은 구입하신 서점에서 교환해 드립니다.

＊도서출판 봄스윗봄은 보통 사람들의 곱빼기 이야기를 책으로 만듭니다.